La importancia de las cosas

Novela

Biografía

Marta Rivera de la Cruz (Lugo, 1970) es licenciada en Ciencias de la Información y especialista en Comunicación Política por la Universidad Complutense. En 1998 obtuvo el Premio Ateneo de Sevilla de Novela Joven con *Que veinte años no es nada*, de la que se hicieron cinco ediciones. Más adelante publicó las novelas *El inventor de historias* y *Hotel Almirante*. En 2006 fue finalista del Premio Planeta con la obra *En tiempo de prodigios* y en 2008 obtuvo el Premio Anaya de Literatura Infantil y Juvenil por *La primera tarde después de Navidad*. Además es autora de tres ensayos y ha publicado cuentos y artículos en diferentes recopilaciones. Como editora fue responsable de la antología *Cuentos de Navidad* y de la última edición de *La ciudad de las columnas*, de Alejo Carpentier. Marta Rivera de la Cruz ha realizado también guiones de cine, y colabora habitualmente en distintos medios de comunicación audiovisuales y escritos.

Más información en: www.martariveradelacruz.com

Marta Rivera de la Cruz

La importancia de las cosas

Planeta

El papel utilizado para la impresión de este libro es cien por cien libre de cloro y está calificado como **papel ecológico**.

Avinguda Diagonal, 662, 6.ª planta. 08034 Barcelona (España)
www.planetadelibros.com

Diseño de la cubierta: Compañía
Ilustración de la cubierta: © Hennie Haworth
Fotografía de la autora: © Concha Casajús
Primera edición en Colección Booket: mayo de 2010
Segunda impresión: enero de 2011

Depósito legal: B. 2.799-2011
ISBN: 978-84-08-09312-1
Impresión y encuadernación: Novoprint, S. A.
Printed in Spain - Impreso en España

A Marcial,
que hizo sitio a mis cosas

...¡Cuántas cosas!
Limas, umbrales, atlas, copas, clavos
nos sirven como tácitos esclavos,
ciegas y extrañamente sigilosas.

Las cosas, JORGE LUIS BORGES

De no ser por un cúmulo de circunstancias escasamente ordinarias, los caminos de Mario Menkell y Fernando Montalvo no hubieran tenido nunca la ocasión de cruzarse. Habían nacido con destinos distintos, y sus expectativas personales eran tan diferentes entre sí, que resultaba casi milagroso el que sus vidas se hubiesen tocado, ni siquiera de refilón, en algún punto de la sinuosa trayectoria vital de cada uno. Pero así es el azar. Así lanza los dados la fortuna. Y los hados, o algún dios sin nombre, quisieron jugar de esa forma las cartas de la suerte, quizá para divertirse, o a lo mejor para dar a Mario Menkell la oportunidad de enderezar su vida.

Estaba acabando de desayunar cuando recibió la llamada del representante de la agencia inmobiliaria. El hombre saltó por encima de los saludos de rigor —incluso de aquellos que van de la mano de la más elemental educación— para soltarle la noticia a bocajarro.

—¿Es usted Mario Menkell? Soy Losada, el de la agencia. Tengo novedades. El señor Montalvo se suicidó anteayer.

—¿Cómo dice?

—Fernando Montalvo, su inquilino. Se ha matado.

La mayoría de las veces, a Menkell le costaba recordar que estaba en posesión de un piso con arrendatario. Había heredado ambas cosas —el inquilino y la casa— de una tía en segundo grado a la que ni siquiera conocía mucho, y que no había dejado al morir parientes más próximos que un sobrino lejano. Así las cosas, Menkell había tenido que pagar a Hacienda una cantidad indecente —«¡indecente!»— para poder hacerse cargo del inmueble, un piso de cien metros cuadrados en el barrio de Chueca. El día en que se firmaron los papeles ante notario, el abogado le insinuó que si deseaba vender el piso podían encontrar alguna manera de deshacerse del hombre que lo ocupaba.

—Es un buen momento para el mercado inmobiliario. El barrio va para arriba, ¿sabe? Los maricas han hecho un gran trabajo con los yonquis y los camellos. No sé cómo se lo han montado, pero no queda ni uno. Ni uno. Puede conseguir un buen pellizco si decide vender... Y por el bicho no se preocupe.

Menkell había tardado un poco en comprender que el abogado llamaba «bicho» al hombre que pagaba el alquiler todos los meses y que había domiciliado en su cuenta los recibos del agua y de la luz.

—Ya, bueno, el caso es que... ese señor lleva diez años viviendo en el piso... y ¿no tiene un contrato indefinido?

—Sí, claro, pero... en fin, siempre hay métodos eficaces para arreglar esas cosas. —Le guiñó un ojo—. Y usted no tendría que preocuparse de nada. Si me da un poder, me encargo de todo. De hecho, conozco a un par de posibles compradores que estarían encantados de quedarse con la casa. Lo primero es largar a ese tipo. —Miró el contrato de alquiler—. Montalvo, se llama. Pero eso es cosa nuestra. Y todo por lo legal, ¿eh? Claro y transparente. Sabiendo por dónde atacar, no hay problema. Está entre profesionales.

Menkell empezaba a entender por qué aquel abogado, recomendado por un vecino, era tan condenadamente barato. No era un leguleyo, sino un mafioso. Un sicario de esos que compran pisos de renta antigua y ahuyentan a las viejecitas fingiendo que hay espíritus en la casa de al lado, o alquilando el bajo a una familia de titiriteros con cabra y todo. Así que se mantuvo en sus trece.

—Mire, el caso es que no quiero vender. No necesito el dinero. —Notó que el pecho se le hinchaba un poco al decirlo, «no necesito el dinero», y que su tono al pronunciar la frase era idéntico al que hubiese empleado el mismísimo Aristóteles Onassis. Era un placer aguar la fiesta al abogado mataviejas—. La casa es una buena inversión, y creo que los precios de la vivienda en la zona siguen subiendo. Quizá más adelante...

El picapleitos abandonó la operación que había iniciado mascullando entre dientes algo así como «a mí me da igual lo que haga con la casa, lo decía por usted, yo, ya ve, ni gano ni pierdo, sólo quería ayudarle», y Mario Menkell pensó que, para sus adentros, el abogado debía estar maldiciendo su exceso de celo. O quizá no. Quizá, simplemente, le consideraba un zoquete incapaz de olfatear un buen negocio cuando se lo ponían delante de las barbas. Sea como fuere, el tal Montalvo iba a seguir viviendo en la casa de su tía —su casa, en fin— hasta que él mismo decidiese cambiar de domicilio.

El caso es que, nada más salir del despacho del notario, Mario Menkell entró en una inmobiliaria —la primera que vio al cruzar la calle— y contrató los servicios de un agente para todo lo que concernía al cobro del alquiler. Durante diez años, el inquilino en cuestión se había entendido directamente con la propietaria, pero él no quería seguir ese modelo, a su juicio tan peligroso. Aceptó las condiciones que impuso la agencia —un veinte por ciento de la renta, lo cual era algo abusivo— y por su parte sólo puso una: no sólo no quería tener contacto alguno con su inquilino, sino que prefería no saber nada de él. Ni su edad, ni su profesión, ni su procedencia, ni ningún otro dato. Lo bueno de haber cumplido los cuarenta es que uno acaba por conocerse muy bien, y Mario Menkell sabía perfectamente que ignorar las circunstancias vitales de su arrendatario era la única forma de ponerse a salvo de impagos y otras tomaduras de pelo. Porque ¿cómo se le exige un alquiler a un hombre que tiene tres hijos? ¿A alguien que está a cargo de su pobre madre inválida? ¿A un desempleado reciente, a un individuo que ha perdido dinero jugando en la Bolsa... o en el bingo?

Menkell sabía que, teniendo en cuenta su carácter, cultivar el más mínimo trato con la persona que viviese en su piso le convertía en candidato automático a cualquier timo habido y por haber. Se sabía incapaz de negarse al recambio de una lavadora, al repintado caprichoso de una habitación, a la adquisición de una cama nueva. Se imaginaba a sí mismo dialogando con el tal Fernando Montalvo para frenar en seco sus aspiraciones de mejora domiciliaria, y siempre se veía perdiendo fuelle, encontrando inconsistentes sus argumentos de resistencia y cediendo a cualquier demanda, por injusta y rocambolesca que pareciera. Así que firmó el contrato con la agencia, entregó los papeles de la documentación que acababa de traspasarle el notario, y salió de la inmobiliaria convencido de haberse quitado un peso de encima, antes incluso de empezar a notar su opresión.

En los años siguientes, la inmobiliaria cumplió de forma escrupulosa con lo pactado, le ingresó antes del día cinco el montante de la renta —que aumentaba cada año según lo dictado por el IPC— y, de vez en cuando, le hacía llegar modestas demandas del inquilino —la renovación de un baldosín roto en el cuarto de baño, un repuesto de quemador para la cocina— cuya necesidad había sido comprobada previamente por uno de los empleados de la agencia. Menkell nunca ponía problemas y lo daba todo por bueno. Sí, definitivamente habían conseguido llegar a un statu quo beneficioso para unos y para otros.

Todo el mundo decía que podía considerarse afortunado: ¿un inquilino que llevaba quince años en la casa y que jamás había planteado un problema ni se había retrasado en el pago de las mensualidades? Había encontrado un verdadero mirlo blanco, le decían, para a continuación empezar a desgranar un rosario de experiencias calamitosas vividas con arrendatarios que parecían pacíficos y que al final habían salido rana. Eran casos horribles: el de una mujer viuda con una hija que había alquilado un apartamento para montar un prostíbulo; unos estudiantes que hicieron un extraño y gigantesco dibujo a base de quemaduras de cigarro en el parquet de un salón; un tipo que montó una plantación de marihuana en el diminuto balcón de la casa que ocupaba; una familia aparentemente ejemplar que dejó de pagar el alquiler y se atrincheró en el piso con el pretexto de que eran insolventes y no tenían a dónde ir... Menkell recordaba aquel caso por haberlo visto en la televisión: una mujer llorosa sostenía a un bebé en los brazos mientras otros dos churumbeles pedían a grito pelado que no los echasen de su casa, mientras un policía de uniforme y un tipo con corbata y aspecto atribulado —seguramente un notario— intentaban razonar con ellos.

Mario Menkell reconocía que a la vista de las imágenes se había puesto inmediatamente del lado de los sin tierra. ¿Quién es capaz de desahuciar a toda una familia así, por las buenas? ¿De obligar a unos niños a dormir en la calle? Luego, cuando conoció por casualidad al propietario del piso de marras, vio que éste no era el potentado chuleta que había imaginado, sino un pobre hombre que sólo contaba con las rentas del piso para complementar su magra pensión de minusválido. El episodio había supuesto a aquel tipo una depresión de caballo, un cuadro de ansiedad permanente que exigía medicación y más de seis mil euros en costas judiciales. Sí, cuando pensaba en aquellos casos, Mario Menkell se sentía verdaderamente afortunado con el inquilino que le había tocado en suerte. Y, ahora, el empleado de la inmobiliaria le llamaba para informarle de que su arrendatario modelo, el objeto de deseo de todos los dueños de pisos en alquiler del mundo, se había marchado al otro barrio por voluntad propia.

—Ocurrió ayer. Lo encontró la mujer de la limpieza. La pobre tuvo un ataque de nervios, ya se puede suponer...

La mujer de la limpieza... es decir, que el hombre se había matado dentro de la casa. Ay, era incluso peor de lo que había imaginado. No se atrevía a preguntar cómo lo había hecho. ¿Se habría pegado un tiro, salpicando así las paredes de sangre y de restos de masa encefálica? ¿Habría abierto la espita del gas, provocando una explosión? Por fortuna, el otro interrumpió sus elucubraciones.

—Murió por asfixia. Vamos, que se ahorcó.

Bueno, eso parecía más civilizado. Al menos, es una forma limpia de quitarse de en medio. Aún así, pensó Menkell, a la mujer del servicio le iba a costar Dios y ayuda olvidar la imagen del cuerpo de Montalvo colgando de una cuerda. Sintió una oleada de compasión por aquella desconocida.

—La policía nos llamó a nosotros. Como el señor Montalvo no tenía ni una sola referencia de usted...

Menkell creyó percibir cierto tono de reproche en aquella frase. Después de todo, el de la inmobiliaria tenía derecho a estar enfadado. Un veinte por ciento de la renta no compensa las molestias que ocasiona un caso de suicidio. Intentó hacer partícipe de su consternación al tal Losada.

—Créame que siento mucho...

—Tuve que ir yo personalmente a reconocer el cadáver. —A Menkell le pareció que el otro ni siquiera le escuchaba—. ¿Se imagina? El jefe me dijo que le llamase a usted, y estuve a punto, pero luego pensé que si nunca había visto la cara del señor Montalvo, de poca ayuda iba a resultar en eso de la identificación. Así que pensé: ¿Y para qué voy a avisarle? Eso fue lo que le dije a la policía: El señor Menkell sólo va a servirles para estorbar. Y en casos como éste, ya se sabe: cuanto menos bulto, más claridad.

Mario Menkell se dijo a sí mismo que, a pesar de la rudeza de sus formas, el hombre de la inmobiliaria era todo un ejemplo de sensatez.

—¿Y... y su familia? La de Montalvo, quiero decir... lo más lógico sería que ellos...

—No, no, el hombre no tenía a nadie. O al menos eso comentó la policía. Hicieron averiguaciones. Al parecer, no era de aquí, y no se ha podido localizar a ningún pariente. Resumiendo, que fui yo quien se comió el marrón. Y no resultó agradable, no señor. Ni creo que esté entre mis obligaciones la de identificar fiambres.

Menkell se dijo que el tipo de la inmobiliaria tenía toda la razón. Posiblemente percibía un sueldo miserable —la zona del umbral del decoro en los salarios había ido descendiendo durante cada año del tercer milenio hasta alcanzar proporciones bochornosas— que apenas le alcanzaba para cruzar la frontera del fin de mes. Y además de recorrer Madrid para enseñar casas, perseguir inquilinos morosos y tarifar con propietarios maleducados, también había tenido que examinar un cuerpo, Dios misericordioso, un cuerpo exánime y helado, el cuerpo yerto y tieso de un suicida anónimo para que alguien pudiese ponerle nombre y apellido. No era justo, y Mario Menkell reconocía su responsabilidad en aquella nueva zancadilla que la suerte había tendido al desdichado trabajador del sector inmobiliario.

—Lo siento de verdad —repitió, sin ninguna esperanza de que le creyese.

—Ya. Bueno, qué le vamos a hacer. El caso es que Montalvo está en el depósito, así que no va a darnos más trabajo...

El uso del plural le pareció a Menkell algo tranquilizador. ¡A pesar de haber sido causante indirecto de su mal trago, aquel hombre estaba pensando en él como... como en un compañero de fatigas! Estaba claro que ya le había perdonado. Ahora estaban juntos en aquello. Aunque era justo reconocer que hasta entonces el otro se había llevado la peor parte.

—... y lo que tenemos que hacer ahora es encontrar otro inquilino. Pero primero, por supuesto, hay que vaciar el piso.

—No, no, no, lo alquilaremos amueblado. Somos un equipo, ¿no es cierto?, usted y yo. Así no perderemos el tiempo. En realidad, todo el mundo quiere pisos amueblados. Resultan más económicos... o, al menos, eso creo.

—Me parece que no lo entiende. No hablo de armarios, ni de camas... hablo de las cosas del señor Montalvo. Sus libros, sus discos, sus adornos... ya sabe, todos esos chirimbolos que la gente no quiere tirar ni aunque la maten, así valgan menos que una mierda pinchada en un palo.

—Bueno —Menkell trataba de ser optimista—, de todos modos, no creo que sea para tanto.

Al otro lado del teléfono se oyó una especie de carcajada seca, que luego se volvió cavernosa y casi amenazadora.

—¿Sabe, don Mario? Usted no conocía a Fernando Montalvo. Pero yo sí. Y le aseguro que lo que tiene en el piso de usted *sí* que es para tanto. Vaya que si lo es. Para tanto y para mucho más. Hagamos una cosa. —A Menkell le pareció que la voz del otro había adquirido un matiz festivo, casi triunfante, como el que dice «ahora te vas a enterar, tío listo, vas a saber lo que vale un peine»—. Veámonos ahora mismo y le enseño la casa. No se preocupe, no hay ni rastro de lo ocurrido.

Mario Menkell se dio cuenta de que por unos instantes había olvidado las especiales circunstancias que rodeaban la pérdida de su inquilino, pero agradeció íntimamente la aclaración. No estaba preparado para encontrarse, qué se yo, una cuerda colgando, o la silueta de un cuerpo dibujada con tiza en el suelo de parquet.

—¿Nos vemos a las once en el portal del edificio?

—A las once en punto. Y ya verá usted si es para tanto o no.

Antes de colgar, a Menkell le pareció que volvía a reírse. Se sentó en el sofá del salón y miró a su alrededor, como si pudiese encontrar algo sorprendente en el universo habitual de las cuatro paredes de su casa. De pronto se sintió mortalmente cansado. Un hombre muerto. Un suicidio en un piso que era de su propiedad. Gracias a Dios que en su momento había arreglado las cosas para que la inmobiliaria se ocupase de todo lo tocante a... a... En un alarde de masoquismo, intentó imaginarse que era a él a quien la policía llamaba para pasar revista a un cuerpo ignoto. Un escalofrío recorrió el cuerpo de Menkell. Qué horror, pensó, qué espanto. Él no hubiese sido capaz de hacer lo que aquel hombre de la inmobiliaria, entrar en la casa, o —cielo santo— en el depósito de cadáveres, y observar con atención cómo un policía apartaba una sábana del rostro del muerto para que él pudiese dar los datos necesarios sobre su filiación y procedencia. Se prometió a sí mismo que encontraría un modo de compensar al buen hombre de la agencia, que había asumido por él la ingrata tarea de ubicar correctamente en el registro de fallecidos a un desdichado cadáver anónimo.

Mario Menkell se preguntó qué razones habrían llevado a Fernando Montalvo a quitarse la vida, y sintió un ramalazo de pánico al pensar que quizá habían sido los problemas económicos los que le habían hecho acelerar voluntariamente su ingreso en el mundo de los muertos. Quizá la angustia por no poder hacer frente a las mensualidades de la casa... Menkell sintió cómo la frente se le perlaba de sudor: si aquel hombre se había matado por no poder pagar el alquiler, él... bueno, no podría superarlo nunca. Pensó entonces que, antes de tomar una decisión tan expeditiva como la de colgarse, cualquier persona habría hecho algún intento negociador con la agencia, cosa que la inmobiliaria le hubiese comunicado de inmediato. El corazón volvió a ensanchársele un poco. No, no podía ser un asunto de dinero. Tenía que tratarse de otra cosa. Una cuestión de amores, tal vez. Aunque bien es verdad que a Menkell no le parecía posible que alguien decidiese morir por una razón puramente sentimental. Él mismo llevaba años enamorado sin esperanza de la misma mujer —en ese tiempo, ella incluso se había casado con otro— y jamás se le había pasado por la cabeza resolver sus frustraciones amorosas con un suicidio.

Menkell se preguntó por qué de pronto tenía tanto interés en conocer los detalles de la muerte de Fernando Montalvo, si siempre se había negado a estar al tanto de los detalles de su vida, y una vez más se dijo que el género humano es eminentemente incomprensible. Se secó el sudor de la frente con un pañuelo, cerró los ojos y se animó pensando que, con un poco de suerte, la inspección de la casa acabaría en cosa de media hora: a las doce y cuarto tenía que impartir un seminario en la universidad, y nunca, en catorce años, había llegado tarde a ninguna de sus lecciones.

Mario Menkell daba clase de Creación Literaria. Los que le conocían pensaban en secreto que Menkell era la última persona en el mundo que hubiesen considerado capaz de escribir un libro, pero él lo había hecho. Catorce años atrás había alcanzado un notable éxito literario con su primera —y última— novela, titulada *Lo que me contó Bernard M.*, que fue saludada con entusiasmo por la crítica y muy bien tratada por los lectores. Se vendieron siete ediciones, cuarenta mil ejemplares en total, y Mario Menkell —que tenía entonces treinta y tres años— vio cómo se alzaban ante sí unas cuantas oportunidades inesperadas.

La de las clases fue una de ellas. La universidad privada Luis de Camoens acababa entonces de abrir sus puertas, incluyendo entre sus estudios de Humanidades una serie de seminarios de título pomposo —Historia de la Propaganda Política: las Guerras Ganadas en la Galaxia de los Medios; Cine y Literatura: Fronteras Difusas entre Dos Formas de Expresión; Camino del Nirvana: las Religiones Orientales y su Incidencia en la Sociología Contemporánea— y al rector se le ocurrió que podría ser una buena idea contar con un escritor que impartiese una clase de técnicas literarias. Alguien sugirió el nombre de Mario Menkell, y cuando le llamaron para hacerle la propuesta él aceptó enseguida, aunque no creía que las técnicas narrativas existiesen, no creía que hubiese una sola persona en el mundo capaz de enseñar a escribir a otra que no sabía hacerlo, no creía que el arte de redactar novelas fuese susceptible de aprenderse y, finalmente, tampoco creía que él mismo pudiera ser considerado un escritor. Aunque no se lo había dicho a nadie —ni siquiera a su editor, que le animaba a entregarle otro original «cuanto antes, para aprovechar el tirón que tienes ahora»—, Mario Menkell estaba convencido de haber volcado todo lo que tenía en su primera novela. Sólo poseía una historia —una gran historia, para qué negarlo— y era la que había escrito en *Lo que me contó Bernard M.* Así que, pese a lo que esperaban de él sus editores, sus lectores y hasta los libreros, ya no le quedaba nada más que decir. De todas formas aceptó la oferta de la universidad: tenía mucho tiempo libre y una acuciante necesidad de llenarlo.

Aparte de eso, la idea de enseñar cualquier cosa siempre le había parecido atractiva, como también la de tener un horario —las circunstancias en que se había desarrollado su vida durante los últimos años se lo habían impedido— y la posibilidad de formar parte de una comunidad académica. Había algo limpio, sanamente hermoso, en el acto de integrar un grupo de divulgadores del conocimiento, o al menos eso pensaba él. A pesar de su sentido de la humildad, de la conciencia de su propia insignificancia, Mario Menkell pensaba que cualquiera que enseñe algo tiene derecho a colocarse en un peldaño superior, en otro plano vital completamente distinto. Él nunca había soñado con alcanzar ese plano, pero si ahora se le ofrecía aquella oportunidad, no pensaba rechazarla, por mucho que tuviese una muy escasa fe en las técnicas de escritura, los aprendices de novelistas y su propia capacidad docente como supuesto autor.

Cuando empezó a dar clase como profesor asociado, él estaba en el punto álgido de su buena prensa —otros lo llaman fama, pero no Mario Menkell— y la Luis de Camoens, todavía en pañales. Ante su horror —era un hombre modesto, que no tenía una gran opinión de sí mismo y prefería ser ignorado a alabado en exceso— fue presentado al claustro como un fichaje estelar, y a los alumnos como un futuro premio Nobel. El propio Menkell fue el único consciente de la exageración: los demás profesores, los chicos, los miembros de la Junta, pensaban que el hecho de contar con su presencia constituía un verdadero lujo. Desde entonces habían pasado casi catorce años y muchas cosas: él se había sumido en un perenne silencio narrativo —que en la editorial querían atribuir al consabido «bloqueo del escritor»— y la universidad había experimentado una considerable, sorprendente transformación.

El centro universitario Luis de Camoens había nacido sin una particular vocación academicista: más bien se trataba de dar una opción de estudios superiores a un puñado de niños de papá incapaces de llegar al nivel de exigencia de los centros públicos, e incluso de los menos prestigiosos entre los privados. En principio, los fundadores habían soñado con manadas de postadolescentes sin muchas luces, con pléyades de indocumentados de trece apellidos, con hordas de muchachos y muchachas de saneada cuenta corriente y escasa materia gris cuyos padres —resignados por fin al hecho de no haber engendrado precisamente a una lumbrera— viesen en la Luis de Camoens la única oportunidad de redención para sus vástagos. Aquella grey de chicos y chicas atontolinados encontraría en el centro una posibilidad, la única, de alcanzar un título universitario que enarbolar como bandera durante los años por venir.

En la reunión fundacional, alguien se atrevió a dudar en voz alta de la utilidad real de estar en posesión de un título superior, y toda una tromba airada contestó a voz en grito dejando solo al opositor. Tampoco está muy claro para qué sirve el apéndice y, sin embargo, está ahí, tampoco valen para nada las orejas y nadie quiere cortárselas, por el amor de Dios, dijo Claudio Saldaña, ganándose el aplauso de la mayoría por la claridad de los ejemplos propuestos. Estaba claro que la Universidad Luis de Camoens no pretendía hacer competencia a los centros de la Ivy League. Sólo iba a ser un buen negocio a base de obtener subvenciones, cobrar matrículas estratosféricas y permitir a unos cuantos inversores acceder a los programas de mecenazgo y a la subsiguiente exención de impuestos. Si además se hacía una labor social otorgando un título a toda una generación de tontos de remate, mejor que mejor.

Claro que las cosas nunca salen como se planean, ni siquiera cuando es un comité de supuestos expertos quien hace los planes. Claudio Saldaña, el rector, no sabría determinar en qué momento el proyecto tan cuidadosamente pergeñado se salió de madre, y cuándo unos cuantos niños bien de lustroso expediente académico solicitaron plaza en la universidad. Quizá venían huyendo del nido multirracial y descontrolado en que se estaba convirtiendo la universidad pública. Quizá llegaban atraídos por la publicidad del centro, «el noventa y nueve por ciento de nuestros titulados encuentra colocación a los tres meses de graduarse», publicidad que, de modo muy misericordioso, omitía el dato de que los graduados de marras habían hallado trabajo en alguna de las prósperas empresas familiares. Los pertenecientes a ese uno por ciento que se quedaba en el paro era porque *a)* no necesitaban trabajar o *b)* eran tan rematadamente torpes que ni sus propios padres querrían darles empleo.

Sea como fuere, los ricos y bobos empezaron a dejar sitio a una nueva generación de chavales espabilados y de economía tan boyante como sus precursores. Y un buen día el rector se dio cuenta de que sus proyectos se habían quedado pequeños, y que el centro Luis de Camoens ya no era un nido de tontos del bote, sino que por los bien cuidados jardines del campus paseaban a diario chicos y chicas preocupados por su futuro, jóvenes brillantes y bien dotados intelectualmente, que apreciaban las ventajas de recibir las lecciones en grupos de veinticinco alumnos y de no cruzarse en los pasillos con contemporáneos de dudosa procedencia social, cultural y étnica. Cualquier persona que se encontrase tras aquellos muros había sido bendecida con los dones de la buena suerte, de forma que en aquel centro no había posibilidad de encontrarse con lo que siempre se ha dado en llamar «malas compañías».

La evidencia de que la Luis de Camoens era un buen lugar para hacer amistades —y para encontrar una media naranja que correspondiera a las mejores expectativas de futuro— supuso una nueva campaña publicitaria para el centro. Los alumnos de la Camoens salían entre ellos, tonteaban entre ellos, follaban entre ellos y, a veces, también se casaban entre ellos, lo cual era gratificante para los padres y para los fundadores del tinglado, que cuando se enteraban de un nuevo caso de endogamia rematado en el altar suspiraban satisfechos, conscientes del decisivo papel que la universidad había jugado en el feliz cruce de los destinos de dos seres que, en el fondo, estaban destinados a encontrarse para seguir manteniendo pura la admirable estirpe de los privilegiados.

Así, casi tres lustros después de abrir sus puertas por primera vez, la universidad podía permitirse el lujo de prescindir para siempre de los alumnos con expedientes impresentables y notas sonrojantes en el examen de selectividad, y pasar a repartir sus pocas plazas entre hombres y mujeres que, además de llevar apellidos ligados a las élites empresariales del país, habían demostrado estar preparados para enfrentarse al futuro. Por eso no fue difícil convencer a un puñado de universidades americanas de lo interesante que sería organizar un programa de intercambios entre alumnos de uno y otro lado del charco. Cinco universidades mordieron el anzuelo —no la de Cornell, por supuesto, ni tampoco Harvard o Princeton— pero la existencia de un interesante sistema de estudios mixtos que culminaba con la obtención de una licenciatura por un centro español y otro americano acabó por convertirse en otro estupendo reclamo para la LC. Es verdad que algunas voces no autorizadas ponían en solfa la validez académica de aquellos títulos híbridos —licenciado en Administración de Empresas por la Universidad Luis de Camoens y la Saint James University de Minneapolis, licenciado en Comunicación por la Universidad Luis de Camoens y el William Connors Center de Filadelfia—, pero en el fondo los aguafiestas que criticaban el plan de estudios Europa/América eran sólo cuatro o cinco resentidos, «mediocres, cazurros de medio pelo que ni siquiera han cruzado los Pirineos, por todos los santos», y las peticiones para los programas de intercambio se dispararon dos cursos después de que empezasen a funcionar.

También la solicitud de plazas alcanzaba niveles inimaginables: sólo había un puesto en las aulas para cada siete aspirantes. Cuando se acercaba la época de selección de nuevos alumnos —el plazo de prematrícula se abría en el mes de mayo y se cerraba a principios de junio— se iniciaba también un vertiginoso proceso de tráfico de influencias, y los responsables del trabajo selectivo recibían decenas, cientos de llamadas, cartas y correos electrónicos recomendando a este o a aquel aspirante. Bien es verdad que si alguna de aquellas peticiones tenía por objeto la admisión de un alumno cuyo expediente no llegase al ocho, era automáticamente desestimada. Si, por una rara carambola del destino, la Universidad Luis de Camoens había acabado por convertirse en un centro de élite, el rector no estaba dispuesto a que las cosas cambiasen por quedar bien con un puñado de pedigüeños, y en eso —gracias al apoyo de la Junta— pudo mostrarse inflexible.

Una vez hecha una primera criba siguiendo criterios puramente académicos, entraban en juego los bien llamados «enchufes», y era entonces cuando el grado de presión que se ejercía sobre el Comité de Admisiones rozaba el límite de lo tolerable. A veces llegaban extensas misivas redactadas a mano, humillantes notas de súplica, incluso generosos regalos, pero también se recibían cartas agresivas, llamadas violentas y hasta amenazas explícitas. Los miembros del Comité estaban hartos de denunciar aquellos actos destinados a minar su ánimo y su ecuanimidad, pero el rector les quitaba importancia y se sentía incluso orgulloso de que una plaza en su universidad se hubiese convertido en algo por lo que muchos estaban dispuestos incluso a rozar el delito. Y mientras, el precio de las matrículas y las mensualidades subía cada año sin que nadie protestara por ello. Las donaciones se multiplicaban, como también las ofertas de patrocinio de distintas fundaciones, y, a través de las empresas en las que trabajaban, los antiguos alumnos hacían contribuciones a la biblioteca o a alguno de los laboratorios y firmaban convenios de prácticas remuneradas para los estudiantes de último curso. ¿Qué más se podía pedir, pensaba el rector? ¿Qué otra cosa podían demandar de la suerte? Destinado a ser un refugio de botarates, parido a trancas y barrancas para saciar la titulitis de los padres de un montón de jóvenes zoquetes, el centro universitario Luis de Camoens había acabado por convertirse en una arcadia académica. En la clase de sitio con el que ni los fundadores más optimistas se habían atrevido a soñar en los primeros tiempos.

Teniendo en cuenta su evolución, parecía lógico que también el claustro de profesores de la universidad hubiese sufrido explicables mutaciones. Sin embargo, y aunque la nómina de docentes fue obviamente ampliada en función de las necesidades dictadas por la nueva situación, aquellos que habían participado en el proyecto inicial de la Luis de Camoens conservaron sus trabajos. Mario Menkell había sido uno de los pioneros en la universidad. Cuando las cosas empezaron a cambiar, pensó que su pobre currículum académico —cuya sola ventaja era aquella endeble condición de escritor de una única novela— iba a convertirle en uno de los primeros candidatos al despido, y se resignó a ello como antes se había resignado a otras cosas bastante más difíciles de digerir. Sin embargo, cuando pasaron los meses y en vez de una carta de rescisión de contrato apareció en su casillero una oferta de renovación —que incluía incluso un ligero aumento de las horas docentes— se sintió a la vez aliviado e intrigado. Sabía perfectamente que cualquier otro escritor podría impartir sus seminarios igual o mejor que él, y dado el prestigio que la universidad iba adquiriendo, no sería difícil que un joven autor consagrado y más conocido aceptase tomar el relevo. Menkell era lo suficientemente sensato como para saber que *no* era el mejor profesor del mundo, y que tampoco estaba entre los veinticinco escritores más respetados por la crítica... quizá ni siquiera estaba entre los cincuenta. Entonces, ¿a qué venía tanta magnanimidad? ¿Por qué no le despedían? ¿Por qué no prescindían de él, o de gente como Adolfo Blázquez, el triste profesor de Filosofía del Derecho, que era medio gangoso y se aturullaba al hablar? ¿O de Dorinda García, que enseñaba Introducción a la Literatura del Siglo XX y estaba tan chapada a la antigua que se ruborizaba al hablar de Bukowski o de Henry Miller? ¿Dónde estaba el truco? pensaba Menkell. ¿Dónde la trampa, dónde la clave del golpe de suerte que les había permitido conservar sus trabajos?

La explicación era bien sencilla. Aunque todos pensaban que habían sido cuestiones de lealtad lo que había llevado a la Junta a respetar sus puestos, en realidad lo que no quería nadie era sembrar el ámbito universitario de ex profesores rencorosos que ingresasen en otras instituciones dando cuenta de la intrahistoria del centro Luis de Camoens, hablando de los alumnos imbéciles con los que habían tenido que lidiar y de los exámenes horripilantes que habían tenido que calificar con un aprobado —en el mejor de los casos— para responder a los objetivos iniciales marcados por los fundadores. Era peligroso que alguien pudiese hablar de aquellas deprimentes reuniones claustrales en las que el rector suplicaba a los profesores que abriesen la mano y cerrasen los ojos ante las faltas de ortografía, el absentismo, la ignorancia supina, la burramia en estado puro. No, la Luis de Camoens necesitaba de una amable ley del silencio para que nadie pudiese dar cuenta de los años oscuros. Se impuso, pues, una amistosa *omertá*, espoleada por sueldos decentes, horarios sensatos y razonables condiciones laborales.

Eso sí, de acuerdo con los tiempos gloriosos que se avecinaban, la universidad contrató a una veintena de nuevos profesores que venían avalados por su labor previa en distintos centros públicos. Habían salido de allí huyendo de los salarios indignos y la complicada endogamia de un sistema que no siempre era justo en lo tocante a promociones y ascensos. Aquellos hombres, aquellas mujeres, llegaron a la Luis de Camoens atraídos por el canto de sirenas de unos emolumentos generosos y una cómoda situación de docencia: clases con pocos estudiantes, férrea disciplina, absoluto control del alumnado y completa libertad de cátedra: siguiendo unas mínimas pautas programáticas, cada uno enseñaba como quería, e incluso lo que quería. Daba igual el título de la asignatura que se impartiera, pues los profesores tenían permiso para adaptar los contenidos a voluntad. Así que, si una plaza en la universidad Camoens se había convertido en objetivo prioritario de miles de futuros licenciados, un puesto en su claustro era la pieza más codiciada entre los doctores en ejercicio.

Hay que decir que los profesores recién incorporados miraban ligeramente por encima del hombro a sus colegas veteranos —que eran evidentemente más torpes y estaban peor preparados que ellos—, y también que hicieron algunas cábalas para justificar la permanencia en la Luis de Camoens de personajes como el profesor Blázquez, con su media lengua, o la profesora García y su eterna amenaza de rubor cada vez que se iniciaba la lectura en voz alta del fragmento de alguna novela contemporánea, pues le aterraba la sola posibilidad de que apareciesen en el texto palabras como «culo» o «follar». ¿Por qué se les mantenía en sus puestos? ¿Por qué se seguía consintiendo que aquellos personajes vagamente ridículos reinasen humildemente sobre un diminuto territorio —las asignaturas que impartían— en una universidad de élite? ¿Por qué nadie los mandaba a casa? ¿Por qué no se permitía que otras personas mejor formadas, mejor preparadas, con más peso académico, ocupasen los lugares que tan indignamente rellenaban individuos como Dorinda García o Alfonso Blázquez? Como no había respuesta para aquella pregunta que ninguno se atrevía a formular en voz alta, los profesores más cualificados se limitaban a despreciar sin mucho disimulo a aquellos que, a su juicio, «no daban el nivel». Los interesados eran conscientes de la escasa simpatía que generaban entre sus colegas, pero como la campaña de acoso que habían organizado contra ellos era más bien pobre y se limitaba a una sucesión de miradas torvas, sonrisas sardónicas y caídas de ojos, tomaron la sabia decisión de ignorar las provocaciones y pensar aquello de «ande yo caliente...». El resultado fue que, a pesar de los pesares, entre los docentes de la Luis de Camoens se respiraba un ambiente de convivencia bastante más amable que el que se daba en otros centros de estudios.

Algo tranquilizaba a Mario Menkell, y era saber que no se encontraba entre los profesores más contestados. La suya era una asignatura demasiado específica, de escaso valor curricular, y él no estaba en ningún modo interesado en entrar en pugnas absurdas por la obtención de honores académicos. Ni siquiera era doctor, impartía materias de las llamadas «de libre configuración», y se había situado bastante al margen de la feria de vanidades en la que se había convertido la vida universitaria. Menkell sabía que no representaba una amenaza. Le ocurría desde niño: nunca nadie se había sentido ni mínimamente intimidado por él. Quizá era por su aspecto inofensivo y enclenque, quizá por su personalidad desdibujada, quizá por aquella timidez que con el tiempo había vencido sólo parcialmente, nunca nadie vio en Menkell a un rival a batir. Y no lo lamentaba en absoluto. Había vivido cuarenta y siete años ignorando el funcionamiento de los pequeños centros de poder, ajeno a las guerras de guerrillas que se libran a diario en cada uno de los círculos concéntricos de la sociedad moderna, voluntariamente ajeno al complicado mecanismo de los celos y las envidias. Cada vez que meditaba sobre ello, se sentía afortunado por haber nacido y crecido así, por tener un carácter tan escasamente combativo, tan oportunamente gris.

Tampoco nadie había puesto nunca en solfa a la profesora Beatriz Millares. Daba clase de Historia e Historia del Cine a los alumnos de Humanidades y de Ciencias de la Comunicación, y era una mujer agradable y vital, discretamente inteligente y bastante bien preparada —había obtenido un doctorado por Berkeley—, tanto que eran muchos los que no entendían cómo había recalado en la Universidad Luis de Camoens durante los años oscuros, cuando podría haber aspirado a puestos algo más elevados. Enseñar a una caterva de pijos idiotas no es el sueño dorado de una doctora por Berkeley. Sin embargo, Beatriz Millares llevaba un año en España buscando trabajo, enviando currículos y exhibiendo de una forma cada vez más desesperanzada su título superior por una universidad americana, cuando le hablaron de la Luis de Camoens, y aceptó la primera oferta que le hicieron. Mario Menkell daba las gracias cada día a las añagazas de la fortuna: llamada como estaba a ocupar lugares mejores, Beatriz Millares había pasado a aceptar un puesto mediocre en una universidad mediocre: lo mismo que él. Nacidos ambos para otros destinos —superior el de Beatriz, menos amable el suyo— la vida les había hecho coincidir a mitad de camino.

Lo curioso es que Beatriz Millares estaba tan satisfecha de su suerte como Mario Menkell con la suya. Era una de esas personas que, gracias al desarrollo de una extraordinaria capacidad de adaptación a las circunstancias, no dedican más tiempo del estrictamente necesario a dar vueltas a las cosas. Sí, cuando estudiaba en Berkeley, Beatriz estaba convencida de que le esperaban trabajos más estimulantes que la docencia en una universidad privada hecha para regurgitar al mundo a un montón de indocumentados después de proporcionarles una leve pátina cultural, pero qué se le iba a hacer. Ya vendrían tiempos más prósperos, se decía, y vinieron, cuando la universidad cambió de categoría y se convirtió en un centro modelo. Beatriz obtuvo una recompensa a su sabia mezcla de paciencia y talento: fue nombrada vicedecana de la sección de Humanidades, y pudo al fin poner en práctica todo lo que había aprendido al otro lado del charco, además de convertirse en una de las principales impulsoras del programa de intercambios merced a sus buenos contactos con unas cuantas universidades estadounidenses.

Cuando Beatriz Millares fue ascendida, Mario Menkell llevaba ya tres años y seis meses enamorado de ella. Era, por supuesto, un amor secreto: desde que la viera por primera vez en una reunión de profesores a principio de curso, Menkell había catalogado a la profesora como ser inalcanzable, de forma que se resignó a adorarla en secreto, y consideró un premio de consolación el ganarse su confianza y el mantener con ella una relación que podía calificarse de amistosa. Otro más avezado o menos tímido que Mario Menkell se hubiese envalentonado con las muestras de simpatía que le prodigaba Beatriz, pero era tan consciente de estar en inferioridad de condiciones con respecto a ella —que era más inteligente, más lista, considerablemente más atractiva desde el punto de vista físico— que ni siquiera pensó en la posibilidad de ser correspondido. Cuando, años después, Beatriz le presentó al hombre con el que pensaba casarse, Menkell se llevó una de las más amargas sorpresas de su vida: el elegido era un tipo vulgar y falto de gracia, sombrío hasta rozar la mala educación, apalominado y lerdo. En aquella ocasión, Baldo Gómez le había saludado con la mano blanda y gruñendo cuatro palabras ininteligibles que dejaban claro que no tenía el menor interés en conocer más profundamente al colega de su prometida.

Aquel día Mario Menkell volvió a su casa aturdido: había querido convencerse de que el elegido de Beatriz Millares era alguien como ella, un tipo guapo, alegre, comunicativo, un hombre sobresaliente, una persona tan distinta al propio Menkell que ni siquiera hubiera sido justo envidiarle, pues pertenecía a ese tipo de seres que han llegado al mundo con el propósito de distinguirse de los demás. Y en lugar de ese modelo perfecto, Beatriz había seleccionado a un hombre gris, corriente y moliente, que —intuía Menkell—, llegado el momento, podía ser incluso francamente desagradable.

Menkell asistió a la boda de Beatriz con el corazón roto y un traje que parecía quedarle grande —en realidad, toda su ropa le quedaba así— y un comentario escuchado en la mesa que compartía con otros compañeros de la universidad acabó por poner la puntilla a su ánimo en desmayo. Alguien enardecido por el alcohol —y expresando seguro el sentir de todos— se atrevió a preguntar en voz alta cómo Beatriz podía haberse casado con un sujeto como Baldo Gómez.

—Pues porque era lo que había —contestó Oriol Sánchez, que también estaba bastante achispado—. Cuando una mujer cumple los cuarenta, deja de considerarse en posición de escoger, y se larga con el primero que se lo pida.

Lo siguiente fue una sucesión de indignadas protestas femeninas, aseveraciones de los hombres y comentarios más o menos gruesos de los que Menkell, obviamente, no participó. Pero aquella noche volvió a su casa sintiéndose débil y miserable, porque aquella conversación había refrendado lo que llevaba semanas sospechando: que, de la misma forma que se había casado con Baldo Gómez, Beatriz Millares hubiera podido casarse con él. Pero Mario Menkell había llegado tarde a esa conclusión, como a tantas otras cosas en la vida.

Consciente de haber perdido por voluntad propia una posibilidad fabulosa, Menkell decidió contentarse con lo que a él le parecía un nada despreciable premio de consolación: la certeza de que Beatriz le apreciase, y el hecho de poder compartir con ella unos minutos casi todos los días, cuando se encontraban en los pasillos de la universidad o en la sala de profesores, y ella le dirigía una de sus sonrisas siderales antes de iniciar una charla breve que, durante unos instantes, daba sentido a la vida anodina de un pobre profesor de escritura creativa.

Mario Menkell llegó antes que Losada al portal del edificio. Tuvo que mirar el papel donde había anotado la dirección, porque era la primera vez que estaba allí. No pudo evitar preguntarse si, a pesar de que el de la agencia había asegurado lo contrario, habría en la vivienda pruebas de la muerte de Fernando Montalvo. ¿Estaría la soga aún colgada de la viga correspondiente? ¿Permanecería en el suelo la marca de tiza que señala la presencia de un cuerpo muerto, y que tan popular han hecho las películas? ¿Quedarían restos del polvillo utilizado por los policías para localizar huellas dactilares? ¿Del precinto de seguridad que manda colocar el juez? Hizo lo posible por alejar de su cabeza aquellas escenas, dignas de aparecer en el mejor episodio de CSI. Tenía que relajarse. Pero es que todo aquello era inquietante por muchas razones, empezando por la certeza de estar enfrentándose a un territorio desconocido. Por tercera o cuarta vez en aquel día se repitió que su actitud con respecto a Montalvo y a aquella casa no había tenido ni pies ni cabeza. ¿Qué le hubiese costado pasar por allí, saludar a su inquilino, echar un vistazo al piso, a las zonas comunes? Por puro instinto, pegó la nariz a la puerta para inspeccionar el portal, que estaba pintado de un feo color mostaza y medio iluminado por dos apliques que esparcían avaramente una luz amarilla y débil.

—¿Qué es lo que quiere? Esto es propiedad privada. Voy a llamar a la policía...

Era una mujer bajita y delgada, con el pelo cortado en forma de casco y un gato atigrado en los brazos. Menkell iba a ofrecer las explicaciones pertinentes cuando llegó Losada.

—No se preocupe, doña Sole, es el dueño del segundo A...

La mujer abrió mucho los ojos.

—Perdone usted. Es que por este barrio hay mucho pervertido. Bueno, hay pervertidos en todos los sitios, pero aquí, últimamente... usted ya me entiende.

Menkell no entendía, por supuesto, así que se limitó a sonreír. Losada le estrechó la mano con cierta solemnidad.

—Señor Menkell... encantado... le he reconocido enseguida, este negocio te desarrolla un sexto sentido. En fin, vamos a lo nuestro. Tendremos que ir por la escalera, no hay ascensor.

—Sí, que, por cierto —doña Sole acariciaba a su mascota—, no saben el número que fue lo de sacar el cuerpo del señor Montalvo, con los de la funeraria tropezando en todos los escalones y la gente saliendo a la escalera a ver el espectáculo... Bueno, y la casa llena de policías, que eso a mí me impresiona muchísimo.

Menkell dio un respingo. No quería detalles, no quería imaginar cosas raras, así que sin esperar al fin del relato echó a andar escalera arriba, perseguido por Losada y por la imagen mental de un cadáver envuelto en una sábana y transportado a hombros por unos probos operarios que maldecían su trabajo de manipuladores de muertos. Cuando llegó al segundo estaba sin resuello, pero llevaba al de la agencia varios cuerpos de ventaja.

—Está usted en forma, ¿eh? —Losada sacó unas llaves y abrió la puerta—. Adelante, adelante.

A Menkell no le pasó inadvertido que Losada estaba observándolo en espera de su reacción. Entró con cautela. En el vestíbulo no había nada anormal, salvo una *boiserie* de madera oscura coronada por una lámpara cuyo pie era un respetable buda de alabastro, y tres huchas antiguas del Domund en forma de cabeza de chinito. Por lo demás, las paredes estaban ocupadas por una estantería hecha a medida y llena de libros.

—Así que Montalvo era aficionado a la literatura...

Losada asintió con la cabeza.

—Entre otras cosas...

Mario Menkell supo que aquella frase tenía un sentido último que iba a serle revelado de inmediato. Fue entonces cuando entró en el salón, encendió la luz y empezó a comprender: la pieza, de unos treinta metros cuadrados, estaba misteriosamente empequeñecida por la acumulación de muebles: un sofá, tres butacas de cuero, una mesa auxiliar de cristal, una mesa de comedor rodeada por cuatro sillas de marquetería, dos aparadores con vitrina, un biombo Coromandel con sus primorosos acabados en marfil y nácar, dos lámparas de pie y cinco lámparas pequeñas de pantalla entelada, un reluciente samovar de plata envejecida, un dispensador de whisky, un diminuto mueble bar con los correspondientes licores, un armario de comedor de madera oscura con tiradores de bronce, un taburete artesano con las patas labradas en forma de garras de león, una tríada de mesitas indias con sus dibujos de mosaico... El suelo estaba cubierto por tres alfombras, y los escasos huecos libres de las paredes habían sido ganados por estanterías atiborradas de los objetos más variopintos. Con los ojos vidriosos, Menkell se acercó para examinar alguno de ellos. Había dos baldas ocupadas por una colección de cochecitos de lata, y otras tres por una veintena de cabinas de teléfono en miniatura. Otras contenían maquetas de casas alpinas, de trenes antiguos, de catedrales góticas. La superficie de la cómoda estaba cubierta de animalitos de madera, y bajo el cristal de la mesa había un montón de cajas diminutas forradas de seda. Sin poder evitarlo, Menkell se derrumbó en un sillón, y miró a Losada con los ojos empañados y una expresión de súplica, como si necesitase desesperadamente la solidaridad de un ser humano.

—Le... le gustaban las miniaturas...

Losada se dio cuenta de que Menkell quería que le dijese que la cosa acababa ahí. Que todas las sorpresas de la casa empezaban y terminaban en aquel salón atestado de cientos, miles de chismes pequeñajos, de animales enanos y cajas de lata en las que nada cabía, de casas canijas y coches con los que ningún niño podía jugar.

—Las miniaturas... sí, claro. —Miró a Menkell con cierta piedad—. Venga conmigo. Le queda mucho por ver.

Menkell se pasó un pañuelo por la cara —un gesto mecánico, pues en realidad no estaba sudando— y se puso resignadamente en pie. Con la misma docilidad con que hacía todas las cosas, siguió a Losada en un pequeño recorrido por el resto de la casa. Primero recorrieron el pasillo, que parecía decorado con varios cuadros enormes y de idéntico tamaño, y que eran en realidad paneles de corcho donde estaban cosidos centenares de botones, una plancha de madera en la que había colgado un sinnúmero de llaveros, y otra similar protegida por un cristal que exhibía una llamativa colección de vitolas de habanos. En la primera habitación en la que entraron (había cuatro piezas, y todas daban al pasillo), Menkell pudo distinguir un ejército de soldados de plomo, una flota entera de barcos de metal, teléfonos antiguos, cascos de diferentes cuerpos militares de todas las épocas y una pléyade de bebés de porcelana con sus inquietantes ojos duros. Había más cosas, pero Losada cerró la puerta sin permitirle completar aquella desconcertante enumeración de objetos raros. En el otro cuarto acertó a ver latas de coca-cola de distintos países, borlas de cortina, cocteleras, molinillos de café, pomos de puerta, cajas metálicas de galletas inglesas y cuatro paragüeros atestados de bastones con cabezas bellamente trabajadas: Menkell pudo ver un caballo, un perro, un unicornio y un elefante con la trompa hacia abajo, que entendió como una inequívoca muestra de mal fario. En la última de las habitaciones, que era de todas la más grande y la más diáfana, había una cama de plaza y media junto a una mesilla de noche, y veintitantas gramolas —alguna de ellas incluso con el correspondiente disco de piedra— y un panel de madera que tenía pegada toda una miríada de chapas de refresco. En la última habitación, situada al final de la casa, no había nada sorprendente: muebles de despacho y ningún adorno, como si aquel cuarto fuese una especie de territorio acotado para aquella demencial acumulación de todas las cosas del mundo.

Mario Menkell observó, en un sentimiento sucedáneo del alivio, que entre todos aquellos objetos reinaba un orden absoluto y una escrupulosa limpieza. No había ni una mota de polvo, y todas las piezas, incluso las más antiguas, parecían recién sacadas de una tienda, tan bueno era su estado de conservación. Losada se quedó mirando a Menkell en espera de su primer comentario.

—¡Qué barbaridad! —dijo después de unos segundos.

—Debería haberle advertido de lo que se iba a encontrar —contestó el agente—, pero pensé que sería mejor que lo descubriese usted mismo.

«Y así, de paso, me veía la cara de susto», pensó Menkell, aunque reconoció que ni todas las advertencias del mundo hubiesen podido prepararle para lo que acababa de descubrir.

—No entiendo nada... ¿qué es todo esto?

—Señor Menkell, Fernando Montalvo era coleccionista. Coleccionista de cosas. Todo le interesaba y a todo le sacaba partido. Se entretenía así, buscando nuevas piezas y llenando la casa de chismes raros.

Menkell asintió con la cabeza, como intentando comprender la particular afición de su inquilino muerto. Él nunca coleccionaba nada, aunque, por supuesto, conocía a gente aficionada a los sellos de correos, las monedas antiguas, los cromos infantiles... sí, incluso a los posavasos. Una vez conoció a un hombre que coleccionaba sobrecitos de azúcar. Pero lo de Fernando Montalvo no tenía nada que ver con aquellos entretenimientos que servían para alegrar las tardes de lluvia. No quería ser cruel con alguien que acababa de quitarse la vida, pero para él estaba muy claro que Montalvo era un completo majara, víctima de una variante civilizada y pulcra del síndrome de Diógenes: hay gente que recoge bolsas de basura, desperdicios varios y periódicos viejos, y Fernando Montalvo se hacía con muñecos de porcelana, barquitos de metal y maquetas de catedrales que servían para atestar su casa de chirimbolos inútiles.

—Bueno, creo que ya ha visto bastante por hoy.

Menkell se preguntó si eso quería decir que le quedaba algo más por descubrir, pero no se sintió capaz de abordar la cuestión y se limitó a menear la cabeza en señal de asentimiento.

—Si me acompaña a la agencia... hay algunos asuntos de los que deberíamos hablar.

—Lo siento, yo... —miró su reloj, y luego a Losada— tengo que dar una clase dentro de un rato... voy mal de tiempo, ¿sabe?

—Muy bien. Pues pase a verme esta tarde. Es necesario que arreglemos las cosas cuanto antes.

Visto lo visto, Mario Menkell no pensaba que pudiera haber gran cosa que arreglar: era propietario de un piso lleno de los objetos más variopintos donde, por si fuera poco, un hombre acababa de suicidarse. A pesar de todo, prometió acudir a la agencia al acabar las clases. Lo único que deseaba en aquel momento era salir pitando de aquella casa que, por suerte o por desgracia, le pertenecía con todo lo que tenía dentro.

La sede de la Universidad Internacional Luis de Camoens distaba veinte kilómetros del centro de Madrid. Los que visitaban el campus por primera vez coincidían en que se trataba de un lugar agradable y bastante bien pensado desde el punto de vista arquitectónico. Las aulas se encontraban distribuidas en cuatro bloques de tres alturas que circundaban un patio central —una discutible imitación de un atrio romano—, y detrás del edificio principal, donde estaban el comedor, la cafetería y los despachos de los profesores, se extendían los bien cuidados campos de deporte, el pabellón multiusos y la residencia en la que vivían ciento cincuenta alumnos, aunque se estaba hablando de construir un anexo ante la progresiva demanda de plazas de alojamiento.

Delante de la residencia había un pequeño jardín de inspiración inglesa —árboles frondosos y césped— y en la parte posterior acababa de inaugurarse una piscina climatizada que se calentaba con energía procedente de paneles solares. Eran muchos los chicos que usaban a diario aquellas instalaciones deportivas, construidas de acuerdo a las pautas del «desarrollo sostenible». Así lo habían exigido los representantes de los alumnos: no querían en el campus ningún elemento contaminante listo para lanzar a la atmósfera malignas emisiones de CO_2. La piscina funcionaría por medio de energía limpia o no habría piscina, y, aunque el proyecto se encareció bastante, nadie osó oponerse a la conciencia ecológica del alumnado.

Si las zonas deportivas, los jardines, el patio y los edificios circundantes eran un dechado de sobriedad y buen gusto, tampoco la llamada «zona de estudios» se quedaba atrás. Las clases y los seminarios se impartían en tres edificios comunicados entre sí por un sistema de puentes cubiertos —el proyecto inicial era mucho más sofisticado que el que se ejecutó, pero aun así aquellas pasarelas resultaban bastante atractivas—, y el edificio principal se utilizaba para las actividades extraacadémicas y las tutorías. Las aulas eran amplias y luminosas, y estaban todas pintadas de un suave color amarillo cremoso que se renovaba cada año a final de curso. En septiembre, cuando empezaban las clases, los alumnos pasaban un par de días agradablemente mareados por el efecto del olor a pintura plástica. El salón de actos tenía novecientas butacas, y contaba con un sofisticado sistema de sonido y cabinas de traducción simultánea. Había además un seminario de idiomas que ofrecía clases de inglés, francés y alemán impartidas por profesores nativos, una biblioteca con ciento cincuenta mil volúmenes, varias salas de reunión dotadas de equipos audiovisuales, un laboratorio fotográfico y un centro de informática y reprografía atestado de artilugios multimedia, algunos de los cuales permanecían semanas en sus cajas antes de que alguien se decidiese a conectarlos.

La universidad contaba también con una cafeteríarestaurante, donde enormes cristaleras ofrecían vistas a los campos de deporte. Allí se servían desayunos nutritivos, menús a precios razonables —uno estándar y otro de régimen— y una cuidada selección de bocadillos, pasteles y bebidas calientes de ocho de la mañana a siete de la tarde. Quienes utilizaban la biblioteca por la noche —estaba abierta las veinticuatro horas del día— disponían de una pequeña habitación con media docena de máquinas expendedoras de refrescos, bollos vulgares y sándwiches de plástico. Un grupo de alumnos había presentado una solicitud para que se ampliase el horario de la cafetería, y que los noctámbulos pudiesen así disfrutar de tentempiés más saludables que las galletas saladas y las chocolatinas Mars, pero la petición fue amable y firmemente rechazada, pues hubiese supuesto un considerable desembolso en pago de horas extra al personal de cocina.

El rector creía que con negativas como ésa —o aquella otra que echó por tierra el proyecto de ofrecer un menú kosher en la cafetería— daba a los alumnos una de cal y otra de arena. Una cosa era ceder en el asunto de la piscina climatizada, y otra armar la de San Quintín para que todos aquellos niños mimados pudiesen comer caliente a las tres de la mañana, no digamos ya para ofrecer alimentos a la medida de las paranoias de un rabino radical. ¿Cuántos judíos estudiaban en su universidad? ¿Uno?, ¿ninguno? En el improbable caso de que se uniese al alumnado o al equipo docente un judío ultraortodoxo, siempre podría comer bocadillos de tortilla francesa y sándwiches vegetales para tranquilizar a la vez su conciencia y su estómago sin necesidad de volver del revés la logística de la cafetería.

Qué difícil era, pensaba a menudo Claudio Saldaña,

mantener el complicado equilibrio con aquella caterva de sabihondos hijos de papá, de cerebritos con muchos apellidos y el riñón cubierto, que se paseaban por el campus convencidos de pertenecer a una élite privilegiada, al club de los elegidos por la buena fortuna. Las circunstancias vitales de aquellos jovenzuelos eran idénticas las unas a las otras: todos eran listos, aplicados, ricos, todos eran guapos, por los clavos de Cristo, como si la buena alimentación durante generaciones pudiese traer como consecuencia aquellos perfectos ejemplares de proyecto de adulto. Algunas veces, cuando veía a los alumnos tumbados en el césped, le llamaba la atención la alarmante homogeneidad que presidía aquellos grupitos ociosos, donde no sólo todos vestían igual, sino que reían con la misma risa y hablaban de las mismas cosas con idéntico tono de voz y parecido acento, cómo es posible, se decía el rector, que un chico de Cádiz module las frases igual que uno de Cuenca, que las jovencitas llegadas de La Coruña neutralizasen el musical acento gallego hasta convertirlo en un habla neutra, en la particular coiné de la Luis de Camoens.

Claudio Saldaña se había descubierto alguna vez pensando que aquellos mozalbetes le daban un poco de grima con sus jerséis de firma y sus modales afectados. Un día se asustó al pensar que la LC —como la llamaban los chicos— había generado una nueva raza de monstruos lista para conquistar el mundo, todos correctamente uniformados, con igual sonrisa pintada en el rostro y la misma determinación en la mirada. El rector había llegado a preguntarse si envidiaba a colegas que ejercían su magisterio en otras universidades, donde cada estudiante era de su padre y de su madre, y había chavales con rastas en el pelo, otros que vestían enteramente de negro, y otros que llevaban los pantalones por debajo de las caderas y las camisetas por encima de la barriga, pendientes en las cejas, piercings en la nariz, aretes en los labios y tatuajes en el cuello. En una visita a una facultad de la Complutense había visto a un rapaz feo y lleno de granos que se paseaba con un mono en el hombro, por todos los demonios, un mono pequeñajo y presumiblemente lleno de pulgas, sin que nadie se inmutara ni lo más mínimo. Había tardado días en olvidar la visión del macaco y su dueño, en una versión posmoderna de Marco y el mono Amedio, y la desenvoltura de ambos al andar por el pasillo, como si fuese normal acudir a clase con una mascota enganchada en el cuello. Otra vez presenció los movimientos de un piquete que llamaba a la huelga en defensa de sabe Dios qué derechos de sabe Dios qué minoría. Una veintena de mozalbetes envueltos en pañuelos palestinos, todos con el pelo largo —y, sí, bastante sucio— que agitaban los brazos y coreaban consignas mientras una multitud aplaudía y los profesores fingían no enterarse de nada, bajando la cabeza para no presenciar el espectáculo y tener así un motivo para sentirse, en su indiferencia, cómplices de todo el desmadre.

No, decididamente no. Aquella forma perversa de la diversidad no le interesaba en absoluto. Prefería un millón de veces a sus alumnos, perfectos clones los unos de los otros, que acudían a clase cada mañana impecablemente aseados y con el único propósito de aprender, y que al acabar las lecciones se quedaban por el campus entregados al sano deporte del flirteo, pero sin intención de conspirar contra el sistema, de protestar por esto o por aquello o de colarse en la fotocopiadora para imprimir de matute carteles del No a la Guerra, como sabía que habían hecho en otros centros durante las protestas de 2003.

Y no es que los alumnos de la Luis de Camoens no fueran personas comprometidas, no señor. Muchos de sus chicos eran miembros activos de alguna ONG, colaboraban con Médicos del Mundo, Payasos sin Fronteras o Intermon Oxfam, y solían menear la cabeza ante los desastres de la civilización occidental diciendo en un tono de pesadumbre: «Lo que quiero decir es que no nos implicamos lo suficiente, ¿me entiendes?, quiero decir que no hacemos todo lo que está en nuestra mano, y, por eso, esto está fatal, no sé si me comprendes, pero tenemos que hacer algo, y tenemos que hacerlo ya, o un buen día, cuando sea demasiado tarde, nos daremos cuenta de que hemos perdido la oportunidad de hacer algo importante, algo capaz de cambiar el curso de la Historia, no sé si me entiendes», y cosas por el estilo. Su línea de compromiso era felizmente heterogénea. Todos estaban preocupados por el hambre en el mundo, la guerra de Darfur —antes incluso de que George Clooney apareciera por allí—, la prostitución infantil, el cambio climático —el rector recordaba todavía el desembolso que habían supuesto las putas placas solares de la piscina— todos estaban a favor de flexibilizar las políticas de inmigración —aunque los únicos inmigrantes que tenían verdaderamente cerca eran los ecuatorianos del servicio doméstico—, y todos creían en el intercambio, el mestizaje y el rollo multirracial, a pesar de que ninguno sabía exactamente qué significaba eso. Los alumnos de la LC eran una pandilla de niñatos de existencia regalada, pero también estaban convencidos de que tenían un compromiso con el mundo... aunque sólo fuese de boquilla. Porque una cosa es predicar y otra dar trigo, se decía el rector, y a la hora de la verdad nadie, o casi nadie, es verdaderamente magnánimo con el prójimo desfavorecido.

Habían tenido buena prueba de ello dos años atrás, durante aquel enojoso incidente en el curso de Escritura Creativa I que impartía el profesor Menkell los miércoles por la tarde. Un día se presentó un desconocido y se sentó en la última fila del aula. El rector Saldaña no había llegado a verlo, pero le dijeron que era un tipo normal y corriente, un cincuentón mal vestido —en una universidad donde todo el mundo cuidaba su atuendo—, de piel cetrina y espeso pelo negro cortado a cepillo. Los chicos decidieron enseguida que era latinoamericano, aunque al parecer jamás abrió la boca para poder calibrar su procedencia por medio del acento. Se limitó a atender a la clase, tomar notas en un cuaderno sin duda adquirido en el «todo a cien» —nada que ver con las Moleskine que llevaban los chicos cuando no cogían apuntes en sus respectivos portátiles— y a marcharse sobre el sonido del timbre.

Lo lógico —sí, lo lógico, lo justo, lo normal— era que el profesor hubiese preguntado al alumno misterioso qué puñetas hacía allí, en el aula de una universidad privada cuya puerta, con la ley en la mano, ni siquiera tenía derecho a franquear. Pero Menkell no lo hizo. Actuó como si el tipo en cuestión no estuviera presente. Y lo mismo hizo cuando volvió al miércoles siguiente, y al otro, y al otro. Ignorar aquella presencia extraña y discordante, la de un polizón que se había colado en un curso que costaba tres mil euros adicionales a la matrícula, la de un desconocido que ocupa un lugar que no le corresponde en una de las universidades más caras del país, que considera factible el fagocitar conocimientos a los que no tiene derecho. En clase del profesor Menkell había un parásito intelectual, pero el muy cretino ni siquiera había abierto el pico para recordar a aquella sanguijuela que, simplemente, no podía estar allí.

Tampoco los alumnos dijeron nada, pero eso tenía su razón de ser. Eran jóvenes, presuntamente modernos, tolerantes, progresistas, de mente abierta y corazón generoso. Por eso aceptaron, o fingieron aceptar, la estancia en clase de un hombre de piel oscura que usaba un pobre cuaderno de cuadrícula, uno de esos cuadernos anillados que se desbarajustan en cuanto uno los cierra y los abre media docena de veces.

Es justo decir que también el rector se hizo el loco durante algún tiempo. Al principio pensó que la historia del alumno gorrón que se había colado entre las exquisitas paredes de la Luis de Camoens era una suerte de leyenda universitaria, como aquella que hablaba de un profesor expulsado fulminantemente tras haber sido sorprendido magreándose con una alumna de primero en la biblioteca del centro, o la que aseguraba que un ordenanza había estado viviendo durante tres meses en el gimnasio sin que nadie se diera cuenta. Por supuesto, aquéllas eran anécdotas sin fundamento que alguien hacía circular con el simple propósito de sorprender a los novatos. Pero la historia del tío que se colaba en la clase de Escritura Creativa I era cierta, y mucha gente estaba en condiciones de corroborarla.

En cuanto empezaron las llamadas de los padres, el rector Saldaña decidió tomar cartas en el asunto y convocó a su despacho al profesor Menkell. Hubiese podido dejar la cuestión en manos del decano de Humanidades, pues al fin y al cabo Menkell estaba bajo su jurisdicción. Pero Saldaña no pertenecía a la clase de personas que prefieren escurrir el bulto. Y, además, hacía tiempo que le tenía ganas a Mario Menkell. Por nada en concreto, como se atrevía a reconocer ante sí mismo. A lo mejor porque era un tipo delgado y poca cosa, de esos que se ve a la legua que no tienen ni media bofetada, o porque llevaba unas horrendas gafas de culo de vaso cuya montura parecía haber sido diseñada en la época de Maricastaña. O quizá por su tono de voz, un punto más bajo que el del resto de los mortales, o por la perenne vulgaridad de su atuendo. Si de él hubiese dependido, Mario Menkell llevaría siglos buscándose la vida para enseñar sus gilipolleces —Escritura Creativa I y II, Técnicas de Narración, El Ensayo como Género y seminarios sobre Cuento Contemporáneo— en otra universidad, si es que había alguien tan cretino como para contratarle —a veces, el rector Saldaña olvidaba que Menkell había entrado de su propia mano en la Luis de Camoens— o estaría en su casa exprimiéndose las cuatro neuronas que tenía intentando escribir una nueva novela.

Pero las cosas eran como eran, Menkell pertenecía a la primera hornada de docentes de la LC y la Junta había sido muy clara al respecto: sobre todo, que no se vayan de la lengua. Así que tenía las manos atadas con respecto a él. La idea de poder abroncarlo por algo, no digamos ya de ponerlo en un brete, suponía un pequeño consuelo, una victoria pírrica sobre un hombre cuyo comportamiento como docente era del todo intachable: jamás llegaba tarde, jamás entregaba las actas fuera de plazo, jamás se tomaba días libres y jamás se ausentaba en las horas de tutoría de alumnos. No pedía nada, no se quejaba de nada. Y encima los chicos estaban contentos con él: Menkell ponía notas altas y demostraba una paciencia franciscana. Además, las asignaturas que impartía eran completamente inútiles desde el punto de vista práctico. Estaban encuadradas dentro de lo que los planes de estudio de la LC denominaban «enseñanzas complementarias», junto con materias como Arquitectura Civil en la Europa del Siglo XIX o Historia de la Moda: de Paul Poiret a Custo Dalmau.

La gente se acogía a esas materias para obtener un puñado de créditos casi sin dar golpe y, de paso, aprender tres o cuatro cosas inútiles que uno siempre puede deslizar con efecto epatante en una conversación: ¿Sabes que Hemingway escribía de pie? ¿Sabes que Stendhal redactó *La cartuja de Parma* en tres semanas? ¿Sabes que Scott Fitzgerald trabajó como guionista en *Lo que el viento se llevó*? En consecuencia, las asignaturas de Menkell eran de las más demandadas, y a ninguno de los chicos se le ocurría pensar que quizá había mejores maestros para impartirlas. Uno necesita buenos docentes para aprender Contabilidad, Derecho Penal o Estadística, pero para hacer una lista de escritores víctimas de la sífilis vale cualquiera.

Así que el rector Saldaña tenía que contentarse con detestar en secreto a Mario Menkell y hacerle de vez en cuando lo que él llamaba «putadillas»: cambiarle los horarios de dos clases dejándole en medio una inútil hora libre, privarle de la plaza de aparcamiento, asignarle el despacho más pequeño y el aula más incómoda para impartir sus lecciones. Pero Menkell parecía impermeable a las estrategias desmoralizadoras. Aprovechaba la hora muerta para corregir ejercicios, se trasladaba en el mismo autobús que usaban los conserjes y las limpiadoras (y los pocos alumnos que no tenían coche) y mantenía en su despacho un orden riguroso que convertía la pieza en un lugar hasta cierto punto agradable. En los últimos tiempos, y en vista del éxito, Saldaña se había cansado de la operación de acoso y derribo al profesor Menkell. Además, las denuncias por abuso laboral habían empezado a hacerse populares, y, aunque no le parecía muy posible que el memo de Menkell se atreviese a ir a los tribunales por tan poca cosa, era preferible tomar ciertas precauciones. Ese tipo de incidentes pueden macular cualquier carrera, incluso una tan intachable como la suya.

Y entonces, milagrosamente, sucedió lo del alumno infiltrado, las llamadas de los padres y todo lo demás, y el rector supo que el destino colocaba ante sí una excelente oportunidad de poner a Menkell en un verdadero aprieto, sí, señor, la ocasión perfecta para cogerlo por los huevos y hacerle sudar tinta. Una sonrisa beatífica se dibujó en los labios del rector, justo cuando Angélica, su secretaria, entraba en el despacho. «¿Y qué le pasa hoy a éste?», se preguntó, diciéndose que Saldaña tenía toda la pinta de haber estado hojeando revistas de porno blando.

—¿Necesita algo, don Claudio?

—Sí. Llame al profesor Menkell y dígale que venga a verme enseguida.

La secretaria consultó la agenda que llevaba encima.

—Don Mario no tiene clase hasta las cuatro de la tarde. ¿Le digo que pase a las cinco y cuarto?

El rector frunció el ceño, y se disipó por completo la expresión de tibia felicidad que había estado exhibiendo.

—Le he dicho enseguida, Angélica. Quiero a Menkell en mi despacho antes de que acabe la mañana.

Mario Menkell no se hizo esperar. Estaba de camino a

la biblioteca cuando recibió la llamada en su móvil, y con las mismas tomó un taxi en el paseo de Recoletos y se presentó en el despacho del rector acompañado de sus gafas de diez dioptrías y la expresión asustadiza habitual.

—Me ha dicho su secretaria que quería verme.

—Pues sí, Menkell. Y no me diga que no sabe de qué quiero hablar con usted, porque no me lo creo. No, no, no me interrumpa. Hace semanas que se produce en este centro una... digamos, una situación irregular... y creo que estará de acuerdo conmigo en que deberíamos solventarla cuanto antes.

La mirada plana de Menkell no dejaba entrever si sabía o no de qué le estaban hablando, y Saldaña se preguntó si realmente podía ser tan estúpido como para estar en la higuera.

—Me refiero, por supuesto, a ese... ese señor que parece haber decidido convertirse en alumno suyo de una forma muy poco ortodoxa...

—Ya... en realidad... bueno, a mí también me sorprendió la primera vez que entró en la clase, pero... pero tiene un comportamiento ejemplar. Quiero decir que no molesta lo más mínimo. Ni siquiera pregunta. Llega, toma notas y se va. Como si fuese mudo...

Como si fuese mudo, dice. Pero ¿con qué clase de chiflados tengo que lidiar todos los días, Señor?

—Mire, Menkell, nadie discute que ese hombre sea un santo, ni un ejemplo de buenos modales. Estoy seguro de que se trata de una persona intachable, pero ésa no es la cuestión. El problema es que no es alumno de esta universidad, y que está asistiendo a un curso muy caro cuya matrícula no ha satisfecho. Eso no es admisible. Así que tiene usted que hablar con ese caballero...

—¿Yo? ¿Por qué?

Pero cuánta paciencia hay que tener con los idiotas. Qué inmensa cantidad de paciencia para no abrirles la cabeza o, al menos, soltarles un buen grito. Saldaña respiró hondo mientras intentaba serenarse.

—Porque el problema se ha generado en su clase de escritura creativa, profesor.

—Pero ¿han protestado los alumnos?

El decano apretó los puños en los bolsillos de su chaqueta de ojo de perdiz. El imbécil de Menkell todavía no se enteraba de dónde leches estaba dando clase. Allí todos los alumnos actuaban movidos por las leyes de la corrección política. ¿Quién se atrevería a quejarse abiertamente de la presencia en la LC de un desdichado sin tierra? No, por supuesto, los alumnos no habían protestado. Aquellos jóvenes cabrones tenían una forma mucho más sutil de hacer las cosas. Hablaban con sus padres y les comentaban lo enriquecedora que resultaba la asistencia a clase de alumnos oyentes, más aún si provenían de otro país y, presumiblemente, de una extracción social que les era ajena. Durante la semana, el rector Saldaña había recibido tres llamadas de teléfono —cuyo tono podía calificarse de vagamente airado— de sendos padres interesándose por la situación. Y la tarde anterior había tenido una conversación casi violenta con Mauricio Blesa, que quería saber si era verdad aquello que contaba su chico de que la universidad Camoens había iniciado un programa con alumnos no matriculados.

—Me cago en la leche, rector, no estoy pagando una matrícula de veinte mil euros para que cualquier muerto de hambre aprenda de gratíbiris lo mismo que le enseñan a mi hijo.

Saldaña había pasado más de media hora intentando explicar al padre ofuscado que se trataba de un error, de un caso excepcional, «señor Blesa, se lo puedo asegurar... no tenemos la mínima intención de iniciar ese tipo de experiencias por lo... lo complicado de su gestión... La universidad Camoens no admite alumnos en calidad de oyentes, y este señor sólo ha asistido a dos o tres lecciones».

Al final, Blesa se había tranquilizado, y hasta había estado cordial en su despedida. Pero Saldaña tenía la suficiente experiencia como para saber que la filípica de Blesa era sólo la punta del iceberg y que, mientras él aplacaba su furia, otra media docena de hijos estarían contando a sus papás la suerte que tenían de acudir a un centro tan abierto y plural donde se impartía enseñanza al primero que entrase en un aula y tomase asiento con una libreta y un bolígrafo comprado en el chino. Y el gilipuertas de Menkell preguntaba si los alumnos se habían quejado...

—Profesor, nuestros chicos no son de esa clase de personas. Sabe perfectamente que nunca elevarían una protesta por... por una cosa así. Tratamos de inculcarles un sentido de la solidaridad que es incompatible con esa clase de actitudes. Pero entenderá que, sobre todo de cara a los padres y al Consejo del centro, ésta es una situación anómala con la que se debería acabar cuanto antes.

—Muy bien —el profesor Menkell necesitaba ganar tiempo—, entonces quiero una orden.

—¿Una orden?

—Sí, bueno, me bastará con una carta suya, firmada y sellada, ¿sabe? Mejor en papel del rectorado. Algo que pueda enseñar a ese pobre tipo cuando le diga que tiene que marcharse del aula. Para dar, ya sabe... cierta oficialidad al asunto.

El decano reflexionó. Su madre le decía que las palabras se las lleva el viento, pero lo que uno pone negro sobre blanco permanece para siempre. En resumidas cuentas, que cualquier cosa que uno escribe tiene un plus de peligrosidad. ¿Y si, no contento con enseñarle la orden al puñetero infiltrado, el imbécil de Menkell dejaba que aquel tipo se la llevase consigo? ¿Y si aquel desgraciado iba a los periódicos con la cartita? Ya estaba viendo los titulares: «El decano de la Universidad Luis de Camoens impide a un inmigrante asistir como oyente a un curso de creación literaria.» Definitivamente, sería la ruina. El centro acababa de ganar un premio por un proyecto sobre integración preparado por los alumnos de Ciencias Políticas que, casualmente, había dirigido el rector en persona. Si expulsaban formalmente a aquel muerto de hambre, no faltaría quien les acusara de hipócritas. De falsarios. No podrían defenderse de eso, como sí se habían defendido cuando un diario gratuito señaló que los únicos estudiantes no comunitarios de la universidad eran catorce hijos de embajadores destinados en Madrid. Entonces había sido fácil revolverse: «Nunca hemos denegado una plaza a ningún estudiante extranjero», había dicho el rector en una misiva pretendidamente indignada que se publicó en la sección «Cartas de los Lectores», y era la pura verdad: simplemente, los hijos de inmigrantes filipinos, ecuatorianos o senegaleses jamás hubiesen podido pagar la matrícula en una universidad «moderna, liberal y abierta», como definía a la LC el texto firmado por el rector Saldaña. La trifulca murió allí. Pero ahora la cosa podía ponerse seria.

Mierda, pensó el rector, ¿por qué el polizón no podía ser un tipo rubio y con los ojos azules a quien sería legítimo expulsar del campus con banda de música? ¿Por qué no podía ser un guapetón de Toledo, un cachitas de gimnasio de Barcelona o Ciudad Real, o, en su defecto, de Berlín o de Kentucky? Tenía que ser un pobre desgraciado con la tez de los panchitos, el pelo de mocho y las espaldas mojadas. A lo mejor ni siquiera tenía papeles. No, desde luego, no sería el rector Saldaña quien arreglase ese asunto. Que otro le colocase el cascabel al gato. Y si ese otro, el autor de la puñalada, tenía que ser el cretino de Menkell, pues tanto mejor. Si el asunto se salía de madre y llegaba a los periódicos, que él cargase con el muerto del clasismo y el desprecio a las minorías.

—Yo no pienso firmar nada —dijo, tajante—. Ése no es mi cometido, profesor. Usted tiene la obligación de mantener la disciplina en su aula, y parte de esa disciplina es impedir que los alumnos no matriculados sigan los cursos...

Se felicitó a sí mismo por lo inspirado de la última frase.

—... así que, le guste o no, tiene que decirle a ese... a ese señor... que no puede volver a entrar en sus clases. Y le sugiero que tome medidas cuanto antes o... o serán otros quienes lo hagan.

Era una velada amenaza que Menkell no supo desentrañar, pero, para ser francos, tampoco el propio Saldaña tenía muy claro qué había querido decir. En cualquier caso, el profesor Menkell se encogió de hombros en un ademán que indicaba más resignación que indiferencia, y se fue a su clase decidido a coger el toro por los cuernos. Pero no hizo falta. Aquella tarde, el misterioso gorrón de sabiduría ni siquiera apareció por el aula, ni tampoco se presentó al miércoles siguiente. Fue como si se lo hubiese tragado la tierra, o como si hubiese decidido volatilizarse para no causar problemas. Saldaña fue inmediatamente informado del giro de los acontecimientos por el propio Menkell, que dijo algo así como «Bien está lo que bien acaba», y el rector pensó que allí había una nueva muestra de la estupidez congénita del profesor: otro cualquiera hubiese dejado que sus superiores atribuyesen a su concurso la puesta en fuga del alumno ilegal, pero Mario Menkell no quería apuntarse éxitos que no le correspondían. Por eso había perdido el culo por llegar al rectorado para informar de la desintegración del misterioso chupóptero del conocimiento. Éste no tiene remedio, reflexionó Saldaña, no lo tiene, no, señor.

Menkell se dijo que, en el fondo, hubiese sido interesante saber algo más de aquel tipo tan raro que llegaba antes de la hora, se sentaba al final de la clase, tomaba notas con un interés febril y se marchaba tan silenciosamente como había llegado. Pero, por otro lado, era lógico reconocer que se había quitado un peso de encima con su inesperada desaparición. Las lecciones siguieron su curso, pasó el tiempo y Mario Menkell olvidó el único incidente destacable que había tenido en catorce años de vida académica. Saldaña, sin embargo, recordaba con demasiada frecuencia que había perdido la oportunidad de hacer pasar un rato verdaderamente malo al pardillo del profesor Menkell.

Los que lo conocían, incluso los que lo trataban, sabían que el rector Saldaña era uno de esos hombres que disfrutan poniendo en aprietos a sus semejantes, en especial a aquellos que gozan de un puesto inferior en las jerarquías laborales o sociales. El rector, que no se ocultaba a sí mismo esa —a su juicio— pequeña debilidad, pensaba que era una ventaja a la hora de ejercer tareas de responsabilidad como la suya. Es posible que no esté bien gozar con los apuros del prójimo, pero... ¿no es mucho peor dejarse ablandar por ellos? La lástima, la capacidad para la ternura, la compasión o la empatía no son más que incómodas piedras en el camino de quien tiene bajo su jurisdicción a muchas personas, cada una con su historia, su pequeño drama personal a cuestas. No, no hay sitio en la cima para individuos así. Precisamente por eso era un gran negociador: porque podía enredarse en pleitos eternos sin tener en cuenta nada más que la conveniencia empresarial —que no académica— de las decisiones a adoptar.

Más de una vez los profesores habían planteado la posibilidad de hacer algunas mejoras en las instalaciones a ellos destinadas. Porque si las infraestructuras que disfrutaban los alumnos de la LC podían calificarse de envidiables, los lugares asignados a los profesores merecían una clasificación bien distinta. Los despachos eran pequeños, y la gran mayoría no tenían ni siquiera una ventana; las sedes de los departamentos resultaban incómodas y no se habían renovado desde la apertura de la universidad, y ni siquiera había una cafetería para los profesores, que tenían que compartir con los alumnos las colas y las mesas del bar. Eso provocaba que entre alumnos y maestros se crease una indeseable promiscuidad alimenticia, donde los chicos observaban a sus maestros devorar bocadillos grasientos, mojar churros en el café o pedir el menú de régimen. Los profesores estaban de acuerdo en que eso no era bueno. Ningún alumno debería ver que el tipo que va a hacerle un examen tiene la boca llena de espaguetis, ni tampoco compartir mesa con el jefe de un área departamental. Los profesores deben pertenecer a otra galaxia, y cuando un alumno contempla cómo los suyos se llenan el buche de las mismas grasas saturadas que él, las dos galaxias se mezclan hasta hacerse una sola. Y luego estaban las conversaciones: es inevitable que en el momento de la comida los profesores aprovechen para intercambiar impresiones, datos y consejos acerca de las clases... ¿Quién se siente cómodo hablando de calificaciones y de exámenes cuando está codo con codo con los protagonistas de las historias que se cuentan?

La reivindicación de una cafetería para los profesores había sido tomada casi a broma por el rector: si no querían que los chicos les viesen comer, ahí estaba la sala común, donde no podían entrar alumnos salvo en casos muy excepcionales.

Cuando el rector hablaba de ella parecía otra cosa, pero en realidad la sala de profesores de la LC era el perfecto ejemplo de la estética de la desidia: media docena de sillones de eskay rojo y un par de sofás de color incalificable —eran de un tono crudo cuando se compraron, pero el tiempo y el uso se habían encargado de convertir el tapizado en una infeliz mixtura de ocres y verdes—, además de una mesa larga alrededor de la cual estaban colocadas unas cuantas sillas de oficina. En un lateral había un pequeño mueble con una cafetera que fabricaba un brebaje oscuro de propiedades posiblemente tóxicas. Sólo los novatos se atrevían a probar el líquido que manaba de aquel matraz de veneno, y era una experiencia realmente divertida ver a un pobre incauto acercarse al mueble, abrir la bolsa de café molido y prácticamente fosilizado, depositarlo en el filtro y darle al botón para que, en una extraña sucesión de chisporroteos y petardazos, surgiese de las entrañas de la bestia una especie de magma de olor sospechoso. La mueca que aparecía en el rostro del recién llegado —seguida a veces de expresiones como «joder», «pero... qué cojones...» o, en el caso de los particularmente prudentes, «qué demonios es esto»— compensaba los segundos dedicados a vigilar subrepticiamente aquel proceso alquímico y sus posteriores consecuencias.

Dando por perdida la batalla de la cafetería privada, un representante del claustro de profesores intentó —con éxito nulo— que la sala común se sometiese a un ligero proceso de reforma. Pero el rector se cerró en banda otra vez: acababa de acometerse una obra importante en los campos de deporte y la piscina, y los fondos para infraestructuras se habían quedado tiritando.

—Pero no hablamos de infraestructuras. Sólo de cambiar los sofás y pintar las paredes... bueno, y quizá quitar la moqueta. Sureda es asmático, ¿sabe? Y hace meses que no puede entrar en la sala sin ponerse a morir. Nuestro suelo es un nido de ácaros...

Dijo aquella frase en un tono tan lastimero que el rector Saldaña se sintió incluso conmovido: Enrique Díez parecía un pobre huerfanito solicitando que se cambiasen los colchones raídos del dormitorio del hospicio. Aun así, lo único que obtuvo de él fueron unas cuantas palabras de solidaridad, y la vaga promesa de que estudiarían el asunto «en la próxima Junta». Cuando Díez volvió a entrar en la sala de profesores, se hizo el firme propósito de congraciarse con aquellos muebles cutres y con las paredes mugrientas, pues su sentido común le hacía presentir que iban a convivir con ellos durante mucho, mucho tiempo. Eso sí, al día siguiente recibió una nota del rector en la que se le informaba de que se había autorizado la compra de una cafetera nueva. Por unos segundos pensó que se trataba de una broma, de un pellizco de pitorreo en las carnes de sus justas demandas, pero luego pensó que menos es nada y, con un ademán teatral, arrancó —literalmente— de la pared la cafetera antigua y la arrojó sin miramientos al cubo de los desperdicios.

Aquella mañana, Mario Menkell ni siquiera tuvo tiempo de hacer una visita fugaz a la nueva cafetera: estuvo a punto de llegar tarde a clase por primera vez en su vida, y también por primera vez sus alumnos notaron que el profesor estaba distraído y casi ausente, mientras Berta Olalde leía uno de aquellos aburridos y larguísimos cuentos que eran, pensaba ella, el billete de partida hacia una esplendorosa carrera literaria. Cualquier otro profesor no hubiese tardado ni dos días en citar en privado a la señorita Olalde para explicarle, con más o menos tacto, que su talento para la narrativa era bastante escaso. Después, y en atención a la cuantía de la matrícula satisfecha por el padre de la señorita Olalde, quizá hubiese desplegado ante ella todo un abanico de actividades sucedáneas de la labor creativa: ¿crítica literaria?, ¿periodismo de opinión?, ¿trabajo editorial?, ¿guión cinematográfico? Eso, claro está, en el mejor de los casos. Incluso en los centros privados existen maestros encantados de someter a sus alumnos a pruebas de pública humillación, y ese tipo de individuos hubiesen gozado de la experiencia de catalogar como «excremento» cualquier relato escrito por Berta Olalde en presencia del resto de la clase, para atemperar después la afirmación de que no todo el mundo tiene talento para escribir ficción y que existen muchas alternativas para dar rienda suelta a la creatividad: ¿crítica literaria?, ¿periodismo de opinión?, ¿trabajo editorial?, ¿guión cinematográfico?

Por suerte para Berta, Menkell pertenecía a ese raro ejemplo de seres que prefieren no calificar como tales los desastres de los que son testigos, y por eso solía limitarse a escuchar sus lecturas frunciendo el ceño, algo que la autora interpretaba como un gesto de suprema atención que sólo podía explicarse desde el efecto epatante que provocaban sus textos entre los entendidos. El profesor Menkell se decía que, antes de fin de curso, tenía que explicar a Berta que existían salidas para canalizar su afición por la escritura: «Puedes dedicarte a hacer crítica en alguna revista especializada, o artículos de fondo... y también están los guiones... ¿Sabes que un guionista de televisión gana muchísimo más que la mayoría de los escritores?»

Pero aquella mañana Menkell no pensaba precisamente en cómo enfrentar a una alumna con la dura realidad de la falta de talento, sino en Fernando Montalvo. Y mientras Berta acababa un cuento incomprensible sobre la amistad entre una octogenaria ciega y un ex convicto por violación, y modulaba la voz para representar a la anciana y al pervertido —la chica tenía vis cómica y se le daba muy bien dramatizar los textos—, Menkell ni siquiera se dio cuenta de que, como pasaba cada vez que Olalde compartía con los otros alumnos su pasión por contar historias, habían empezado entre ellos las risitas y choteos que el profesor solía atajar con una mirada de súplica que parecía decir «por favor, no me hagan esto, no me obliguen a llamarles la atención por reírse del trabajo de una compañera». Por fortuna, el cuento terminó justo al sonar el timbre de la clase, así que el cachondeo no pasó a mayores y Menkell tuvo tiempo de salir de su ensoñación.

—Bien, Olalde... gracias por su... por su trabajo...

—¿Qué le ha parecido?

—Un planteamiento interesante, por lo escasamente convencional... pero hay que pulir algunas cosas... Insista un poco más, ¿de acuerdo?

—Pero ¿le ha gustado?

Menkell volvió al oportuno gesto del ceño fruncido.

—Señorita, aquí estamos haciendo literatura... estamos creando... y la creación no puede simplificarse con preguntas del tipo «¿me gusta o no me gusta?». Tenemos que ir mucho más allá, ¿entiende?

Berta Olalde asintió. Hubiese querido preguntar a dónde había que ir exactamente, pues ella estaba dispuesta a trasladarse a cualquier parte si eso iba a ayudarla a convertirse en escritora. Pero un sexto sentido le dijo que, al menos por el momento, sería preferible dejar la cuestión. El profesor parecía estar de malas pulgas aquella mañana.

Mario Menkell esperó a que todos salieran para recoger sus papeles y marcharse. Era consciente de que no había estado muy fino al dar la clase. Antes de someter al grupo a la tortura colectiva del relato de Olalde, les había hablado de la etapa como columnista de Gabriel García Márquez y leído algunos de sus escritos de aquella época, la mayoría francamente malos. Menkell quería que sus alumnos entendiesen que un buen novelista necesita de práctica y oficio, y que también los grandes escritores podían escribir textos mediocres en algún momento de sus carreras. Demasiado tarde se dio cuenta de que, tras semejante explicación, había sido una estupidez dar permiso a Olalde para leer su cuento. Era como decir a la clase: «Cuidado con lo que hacéis. Esta chica podría ser premio Nobel de Literatura dentro de cuarenta años.» En fin, el mal ya estaba hecho. Y, después de todo, ninguno de los chicos se tomaba muy en serio las batallitas de escritores con las que solía comenzar las clases.

Antes de almorzar, Menkell dio otro seminario en el que trató de explicar el proceso de creación del personaje protagonista a quince alumnos distraídos por la inminencia de un examen de una de las asignaturas consideradas «serias», y luego se dirigió a la cafetería sin haber podido quitarse de la cabeza ni un minuto a su inquilino muerto. Le hubiese gustado encontrar a Beatriz Millares para comentar con ella lo que había ocurrido y preguntarse en su presencia por qué le afectaba tanto el suicidio de un hombre a quien, durante años, se había negado tozudamente a conocer en persona. Pero Beatriz no estaba. Llevaba dos días sin aparecer por la universidad y tenía el teléfono desconectado: la noche anterior, tras muchas dudas, Mario se había atrevido a llamarla, y no obtuvo ni siquiera el premio de consolación del salto del contestador.

Reconocía que estaba un poco inquieto. Alguien distinto a Menkell hubiese preguntado en secretaría por las razones de la ausencia de la profesora Millares, pero él jamás se hubiese atrevido a dar motivos para que alguien pudiese desarrollar sospechas acerca de lo que él sentía por una compañera de trabajo. Así que, doblemente angustiado por la muerte de Montalvo y por el paradero de Beatriz, Menkell buscó una mesa solitaria para dar cuenta del menú del día: sopa de verduras, merluza rebozada y un flan de color sospechoso.

—¿Estás solo? ¿Puedo sentarme?

Era Frade, un profesor asociado del departamento de Humanidades que, a pesar de no pertenecer a la llamada «vieja guardia», no parecía tener problemas a la hora de relacionarse con sus miembros. A Menkell le caía bien, pero se ponía un poco nervioso en su presencia: Frade era joven, alto y corpulento, y a pesar de que a todas luces lo intentaba, no conseguía controlar del todo su justa arrogancia: había sido premio Nacional de Ensayo con treinta y dos años, y dirigía una fundación privada que manejaba un presupuesto anual de quince millones de euros. La LC lo había fichado para impartir un par de asignaturas cuatrimestrales cuyo título Menkell nunca conseguía recordar, lo que le hacía sentirse bastante estúpido. Hizo un ostensible gesto de invitación, y Frade se acomodó en la silla vecina. En la bandeja llevaba el menú de régimen: ensalada verde, merluza hervida y una naranja. No había acabado de sentarse cuando apareció Gerardo Auder —menú ordinario con doble de postre— y ocupó otro sitio en la mesa. Menkell se tensó: tenía catalogado a Frade como un buen tipo, pero Auder era harina de otro costal. Había sido uno de los últimos en incorporarse a la LC, pero, dado su dominio del territorio, quien ignorase ese detalle habría podido tomarlo por cualquiera de los fundadores. Era magistrado del Tribunal Supremo y daba clase de Derecho Penal tres días por semana. Decían que era buen profesor, que preparaba exámenes terribles y que no tenía piedad a la hora de calificar. Había saltado a la leyenda negra de la LC gracias al suspenso otorgado a un alumno al que calificó con un 4,99 en un examen de una sola pregunta.

Al contrario que Frade, Gerardo Auder acostumbraba a ignorar a los profesores como Menkell, y éste se dijo que de haber sabido que iba a sentarse con ellos se hubiese llevado la bandeja a la sala de profesores para comer en compañía de los ácaros. Auder le dedicó una mirada desdeñosa y luego, demostrando que estaba dispuesto a despreciar su presencia durante el resto del almuerzo, se dirigió a Frade.

—Pensé que los miércoles no tenías clase.

—Y no tengo. Pero Beatriz Millares me llamó el domingo para pedirme que la sustituyera esta semana. Me dijo que necesitaba tomarse unos días.

—Debe de ser por la gripe o algo así. —Auder no se había dado cuenta, pero se le había caído en la corbata una gota grasienta de sopa de verdura—. Yo hace años que no me la cojo. Desde que me vacuno. Vacunarse contra la gripe debería ser obligatorio. Y gratuito. A mí me lo cubre el seguro privado, pero mi mujer tuvo que comprar la puta inyección para que se la pusieran en el centro de salud. Dicen que sólo vacunan gratis a los grupos de riesgo: viejos y enfermos crónicos. Así se hacen las cosas en este país: los medicamentos se regalan a quien ya está hecho una mierda. Menuda inversión.

Menkell apuró la merluza —ya se había comido la sopa abrasándose la lengua en su afán por acabar cuanto antes— y tomó dos cucharadas de flan, más para disimular que para corroborar su tesis primigenia: el postre estaba tan malo como parecía a simple vista. Dejó el dulce a medias y se puso de pie. De ninguna manera quería quedarse allí a escuchar como convidado de piedra las tesis disparatadas de Auder sobre la gestión presupuestaria de los medicamentos.

—Si me perdonáis, tengo que corregir unos ejercicios...

Frade le dirigió una sonrisa de despedida. Gerardo Auder ni siquiera había levantado la vista de la porción de merluza. Si juzgaba que dar vacunas a los ancianos era desperdiciar las medicinas, también debía considerar inútil prodigar buenos modales entre los que consideraba inferiores en la escala intelectual.

Se refugió en su despacho, consciente de haber tenido una comida tan incómoda como rentable: no había disfrutado del almuerzo, pero al menos ya sabía que Beatriz iba a estar fuera toda la semana. Víctima de la gripe, según Auder. Aunque, bien mirado, Frade sólo había dicho que se había pedido unos días, no que estuviera enferma. Pensó que podía telefonearla para interesarse... no habría nada de malo en eso... pero ya la había llamado dos veces el día anterior, y seguro que el móvil lo había registrado. A saber qué pensaría Beatriz si, al encender el teléfono, éste empezaba a escupir pruebas de su persistencia: «Mario Menkell ha hecho diecisiete llamadas»... No, de ninguna manera podía usar el móvil. Siempre estaba el fijo, claro. Los teléfonos fijos no suelen reflejar ese tipo de datos. Pero no tenía el número. La única vez que usó el fijo de casa de Beatriz fue Baldo quien contestó, y lo hizo en un tono tan desabrido que Menkell se dio cuenta de que, para el marido de su amiga, ni siquiera su voz era bien recibida. Entonces, ¿qué? No, lo de llamar otra vez estaba descartado. Tal vez al día siguiente... sí, hacer tres llamadas en tres días es bastante razonable... nadie se extrañaría por recibir tres telefonazos de un compañero de trabajo. Se pasó la mano por la frente.

—Oh, Dios, soy un neurótico...

Lo dijo en un susurro, y luego se sonrió ante aquella muestra de impiedad hacia sí mismo. Porque lo suyo no era neurosis, sino una mezcla aterradora de timidez e inseguridades acumuladas durante cuarenta y siete años. De pronto se dio cuenta de que llevaba casi una hora sin pensar en su inquilino muerto, y al mismo tiempo recordó que había quedado aquella misma tarde con el hombre de la agencia. El corazón volvió a encogérsele, y justo en ese momento escuchó que el reloj central daba las cuatro. Era un reloj grande y ampuloso, colocado en la torre del edificio principal, un reloj con ínfulas oxonienses, que, no obstante su aspecto imponente, adelantaba tres minutos sin que ningún profesional del ramo hubiese sido capaz de ponerlo en hora. Menkell dejó que sonase la postrera de las campanadas, cogió sus papeles, su chaquetón y su maletín, y salió en dirección a su última clase del día, que, por fortuna, iba a consistir en una lectura de ejercicios de los alumnos. Aquello iba a exigir toda su atención. No podía distraerse pensando en cosas raras. Y al decirse eso notó una vaga sensación de alivio, como el soldado de trincheras que sabe de la inminencia de una tregua.

Al terminar las clases, Menkell se dirigió a la agencia para encontrarse de nuevo con Losada, aun reconociendo que había sido una estupidez aceptar aquella segunda cita. No había gran cosa de la que hablar, ni ningún tema importante que tratar. Se dijo que, seguramente, aquel hombre intentaba sólo hacer méritos delante de sus jefes, presentándose ante ellos como el clásico trabajador entregado a su trabajo, que cuida al cliente y le procura un trato cercano y personal. Lo que Losada no podía suponer es que a Menkell esas actitudes le ponían nervioso: el «trato personal» se le antojaba una forma de multiplicar las ocasiones de meter la pata.

Observó a Losada desde las cristaleras que daban a la calle: era un hombre robusto, de poco más de treinta años, cuyo rostro jovial parecía hecho a propósito para convertirlo en agente de ventas. Estaba inclinado sobre el ordenador cuando él entró, y levantó la vista de la pantalla al notar en la cara el aire frío del exterior.

—¡Señor Menkell! Me alegro de verle.

«¿Y por qué se alegra?», hubiese querido preguntarle Mario Menkell, pero se limitó a dirigirle una sonrisa que quería ser agradable.

—Bueno, vamos a lo nuestro. ¿Quiere tomar un café? ¿Un coñac? —Losada utilizaba un tono cariñoso, con el claro propósito de estimular un poco su ánimo visiblemente demediado—. Vamos, le invito. Enfrente hay un bar muy agradable. Todo el barrio está lleno de sitios así. Los gais, ya se sabe...

Entraron en una cafetería llena de plantas, con grandes cristaleras y el techo ganado por gigantescos tubos de acero que daban al lugar el aspecto de un espacio industrial. Estaba atestado de gente, pero consiguieron una mesa junto a la ventana.

—¿Qué le apetece? Hay que pedir en la barra...

Mientras Losada recogía las bebidas, Menkell echó un vistazo al local: era, en efecto, un sitio acogedor... Había muchas estanterías con DVD's de alquiler, y las paredes estaban decoradas con carteles de películas antiguas y carátulas ampliadas de CD's de moda. Un discreto letrero avisaba de la existencia de conexión wi-fi gratuita. En las mesas vecinas, hombres y mujeres trabajaban en sus portátiles mientras bebían café en vasos de plástico. Tras el mostrador de la barra había una selección de pasteles y sándwiches de aspecto apetitoso, y todos los camareros, jóvenes y sonrientes, vestían vaqueros y camisetas negras con el nombre del local. Miró por la ventana: enfrente había un restaurante de mesas decoradas con ikebanas, una tienda de ropa y una taberna antigua que se le antojó un fósil dócilmente adaptado a un nuevo entorno de sofisticación y modernidad.

Menkell tuvo que reconocer ante sí mismo que Chueca no era la sucursal de Sodoma y Gomorra que había construido en su imaginación a raíz de que empezasen a denominarlo «barrio gay». Cuando escuchó la nueva calificación de la zona, recreó en su mente unas calles salpicadas de antros infectos de los que entraban y salían hombres vestidos de cuero, sórdidos bares de suelo sucio en cuyas barras se acodaban pervertidos de torva mirada, tiendas de objetos eróticos y una manada de tipos de aspecto patibulario deambulando por las aceras en actitud impúdica o amenazante, según el caso. Pero en aquella cafetería había hombres y mujeres, casi todos en la treintena, agradablemente vestidos, de aspecto pacífico y actitud correcta, que charlaban entre ellos o disfrutaban de un café en solitario sin dar la lúgubre impresión de ser víctimas de la incomunicación y el aislamiento: no estaban solos, sino consigo mismos, y esa visión era amable y esperanzadora, porque enviaba señales de la existencia de una vida bien armada como la que a Mario Menkell le hubiese gustado vivir.

Losada llegó con las bebidas en una bandeja: un té con leche para Menkell y una cerveza para él.

—Bueno, pues salud. Y ahora, a trabajar.

—¿Qué quiere decir?

—Que hay que vaciar el piso si quiere volver a alquilarlo.

Menkell, que acababa de abrasarse la lengua con el té casi hirviendo, negó enérgicamente con la cabeza.

—No. Lo he pensado mucho y no quiero alquilar la casa. Ya he tenido bastante con un suicida...

Losada se echó a reír y se atragantó con la cerveza.

—Pero, don Mario, no creerá usted que todos los arrendatarios acaban colgados de una viga... Yo llevo ocho años en la profesión y le puedo asegurar...

—Ya, bueno, prefiero no tentar la suerte. Además, lo de los alquileres es un lío. Con Montalvo era distinto, claro, era inquilino de mi tía desde hace muchos años... y, a pesar de todo, mire usted cómo terminó el asunto...

—Algo tendrá que hacer con la casa...

—Sí, supongo... quizá la venda... Usted podría ayudarme, ¿no?

La mirada de Menkell volvía a ser de tierna súplica.

—Claro, hombre, para eso estamos... Pero, en cualquier caso, antes tendrá que sacar todos esos cacharros.

—¿Yo? Eso es cosa de los parientes de Montalvo.

—Le recuerdo que no tiene familia.

El tonillo ligeramente musical con el que pronunció aquella frase acabó por convencer a Mario Menkell de que Losada encontraba divertidísima aquella situación para él tan abrumadora. Claro que él había tenido que enfrentarse a la policía y al cadáver del ahorcado. Era justo que se entretuviese un poco.

—¿Entonces?

—He consultado al abogado de la inmobiliaria. Ya sabe que nos gusta hacer bien las cosas... En estos casos, el heredero de Fernando Losada es el Estado español... pero, sinceramente, no veo yo al ministro de Economía inventariando los cascos militares ni los barquitos en miniatura.

—Entonces...

—Entonces le toca a usted la china. Vamos, que acaba de heredar un montón de cacharros que no quiere pero que, a todos los efectos, son suyos.

Menkell se pasó la mano por los ojos, y luego pareció rendirse al destino.

—Pues nada, habrá que aguantarse... Lo malo es que no sé ni por dónde empezar.

—Bueno, eso depende de lo que quiera hacer con las cosas...

—¿Las cosas? ¿Se refiere a... las gorras de guardia urbano, los botones y las gramolas? Pues nada. Quiero decir que por mí compraría un bidón de gasolina, rociaría las habitaciones, tiraría una cerilla y volvería después para barrerlo todo.

Losada sonrió al imaginar a Menkell ejecutando semejante operación.

—¿Seguro que no quiere conservar nada? Mire, entiendo que todavía esté usted un poco desconcertado, pero apostaría a que entre tanta porquería puede haber objetos de valor.

—Ya. Pues no me interesan. Mi casa no es muy grande, y no tengo dónde meter todos esos trastos.

—En ese caso, y si está seguro de que quiere deshacerse de todo lo que hay en el piso, puedo darle el contacto de un trapero... Él irá a la casa, clasificará los objetos y se los llevará consigo, y hasta es posible que pueda darle a usted un poco de dinero... Eso sí, le advierto que estos tipos suelen ser bastante chorizos... no espere que le pague lo que valen las cosas.

Menkell volvió a dibujar su gesto de negativa asustada.

—Me trae sin cuidado. Lo único que de verdad me interesa es que alguien se haga cargo de... de ese arsenal de chismes raros. No quiero ni un céntimo. Incluso pagaría para que se lo llevaran todo.

—Si es así, déjelo en mi mano. Pero le advierto que va a perder dinero. La colección de gramolas debe de valer un pico.

—Si la quiere, se la regalo.

El de la agencia abrió mucho los ojos.

—¿Lo dice en serio?

—Completamente. Y si hay algo más que le guste, cójalo sin dudar. Vaya mañana con la llave y llévese lo que le dé la gana.

—No sabe cuánto se lo agradezco.

Parecía ilusionado como un niño ante la perspectiva de llenar su casa de tocadiscos del año del Diluvio. El ánimo de Menkell se aligeró un poco. Sentía que gracias a aquel obsequio había empezado a pagar la deuda pendiente con Losada, el identificador de fiambres. De pronto se notó cómodo, incluso con ganas de charlar.

—¿Le conocía bien? A Montalvo, quiero decir.

—No. Era un tipo educado, que hablaba lo justo... Siempre me dio la impresión de que estaba bastante solo, y ahora sé que tenía razón, si ni siquiera hubo alguien dispuesto a reconocer su cadáver...

A Menkell se le secó la boca sólo de pensar en el cuerpo de un ahorcado bamboleándose entre todas aquellas cosas inútiles. Qué escena más horrible, pensó, intentando inútilmente apartar de su cabeza la imagen de un hombre pendulando entre un casco prusiano, un montón de bailarinas de porcelana y doscientos botones. De pronto se acordó de la pobre mujer de la limpieza: aquella desdichada no sólo se había dado de bruces con el espectáculo de su patrón muerto por las malas, sino que antes se había pasado parte de su vida limpiando todas aquellas zarandajas.

—El sexto sentido, señor Menkell... —Losada seguía a lo suyo, ignorando sus elucubraciones—. Yo sabía que su inquilino era un hombre misterioso. No quiero ir de listo, pero siempre pensé que acabaría haciendo algo raro.

Menkell se dijo que por nada del mundo hubiese minusvalorado las tesis de penetración psicológica de Losada, pero es fácil pensar que alguien capaz de atestar una casa de las cosas más variopintas acabará dando la campanada con algo verdaderamente extraño... Dadas las circunstancias, lo de quitarse la vida era hasta poco original. Había que dar gracias a Montalvo por no haber comprado una recortada para liarse a tiros en una hamburguesería. Lo suyo, desde luego, había sido una forma de actuar verdaderamente pacífica y sin daños colaterales... aparte, claro, del susto morrocotudo de la pobre limpiadora, y las molestias causadas a Losada y al propio Menkell.

—¿Y está seguro de que no tenía familia?

—Eso fue lo que me dijo la policía. Estuvieron investigando, y el hombre estaba solo.

—¿A qué se dedicaba?

—Ni idea. ¿Por qué le interesa tanto?

Mario Menkell dibujó una mueca contrita que sirvió para acentuar su aire de desamparo.

—No sé. Me da lástima, supongo. ¿A usted no?

El otro meneó la cabeza y pareció pensarse un poco la respuesta.

—Mire, Menkell, yo conozco a mucha gente cada día. Les alquilo casas, se las vendo, les busco compradores o inquilinos. Sé que cada persona que entra por la puerta tiene una historia, ¿sabe? Y que algunas de esas historias deben de ser como para echarse a llorar. Una viuda que vende el piso donde ha vivido cuarenta años porque le ha quedado una pensión de mierda que no le llega para vivir. Un ejecutivo recién separado que trabaja catorce horas al día y tiene que trasladarse a un estudio de veinticinco metros porque su mujer se ha quedado con el chalet con piscina de Las Rozas, donde, por cierto, vive con su nuevo ligue. Un boliviano que busca un piso de siete habitaciones, donde van a meterse veinte personas... Si escarbase en las historias de mis clientes, una de cada dos resultaría ser un drama. Por eso prefiero no indagar mucho, ¿sabe? Para no contagiarme de los problemas de otros.

Se quedaron en silencio. Menkell miró muy oportunamente el reloj, y Losada aprovechó para decir que tenía prisa y que le llamaría al día siguiente para darle el teléfono del trapero. Salieron juntos a la calle y se despidieron con un apretón de manos. De pronto, Losada pareció recordar algo.

—Menkell... lo que le acabo de decir de los problemas de los demás... No soy una mala persona, ni nada de eso. Lo que pasa es que prefiero no meterme en la vida de los otros. Bastante tengo ya con la mía.

Mario Menkell asintió con una vaga sonrisa. Cuántas veces había deseado decir lo mismo que Losada: «Bastante tengo con mi vida.» Eso era lo malo. Que, a pesar de haber aprendido a resignarse, él nunca había tenido bastante con la suya.

Tal como había prometido, Losada llamó a Menkell a media mañana del día siguiente para facilitarle el teléfono de un tal Salgado, que regentaba una trapería en el barrio de Lavapiés y estaba dispuesto a hacerse cargo de todo el contenido del piso.

—Es eso lo que quería, ¿no?

—Por supuesto.

—Allá usted, don Mario. Pero le recuerdo que no es un buen trato. En fin, ahora ya está. Llámele cuanto antes, me dijo que tenía mucho trabajo, pero yo creo que sólo está intentando darse pisto. Por cierto, a mediodía iré a recoger las gramolas.

Menkell recordó fugazmente la visión de aquellos artefactos de tocar música atestando el dormitorio. La idea de que alguien los considerase valiosos le resultaba vagamente reconfortante.

—Ya me contará cómo queda la cosa. Llámeme en cuanto el piso esté vacío y empezaremos a enseñarlo. No es el mejor momento para vender, ya se lo anticipo...

Menkell no tenía ganas ni tiempo de discutir cuestiones inmobiliarias. Se despidió de Losada dándole las gracias por su gestión, y nada más colgar telefoneó al trapero y se citó con él aquella misma tarde para enseñarle el piso.

—Le advierto de que hay muchas cosas.

—Ya me lo dijo Losada. Por eso me interesa. Nos vemos a las siete y haré un primer inventario.

El resto del día pasó de una forma relativamente tranquila. Menkell tenía sólo dos clases, pues los alumnos acababan de empezar los parciales de febrero, y no era raro que negociasen la supresión de alguno de sus seminarios para poder dedicarse al estudio de alguna asignatura «seria». Como, de cualquier forma, el reglamento de la universidad le exigía permanecer en el centro durante las horas oficialmente lectivas, Menkell empleó la mañana y parte de la tarde a corregir algunos ejercicios.

Beatriz Millares no había dado señales de vida, y él tampoco había vuelto a llamarla. Seguía estando inquieto por ella, pero la conmoción del descubrimiento de aquella cueva de Alí Babá que era el piso de Fernando Montalvo había acabado por desplazar otros motivos de inquietud. De todas formas, si Beatriz había avisado de su ausencia para ser sustituida, no podía haberle ocurrido nada verdaderamente grave. A lo mejor estaba haciendo obras en su casa. O, como apuntaba Gerardo García, quizá tuviese la gripe. Para eliminar el último resquicio de inquietud, recordó la teoría de la navaja de Occam, y en ese momento, animado por no se sabe qué extraña punzada de euforia, tomó el móvil y marcó el número de Beatriz. Cuando el teléfono dio señal, sintió un vuelco en el estómago y estuvo a punto de colgar, pero justo en ese momento escuchó la voz de Beatriz —aquella voz correctamente modulada que tan bien conocía— y todo en su interior volvió a su sitio.

—Diga.

Había contestado en un tono neutro que hacía imposible identificar cualquier estado de ánimo. A Menkell le pareció que detrás de ella se escuchaba el llanto de un niño.

—¿Beatriz? —Intentó que su voz tuviese un matiz despreocupado, casi festivo—. Soy yo, Mario.

—Ah, Mario... Vi tus llamadas.

Puñeteros móviles delatores...

—¿Qué tal la gripe?

Hubo unos segundos de silencio.

—Bien, bien, mejor...

—Oh... me alegro... mucho. —Buscó algo inteligente que añadir, pero no se le ocurrió nada—. Sólo quería saber cómo estabas.

—Ya. Pues estoy prácticamente recuperada. El lunes me incorporo.

Era jueves. Menkell se dijo que faltaban sólo cuatro días para que toda su vida se reorganizase definitivamente. Beatriz volvería, el trapero se llevaría todos los trastos de Montalvo, Losada vendería el piso y aquellos días de raro desasosiego acabarían por convertirse en un triste recuerdo, quizás ni siquiera eso. Una sensación de optimismo le recorrió toda la espina dorsal. En ese momento volvió a escuchar unos lloros infantiles. Estaba seguro de que se trataba de eso, de un crío en mitad de una rabieta, pero no quiso preguntar.

—Pues nada, cuídate durante el fin de semana, y el lunes nos vemos por aquí.

—Sí, hasta el lunes... Gracias por llamarme.

Estaba a punto de colgar cuando oyó la voz de Beatriz diciendo su nombre.

—Mario...

—¿Sí?

—Oye... que no tengo la gripe.

—Pero entonces...

—No te preocupes. El lunes vuelvo y te lo cuento todo.

Y colgó. Un segundo antes, Menkell pudo escuchar cómo arreciaban los llantos del bebé.

Por la tarde, tras terminar la jornada en la universidad, volvió a la casa de Chueca para encontrarse con Salgado. Tuvo que ser él quien se identificara, porque Menkell jamás hubiese reconocido al trapero en aquel hombre joven, alto y delgado, vestido con un pantalón vaquero, un jersey de cuello vuelto y una bonita americana de lana negra, de esas que Menkell jamás encontraba cuando iba a comprarse ropa. No sabía por qué, había imaginado que Salgado sería un tipo desgarbado y feo, incluso algo contrahecho, que tendría la piel cuarteada y las manos amarillas, y los ojos apagados después de pasar demasiado tiempo en húmedos sótanos sin luz saqueando los despojos de las vidas ajenas. Pensó que iría envuelto en un guardapolvo lleno de lamparones, que calzaría zapatos viejos y anticuados, y que luciría la expresión de siniestra codicia de los usureros de los cuentos infantiles. Sin embargo, Salgado tenía una limpia mirada azul, y un gesto de normalidad despreocupada. Pensó en cuánto había cambiado un mundo en el que los chamarileros parecen directores de una oficina bancaria.

Subieron juntos al piso, y Menkell abrió la puerta antes de franquearle el paso.

—Bueno, pues ya estamos aquí. Mire usted todo lo que quiera. Le llevará su tiempo, esto está lleno de chismes raros.

Salgado le dedicó una tibia sonrisa profesional, sacó de un bolsillo un cuaderno de pastas de cuero y un bolígrafo de aspecto caro, y durante media hora se paseó por la casa tomando notas aquí y allá, parándose a veces a examinar alguna de las colecciones de Fernando Montalvo —pareció interesarse especialmente por el conjunto de cascos militares— y supervisando el estado de conservación de las cosas, que, por su expresión, debía encontrar plenamente satisfactorio. Mientras, Menkell tuvo tiempo de comprobar que Losada había recogido las gramolas —sintió una punzada de curiosidad por saber cómo se las había apañado para trasladarlas— y también una de las huchas del Domund que decoraban la entrada. No parecía faltar nada más. Ojalá se hubiese llevado más cosas, pensó Menkell. El empleado de la agencia había llegado a caerle bien. No es que Menkell tuviese un ojo especialmente bueno para clasificar a las personas —contaba en su haber con varios sonoros fracasos en lo tocante a conocimiento humano—, pero Losada parecía un buen hombre. Otro en su lugar se hubiese escaqueado del asunto del cadáver —decididamente, la identificación de cuerpos anónimos no es trabajo de un agente inmobiliario—, y de ninguna forma habría estado tan solícito a la hora de ayudarle en lo de encontrar a alguien que vaciase el piso. En eso pensaba cuando Salgado regresó de su breve paseo de prospección.

—Ya está. He hecho una pequeña lista de las cosas, sobre todo para calcular cuánta gente necesito en la operación. Los objetos delicados dan bastante trabajo, porque hay que envolverlos con cuidado y no pueden amontonarse. Oiga —carraspeó un poco—, Losada me dijo que no quiere nada de lo que hay aquí...

—Nada en absoluto.

—¿Está seguro?

—Completamente. Puede llevárselo todo. Y cuanto antes, mejor.

Salgado cerró la libreta y la guardó en el bolsillo interior de la americana. Menkell pensó que había algo teatral en sus gestos, como si hubiese coreografiado cada uno de sus movimientos.

—Señor Menkell, no le oculto que aquí hay objetos de cierto valor. Nada importante, desde luego. En condiciones normales, le ofrecería un tanto alzado por todo el lote y luego, con tiempo, vendría a hacer un inventario y me llevaría sólo aquello que me pudiese servir. Pero Losada me ha contado que lo que usted quiere es vaciar el piso completamente, y que además le corre prisa. En ese caso, le ofrezco hacer las tareas de inmediato y sin coste alguno para usted, pero no pagaré nada por ninguna de las cosas. ¿Le parece bien?

Mario Menkell se alegró al pensar que los dos iban a hacer un buen trato.

—Creo que es perfecto. ¿Cuándo puede empezar?

—El lunes por la tarde. Por mí comenzaría mañana mismo, pero necesito a cuatro o cinco personas y tengo a todo el mundo ocupado. Eso sí, lo haremos de un tirón, el embalaje y el transporte en la misma jornada. De modo que, si no hay contratiempos, cuando entre aquí el martes por la mañana sólo se encontrará usted las cuatro paredes de la casa.

Eran exactamente las palabras que Mario Menkell quería escuchar.

—Llegaremos a las cuatro y media. Tendrá que venir a abrirnos la puerta.

Menkell dudó.

—Tengo clase hasta las cuatro. —Era mentira, pero

prefería no volver al piso hasta que estuviese vacío—. Voy a ir un poco ajustado. Pero, si puede pasarse por la agencia, Losada tiene un juego de llaves.

—Perfecto. En ese caso, no hay nada más que hablar.

Salgado le tendió la mano.

—A partir de ahora, déjelo todo de mi cuenta.

Solventado ya el enojoso problema de las cosas de Montalvo, Mario Menkell se dispuso a pasar un tranquilo fin de semana de invierno. Haría lo de siempre: terminadas las clases del viernes, iría al cine a la sesión de las ocho, luego alquilaría un par de DVD's clásicos en el videoclub de la esquina —donde, por cierto, todo el mundo le tenía ya catalogado como un majara que solía llevarse a casa títulos del pleistoceno, como *Roma, ciudad abierta*, *Más dura será la caída* o *Jezabel*— y el sábado vería las películas, leería algún libro de los que tenía pendientes y haría la compra semanal en el supermercado. El domingo por la mañana solía ir a alguna exposición o a visitar un museo, y por la tarde, si no se quedaba en casa leyendo, asistía a una función de teatro o a algún concierto y aprovechaba para devolver las películas al videoclub. Después de preparar la agenda de la semana —clases, seminarios y entrevistas con alumnos— tomaba una cena ligera y se acostaba pronto.

La casa de Menkell era un lugar bastante acogedor, aunque él a veces lamentaba no vivir en un piso un poco más pequeño: le sobraba espacio por todas partes. Tenía dos habitaciones vacías y una que había convertido en despacho, dos cuartos de baño y una cocina algo anticuada que —se repetía de vez en cuando— debería modernizar. El salón daba a la calle, y era espacioso y alegre: perfecto para pasar una tarde de lluvia. Menkell había comprado una butaca comodísima y una manta de lana escocesa con la que se cubría las piernas incluso cuando no hacía frío. Tenía un buen equipo de música, un DVD de última generación y una pantalla de plasma de cuarenta y dos pulgadas que ofrecía una imagen de mejor calidad que muchas salas de cine, y encima no existía el peligro de que alguien reventase la función masticando palomitas o emitiendo en voz alta comentarios idiotas. Por eso cada vez le daba más pereza salir de casa para ver películas, y —para desconcierto de los de la tienda de alquileres— había empezado a llevarse algunas cintas de estreno además de las obras maestras de William Wyler o Roberto Rossellini.

A Menkell no le molestaba la soledad, y hasta había aprendido a disfrutar de ella. A pesar de todo, reconocía ante sí mismo que, de haber podido elegir, habría preferido no pasar tanto tiempo solo. No se atrevía a soñar con tener una familia, ni siquiera una pareja —eso hubiese sido pedir demasiado—, pero siempre pensaba que sería agradable contar con un grupo con el que compartir el tiempo libre. Pero el tiempo de hacer amigos se le había pasado en unas circunstancias no demasiado favorables a la socialización, y ahora, al filo de los cincuenta, sabía que era más difícil conectar con la gente. Como no se tenía por buen conversador, ni tampoco por una persona excesivamente divertida ni particularmente brillante, comprendía a la perfección que ninguno de sus conocidos quisiese dar un paso más en busca de hermandad o de simple camaradería. ¿Qué podía aportar él a otra persona? No era muy listo, ni muy divertido, ni muy ocurrente, aunque sí atento, servicial, generoso y comprensivo, cualidades todas que cualquiera es capaz de apreciar. Pero nada más que eso: cuando se llega a cierta edad, hace falta algo distinto que nos estimule a buscar relaciones más profundas. A los cuarenta años todo el mundo tiene ya más o menos cubiertas sus necesidades afectivas, y para hacer nuevas incorporaciones a la lista de íntimos nos hace falta descubrir en el otro alguna aportación extraordinaria que enriquezca nuestra vida.

Siempre había lamentado no tener alguna afición: el golf, el gimnasio, la pintura al óleo... o, en su defecto, las construcciones con cerillas o el macramé. El deporte y los trabajos manuales son un buen elemento de socialización. Una vez, tras ver un anuncio, quiso unirse a un club de papiroflectas, pero después de un par de sesiones se dio cuenta de que aquello tampoco era lo suyo: mientras de las manos de los demás surgían, como un milagro, flores delicadas y gráciles pájaros que parecían a punto de emprender el vuelo, Mario Menkell sólo era capaz de hacer dobleces sin ton ni son hasta convertir los papeles en gurruños informes. Le daban tanta vergüenza aquellos bultos arrugados que salían de sus manos que decidió dejar las clases antes de que el monitor pusiese de relieve ante los otros alumnos su torpeza manifiesta.

Así que Menkell tenía vecinos, colegas, compañeros y homólogos, pero nada más que eso. En los últimos años, la única persona con la que había iniciado un conato de intimidad había sido Beatriz Millares, que le contaba algunas cosas, le pedía opinión y hablaba con él de novedades literarias y cine clásico. Incluso un par de veces habían ido juntos a ver una película o una exposición. Pero luego apareció el dichoso Baldo, y Mario Menkell decidió difuminarse en las horas libres. Quizá las cosas habrían sido distintas si Baldo fuese otro tipo de persona. Pero no lo era. Desde el primer momento había dejado claro que Menkell no le gustaba, así que prefirió retirarse por las buenas antes de ser invitado a hacerlo de forma algo menos honrosa.

En esas circunstancias, Menkell había aprendido a disfrutar del solitario placer de la lectura, el visionado de películas y la audición de conciertos, cada vez más a menudo teniendo como escenario su propio salón. Eso no le hacía desdichado: había aprendido a conformarse, y no perdía el tiempo lamentando su suerte ni envidiando la de otros. Mario Menkell no ignoraba que al otro lado de la puerta, sólo a unos cuantos pasos de su sala de estar, había un mundo distinto que le era ajeno. Un mundo poblado por seres diferentes, que se buscaban los unos a los otros, que se emparejaban, que se agrupaban, que compartían la felicidad y la desdicha, las decepciones, los anhelos, las frustraciones, las expectativas cumplidas o no. La vida, en fin.

Después de un fin de semana casi primaveral, el lunes amaneció desapacible y frío. Menkell se levantó con el ánimo en alto: Beatriz regresaba, Salgado empezaría a vaciar el piso aquella misma tarde y todo volvía a estar en el mismo sitio que siete días antes, cuando recibió la noticia del suicidio de Montalvo. Estuvo a punto de pensar en él una vez más, de volver a preguntarse por las causas de su muerte, pero decidió no consentírselo: había que pasar página y olvidar aquella historia que a punto había estado de desestabilizarlo muy seriamente.

Llegó a la facultad en el autobús que partía de Plaza

de Castilla, compartiendo el trayecto con dos secretarias, un conserje y cuatro limpiadoras, además de media docena de alumnos cuyos padres estaban decididos a educarlos en la sobriedad y la renuncia a lo superfluo, y por eso se negaban a comprarles un coche. Por supuesto, los aprendices de Personas-Sensatas-y-Conscientes estaban muy lejos de apreciar el esfuerzo educacional de sus bienintencionados padres, e iban camino de convertirse en seres rencorosos y resentidos. No valoraban en absoluto la iniciativa paterna de hacerlos entrar en contacto con la vida real —«Qué vida real ni qué cojones, si voy a una universidad donde la matrícula de un curso es más alta que el salario mínimo», había dicho con cierta razón uno de los damnificados por el celo social de sus progenitores— y todos se sentían como bichos raros, como mártires del siglo XXI obligados a compartir a diario un minibús pintado de azul —color corporativo de la LC— con el personal subordinado y el gilipollas del profesor de escritura creativa.

Sin llegar a penetrar más profundamente en la idea, Menkell intuía que aquellos chicos que viajaban en el autobús no lo hacían de muy buen grado, mientras que las limpiadoras y los demás —incluido él mismo— estaban encantados de tener transporte diario y gratuito al centro de trabajo. Es curioso, se decía siempre, cómo la misma situación puede servir para hacer felices a unos y molestar a otros. El conserje, las señoras de la limpieza, las secretarias, pensaban que aquel autobús era uno de los alicientes del trabajo en la Luis de Camoens, mientras los chicos lo consideraban el culpable definitivo de que sus padres se mantuviesen firmes en la idea de no comprarles un coche.

Llegaron, como siempre, con el tiempo justo para

empezar las clases en hora. Mario Menkell esperaba tener ocasión de cruzarse con Beatriz en algún momento de la mañana, pero no coincidió con ella en los pasillos, y en la pausa del café un alumno insistió en revisar con él un ejercicio de redacción.

—¿No podemos verlo en la tutoría de los jueves?

—No, señor. Me ha puesto usted un suspenso y quiero que me explique por qué.

Menkell no ignoraba que, por lo general, los chicos se dirigían con bastante poco respeto a los profesores de asignaturas complementarias, y trató de imaginarse la reacción de Gerardo Auder si un chico intentase hablar con él fuera de las horas oficialmente dedicadas a las reuniones con los alumnos. Pero él no era Gerardo Auder, ni magistrado del Tribunal Supremo, ni impartía la asignatura de Derecho Penal, ni suspendía a la mitad de la clase, así que se resignó.

—Está bien. Siéntese, haga el favor. Voy a buscar su texto.

—No quiero ir de listo, profesor, pero lo que he escrito está bien. Los otros lo leyeron y me dijeron que era muy bueno. Que parecía de David Foster Wallace.

Mario Menkell suspiró. Era el tipo de frases que les encantaba decir a los chicos desde la suprema ignorancia, «qué pasada, tío, escribes como Foster Wallace». En su época, cuando se quería alabar el estilo de alguien, se ponía como ejemplo a Georges Perec o a Raymond Queneau, pero, al margen de eso, pocas cosas habían cambiado.

—Ya. Aquí lo tengo. *El curioso incidente del joven a medianoche.* ¿Hace falta que le diga que ya hay un libro que se titula de una forma muy similar?

—Sí. No. Pero el otro era un perro y el mío es un chaval joven. Además, la historia no tiene nada que ver. Y en cuanto al título, no es un plagio. Es un... un homenaje.

Buen intento, pensó Menkell, que leyó para sí la mitad del texto antes de levantar la vista para encontrarse con la mirada inquisitiva, casi feroz, de Víctor Fuentes.

—Señor Fuentes... obviando el asunto del título y del homenaje a Haddon, cuya oportunidad no vamos a discutir ahora, su texto no merece ni el cuatro que le he puesto.

—Los otros dijeron...

Menkell respiró, tratando de no recordar que, mientras él perdía el tiempo con aquel chico, Beatriz Millares debía de estar en la sala de profesores o en la cafetería, quizá preguntando por él.

—No me importa lo que dijeran los otros, Fuentes. Y no me vuelva a hablar de David Foster Wallace... porque no creo que él sea capaz de colocar treinta y siete faltas de ortografía en un texto de cuatro folios y medio.

La expresión de Víctor Fuentes había pasado de ser inquisidora a reflejar la más sincera sorpresa.

—¿Faltas? Bueno, puede ser, mi corrector de Word está estropeado. Me ha entrado un virus o algo así... pero no creo que tenga tanta importancia. Porque yo soy de económicas, ¿sabe? Por eso no me interesa mucho la lengua española, y no me sé todas las reglas... No creo que por cuatro acentos o algo así...

Aquel zoquete que escribía «bravucón» con dos bes le estaba haciendo perder toda la pausa del café... no podría encontrarse con Beatriz hasta la hora de la comida. Recordó que, según su ficha, Fuentes había sacado un ocho y medio en el examen de selectividad. Un ocho y medio... pero ¿quién demonios califica esas pruebas y pasa por alto las haches o la ausencia de ellas?

—No son cuatro acentos o algo así. Son treinta y siete patadas al diccionario de la Real Academia, todas ellas indignas de un universitario, y me da igual si usted estudia económicas o... o —trató de pensar en alguna disciplina donde la ortografía fuese pecata minuta— ingeniería molecular. Incluso un astronauta debe saber poner en su sitio las bes y las uves. Tiene usted un cuatro. Y si se lleva mal con la corrección del idioma, le sugiero que se busque otra asignatura complementaria donde sus... sus carencias puedan pasar desapercibidas.

Era el parlamento más largo que Mario Menkell había pronunciado ante un alumno fuera de horas lectivas desde su llegada a la universidad. Guardó el ejercicio de Víctor Fuentes en su maletín desgastado, y salió de la clase dejando al chico boquiabierto, no tanto por el escaso éxito de su reclamación, sino porque era la primera vez que el bobalicón de Menkell daba muestras de tener algo de sangre en las venas. Alguien había dicho que llevaba unos días la mar de raro. Por eso se había puesto como una fiera. Treinta y siete faltas no son tantas. Y los otros tenían razón: escribía como Foster Wallace, y eso era lo importante. Aunque tenía que arreglar cuanto antes el corrector de Word.

La pausa del café había terminado, y Menkell no había visto a Beatriz. Él no tenía clase los lunes por la tarde, así que solía comer en casa —librándose así de las grasas saturadas o el menú de régimen insípido de la universidad—, y pasaba luego la tarde leyendo en la biblioteca. Por razones obvias, aquel lunes decidió hacer una excepción, así que al acabar su seminario se dirigió a la cafetería, pero Beatriz no estaba allí. Se comió un plato de macarrones con tomate y un filete de pollo a la plancha, sin apartar los ojos de la puerta por si ella aparecía. No lo hizo, y Menkell, invadido de una inexplicable sensación de derrota, se dijo que iba a dar a la suerte la última oportunidad: pasaría un cuarto de hora —ni un minuto más— en la sala de profesores, y si Beatriz no llegaba se iría a casa, pondría música de Mahler en el CD y vería por séptima vez en los últimos tres meses *La muerte en Venecia*, a lo mejor porque necesitaba encontrar en el desdichado Von Aschenbach a un personaje más ridículo que él mismo, con tantas idas y venidas y tantas ansiedades por una mujer con la que no tenía más contacto que el proporcionado por los encuentros casuales en los pasillos y en una cafetería ruidosa y atestada de gente.

La sala de profesores estaba vacía cuando Menkell entró. Se acercó lleno de desconfianza a la nueva cafetera —todavía no acababa de creerse que aquel artilugio fuese capaz de producir un café decente— y se sirvió una taza, que olió sin disimulo antes de llevársela a la boca.

—¿Me pones uno?

Al volverse, Mario Menkell derramó unas gotas de café sobre sus zapatos, pero él ni siquiera se dio cuenta de que el ante —bastante avejentado, eso sí— estaba absorbiendo con fruición aquella lluvia inesperada. Era Beatriz Millares, una semana después de su misteriosa desaparición. De su supuesta y falsa gripe. Beatriz Millares, más pálida, más delgada y más ojerosa que la última vez que la había visto. Beatriz Millares, tras una más que evidente crisis personal. Menkell decidió hacer como si se hubieran visto el día anterior.

—Claro. Pero no está muy caliente.

A ella no pareció importarle.

—No he pegado ojo en toda la noche —dijo, y se bebió el vaso de café sin respirar. Bajó la vista, y a Menkell le pareció que había cogido aire.

—¿Estás... bien?

—Me he separado de Baldo. Hace ocho días.

Beatriz dibujaba una sonrisa triste, y Mario Menkell se preguntó qué debía decirse en un caso como ése.

—Las cosas iban mal desde hace tiempo, ¿sabes? Ya sé que el matrimonio nunca es como uno se lo espera, pero tampoco creo que todas las parejas sean tan infelices como Baldo y yo.

Mario nunca había pensado que el de Beatriz pudiera ser un matrimonio infeliz, y aquella confesión le dejó perplejo. A raíz de su escasa experiencia, su punto de vista sobre la convivencia marital tenía mucho que ver con la que ofrecen los cuentos de hadas, y, si le costaba aceptar que dos personas que compartían su vida pudiesen ser desdichadas, el que lo fuese Beatriz Millares producía en él un profundo desconcierto. Nunca le había comentado nada al respecto, ni tampoco había encontrado algo sospechoso en su comportamiento. Mario Menkell se hizo la pregunta inevitable acerca de si conocemos de verdad a aquellos a quienes queremos, pero fue sólo un desliz instantáneo, pues enseguida volvió a poner los cinco sentidos en lo que le estaba contando Beatriz.

—Hace una semana estábamos discutiendo y me dio una bofetada. —Los ojos se le llenaron de lágrimas—. No muy fuerte. Con la mano del revés.

Menkell se avergonzó al recordar en aquel momento la celebérrima escena de *Gilda*, y agitó la cabeza como para borrar de su mente la imagen de la melena pelirroja de Rita Hayworth volteada a la fuerza por la violencia de Glenn Ford.

—Baldo jamás había hecho una cosa así. Me pidió perdón enseguida. Me abrazó y empezó a decir que no entendía qué le había pasado, que le perdonase, y yo no hacía más que pensar que, después de todo, no me había hecho mucho daño, que nunca hasta entonces me había pegado, que aquello no iba a repetirse. Y entonces me asusté, ¿sabes? Porque me di cuenta de que eso mismo debieron de pensar después de recibir la primera bofetada esas mujeres cuyos maridos acaban matándolas de una paliza: no es para tanto, si casi ni me ha rozado, se ha puesto nervioso, no volverá a ocurrir, Baldo no es de ésos. Y decidí que no iba a quedarme a comprobar qué clase de tipo es en realidad el hombre con el que me casé. Me dio una bofetada, y nadie tiene la culpa de llevarse la primera, pero hay que hacer las cosas de forma que sea la última.

—¿Vas... vas a denunciarlo?

Beatriz se sirvió otro café.

—No. Ya sé que, tal y como están ahora las cosas, posiblemente lo detendrían, y se pasaría un par de días en el calabozo antes de que lo pusiesen delante del juez de guardia... No voy a decir que esa idea no me tiente... pero... a ver cómo te lo explico... Yo ya he tomado la decisión de dejar a Baldo, así que en este caso una denuncia sólo valdría para complicarle la vida. Y no quiero eso. No quiero una indemnización, no quiero una pensión, no quiero que pague una multa ni que tenga antecedentes... sólo quiero no volver a verlo en mi vida. La próxima vez que me cruce con él será para firmar los papeles del divorcio.

—Y... y Baldo, ¿qué dice?

—A mí, nada, porque ni le cojo el teléfono. Creo que hace tiempo que se está tirando a otra, pero eso tampoco es asunto mío. Quiero olvidarme de cada día que he pasado con él. Incluso le he dejado el piso hasta que lo vendamos. He cogido una maleta con ropa, y el resto se lo puede comer. No quiero ni una puta fuente de horno.

Sonrió débilmente, y a Mario le pareció que sus ojos cobraban algo de vida.

—¿Dónde vas a vivir ahora?

—De momento estoy en casa de mi hermana. Te acuerdas de Sandra, ¿verdad?

—Claro. La que está casada con un danés. ¿Tienen hijos?

—Cuatro.

—Vaya —se dio cuenta de que no era la expresión más apropiada y la corrigió sobre la marcha—, quiero decir, qué bien.

Beatriz le dedicó una sonrisa desmayada.

—No dirías eso si supieses cómo viven. Asfixiados por las facturas, desquiciados por los horarios de los niños y angustiados porque siempre hay alguno que está enfermo. Eso sí, los críos son muy ricos. Y están bien educados. Pero no voy a decir que me entusiasme la idea de compartir habitación con mis dos sobrinitas, que están flipadas por dormir con una tía que se pasa las noches llorando. Voy a empezar a buscar algo... cualquier cosa, un apartamento, un estudio... con que tenga una cama y una ducha me basta. Si sigo viviendo en esa casa mucho más tiempo acabaré haciendo alguna idiotez.

Y, en ese preciso momento, una luz se encendió en el cerebro de Mario Menkell. No tuvo ninguna duda de que aquel fogonazo tenía un origen divino —¿no había robado Prometeo el fuego de los dioses?— o quizá era una chispa que había vivido con él los últimos cuarenta y siete años, esperando el mejor momento para hacerse visible. Sea como fuere, la llama se abrió paso por aquella zona del cerebro —la que regula las reacciones de agudeza—, que por lo general no estaba en activo en la cabeza de Mario, y se escuchó a sí mismo diciendo la frase que iba a cambiarle la vida.

—¿Ah, sí? Pues creo que es tu día de suerte.

No era una expresión propia de Mario Menkell. Era tan informal, tan desenfadada, que resultaba casi milagroso que hubiese podido pronunciarla, menos aún con aquel tono, cuando su corazón latía de un modo desaforado, tanto que tuvo verdadero pánico a que se le saliese por la boca y se alejase dando saltitos gelatinosos en dirección a cualquier parte. Beatriz le miró enarcando una ceja —tenía unas preciosas cejas marrones y pobladas— y Mario sintió que el dominio de sí mismo del que había dado muestras había sido sólo una ilusión pasajera.

—Es que tengo un piso libre. ¿Te acuerdas de la casa que heredé de mi tía, ésa a la que apenas trataba? Bueno, pues el inquilino se ha... se ha marchado... —Intuyó que no era bueno mezclar las palabras «día de suerte» y «suicidio» en la misma conversación— y, si esperas a que lo vacíe, puedes instalarte en él.

Los ojos de Beatriz se agrandaron.

—Estaría muy bien. —Pareció recordar algo, y su entusiasmo inicial se refrenó—: Pero... bueno, tengo que saber de cuánto es la renta. Es por la hipoteca de la casa. Todavía la estoy pagando a medias con Baldo. Vamos a vender, por supuesto, y entonces será otra cosa, pero de momento no estoy en condiciones...

La sola idea de recibir dinero de manos de Beatriz Millares hizo que a Menkell se le pusiese el estómago del revés.

—Oh, no, no, no me entiendes... En realidad —volvió a percibir aquella luz, oh, aquella luz bendita que llevaba ideas a esa parte dormida de su cerebro—, ya no quiero alquilar la casa... los inquilinos dan... dan problemas... El hombre, Fernando Montalvo...

—El que se ha marchado...

Qué piadosa y amable forma de hablar de alguien que ha muerto, pensó él, de alguien que acaba de suicidarse.

—Sí. Ese hombre había alquilado la casa a mi tía, y no me pareció bien echarle cuando ella murió. Además, fue un inquilino estupendo. —Sentía la necesidad de dejar claro que Montalvo era un tipo único entre mil, de subrayar su buena voluntad, su excelente disposición—. Pero ahora que... que se ha ido, no pienso buscar a nadie más... no tengo ganas de llevarme disgustos ni de discutir... Primero es la subida de la renta, luego las reparaciones... ya sabes que yo no valgo para eso... para llevar la contraria, y esas cosas... lo paso fatal... prefiero que me tomen el pelo, que me estafen incluso, antes que pelear con nadie. Soy así, he sido así toda la vida, y con la edad que tengo no voy a cambiar.

Se estaba enredando en explicaciones innecesarias y, de paso, autorretratándose como un imbécil sin carácter delante de Beatriz. ¿Por qué le estaba contando todas esas cosas absurdas? Mario Menkell rogó al cielo que le enviase otra ración de luz. Una luz pequeñita que le permitiese salir del atolladero en el que se había metido.

—Beatriz —la luz, la luz llegada directamente del Olimpo—, lo que quiero decir es que estoy pensando en vender la casa. Pero no ahora, claro. Mi... mi asesor... —estaba seguro de que Donald Trump se refería con mucho menos aplomo a su equipo de consejeros— mi asesor dice que no es un buen momento para la venta. El mercado pasa por una fase muy rara, hay incertidumbre y todo está prácticamente estancado. Por eso me sugiere esperar un poco. Un año, como mínimo. Tal vez más. Así que había pensado en aprovechar el tiempo para... no sé, hacer alguna reforma o algo así, y revalorizar un poco la casa.

La luz de los dioses le ayudaba a emplear el vocabulario de un perfecto tiburón de las finanzas.

—Ah.

Le pareció que Beatriz estaba incluso impresionada, y eso le animó a seguir.

—Así que me vendría bien encontrar a alguien dispuesto a instalarse allí durante un tiempo. Los pisos vacíos se deterioran enseguida.

—Eso sí que es verdad. Empiezan a salir humedades, se obturan las cañerías...

—Se ahogan los radiadores y se atascan las ventanas... vamos, que me haces un favor si accedes a quedarte. Además, si hago alguna obra, tú podrías... no sé, supervisar un poco... vamos, si no es molestia... Aunque tampoco es necesario, si no puedes, no...

No quería agobiarla con obligaciones, ni que se sintiese empujada a devolver el favor que le hacía, pero el rostro de Beatriz volvió a iluminarse, como si acabase de encontrar un pequeño papel en la apetecible función que Menkell ponía delante de sus narices.

—Claro que sí —dijo—. Abrir la casa cuando lleguen los obreros, controlar que las cosas se hagan a tiempo...

—Exactamente. —Él hizo un gesto definitivo en el aire, como diciendo «no hay nada más que hablar»—. Ahora sólo hay que vaciar el piso de las cosas del inquilino, y puedes trasladarte.

—¿Las cosas del inquilino?

—Sí. El tipo dejó la casa llena de trastos cuando... cuando se fue, y me tengo que ocupar yo de todo.

—Qué cara.

—Ya ves. Hay gente para todo.

—Oye —Beatriz estaba visiblemente más contenta—, puedo ayudarte en eso. A vaciar el piso, quiero decir. Los dos juntos tardaríamos mucho menos.

«Oh, no te preocupes —iba a decir Menkell—, ya se lo he encargado todo a una empresa, de lo contrario llevaría semanas acabar el trabajo.» Pero entonces la luz, esa luz, volvió a aparecer en su cabeza, esta vez como una gloriosa aurora boreal, mientras resonaba en sus oídos la frase «los dos juntos», «los dos juntos», y se dio cuenta de que, por primera vez en toda su vida, el destino estaba haciéndole un guiño, tendiéndole una mano amiga.

—Pues... si para ti no es una molestia, me vendría estupendamente que me ayudases. Es que no sabes todo lo que hay allí guardado. Parece... parece un bazar indio, o algo así.

Menkell no había estado en un bazar indio en toda su vida, pero eso no tenía importancia, y de todos modos Beatriz no había escuchado la última frase. Parecía sólo pendiente de su propio entusiasmo ante sus posibilidades de redención: dejar de ser una sin techo en casa de su hermana y abandonar para siempre la habitación que compartía con dos chiquillas de siete años.

—¿Quieres que empecemos hoy mismo? Si tengo que dormir muchas más noches con mis sobrinas me dará un ataque... —Beatriz parecía dotada de una nueva energía—: Tengo una clase a las cinco y otra a las seis... A partir de las siete podemos ver el piso. Por lo que dices, debe de ser incluso un lugar interesante. A lo mejor es que estoy desesperada por tener una casa para mí sola, pero hasta me parece divertido revolver entre las cosas de alguien a quien ni siquiera conozco.

Él asintió intentando controlar una sonrisa radiante —la que nace de la dicha en estado puro— que amenazaba con escaparse de su boca, delatando así el estado de beatitud que había empezado a expandirse por todas las terminaciones nerviosas de su cuerpo de cuarenta y siete años.

—Muy bien.

Fue entonces cuando recordó algo: miró su reloj con un ansia evidente y recordó, horrorizado, que faltaban veinte minutos para que los empleados de la empresa contratada entrasen en el piso y desencadenasen una razia sin piedad destinada a eliminar hasta el último recuerdo del paso por la tierra de Fernando Montalvo. La luz volvió a encenderse, brillando como el fanal ambiguo de un faro.

—Beatriz... acabo de recordar que... tengo algo urgente que hacer. Me voy... te llamo luego, ¿de acuerdo?

Y, sin esperar respuesta, sin volverse siquiera en demanda de una última sonrisa, Mario Menkell salió a toda prisa del edificio de la facultad, cruzó la ciudad en un taxi tras inducir al suicidio al conductor con la promesa de una propina de veinte euros si era capaz de cubrir una distancia considerable en menos de quince minutos, y llegó a la casa justo cuando los operarios empezaban su tarea.

—¡Soy el propietario del piso! ¡Déjenlo todo en su sitio! ¡No se les ocurra tocar nada!

Y, ante la mirada incrédula de los obreros, moderó de nuevo el tono de voz y recuperó el aire apocado de un candidato al timo mientras se enfrentaba a cinco pares de ojos.

—He... he cambiado de opinión.

—Pero ¿de qué cojones va esto?

Salgado —a quien los obreros habían llamado con carácter de urgencia— vestía aquella tarde un jersey marrón sobre una camiseta, vaqueros gastados y una cazadora impermeable, bonita y cómoda, de un tono de azul que Menkell no supo clasificar. Aunque en realidad poco importaba si el chubasquero de Salgado era color cobalto o cian. Lo verdaderamente esencial es que el trapero estaba hecho una verdadera furia.

—¿Qué leches pasa aquí? ¿Es una broma? ¿Quiere usted quedarse con nosotros, pedazo de gilipollas? Porque si es así le juro que...

—A ver, Esteban, vamos a relajarnos un poco. —Menkell había llamado a Losada cuando estaba de camino para suplicarle que acudiese en su ayuda—. Don Mario, ¿qué es lo que ha pasado? Creí que quería usted vaciar el piso cuanto antes.

Menkell sintió una opresión en el pecho que quiso

identificar con un infarto. Tal vez eso sería lo mejor, pensó, caer fulminado allí mismo. Pero el dolor desapareció para dejar paso a un profundo desasosiego.

—Conteste de una vez, pedazo de mamón, ¿a qué viene este numerito?

—Ya se lo he dicho. —La voz le salía en un hilo finísimo—. Lo he pensado mejor y quiero quedarme con las cosas de Fernando Montalvo.

—¿Que lo ha pensado mejor? ¿Y ya está? He movilizado a cinco de mis hombres, tío cretino. Yo mismo vine a ver su puta casa y todas sus putas mierdas. Podría estar visitando otros sitios. Mi gente podría estar vaciando otros pisos de gente menos imbécil que usted. Y ahora me dice que se lo ha pensado mejor... ¿sabe cuánto me va a costar esto, joder?

Menkell se relajó un poco. Así que era sólo cosa de dinero...

—Ya comprendo que... que habrá tenido usted unos gastos... unas pérdidas... con mucho gusto le compensaré...

Salgado miró al cielo como buscando un motivo para no partir la cara de Mario Menkell.

—Le compensaré, le compensaré... Qué compensación ni qué carajo de la vela. Yo no quiero que usted me compense. Quiero las cosas que he venido a buscar. Los cascos militares, la colección de llaveros, las miniaturas de metal...

En otras circunstancias, Menkell hubiera cedido al ataque de ira de Salgado, aún sabiendo que era extremo y desproporcionado y que, en último caso, éste no tenía ningún derecho a exigir que se le entregase algo que no era suyo. En otras circunstancias, Menkell se hubiese acobardado ante aquel flagrante abuso de malas maneras exhibido por el de la trapería, se hubiese tragado los insultos, habría pedido disculpas y se hubiera marchado de la casa para dejar a Salgado y a los suyos continuar la tarea interrumpida de forma tan abrupta. Pero es que las circunstancias de Menkell eran muy especiales, y tenían todas que ver con Beatriz. Así que no estaba dispuesto a transigir ni aunque llegasen veinte tipos como Salgado y empezasen a chillarle todos al mismo tiempo.

—Señor Menkell, ¿qué ha ocurrido? —El tono de Losada era más de curiosidad que de reproche. Tanto, que Menkell hubiese querido poder decirle la verdad. Pero, cuando ya estaba a punto de repetir el estribillo del «he cambiado de opinión» (lo que redoblaría, seguro, las iras del trapero), una nueva luz se encendió en su cerebro. Era el chispazo de la razón, del sentido común, de las verdades como puños, y Menkell pudo sentir cómo alguien (¿quién?) se acercaba a su oído para susurrarle las palabras mágicas que iban a ponerle a salvo y a apuntalar su intervención.

—Es... es un asunto legal. Tiene que ver con los herederos de Montalvo.

—¿Qué coño de herederos? —Salgado se volvió hacia Losada—: Me habías dicho que ese pirado no tenía familia.

—Y así es. —Menkell se sorprendió de la firmeza que había en su voz—. Pero eso no quiere decir que no haya podido legar sus cosas a una persona... o a una institución. Hay que pedir una declaración de herederos, por si el señor Montalvo hubiera hecho testamento —recordó aquellos trámites que había ejecutado tras la muerte de su madre—, y es posible que tarde meses en llegar. Mientras tanto, no puedo deshacerme de las cosas. Si alguien las reclama, tendría un problema legal. Un problema grave. Y yo no quiero problemas.

—Pero, señor Menkell... ¿Quién va a preguntar por un montón de chapas de gaseosa o cien animalitos de madera? —como mediador, Losada se sentía en la obligación de intervenir.

Mario Menkell se encogió de hombros.

—A Montalvo le gustaban esas cosas. Quizá le interesen a alguien más. Así que, sintiéndolo mucho, no puedo dejar que toquen nada de lo que hay en el piso. —Miró a Salgado—: Ya sé que tendría que haberlo pensado antes, y de verdad que lamento haberle molestado. Si quiere usted pasarme una factura por los gastos que haya podido tener, se la pagaré de inmediato. Pero no voy a dejar que se lleve ninguna de estas cosas.

Salgado volvió a mirarle, pero Menkell se dio cuenta de que su mirada había perdido parte de la fiereza inicial, y supo que había ganado. Sacó de algún lugar la libreta de pastas de cuero, y pareció hacer algunos cálculos mientras los otros le observaban en silencio.

—Muy bien. Pues me debe usted mil doscientos euros. Por el inventario, el desplazamiento y los honorarios de cinco transportistas, las cajas vacías y el camión de mudanzas que viene para aquí. Y dé gracias a que no le cobro los perjuicios por todo el tiempo que he perdido y los... los daños morales.

Hay que joderse, pensó Losada.

—Muy agradecido —Menkell extrajo de su cartera una libreta de cheques y extendió uno por la cantidad reclamada.

—Muy bien. —Se volvió hacia los operarios, que habían presenciado la discusión en un silencio entre alucinado y respetuoso—: Vámonos. Aquí no hay nada más que hacer. Y una cosa, Menkell: cuando, dentro de tres meses, o de tres años, se dé cuenta de que no hay nadie que quiera todas esas mierdas, a mí no me llame, o vendré a partirle la cara.

—Lo tendré en cuenta, no se preocupe —dicho por otro, la respuesta hubiese sonado a desafío, pero en boca de Menkell tenía el soniquete de un acto de contrición.

Él y Losada se quedaron solos, rodeados de cajas vacías, mirándose mientras los pasos de Salgado y sus hombres se perdían por las escaleras. Losada esperó un poco antes de hablar.

—Menkell... ¿de verdad cree que alguien va a reclamar alguna de estas cosas?

—Eso nunca se sabe. El caso es que no son mías y no puedo disponer de ellas, así que tendré que guardarlas... al menos durante una temporada.

Losada lo miró con el ceño fruncido, como si estuviese calculando algo. Luego paseó la mirada por la habitación. Vio los animales de madera, los barcos de metal, las raquíticas cajas de seda, los autitos de lata, las catedrales diminutas. Recordó las colecciones enmarcadas de posavasos y de vitolas de puros, los llaveros, las gorras de guardia urbano, los muñecos de porcelana, y compadeció a Mario Menkell.

—¿Qué va a hacer con las cosas?

—Empaquetarlas, supongo.

—Al menos, Salgado le ha dejado las cajas.

—Es un detalle. Así tendré dónde guardarlo todo. Luego habrá que sacarlo de aquí. A ver dónde lo meto, esto en mi casa no cabe.

—Hay trasteros de alquiler. Puedo enterarme, si quiere.

Mario Menkell dedicó a Losada una mirada de gratitud infinita, que él devolvió con expresión misteriosa y reconcentrada. Mario supo que estaba poniendo en marcha su tan cacareado sexto sentido.

—Menkell, dígame la verdad... hay algo más, ¿a que sí? Algo que no tiene que ver con historias legales ni nada de eso.

Él asintió con una sonrisa desarmada.

—Lo sabía —dijo, triunfante—. En fin, sea lo que sea, le deseo mucha suerte. Usted me cae bien, ¿sabe? Investigaré lo del trastero y le llamaré. Ahora tengo que irme. Llevo más de una hora fuera y en la agencia deben estar cabreados. Hasta la próxima.

Se estrecharon la mano. De pronto, Losada recordó algo.

—Oiga, ¿qué pasa con las gramolas? Me las llevé esta mañana... Puedo traerlas de vuelta, si quiere.

Mario Menkell sonrió otra vez. Parecía más relajado de lo que hubiera estado nunca.

—No se preocupe por eso. Si alguien pregunta, ya me arreglaré yo.

—Pasa. La luz está a la izquierda, creo...

Beatriz había subido sin mucho esfuerzo los dos pisos de escaleras, y ahora franqueaba la puerta de entrada. Mario estaba nervioso: ¿qué pasaría cuando descubriese todos los chismes que había en el piso? Es cierto que él se había esforzado en prepararla para lo que se iba a encontrar, pero temía no haber sido lo suficientemente explícito. Había hablado de muchas cosas, desde luego...

pero no había dicho qué cosas. ¿Cómo contar a Beatriz que la casa en la que iba a vivir había sido tomada por latas de coca-cola, soldaditos de plomo, teléfonos antiguos y botones de colores?

Encendió la lámpara del vestíbulo, y en un instante la luz —o al menos eso le pareció a Mario Menkell— se derramó sobre las huchas del Domund en forma de cabeza de chinito.

—Bueno, pues éste es el piso. No te asustes, está lleno de... de porquerías que no valen para nada. Pero nos desharemos de todo enseguida. He traído unas cuantas cajas para ir metiendo las cosas. Y voy a alquilar un trastero, ya me lo están buscando en la agencia...

Beatriz apenas le escuchaba. Había entrado en el salón, y estaba examinando el biombo Coromandel y las alfombras que cubrían el suelo. Encendió una de las lámparas de pie —un modelo Tiffany que repartió su exigua ración de luz de varios colores— y acarició el lomo de cuero del butacón más grande. Sólo después paseó la vista por las catedrales góticas en miniatura, las cajas de seda, los coches diminutos —reconoció entre ellos un modelo de Gordini idéntico al que tenía su abuelo— y echó un vistazo rápido y desinteresado a las otras alacenas. Luego avanzó por el pasillo, notando que en la casa flotaba un olor levemente picante. Examinó los techos de casi cuatro metros de altura, y también los remates de escayola de las puertas —unos conjuntos alambicados de falso estilo art nouveau— y el rodapiés de madera, de unos veinte centímetros. El parquet del suelo, de madera oscura, estaba tan impecable como si acabasen de darle cera. Los tres dormitorios eran grandes y parecían luminosos, aunque habría que verlos con la luz del sol. El despacho resultaba algo lóbrego. La cocina, de azulejos blancos, era enorme y anticuada, lo mismo que uno de los cuartos de baño. El otro, sin embargo, había sido remozado recientemente, y tenía incluso una ducha con mampara y un bonito juego de grifos de latón. Abrió el del agua caliente, que salió enseguida con una presión alentadora. Había radiadores eléctricos en todas las habitaciones, y también en el pasillo, aunque estaban apagados. Regresó a la cocina, y descubrió que a pesar de la ligera decrepitud del conjunto —el suelo estaba cubierto por un linóleo de feo color naranja, y los azulejos grandes y blancos daban a la pieza un triste aire de hospital— era un lugar cómodo, incluso vagamente apacible: la gran encimera de mármol parecía haberse concebido para amasar pasteles, y los quemadores, que funcionaban con electricidad, estaban tiernamente usados, como si allí se hubiesen concebido decenas y decenas de guisos sabrosos y asados caseros. El pasillo era estrecho y oscuro, y se demoró en él para contemplar las vitolas de puros enmarcadas y los botones protegidos por una limpia superficie de cristal. Pensó que uno de aquellos botones era exactamente igual que aquel que había buscado, sin éxito, para coser a una gabardina. Concluido el examen, Beatriz regresó a la sala.

—¿Qué...?

—Es estupendo. Un sitio fantástico. No puedo creer que vaya a vivir aquí... Y grandísimo. ¿Cuánto dices que mide?

—Pero... las cosas...

—Ah, sí, eso. Ya me lo habías dicho. Ese inquilino tuyo debe ser bastante raro. Todos esos muñecos, y los soldados de plomo... Nunca había visto nada parecido.

—Y... y ¿no te importa?

—¿El qué? ¿Tener que quitar unos cuantos trastos antes de instalarme?

Mario dibujó la sonrisa débil de siempre.

—Beatriz, no son unos cuantos trastos. Tardaremos semanas en vaciar el piso. —Se sentía en la obligación de ser sincero. De que Beatriz supiese que, manteniendo el trato inicial, iba a pasar en su compañía mucho más tiempo del que seguramente había previsto—: Ni siquiera sé exactamente lo que hay en las habitaciones. Sólo he echado un vistazo general. Me temo que en cuanto empecemos a abrir cajones nos llevaremos alguna que otra sorpresa.

Pero Beatriz no parecía inmutarse.

—Bueno, pues así será más interesante. ¿Sabes algo? Cuando era pequeña, deseaba vivir en una casa con desván... una de esas casas que aparecen en las películas en la que hay una habitación llena de objetos raros donde uno nunca sabe lo que puede encontrar. Bueno, pues este piso es como esa habitación que yo quería tener. Y encima no hay telarañas, ni tampoco ratones. En las películas, los trasteros siempre están llenos de animales asquerosos. Pero este piso está como una patena. Hasta en eso he tenido suerte. —Pasó un dedo por la mesa central, como para aseverar su afirmación—: Mira, ni una mota de polvo. Ese hombre... ¿cómo dijiste que se llamaba?

—Montalvo.

—Eso. Pues Montalvo era un completo chiflado, pero un chiflado muy escrupuloso. ¿Te has fijado en que todo está en orden? Quiero decir que no ha mezclado nada: los cascos por un lado, las cabinas de teléfono por el otro, los bastones separados de los paraguas... yo lo hubiese puesto todo junto para ahorrar sitio.

—¿Hay paraguas?

—Ajá. Unos veinte, por lo menos. Todos nuevecitos. Apuesto a que nunca los usó.

—La leche...

Beatriz se echó a reír. No parecía desbordada, pensó Menkell, ni siquiera levemente acobardada. Incluso... sí, incluso hubiera podido decirse que había encontrado motivos para ilusionarse ante la visión de las cosas. Los cientos, quizá los miles de cosas que Fernando Montalvo había dejado tras de sí antes de renunciar al mundo de los vivos. Beatriz se reía. Menkell hubiera querido reírse con ella, para componer una escena propia de comedia romántica, pero llevaba muchos años sin tener ocasión de carcajearse, así que podía decirse que había perdido la práctica.

—Me alegro de que te lo tomes así.

—¿Y cómo voy a tomármelo? He dejado a mi marido, vivo con una hermana y con un tipo de Copenhague con quien me llevo regular, y duermo con dos niñas de siete años que ayer me metieron en la cama una culebra de plástico para gastarme una broma.

—Recuerdo esas culebras. Yo tenía una. Y un cocodrilo. Estaban muy bien hechos. Pensé que ya no los vendían, hace siglos que no veo ninguno.

Beatriz le dio en el brazo un breve golpe amistoso que hizo que Mario Menkell se estremeciera.

—Pues apuesto cualquier cosa a que el tal Montalvo tiene toda una selección de bichos de pega metidos en algún cajón. —Se echó hacia atrás el pelo, y pareció volverse mucho más joven—. Oye, ¿podemos ir a tomar un café a alguna parte? Me estoy quedando helada.

Mario recordó la cafetería en la que había estado con

Losada la semana anterior, y llevó a Beatriz hasta allí. El ambiente era idéntico al del otro día: gente agradable, atractiva, alguna incluso sofisticada, sosteniendo vasos de cartón con bebidas calientes, picoteando porciones de bizcocho y gruesas galletas con trocitos de chocolate, unos hablando cordialmente, otros leyendo revistas o enfrascados en la pantalla del ordenador. Había media docena de personas que no pertenecían a la raza mayoritaria, en lo que a Menkell le pareció un modesto remedo del tan cacareado *melting pot*. Una chica ciega —delatada por el blanco bastón y el perro lazarillo mansamente sentado a su lado— conversaba con un hombre de mediana edad, y en un sofá un chico y su novio hacían manitas sin ostentación ni disimulo... aquella cafetería era, desde luego, la epítome del mundo civilizado y respetuoso con la diversidad que tantas veces había imaginado. Complacido, Mario Menkell se dio cuenta de que Beatriz miraba a su alrededor con satisfacción más que evidente: ella también había sido seducida por aquella inesperada muestra de cordialidad colectiva, de paz plural, como si acabase de aterrizar en un mundo perfecto. La dejó instalada en una mesa, y fue a la barra a buscar los cafés.

—Me encanta la cafetería. Me encanta el piso —le dijo ella cuando volvió—. Todo el barrio me encanta. No sé cómo darte las gracias.

—No hay nada que agradecer. Me alegro de que vayas a quedarte.

Ella disolvió el azúcar en el café, y lo revolvió, pensativa.

—Oye, ese Montalvo... ¿por qué se fue así, dejando todas sus cosas?

Mario se dio cuenta de que tenía sólo unos segundos

para elegir entre contar la verdad o enredarse en un embuste de final incierto. Optó por lo primero: no sabía mentir y, además, estaba convencido de que hay cosas que tarde o temprano se terminan revelando en toda su extensión.

—Beatriz, Fernando Montalvo se... suicidó. —Ella abrió mucho los ojos, por supuesto, ¿qué iba a hacer si no?—. Siento no habértelo dicho antes, no sabía ni cómo hacerlo... El hombre no tiene... no tenía familia, así que no hay nadie que se haga cargo de sus pertenencias.

—Vaya. Bueno, eso sí que no me lo esperaba. Lo del suicidio, quiero decir. ¿Por qué crees que lo hizo?

—¿Matarse? Ni idea. Yo ni siquiera lo conocía...

Sobre el murmullo de las conversaciones podían escucharse unas notas de música de jazz. A Menkell le pareció que Beatriz estaba siguiendo el ritmo con la cabeza, y eso le pareció tranquilizador: no parecía demasiado impresionada con lo que acababa de contarle. Estuvo así unos segundos, con la mirada perdida, cabeceando al compás de la canción.

—He visto que una de las habitaciones está casi vacía —dijo de pronto, y Menkell recordó las gramolas desaparecidas por obra y gracia del bueno de Losada—. Había pensado que... bueno, que si no te molesta, podría comprar mañana mismo un colchón y colocarlo allí. Hay... hay un somier. Y el agua caliente funciona. No necesito nada más, y, de todas formas, tampoco tengo gran cosa. Una maleta con ropa, unos cuantos papeles de trabajo y el ordenador portátil. El resto se ha quedado en mi antigua casa.

Menkell pensó que de pronto Beatriz se había convertido en una persona desamparada y triste, como si el reconocer la escasez de sus posesiones materiales pudiese volverla vulnerable.

—Pues claro que sí. ¿Para qué vas a esperar? Si no te molesta compartir piso con todos esos cacharros...

Ella negó con la cabeza.

—Mañana me instalo.

Beatriz Millares sabía perfectamente que la noticia de su separación iba a extenderse por la Luis de Camoens con una rapidez que ni siquiera intentaría explicarse. Aquella universidad tenía los mismos códigos de conducta que una pequeña aldea, y sus integrantes se consideraban en el legítimo derecho de estar al tanto de las vidas de quienes compartían con ellos la pertenencia al clan. Así las cosas, todo el mundo se creía en la obligación de hacer públicos los aspectos esenciales de su vida privada en lo tocante a bodas, separaciones, defunciones y nacimientos, al tiempo que el pecado del chismorreo no era considerado como tal. Si —como rezaba el himno de la LC, una composición cursilona que los alumnos cantaban en las celebraciones con más que evidente cachondeo— el Consejo, los profesores y los alumnos eran parte de una gran familia, no había razón alguna para sustraer a la curiosidad general los pequeños detalles que adornaban la existencia de unos y otros, aunque los interesados hubiesen preferido mantener esos detalles en secreto. El rector Saldaña se ofendió bastante cuando supo que Pedro Roig, el decano de Humanidades, había adoptado a dos hermanas chinas, y pensó que bien había podido comentar con sus compañeros —y en particular con él mismo— que estaba inmerso en uno de esos largos procesos de acogida internacional, y nadie entendió que Moncho Pardo anunciase su boda sólo una semana antes de celebrarla, cuando todos sus compañeros ignoraban que se había comprometido, incluso que tuviera pareja. Sin embargo, todos agradecieron que Simón Balmes hablase de su homosexualidad al segundo día de firmar su contrato como profesor de estadística y que Lena Ferrara, que daba clase de italiano en el laboratorio de idiomas, explicase que un aneurisma había convertido a su padre en un vegetal.

Ocultar ciertos detalles se consideraba una suerte de traición a la ejemplar comunidad de la Universidad Luis de Camoens, donde no debían existir secretos ni misterios. Y si el interesado no estaba por la labor de participar de esa particular política de *glasnost*, siempre habría alguien dispuesto a hacer de correveidile: husmear en las vidas de los otros era, más que una costumbre, una especie de derecho universal en el mundo cerrado de la LC. Proporcionar información que los demás ocultaban había acabado por convertirse en una forma de contribuir a la armonía transparente que tanto preocupaba al rector.

—Es bueno que todos sepamos lo que preocupa a los demás. Somos colegas, trabajamos juntos. Si alguien tiene un problema, es preferible que nadie lo ignore para estar en condiciones de echar una mano. Eso es hacer labor de equipo.

Mario Menkell sospechaba que, en realidad, semejantes discursos eran sólo una forma de enmascarar la necesidad patológica que tenía Saldaña de estar al tanto de la vida y milagros de sus subordinados. Había algo morboso en el afán del rector por saberlo todo. Secretamente, Mario pensaba que aquel hombre hubiese hecho casi cualquier cosa por colocar cámaras ocultas en los domicilios de cada uno de los profesores de la LC, incluso en los de algunos alumnos, para así poder ser testigo de todos sus movimientos y, sobre todo, de las pequeñas miserias diarias que a la fuerza jalonan la vida de un ser humano. Era difícil establecer de dónde provenía la obsesión de Claudio Saldaña por controlarlo todo, pero lo cierto es que había acabado por contagiar con ella a toda la comunidad académica, convirtiéndola en una vulgar corrala de vecindonas donde no había misterios, ni secretos, a veces ni siquiera la más elemental privacidad.

A Beatriz Millares no se le escapaba que informar al rector del cambio producido en su estado civil era una buena forma de ahorrarse problemas: Saldaña se había extrañado cuando solicitó de forma intempestiva aquellas cortas vacaciones sin sueldo, y a buen seguro estaría con la mosca detrás de la oreja. Así que al día siguiente, antes de empezar las lecciones, llamó a la puerta de su despacho y le contó lo ocurrido, sin entrar en detalles y procurando eludir todo apasionamiento. Él intentó obtener un poco más de información de la que ella quería brindarle, pero no insistió demasiado: conocía demasiado bien a la profesora Millares como para saber que sólo iba a contar lo necesario: se había separado de su marido, y no había más que saber. Beatriz se estaba despidiendo cuando el rector pareció recordar algo.

—Profesora... ¿va usted a conservar su misma dirección? Necesito saberlo a efectos del envío de la... la correspondencia de la universidad.

Ahí la había pillado.

—No... es decir, estoy viviendo en casa de mi hermana, pero... pero he encontrado un piso y voy a trasladarme enseguida.

—Muy bien. Pues no olvide pasar sus nuevas señas a la secretaria. Y si hay alguna cosa que personal o profesionalmente pueda hacer para ayudarla en su situación...

Pero Beatriz Millares ya estaba abriendo la puerta, y se limitó a sacudir la cabeza y mascullar un «muchas gracias» a modo de despedida.

Cuando se cerró la puerta, Saldaña se dijo que la profesora Millares le estaba ocultando algo, o, al menos, reservándose una parte de la información. Llevaba tantos años husmeando en las vidas de los demás que había acabado por tener algo parecido a un radar para los secretos ajenos. En otras circunstancias, el rector Saldaña hubiese dedicado más tiempo a sonsacar información a Beatriz, pero aquella mañana había recibido una noticia inesperada y agradabilísima: el embajador francés acababa de llamar para comunicarle que le había sido concedida la Legión de Honor. La sorpresa había sido tan grande que ni siquiera había estado muy efusivo con él, aunque por supuesto le había dado las gracias y pedido que transmitiese su satisfacción al presidente de la república.

La Legión de Honor. Vaya. Al parecer, el trabajo realizado durante todos aquellos años empezaba a dar sus frutos. Los últimos meses había recibido dos o tres distinciones honoríficas —la medalla de oro de una fundación, un doctorado honoris causa por una universidad americana que participaba en el programa de estudios mixtos y el nombramiento de hijo predilecto de su pueblo natal— además de una oferta para integrar el consejo de administración de una empresa de telecomunicaciones. Y, ahora, el mismísimo Nicolás Sarkozy demostraba saber de su existencia. Se arrellanó en el sillón, notando cómo su alma... sí, incluso su cuerpo... se inundaban de la grata sensación de plenitud generada por el éxito. Lo había conseguido. Quince años antes nadie apostaba un céntimo por él, pero lo había conseguido.

Y, ahora, ¿qué iba a pasar? Tiempo atrás hubiese pensado que el dulce momento que estaba viviendo señalaba la llegada a la meta. Pero el rector Saldaña empezaba a pensar que, en realidad, aquello podía ser el principio. Los consejos de administración. Los reconocimientos de otras universidades. La chapita que iban a regalarle los franceses... ¿no era señal inequívoca de que podía aspirar a destinos más elevados? Acababa de cumplir cincuenta y siete años. Era doctor en Económicas y había publicado tres libros —cuyos títulos, por cierto, ya casi ni recordaba— y pronunciado algunas conferencias (además de incontables clases en la LC). El mundo académico empezaba a demostrar una notable consideración hacia él, después de haberle condenado al ostracismo durante los años oscuros de la Luis de Camoens. Socialmente era, no había duda, una figura destacada: los muchos alumnos y ex alumnos de la universidad —y sus distinguidos y adinerados padres— le hacían objeto de innumerables atenciones, invitándole a cenas privadas, fiestas, jornadas de caza y celebraciones de distinto pelaje. Además, la tan cacareada neutralidad política de Claudio Saldaña le había ayudado a llevarse bien con unos y con otros. La universidad había pasado por cuatro gobiernos distintos, y siempre había habido algún ministro en la ceremonia de apertura de curso o en los actos con los que se celebraban las graduaciones. Su currículum era más que bueno. Su fama, intachable. Su vida personal, un ejemplo: llevaba treinta y dos años casado con la misma mujer —que trabajaba como abogada en un grupo de empresas— y tenía tres hijos guapos, bien educados y poseedores de sendas licenciaturas en universidades distintas a la Luis de Camoens, para que ninguna sospecha de favoritismo pudiera cernirse sobre las brillantes calificaciones que habían obtenido.

Así las cosas... ¿por qué no esperar lo mejor? ¿Por qué no tomar en serio a aquel ex alumno con el que coincidió en una recepción y que le dijo que acabaría siendo ministro? Se había reído, claro. ¡Qué iba a hacer, delante de tanta gente! Pero ahora, tras hablar con el embajador de Francia y repasar lo que había sido su vida en los últimos quince años, se preguntaba ¿por qué no? Cualquier partido político estaría encantado de ofrecer un sitio en sus filas a un hombre como él, que no sólo presentaba un inmaculado historial, sino que además tenía una extraordinaria agenda de contactos con antiguos alumnos que ya ocupaban puestos de relevancia en las principales empresas del país. Si a ello se unía su condición de intelectual y el hecho de que había construido su biografía desde un origen humilde —era huérfano de padre, y su madre había vendido fruta en un mercado—, todo le hacía preguntarse ¿por qué no? Otros con menos méritos que él habían paseado por el mundo la cartera de Educación... e incluso la de Cultura. ¿Por qué no?

Lo cierto es que en la apabullante trayectoria del rector Saldaña había un solo punto oscuro, tan pequeño y tan lejano en el tiempo que prefería no pensar en él, y a fuerza de no darle vueltas había conseguido olvidarlo o, por lo menos, situarlo en una particular nebulosa, en esa frontera difusa de las cosas que recordamos malamente, hasta el punto de que a veces no sabemos si de verdad las hemos vivido o son parte de la experiencia de otros.

Había sucedido durante los años oscuros. Puede que fuese durante el curso 96-97, aunque ya ni siquiera estaba seguro de ello. Entonces él aún daba clase cinco días a la semana. No había dinero para contratar profesores, ni tampoco muchos profesores que quisieran ser contratados, así que el propio rector impartía dos asignaturas en la Facultad de Económicas. Laura Morales era una de sus alumnas. Ni siquiera sabía por qué se había fijado en ella. No era más guapa, ni más inteligente, ni siquiera más simpática que el resto de las chicas que acudían a sus clases. Pero había algo en Laura... algo que nunca había logrado descifrar... que la diferenciaba de los cientos de alumnas que Claudio Saldaña había tenido en más de veinte años de docencia.

No podía decir cómo había empezado la cosa, sería capaz de jurarlo ante el mismo Dios. No había habido coqueteos previos, ni citas para tentar la suerte. Una tarde, al acabar las clases, ella había ido a su despacho para revisar un examen, y media hora después estaban retozando sobre el sillón de cuero falso. Nunca, en toda su vida, le había pasado algo así. ¡Acostarse con una alumna! ¡En el recinto sagrado de la universidad! ¡En su propio despacho, por todos los santos! ¿Cómo había sido capaz de una imprudencia semejante? Y ¿cómo fue capaz de prolongar durante meses aquella situación demencial? Porque aquella tarde no fue la última, no, señor. Él y Laura Morales habían seguido follando —porque eso era lo que hacían, follar, con todas las letras— durante prácticamente todo el curso, siempre en la universidad, siempre en horas lectivas, y casi siempre en su despacho —excepto una vez que lo habían hecho en un vestuario del gimnasio y otra sobre los escaños del aula magna—, siempre rezando para que los jadeos de ambos no alertasen a alguien que pudiese sorprenderlos en plena faena. Pero tuvieron suerte, o al menos eso pensaba el rector, que estaba convencido de que algo más allá de lo entendible velaba por él y lo protegía, a pesar de su condición de miserable pecador, de débil criatura sometida a las tentaciones de la carne.

De la misma forma que Claudio Saldaña no acertaba a explicarse cómo había comenzado aquella relación inconveniente, tampoco era capaz de determinar en qué momento decidió que aquello debía acabarse. Tenía que hablar con la chica. Lo malo era que no sabía ni por dónde empezar. Como jamás había hecho una cosa así, ignoraba los códigos de conducta para casos semejantes e incluso los protocolos de las rupturas: Mercedes, su esposa, había sido su primera y única novia, de forma que nunca había puesto fin a una relación con una mujer. Saldaña decidió entonces tirar por la calle de en medio y aconsejó a Laura Morales que solicitase una beca de estudios en una universidad latinoamericana —ni siquiera recordaba cuál— para rematar su licenciatura en el cono sur.

Para sorpresa del rector, ella no sólo no puso objeciones —le aterraba el hecho de que la chica le montase una escena y le dijese que sólo quería librarse de ella— sino que pareció que le encantaba la idea. El único problema, dijo, eran sus notas: no era una alumna precisamente brillante, y además el último año había estado ocupada haciendo otras cosas, eso había dicho aquel súcubo de veintidós años, con los ojos chispeantes y una sonrisa angelical de dama en apuros. Claudio Saldaña se había apresurado a asegurarle que su expediente no sería un problema, que la beca estaba controlada enteramente por la Luis de Camoens y que él mismo presidía el comité de admisión. En lugar de guiarse por las calificaciones, propondría la celebración de una prueba escrita que corregiría personalmente, y podía estar segura de que, hiciese lo que hiciese, sacaría la mejor puntuación de entre todos los presentados.

El plan era perfecto: Saldaña volvería a su pacífica existencia, y Laura acabaría su carrera en Argentina, en Chile o... o en Bolivia. Cuando ella le abrazó saltando de alegría ante la perspectiva de cruzar el charco, el rector de la LC sintió una extraña mezcla de alivio y... sí, melancolía, de nostalgia anticipada ante una época que estaba tocando a su fin y que —de eso estaba seguro— era absolutamente irrepetible. Nunca, en ningún caso, volvería a relacionarse con una alumna. La historia de Laura Morales había sido un paréntesis en su vida ordenada, en su existencia de esposo modelo, de padre perfecto, de intachable docente, de gestor ejemplar que rubricó su pecado maniobrando en favor de aquella chiquilla con un expediente mediocre para hacer triunfar su solicitud de beca por encima de otros alumnos cuyo historial académico estaba cuajado de matrículas de honor.

Francisco Peña y María Bravo, que tenían los mejores expedientes de la universidad, jamás entendieron cómo aquella tontaina de Laura Morales había sido capaz de alzarse sobre ellos en un examen tan complicado. Pero nadie se hubiese atrevido a sospechar que pudiese existir algún tejemaneje extraño. Así que Laura salió de Madrid, de la Luis de Camoens y de la vida de Claudio Saldaña. Sólo unas semanas después de su marcha, el rector se preguntaba cómo demonios podía haber caído en algo tan bajo, tan burdo, tener relaciones sexuales con una alumna, por todos los santos, hasta el punto de que al rememorar los encuentros con Laura Morales ya no sentía un cosquilleo en la entrepierna, sino una palpable sensación de vergüenza. Durante algún tiempo, el rector pensó que aquel episodio indigno acabaría teniendo para él consecuencias irreparables, pero pasaron los años y no sucedió nada. La alumna seductora, aquella hurí descarada, no dio señales de vida nunca más, y él dejó de pensar no sólo en ella sino en los acontecimientos de aquel curso del 96 en el que había estado a punto de echar por la borda su carrera y su vida.

Mientras se alejaba en dirección a la primera clase de la mañana, Beatriz reflexionó brevemente acerca de la profunda antipatía que despertaba en ella el rector Saldaña. Aquel hombre alto y bien plantado, de pobladas cejas grises y aspecto supuestamente inteligente le había disgustado desde el primer encuentro, antes de que la universidad se instalase en su particular edad de oro. Claudio Saldaña había recibido su currículum y quería concertar una entrevista, y ella empezó a detestarle desde el saludo inicial, cuando él le tendió una mano blanda y gelatinosa que dejó casi muerta dentro de la mano de ella. Desde entonces, y a pesar de que aquel primer cambio de impresiones había desembocado en una oferta de trabajo, ella evitaba no ya estrecharle la mano, sino incluso coincidir con él más allá del mínimo imprescindible.

En el primer curso la había invitado a salir un día: Saldaña tenía dos abonos para el Auditorio Nacional, y una orquesta búlgara interpretaba las *Variaciones Goldberg*. Ni siquiera la posibilidad de pasar una hora y media mecida por la música de Bach servía para atenuar el intenso desagrado que le inspiraba la compañía del rector, pero a pesar de todo Beatriz Millares no encontró una razón para rechazar aquella cita: la propuesta de Saldaña la había sorprendido hasta el punto de anular su capacidad de reacción. Así que salió con él, y en las dos horas escasas que duró el encuentro se empleó a fondo para hacer una excelente campaña de desprestigio de sí misma: se presentó con un vestido de colores a sabiendas de que él esperaba de su acompañante un alarde de elegante sobriedad, tosió varias veces durante el concierto, aplaudió a destiempo y hasta se permitió la osadía de levantarse del asiento para ir al cuarto de baño en mitad del segundo movimiento, cosechando —como era de esperar— las subsiguientes miradas furibundas por parte de los otros abonados que tuvieron que ponerse de pie para dejarla pasar a la ida y a la vuelta. Claudio Saldaña la llevó de regreso a casa nada más terminar el concierto y no volvió a invitarla. Beatriz sospechaba que el rector se había dado cuenta de que su comportamiento de colegiala maleducada obedecía a un plan intencionado, pero no quiso pensar en ello.

Años después de aquel sabotaje tan evidente, Beatriz Millares admitía que su conducta había sobrepasado todos los límites de la más elemental madurez, y que si no quería ver a aquel hombre después del trabajo hubiese bastado con rechazar las siguientes invitaciones con disculpas vulgares, como hacen todas las mujeres —y todos los hombres— con aquellos cuya compañía prefieren no frecuentar. Pero la cuestión no era ésa: no es que no quisiese aceptar más citas con Saldaña. Es que quería ahuyentarlo para siempre. Y, en ese sentido, su recital de malos modos con música de fondo había sido providencial. Además, a qué engañarse, ésa era su manera de hacer las cosas: contundente, expeditiva. Sin dar lugar a dudas ni a dobles interpretaciones. Era así como había dejado a Baldo: después de la última bronca y la primera bofetada, le dijo que se iba y se fue. Esa misma noche durmió fuera de casa. Se marchó con lo puesto y una bolsa que regalaban con una revista femenina en la que embutió un pijama, una muda y el neceser que se llevaba a los viajes. Al día siguiente, mientras Baldo estaba en el trabajo, entró en la casa y... tras un rápido vistazo al armario metió en un par de maletas la ropa y los zapatos que quería llevarse. Las cosas de trabajo —libros, apuntes, fichas de clase— las tenía en su despacho de la universidad, lo mismo que el ordenador portátil y la cámara de fotos digital. Cuando Baldo la llamó para decirle que podía recoger cualquier cosa de las que había en el piso, ella contestó que no quería nada.

—Pero si ni siquiera te has llevado toda la ropa...

—Me he llevado lo que todavía me pongo. En el armario hay trajes que no uso desde hace años, así que no pienso cargar con ellos.

—¿Y lo demás? Hay discos y libros que sé que te gustan. Y el equipo de música lo compraste tú... ya sabes que puedes coger lo que quieras, incluso aunque no sea tuyo.

Era muy propio de Baldo hacer esos alardes de magnanimidad.

—Qué considerado... Pues mira, gracias, pero no quiero nada de lo que hay en el piso. Ni un puñetero alfiler. Y me importa una mierda lo que hagas con la ropa, los libros o el aparato de música. ¿Sabes lo único que me apetece de verdad? Estar segura de que no voy a volver a verte en toda mi vida.

Colgar el teléfono después de ese pequeño discurso hizo que se sintiese sumamente bien. Y, además, no necesitaba en absoluto nada de lo que hubiese en aquella casa. El equipo de música le había costado un disparate, y también la pantalla de plasma que habían instalado en el salón —y que, aunque Baldo no lo hubiese mencionado, había pagado ella—, pero eran elementos tan prescindibles como reemplazables. Sólo ahora empezaba a arrepentirse de haber estado tan explícita en su renuncia al contenido de la que había sido su casa durante casi cinco años. Le daba vergüenza reconocer que añoraba levemente algunas cosas que le pertenecían en exclusiva: una lámpara que su madre le había regalado, un juego de cubiertos de servir que tenían un bonito mango de asta, un candelabro de plata, la colección de DVD's clásicos... sabía que hubiese podido recuperar sin problemas cualquiera de aquellos objetos con sólo insinuar a Baldo su interés por ellos, pero Beatriz estaba convencida de que el desinterés por las cosas es una prueba de fortaleza, y lo contrario revela una innegable debilidad, una fisura en el carácter por la que puede colarse sin problemas el dolor y, lo que es peor, el pánico en cualquiera de sus formas. Así que decidió no ceder y renunciar a todo aquello que, como ahora reconocía, también formaba parte de su pasado. Nunca, hasta entonces, había pensado que las cosas son piezas que completan la historia personal de cada uno. Y mientras se enfrentaba a esa nueva certeza, lamentaba haber perdido para siempre aquella primera edición de *Bonjour, tristesse* adquirida en una librería de viejo en París, o el precioso galán de noche de caoba que había encontrado en el Rastro y que había devuelto amorosamente a la vida tras lijarlo y darle una capa de barniz.

Estaba claro que había empezado una nueva etapa. Eso no es malo, pensó, todo el mundo sabe que la vida está compuesta de tramos consecutivos. No le importaba subir el siguiente escalón, pero quizá le hubiese sido un poco más fácil de haber podido conservar siquiera una parte ínfima de las cosas que le habían pertenecido, aunque sólo fuese para dar pruebas materiales de que contaba con un pasado.

Beatriz Millares se tenía por una persona práctica y poco o nada materialista. Siendo niña, su historia favorita era la de la camisa del hombre feliz, y su carta a los Reyes Magos era tan prudente y tan equilibrada que sus padres llegaron a inquietarse por su sensatez. Su madre recordaba a menudo que, durante la adolescencia, fue la única de sus tres hijos que nunca la atosigó con demandas de ropa de marca o modelos caros de zapatillas de deporte, y jamás protestaba al heredar vestidos de su hermana mayor. Cuando empezó a ganar dinero, cualquiera hubiese confundido con racanería su juicio a la hora de administrar un sueldo. En los viajes apenas hacía fotos, y era quizá la única persona del mundo que nunca había cedido a la tentación de los souvenirs. Solía deshacerse de la ropa que no se ponía, regalaba los libros que no le interesaban y tenía la costumbre de eliminar periódicamente todos los objetos inútiles que acaban por acumularse en una casa. No quería tener más que lo imprescindible, y se enorgullecía de su buen criterio a la hora de determinar qué lo era y qué no. Pero ahora ya no estaba tan segura. Porque nadie necesita imperiosamente un perchero viejo o un libro de Françoise Sagan, y en las últimas horas había pensado media docena de veces en uno y en otro. A sus cuarenta y cuatro años, Beatriz Millares no poseía nada más que dos maletas llenas de ropa y un puñado de papeles de trabajo, y, desde luego, no se sentía especialmente feliz. Así que aquel tipo que estaba tan contento a pesar de no tener camisa era, definitivamente, un pobre chalado que no sabía de la misa la media.

Afortunadamente, estaba la casa de Mario. Se dijo que, más que un golpe de buena suerte, aquella circunstancia era prácticamente milagrosa: casi la mitad de su sueldo en la LC estaba destinado a pagar la hipoteca del piso que compartía con Baldo —regresó fugazmente a su cabeza el recuerdo de los libros, las películas antiguas o los muebles restaurados con sus propias manos—, y con la otra mitad debía cubrir el crédito del coche, el seguro médico, el gimnasio —al que no iba casi nunca— y todos los gastos diarios, desde la comida a los cartuchos de la impresora. Así que le era imposible asumir el pago de un alquiler que le permitiese empezar otra vez. No parece muy factible iniciar una nueva vida cuando uno está instalado en una casa llena de niños ajenos cuyos padres la miraban con una insoportable mezcla de reproche y conmiseración. Por una parte, ambos debían compadecerla. Por otra, estaba segura de que se preguntaban en secreto si no debería haber esperado un poco más antes de tomar la decisión de separarse. Así que podía decirse que el inquilino de Mario se había suicidado en el momento oportuno, y aunque instantáneamente rechazó aquella idea por su impiedad, tuvo que reconocer ante sí misma que el destino había hecho su trabajo de una forma bastante satisfactoria.

Definitivamente, Mario le había hecho el favor de su vida. Era un tipo estupendo, Mario Menkell, con sus poco favorecedoras gafas de doscientas dioptrías, y esos trajes tan mal elegidos que pedían a gritos un urgente proceso de renovación. Quizá era la miopía o su muy escaso gusto para la ropa lo que le convertía a ojos de los demás en un personaje inofensivo... y, sí, hasta cierto punto entrañable. Beatriz se preguntaba si alguien más aparte de ella había visto en Menkell a una persona inteligente, tranquila y afable, dotada de un prodigioso sentido de la prudencia y de la rectitud. Mucho se temía que, para la mayoría de los profesores de la LC, Mario Menkell era sólo un cegato mal vestido, estúpidamente tímido y carente de gracia. Un triste, como lo definió una vez el cretino de Gerardo Auder, que era capaz de aburrir a las ovejas con sus constantes observaciones y comía dejando la boca medio abierta, ofreciendo el consiguiente espectáculo de comida a medio masticar yendo y viniendo al compás de su conversación estúpida. Mario Menkell no era un triste. Un poco tímido sí, desde luego, como si siempre tuviese la sensación de estar de más en todos los sitios, como temiendo que cualquier cosa que hiciera pudiese molestar o herir a alguien. Mira que se había puesto pesado con el asunto de la morralla que atiborraba el piso que le iba a prestar. Como si estuviese en situación de mostrarse muy tiquismiquis. Sí, claro que había muchas cosas. No todo el mundo andaba por la vida como ella, presumiendo de no necesitar nada. Es posible que el hombre de la casa, el suicida, ese tal Montalvo, se hubiese pasado de la rosca en su manía de acumular objetos...

pero cada cual tiene sus costumbres. Y siempre es mejor coleccionar coches de lata y tapones de gaseosa que historias ajenas, como hacía Claudio Saldaña.

Se preguntó si debería haberle dicho al rector que un compañero iba a prestarle la casa en la que pensaba instalarse, pero enseguida se respondió «¿y por qué diantres iba a hacerlo?». Una cosa es ocultar una variación en el estado civil, o un embarazo, que antes o después acabará descubriéndose, y otra muy distinta ofrecer gratuitamente detalles personales que a nadie importan. Y, sobre todo, que no debían importar a Claudio Saldaña. Sonrió al pensar en lo mucho que disfrutaría el rector con un comadreo tan jugoso: la profesora Millares iba a vivir de gorra en un piso propiedad de otro docente de la LC... cuyo antiguo propietario, por cierto, se había suicidado. Un caramelo demasiado apetecible como para ponerlo graciosamente al alcance del señor Mano Blanda, que ya sabía demasiadas cosas de ella.

Doce años antes había sido operada de un tumor en el pecho. Se lo habían descubierto en una revisión rutinaria justo cuando acababa de volver de Estados Unidos, y superada la sensación de cataclismo que supuso la revelación del oncólogo —«Sufre usted un carcinoma maligno interductal en grado uno»—, aceptó que su vida iba a sufrir un largo paréntesis de intervenciones quirúrgicas, tratamientos y procesos de recuperación más o menos lentos. Todos los médicos coincidieron en que la enfermedad podía darse por superada cuando hubiesen transcurrido cinco años desde la eliminación del tumor. Beatriz se dijo que para conseguir la tan ansiada curación —el alta definitiva, tan distinta de la libertad condicional de las revisiones periódicas y pasadas con éxito— necesitaba considerarse a sí misma como único centro del universo, y organizar su vida con el propósito exclusivo de eliminar no sólo el cáncer, sino la posibilidad de recaída. Así que, además de seguir escrupulosamente las indicaciones de los doctores, se puso en contacto con varios centros oncológicos americanos que le dieron unas pautas de conducta capaces de multiplicar sus posibilidades en la batalla final contra los marcadores tumorales alterados.

Cambió sus hábitos alimenticios, renunció para siempre a las carnes rojas, los ahumados y las grasas animales, no digamos ya a la bollería industrial a la que se había aficionado en Estados Unidos. Durante su estancia en Berkeley sustituía comidas enteras por una bandeja de donuts glaseados acompañados de un capuchino —eso sí, con leche descremada— y desayunaba tocino, huevos y patatas casi todos los días. Por suerte no había engordado: hacía mucho deporte —como el noventa por ciento de los estudiantes— y además estaba dotada de un metabolismo prodigioso que le permitía comerse un plato de alubias o una pieza de cordero justo antes de irse a la cama. Claro que eso había sido antes de que sus cenas se vieran reducidas a tímidos festines de rúcula, lechuga *baby*, brécol hervido y, con un poco de suerte, un puñado de espárragos o una lata de atún. El resto de su dieta estaba compuesta por pollo a la plancha, pescados variados, leche de soja y té verde. Llegó a acostumbrarse a las hamburguesas de tofu, a los insípidos cereales del desayuno y a las meriendas a base de nueces, y hasta empezó a olvidar que había habido un tiempo en el que era capaz de tomarse tres salchichas con huevos y panceta antes de las nueve de la mañana.

La mudanza en las costumbres culinarias no había sido el único cambio que el cáncer había traído a la vida de Beatriz Millares. También estaba el yoga, y las infusiones de rooibos, y las carísimas cápsulas de hongo reishi que se hacía traer desde Japón. Pero, sobre todo, estaba la fase de abstinencia amatoria. No se trataba sólo de renunciar temporalmente al sexo —cosa que, víctima de los estragos de la quimioterapia, tampoco le había parecido tan terrible—, sino de mantenerse a salvo de la tentación sentimental: se había propuesto construir para sí un mundo en calma, sin altibajos ni sorpresas. No quería colocarse en el punto de mira de disgustos provocados por infidelidades, mentiras, indecisiones varias y la nutrida legión de inquietudes que traen de la mano todas las historias amorosas, así que, durante casi cinco años, Beatriz Millares huyó como de la peste de cualquier implicación emocional.

Había empezado a dar clase en la LC justo cuando se cumplían diez meses desde que finalizara el tratamiento de quimioterapia. El cabello había vuelto a crecerle —aunque, para sorpresa suya, se obstinaba en hacerlo en forma de rizos a lo Shirley Temple— y gracias a la alimentación equilibrada y el ejercicio no tenía aspecto de persona convaleciente, pero por una razón de coherencia decidió no ocultar a su posible empleador que no hacía ni un año había sufrido un tratamiento médico complicado. Luego se arrepintió, pensando que quizá el que supiese que había estado tan enferma podría ir en su contra. «Si puedes optar entre una persona enferma y una sana... ¿por qué vas a elegir a la que está enferma?», se dijo, y ya estaba maldiciendo su inoportuno ataque de sinceridad cuando recibió una llamada del rector de la

Luis de Camoens que la confirmaba como profesora titular. Ahora —cuando aquello había dejado de importarle— se daba cuenta de que en realidad la confesión de su estado de convalecencia había obrado en su favor con Claudio Saldaña. Dada su naturaleza, al rector se le habría hecho la boca agua —una mujer de treinta y tantos años víctima de una enfermedad grave ha de ser por fuerza una fuente inagotable de novedades y anécdotas—, y seguro que aquella circunstancia le había animado a contratarla.

También le había hablado de su cáncer a Mario Menkell, pero fue por razones bien distintas: tuvo que pedirle ayuda para llevar al aula una pila de ejercicios corregidos —le habían extirpado ganglios en la axila y debía tener cuidado al coger peso— y se sintió obligada a dar cuenta de su situación de convaleciente y de las indicaciones de los médicos. Mario la escuchó, y al terminar sólo dijo «bueno, me alegro de que ya estés bien». Para Beatriz, aquella frase tuvo un efecto casi relajante. Estaba acostumbrada a que, al saber de su enfermedad, todo el mundo le pidiese más detalles de los proporcionados —¿Te operaron en la pública o en la privada? ¿Dónde te dieron la quimioterapia? ¿Perdiste mucho pelo? ¿No pensaste en volver a Estados Unidos para tratarte allí? Y a veces, incluso, ¿Qué posibilidades tienes de recaer?— o, en el mejor de los casos, que sus interlocutores se enredasen en ejemplos supuestamente optimistas sobre una prima que llevaba veinte años operada de lo mismo y estaba perfectamente, o una cuñada a la que le habían amputado los dos pechos y la matriz y se encontraba como una rosa.

Después de escuchar el más variado repertorio de

sandeces y ejemplos que no venían al caso y de responder preguntas impertinentes sin echar mano del ¿y a ti qué te importa? que se le venía a la cabeza, Beatriz había acabado por hacer oídos sordos a las imprudencias de los demás, sobre todo porque la mayoría de ellas venían dictadas por la buena intención. Pero apreció lo indecible que Mario Menkell hubiese tenido la sensibilidad suficiente como para colocar por su cuenta una línea divisoria entre su etapa como enferma —el pasado— y el momento presente. Aquella frase, «me alegro de que ya estés bien», supuso para ella una reconfortante salpicadura de optimismo, y también la confirmación de algo que ya sospechaba: a su manera, Menkell era una persona muy poco corriente.

Beatriz recordaba que, cuando fueron presentados, Mario Menkell había causado en ella una notable decepción, lo cual hizo que reflexionara sobre lo absurdo de crearse expectativas sobre personas que uno conoce a través del trabajo que desarrollan. Igual que otras cuarenta mil personas, Beatriz había leído *Lo que me contó Bernard M.*, y encontrado la novela tan fascinante como sus otros lectores. Por eso elaboró en su cabeza una complicada fantasía sobre la personalidad del escritor: para haber elaborado aquella historia —«tan excitante como sólidamente trabada, tan trepidante como conmovedora», había dicho un crítico que no solía ser demasiado amable con los autores noveles—, Mario Menkell debía de ser un hombre excepcional... o, cuanto menos, más brillante que la mayoría. Había mirado el retrato de la solapa media docena de veces —una foto borrosa en blanco y negro, antigua y vagamente desenfocada—, pero aquella imagen no le había revelado gran cosa, excepto que en la editorial cuidaban bastante poco algunos detalles. Beatriz no sabía que los editores de Menkell habían intentado en vano ponerlo en manos de un fotógrafo profesional que pudiese obtener de él un retrato en condiciones, pero el autor se había empecinado en entregarles una foto suya del año catapún, que tuvieron que tratar con Photoshop hasta darle un aspecto que quisieron considerar vagamente misterioso... y que libreros y lectores calificaron de chapucero.

Por eso se sorprendió doblemente al conocer a Menkell: era más delgado, más bajo y más miope de lo que ella había creído —aunque, claro, cualquier conclusión era factible con aquella mierda de foto—, y además no parecía lo que se dice una persona desenvuelta. La segunda vez que lo vio tuvo que rendirse a la evidencia: el autor de *Lo que me contó Bernard M.* era un hombre adocenado y común, y por si fuera poco parecía absurdamente tímido, como si siempre estuviese a punto de desvanecerse.

Pero Beatriz tuvo también que corregir esa impresión: en sólo unos días fue testigo de algunos mínimos detalles que le sirvieron para apuntalar la figura difusa de Mario Menkell. Un mediodía, cuando estaban comiendo con el conferenciante que había acudido a pronunciar la sesión inaugural de aquel curso, la chica que servía la mesa derramó sobre Menkell la mitad del contenido de un plato que rebosaba una salsa espesa y amarilla. Menkell ni siquiera se movió y le dijo a la atribulada camarera que no había sido nada, a pesar de los lamparones que pasaron a decorar su chaqueta, como galones bochornosos. Sólo cuando la muchacha desapareció dentro de la cocina se marchó discretamente al baño para arreglar —con poco éxito— el grasiento desaguisado. Luego sucedió lo de Rosana, la torpe auxiliar de secretaría, que perdió en el universo atrabiliario del ordenador un fichero supuestamente esencial para el funcionamiento de la Facultad de Comunicación y Humanidades. El rector Saldaña se había puesto como loco: al parecer, en el dichoso documento había listas de alumnos, horarios de clases, datos bancarios que autentificaban el pago de las matrículas, incluso fechas de exámenes —«maldita sea, semanas enteras de trabajo desperdiciado por culpa de su incompetencia, sabía que esto iba a pasar, lo sabía desde que usted entró aquí, sólo llevamos diez días de curso y ya ha saboteado la labor de varias personas»—, y mientras la infeliz secretaria gimoteaba en presencia de todo el claustro —reunido en la sala de profesores en triste remedo de un gabinete de crisis—, el rector juraba en arameo y aseguraba que provocaría su despido aunque fuese la última cosa que hiciera en este mundo, «es usted una inútil, explíqueme por qué no está impresa toda la información contenida en esos archivos, por qué demonios se empeñan en guardar todo en el ordenador. Que sea la última vez, ¿me entiende? La última vez que no imprime cada documento parido por esta institución, y eso va para todos. Quiero archivos como los de antes, por todos los santos, archivos de papel que no puedan perderse al darle a una cochina tecla. Quiero las cosas por escrito. Guardadas y protegidas de despistes y de exhibiciones de estupidez como la suya. ¿Es tan difícil de entender que las cosas importan, por el amor de Dios?».

Los profesores asistían boquiabiertos a aquel espectáculo lamentable sin saber muy bien qué hacer ni qué decir. En realidad, ni siquiera sabían cuál era su papel en aquella reunión cuyo único propósito parecía ser machacar en público a la pobre Rosana, una joven cejijunta y poco agraciada que intentaba compensar con una amabilidad extrema los fallos de su trabajo como administrativa.

Una vez hubo cesado el torrente de insultos, el rector Saldaña salió de la sala tras pegar un portazo, y todos entendieron que el gesto daba a entender que la reunión había terminado. Todos menos Rosana, que, mientras los demás se preparaban para hacer mutis, se quedó donde estaba, roja como un pimiento, agitada por los sollozos y repitiendo entre dientes «no lo entiendo, es que no lo entiendo, no sé qué ha podido pasar». Beatriz recordaba que los más discretos bajaron la mirada para fingir que no habían sido testigos de aquella diatriba humillante, pero hubo más de uno que fijó la vista en la joven, meneando la cabeza como el que dice «esto ya me lo veía yo venir». Sólo Mario Menkell se acercó a Rosana y, tras tenderle un arrugado paquete de clínex, habló con ella durante unos instantes. La chica pareció calmarse un poco, y luego salió de la sala seguida de cerca por el profesor Menkell. Cuando, minutos después, Beatriz abandonó el edificio, pudo ver a través de los ventanales de secretaría cómo Mario Menkell se inclinaba sobre el ordenador principal siguiendo, supuestamente, las desordenadas pistas que Rosana debía estar proporcionándole para enfrentar una búsqueda con muy escasas posibilidades de éxito. Al día siguiente, fue el propio rector quien le contó que los documentos habían aparecido.

—Se ve que la chica se puso las pilas. Para esta gente no hay nada como una buena bronca: les pegas cuatro gritos y espabilan de lo lindo.

Pero Beatriz sabía que no se trataba de eso. La pobre Rosana era una muchacha apocada y servicial, que no necesitaba de amenazas para intentar hacer su trabajo lo mejor posible. En realidad, apostaba a que la secretaria pertenecía a ese tipo de personas a quienes los chillidos y las riñas sólo provocan un efecto perverso de aturullamiento y confusión. A pesar de que no le dijo nada al decano —intuía que era mejor guardar silencio para evitar remover el asunto— estaba segura de que la intervención de Menkell había tenido mucho que ver en la sorprendente reaparición de los archivos perdidos. Aquella misma mañana se encontró con él en la sala de profesores y, siguiendo los dictados de una repentina inspiración, le comunicó la noticia:

—¿Sabes que han encontrado los documentos? Los que extravió Rosana...

—¿Ah, sí? Qué bien... bueno, esas cosas ocurren constantemente. Se pierde un archivo, aparece...

Beatriz no añadió nada más, pero se dijo que, para ella, Menkell acababa de pasar la prueba del nueve. Unos días después la ayudó a llevar los ejercicios corregidos y cuando, tras hablarle de la enfermedad que había padecido, se limitó a celebrar su recuperación sin miradas compasivas ni expresiones de lástima, sin añadir estupideces del tipo «admiro tu valor» o «tienes mucho mérito» —como si reconocer un cáncer fuese cruzar descalza el Polo Norte—, el desgarbado profesor de Escritura Creativa se consagró definitivamente ante sus ojos como alguien a quien merece la pena conocer mejor.

Beatriz no se equivocaba al pensar que nadie más en la universidad compartía su opinión. Al principio, el claustro de la LC estaba formado por un escueto número de profesores mediocres que se relacionaban los unos con los otros en función de las posibilidades de medrar que sospechasen que podía ofrecer el interlocutor, y estaba claro que Mario Menkell tenía pocas opciones de catapultar la carrera de alguien. Luego, cuando llegó la edad de oro, las nuevas incorporaciones al claustro resultaron ser una pandilla de esnobs que consideraban a casi todos sus compañeros veteranos escoria académica, de modo que tampoco nadie se tomó interés en intimar con Menkell. Así las cosas, sólo quedaba ella. Y, para sorpresa de toda la comunidad de la LC, Beatriz Millares y Mario Menkell se hicieron amigos. O algo parecido. Porque Mario era un hombre educado, afectuoso y atento, pero parecía incapaz de sacudirse la capa de prevención que marcaba sus relaciones con los demás... o, al menos, sus relaciones con ella. De buena gana hubiese compartido con Menkell algo más que charlas sobre cine y libros, y tres o cuatro visitas organizadas a exposiciones imprescindibles. Pero Mario siempre parecía acobardado y nervioso, como si tuviese ganas de marcharse de todas partes. Así que se conformó con lo que él parecía querer —conversaciones vagamente intelectuales y encuentros circunscritos al ámbito académico— y lo dejó en paz con sus manías.

A Baldo lo conoció dos meses después de recibir el alta definitiva, justo cuando empezaba a añorar las relaciones sentimentales tanto como los desayunos con tocino y los bollos rellenos. No cedió a la tentación de las grasas animales, pero sí a la posibilidad de iniciar una historia amorosa, con todo lo que eso conlleva: anhelos, ansias colmadas o no y una buena ración de ansiedad y altibajos. Para su sorpresa, cuando Baldo y ella empezaron a salir no hubo nada de eso: sólo citas amables, intereses compartidos y sexo a su debido tiempo, ni antes ni después. Aunque no se atrevió a comentárselo a nadie, Beatriz se sentía desconcertada por la marcha de las cosas. Fue como recibir una analítica perfecta cuando uno ha pasado un mes entero alimentándose de palmeras de chocolate, patatas fritas y perritos calientes: un alivio... y cierta decepción morbosa. Porque la comida basura engorda y hace aumentar el colesterol. Y el amor tiene que doler, o al menos tiene que doler un poco. Aquella pacífica travesía por un mar en calma no era la aventura de la que había estado escapando durante casi cinco años. De todas formas, las cosas nunca suceden como las habíamos planeado. Y cuando Baldo habló de casarse, ella se dijo ¿por qué no? Al fin y al cabo, era el colofón más predecible para una historia como la suya.

La decepción llegó al mismo tiempo que la inercia, cuando ya ella se había acomodado a una nueva vida que no había llegado a decidir si le gustaba o no: era la que le había tocado en el sorteo. En los últimos años, lo único que realmente le había importado era sobrevivir al cáncer. Logrado esto, todo lo demás pasaba a un tercer o cuarto plano. Porque, en el fondo, aunque jamás lo hubiese reconocido delante de terceros, Beatriz consideraba una proeza haber superado una enfermedad grave, la amputación y reconstrucción de un pecho, las dosis de veneno pautado de la quimioterapia, el adelanto de la menopausia con su indeseable cohorte de daños colaterales —de los sofocos a la descalcificación ósea, pasando por la constante retención de líquidos y el deterioro de la piel y su antes espléndido cabello—, la certeza de la esterilidad y la amenaza de una recaída que la había rondado durante cinco años. Lo demás era una especie de juego de niños. Si, tiempo después de haberse casado, descubría que su marido era un imbécil y su matrimonio una verdadera mierda, la cosa tampoco tenía tanta importancia.

Si Baldo no le hubiese cruzado la cara, hubiese seguido con él. Como la propia Beatriz explicó a su hermana, es la ventaja —o el problema— de haberlas pasado verdaderamente canutas: que aprendes a quitar hierro a casi todo, da igual que sea una carrera en la media o un matrimonio infeliz. Pero lo de llevarse una bofetada era harina de otro costal. Aquel golpe había venido a sacarla del limbo en el que se había instalado. Por eso lloraba por las noches, con la almohada en la boca para que no pudiesen oírla sus sobrinas: no por lo que le había pasado, sino por haber dejado que el tiempo transcurriera consintiendo que no pasase nada.

Así que allí estaba, con cuarenta y cuatro años recién cumplidos, a punto de trasladarse a una casa atiborrada de sabe Dios cuántos cachivaches. Empezaba otra etapa, se dijo mientras empujaba la puerta de la clase y se enfrentaba a veinte pares de ojos.

—Buenos días.

Veinte voces contestaron en un bien modulado murmullo. Beatriz reconoció que era un alivio no pasar diez minutos diarios intentando poner orden en un aula antes de empezar las lecciones, como les ocurría a sus colegas de otras universidades. En general, el comportamiento de los alumnos de la LC era satisfactorio —entre otras cosas, porque las manifestaciones de indisciplina se castigaban con la expulsión fulminante— y ésa era una de las razones que animaban a los profesores a solicitar una plaza en el cuerpo docente: muchos de ellos provenían de centros públicos —donde habían recibido una buena ración de realidad educativa del siglo XXI— y estaban encantados de entrar en aulas dominadas por el sosiego y no por el ambiente de revolución con el que habían acabado por familiarizarse, hasta el punto de que, los primeros días, confundían el pacífico silencio que reinaba en el aula con la calma que precede a algún desastre, y se preparaban para ser objeto de una gamberrada mayúscula que, por supuesto, nunca se producía. Ese tipo de cosas no pasaban en la LC. Tampoco en Berkeley, ni en Temple University, donde había obtenido su licenciatura y la disciplina imperante era tan férrea como en la propia Luis de Camoens. Secretamente, Beatriz pensaba que el elevado precio de las matrículas fomentaba el buen comportamiento de los alumnos: sabían que cada clase costaba una pequeña fortuna —los padres y los propios profesores se encargaban de recordarlo cada día— y no era cuestión de desperdiciar las horas lectivas haciendo el indio. Por eso no había huelgas. Por eso los chicos no hacían pellas por las buenas ni esgrimían disculpas peregrinas para fumarse las clases. Y hemos aprendido a apreciar sólo aquello que nos cuesta dinero. Quizá por eso, pensaba Beatriz, había absentismo en la universidad pública, y los chicos estaban deseando tener motivos para dejar de ir a clase. En Temple, cuando un profesor faltaba a las lecciones, los propios alumnos le exigían recuperar la hora lectiva. Porque habían pagado por aquella hora —¿cincuenta, sesenta dólares?— y no pensaban perderla sólo porque el profesor en cuestión hubiese tenido una junta de departamento o un ataque de asma.

—Muy bien, vamos a empezar. Ayer estábamos hablando de la época de la caza de brujas en Hollywood. ¿Alguien sabe el nombre del senador que la impulsó?

Nadie. Beatriz suspiró. Si hubiese preguntado por la becaria que hacía felaciones a Bill Clinton, un enjambre de manos se hubiesen agitado para ofrecerse a pronunciar el nombre de Monica Lewinski.

Volvieron al piso nada más acabar las clases de la tarde. Durante la pausa del mediodía, Beatriz había encargado por teléfono una almohada y un colchón, así como un juego de sábanas y de toallas para poder trasladarse cuanto antes. Tal como había explicado a Mario, las cosas de Fernando Montalvo le molestaban menos que su condición de sin techo en el seno de una familia numerosa. Como no tenía nada, tampoco le acuciaba la necesidad perentoria de hacer sitio a sus objetos personales. Bastaría, pues, con vaciar un armario para colocar la ropa, y eliminar los trastos más aparatosos para poder moverse por la casa sin miedo a provocar un estropicio.

Aquella tarde la dedicaron a guardar en una caja los cascos militares y en otra un montón de candiles de cristal —después de envolverlos uno por uno en papel de periódico—, y a habilitar la habitación que iba a servir de dormitorio: el cuarto que había estado invadido por las gramolas y que, gracias a la intervención de Losada, presentaba ahora un aspecto vulgar y nada amenazante. Retiraron de las paredes unas cuantas colecciones enmarcadas —de cajas de cerillas, de envoltorios de caramelos, de fundas de gafas y de tarjetas postales de la cornisa cantábrica— y luego, cuando los empleados de unos grandes almacenes trajeron el colchón, hicieron la cama y abrieron las ventanas para ventilar la pieza.

—Quizá deberíamos dar a las paredes una mano de pintura. Fíjate, ha quedado el cerco de los marcos.

—Bueno, pero más adelante. Quiero instalarme ya... Y eso me recuerda que necesito sitio para colocar mi ropa. Vamos a ver qué hay en ese armario.

Menkell sintió una punzada de ansiedad. Hasta entonces, todas las cosas que habían descubierto en la casa estaban a la vista, y resultaban, dentro de la rareza del conjunto, de una completa normalidad individual: ceniceros, llaveros, posavasos, gorros... Pero el armario era un nuevo interrogante. ¿Qué oscuros secretos podía estar protegiendo aquel mueble de madera? ¿Y si contenía cabezas humanas jibarizadas, instrumentos de sadomasoquismo o animales muertos y conservados en formol? Decidió no compartir con Beatriz aquellos temores y, conteniendo la respiración, abrió una de las puertas. Allí, para echar por tierra sus peores presagios, sólo estaba la ropa de Fernando Montalvo.

Beatriz examinó las prendas. Había tres trajes completos, dos pantalones, seis camisas —dos blancas y cuatro de rayas— unos cuantos jerséis, un chaquetón, un abrigo oscuro y dos pares de zapatos. A primera vista, se trataba de ropa en buen estado, pero un examen más riguroso permitía descubrir que los cuellos de las camisas estaban rozados, y que había brillos en los codos de las chaquetas y las rodilleras de los pantalones. Dos de los jerséis estaban llenos de bolas. Mario abrió los cajones, y allí encontraron ropa interior doblada y planchada, calcetines, unos gemelos baratos, dos cinturones —uno de ellos bastante desgastado— y algunos pañuelos blancos. Era un conjunto escaso y pobre. El de una persona que vive con lo justo, y que intenta mantener lo poco que tiene en un estado de perenne dignidad.

—Pobre hombre.

Mario se dio cuenta de que Beatriz había pronunciado aquella frase al borde del sollozo, y se sintió incómodo al ver que los ojos de ella se llenaban de lágrimas.

—Perdona —dijo, y se limpió con un pañuelo de papel—, no sé por qué, al ver la ropa me ha dado pena.

Sonrió a través de las lágrimas, y Mario se dijo que, si él fuese el hombre que siempre había querido ser, habría abrazado de inmediato a Beatriz Millares para consolarla, y también para consolarse él. Porque, aunque lo disimulaba bastante bien, la visión de aquella ropa había causado en él una profunda desazón. Y justo en ese momento, cuando —descartada la posibilidad del abrazo— Menkell empezaba a preguntarse qué debería hacer, escucharon los timbrazos de una llamada telefónica que sobresaltó a ambos por lo inesperado. Ni siquiera se habían dado cuenta de que el teléfono de la casa funcionaba. Mario corrió en dirección a los sonidos anticuados que lanzaba el aparato desde el salón, y que sonaban raros y guturales, tan distintos de las limpias alarmas de los móviles.

—Diga.

—¿Montalvo? ¿Es usted?

Quienquiera que fuese tenía una voz ligera y musical, que hubiese sido agradable de no estar distorsionada por un disgusto evidente.

—No, no. Verá... el señor Montalvo...

—¿Puede decirle que se ponga? —la voz había subido

un tono—. Soy Aldo Bagameri. Hace diez días que no aparece por aquí. Me he hartado de llamarle y ni siquiera contesta. Los niños tienen exámenes, ¿sabe? No se puede desaparecer así por las buenas, cuando sabe que hay gente que...

Mario tomó aire.

—Perdone que le interrumpa... el señor Montalvo... —qué difícil es decir ciertas cosas— el señor Montalvo murió hace algo más de una semana. Yo soy el propietario de la casa donde vivía.

El silencio del otro lado de la línea estaba dentro del guión, pensó Menkell, y decidió permitir que el tal Bagameri digiriese la novedad.

—Vaya por Dios... bueno, Montalvo era el profesor particular de mis hijos. —Era evidente que se sentía en la obligación de dar explicaciones—. De repente, dejó de venir a darles clase y yo pensé cualquier cosa menos... qué desastre...

Menkell se preguntó si se refería a la muerte de Montalvo o a haber perdido un buen maestro justo a mitad de curso.

—Oiga, ¿cómo ha sido? Ni siquiera estaba enfermo, que yo sepa.

Mario sopesó varias posibilidades, y al final decidió tirar por la calle de en medio.

—Un accidente.

—Vaya por Dios —repitió.

Despojada del matiz desabrido del principio, la voz de Bagameri era pura y aterciopelada, como la de un locutor de radio de los años cincuenta.

—Bueno, pues... no sé, reciba usted mi pésame por lo que le toca.

Instintivamente, Mario miró la colección de catedrales góticas y pensó que había cierta justicia en aquella frase. Se despidió de Bagameri y volvió a la habitación. Beatriz estaba sacando del armario la ropa de Montalvo.

—Pues ya sabemos algo de mi inquilino.

—Sí, que usaba la talla cuarenta y seis... y que, a juzgar por el abrigo, no debía de ser muy alto.

—Es más que eso. Daba clases particulares. Acaba de llamar uno de sus clientes, bastante cabreado, por cierto. No sabía que había muerto y pensó que había dejado plantados a sus hijos.

—¿De qué daba clase?

—No se me ocurrió preguntarlo...

—Pues es una pena. Oye, ¿qué hacemos con esto? —Señalaba el pobre equipo tan cuidadosamente colocado—. Supongo que nadie lo va a reclamar... pero me da no se qué tirarlo, parece una falta de respeto. Lo voy a meter en esa caja. Total, una cosa más...

Beatriz sacó del armario el viejo abrigo gris de Montalvo y lo dobló antes de colocarlo en la caja. Fue entonces cuando algo se cayó de uno de los bolsillos. Era una tarjeta postal. No llevaba remitente. Ni siquiera estaba escrita. En la parte del destinatario aparecía el nombre de Klara Hauptf. Debajo, en unas mayúsculas tan perfectas como letras de molde, estaban escritas las palabras «CASA VERDI».

—¿Y esto?

Menkell le dio la vuelta a la postal: el anverso estaba decorado con el dibujo de un trébol de cuatro hojas que parecía sacado de una lámina de Linneo.

—Qué bonito. Cuando yo era pequeña me pasaba la vida buscando uno de éstos. Nunca encontré ninguno. —Volvió a voltear el cartoncillo—. Klara Hauptf... ¿Quién sería?

—Cualquiera sabe. Tal vez Montalvo estaba iniciando una colección de postales a medio escribir.

—En cualquier caso, ésta es muy bonita. La voy a guardar. Ya sabes que encontrar un trébol de cuatro hojas es señal de buena suerte. —Luego miró el reloj y abrió mucho los ojos—. ¡Madre mía! Son las diez y media. Es tardísimo. Lo siento, Mario, a lo mejor tenías planes...

A Mario le dieron ganas de decirle «sería la primera vez en los últimos treinta años», pero se limitó a asegurar que no era así.

—¿Tienes hambre? —añadió ella—. Porque yo sí. Al pasar he visto un par de restaurantes con buena pinta. ¿Te apetece cenar por aquí? Así celebramos... no sé... lo de la casa... o lo del trébol...

Mario Menkell sonrió mientras su pecho se llenaba de algo que no supo identificar, y bendijo mentalmente a Fernando Montalvo, el suicida, el excéntrico coleccionista, el misterioso profesor particular que guardaba en su piso toda clase de cosas raras, y en sus abrigos viejos, oportunos talismanes de la buena suerte.

Fue Beatriz quien eligió el restaurante: una pequeña trattoria con manteles de cuadros y velas a medio derretir que le daban un aire de falsa decadencia.

—Se supone que es malo tomar pasta por la noche.

—Malo ¿para qué?

—Pues eso digo yo. Voy a pedir tallarines con langosta. ¿Y tú?

Mario no tenía mucha hambre. Seguía la costumbre

de cenar cualquier cosa, una ensalada, a veces un sándwich o algo de fruta, pero hizo una excepción y eligió un risotto.

—A mí lo que de verdad me gusta es la comida india —dijo Beatriz cuando llegaron los aperitivos—. Me acostumbré en Estados Unidos. La cocina oriental era una forma de escapar de las hamburguesas y los perritos. Me encantan los pappadums, las samosas, el curry... y los asados en tandoori.

Miró a Mario como esperando su opinión al respecto, como si la comida india fuese un tema de conversación de conocimiento obligado. Él se encogió de hombros.

—Yo no entiendo mucho de comida exótica, la verdad... ya sabes que salgo poco.

Ella arrugó un poco la nariz, lo que le dio un aire algo infantil.

—¿Cómo de poco?

—Pues más bien nada.

En los ojos de Beatriz había una buena mezcla de curiosidad y sorpresa.

—¿Por qué te extraña?

—No sé... —Se metió en la boca dos o tres almendras fritas—. Eres tan normal que... bueno, perdona, no quiero decir que no seas normal por no salir. Es que resulta difícil de entender. La gente que dice que no sale suele ser... huraña, rara, incluso intratable. Pero tú no eres así. Por eso me descoloca que seas una... una especie de ermitaño.

Bebió un poco de vino del que acababan de servirle.

—Ya —Mario se sirvió agua—, es que durante demasiado tiempo mi vida ha sido un poco... bueno, digamos que un poco complicada. De hecho, bastante complicada. Muy, muy complicada, para qué nos vamos a engañar.

—Nunca me habías hablado de eso.

—Nunca me habías preguntado por mi vida —Le pareció que ella describía un gesto extraño—. No, no lo digo como un reproche. Son cosas que no salen en la conversación cuando uno habla de literatura, de cine...

—... o del rector Saldaña. —Se rieron los dos—. Bueno, me gustaría saber en qué consisten esas complicaciones. Al fin y al cabo, voy a vivir en tu casa durante los próximos meses. Tú ya lo sabes todo de mí, incluso que mi matrimonio acabó con un sopapo y que tengo un pecho de plástico. Creo que, en cuanto a conocimiento mutuo, estamos un poco descompensados.

Desde detrás de su plato de arroz con setas, del que emanaba un suave olor a mantequilla y parmesano, Mario contó su historia a Beatriz Millares, y mientras lo hacía se dio cuenta de que era la primera vez que compartía con alguien las circunstancias en las que se había desarrollado su vida durante los últimos veinte años. Intentó hacerlo de una forma neutra, consciente de estar relatando una especie de folletín victoriano digno del más puro Charles Dickens, y aunque no quería dramatizar, su historia era tan patética que convertía *Oliver Twist* en una pieza de aficionados. Mario era hijo único. Su padre había abandonado el hogar familiar cuando él tenía once años, así que se quedó solo con su madre y con su tía, que se fue a vivir con ellos. Por aquel entonces era uno de esos niños solitarios y rematadamente tímidos que vuelven a casa en cuanto termina el colegio, no por ser muy responsables, sino porque no tienen a nadie con quien quedarse a jugar. Que su madre y su tía fuesen dos mujeres algo asfixiantes en sus muestras de cariño, y excesivamente preocupadas en lo tocante a su integridad física, no facilitaba las cosas a la hora de llevar la misma vida que los otros chicos, pero Mario Menkell reconocía que la responsabilidad de su aislamiento era exclusivamente suya, y a medida que crecía tomaba conciencia de que no podía pasar así el resto de sus días. El problema fue que para entonces ya se había ganado la correspondiente fama de tío raro entre sus compañeros de clase, y no iba a ser sencillo cambiar la opinión que sus condiscípulos tenían de él. Así que decidió dar la etapa del colegio por perdida, y esperar a metamorfosearse en el siguiente tramo del camino.

La época universitaria se convirtió en una especie de tierra prometida. Iba a seguir la carrera de Filología Inglesa y había decidido pedir una beca para cursar en Inglaterra el segundo año académico con el objeto de perfeccionar el idioma. Llegaba el momento de salir del cascarón, de sacudirse la timidez de nacimiento, de abrirse al mundo, de renunciar para siempre a la soledad y a las prácticas anacoretas. Vivir fuera de casa —especialmente en un país extranjero y desde una lengua distinta— sería el mejor antídoto contra su retraimiento congénito. La estancia en Inglaterra daría a Mario Menkell la oportunidad de reinventarse y de empezar desde cero, y estaba dispuesto a considerar el primer curso universitario como un campo de pruebas: intentaría ser un poco más abierto y hacer su trato más accesible, se impondría el contacto diario con sus condiscípulos, se apuntaría quizá a un grupo de estudio o... o a alguno de los clubes que había oído que proliferaban en la universidad y donde era sencillo estrechar los lazos con los compañeros: aulas de cine, cursos de fotografía, talleres literarios, grupos de aficionados a la música que se ponían de acuerdo para asistir a conciertos y conseguir las entradas más baratas... todo un arsenal de oportunidades que esta vez no pensaba desperdiciar. Había llegado el momento de transformarse y ¿qué mejor que la vida universitaria para empezar de cero?

Pero las cosas no salieron como él esperaba. Porque, quince días antes de que empezara el curso, su madre empezó a encontrarse mal —mareos, flojedad en las piernas, constantes dolores de cabeza— y después de tres visitas al médico y media docena de pruebas le diagnosticaron una enfermedad degenerativa cuyo avance, como los doctores se encargaron de señalar, era del todo imprevisible.

—Puede estar muy bien y tener un brote. O encontrarse fatal un día y mejorar al siguiente. Siento no poder decirles otra cosa, pero esto es lo que hay.

Eso mismo pensó Mario al saber que su madre estaba enferma: esto es lo que hay. Acababa de desmoronarse una buena parte del modesto castillo de naipes que se había esforzado en levantar en los últimos meses. Supo que la vida había vuelto a girar, que había que cambiar los planes trazados con tanta voluntad, que en su situación una estancia en el extranjero hubiese sido una intolerable muestra de egoísmo y de irresponsabilidad, y que tendría que empezar a organizarlo todo para, sin renunciar a la universidad, pasar fuera de casa el menor tiempo posible. Estaba su tía Claire, por supuesto, pero Mario intuía que con una persona impedida todas las manos son pocas y que, después de todo, lo justo era que fuese él quien cargase con la mayor parte del problema.

Así que sus cinco años en la universidad no fueron ni de lejos como había imaginado. Iba al campus todos los días para asistir a clase —había conseguido un cómodo horario de mañana—, pero al terminar las lecciones volvía a casa zumbando, sin concederse la pérdida de un solo minuto. Allí compartía con Claire las tareas del hogar, y también el cuidado de su madre, que, como habían advertido los médicos, pasaba por fases mejores y peores, en las que incluso tenía que desplazarse en una silla de ruedas. Algunos amigos de la familia aconsejaban a Mario que contratase a una enfermera para atender a Sophie, pero él no quería ni oír hablar del asunto: su madre estaba ya suficientemente deprimida con su estado físico como para obligarla a depender de personas extrañas. Así que sin quejarse en privado ni en público, sin lamentar siquiera para sus adentros la poca fortuna de sus veinte años, Mario dedicó a mimar a su madre todo el tiempo libre que le dejaban las clases en la universidad, y utilizaba las noches para preparar los exámenes.

Por eso no hizo amigos en la facultad: porque no tenía tiempo. Desde el primer trimestre sus compañeros lo catalogaron como uno de esos tipos raros que tienen que aparecer dentro de un colectivo más o menos numeroso, y le veían llegar, siempre con la lengua fuera, tomar apuntes con una atención reconcentrada y marcharse pitando en cuanto acababan las lecciones. A nadie se le ocurrió pensar que Mario Menkell tenía muy poderosas razones para eludir las partidas de mus en la cafetería, las charlas en los pasillos o incluso las sesiones de estudio en la biblioteca en la época de exámenes. Era una figura que iba y venía, que pasaba siempre como una exhalación, mirando el reloj, demostrando una prisa insana, nada propia de un chico de veinte años.

—La gente de la clase pensaba que era un pirado. Incluso me pusieron un mote: el «Hombre Bala». Supongo que aquello hubiera debido deprimirme, pero tenía demasiadas cosas por las que estar preocupado.

Los tallarines de Beatriz habían empezado a enfriarse en el plato mientras mordisqueaba unos palitos de pan.

—Así que tu vida era una mierda.

—Eso pensaba yo, hasta que ocurrió lo de mi tía. Al acabar el quinto curso le diagnosticaron alzheimer. Aprendí de golpe que las cosas siempre pueden ir un poco peor. Así que allí estaba yo, a los veintidós años, dividiendo el tiempo entre una mujer completamente lúcida que no podía valerse, y otra fuerte como un roble a la que se le iba la cabeza. No era muy divertido, la verdad. Por suerte, ya estaba licenciado, así que me pasaba el día cuidando de las dos.

—¿No... no había nadie que te ayudara?

—Una asistenta venía por las mañanas a echarme una mano en las cosas de la casa: la plancha, la compra... El resto lo hacía yo. Una vez intenté que viniese una enfermera, pero mi madre se echó a llorar según la vio, y mi tía tenía un día malo. Se puso como una fiera y la echó escaleras abajo. Puedes reírte si quieres, ya sé que parece una broma. Hasta yo lo he hecho alguna vez. Tendrías que haberlo visto, la pobre Claire aullando, mi madre a lágrima viva, y yo tratando de disculparme ante aquella mujer. Por supuesto, no volvimos a verle el pelo. Así que me apañaba solo. Y, la verdad, lo hacía bastante bien. Pero, como comprenderás, no me quedaba mucho tiempo para las relaciones sociales. Hubo épocas en las que estuve semanas enteras sin salir a la calle.

Beatriz frunció el ceño como si estuviese intentando

hacerse una idea aproximada de la dimensión de lo que acababa de escuchar.

—Mario... no sé qué decirte...

Él se metió en la boca la última cucharada de risotto, y lo paladeó concienzudamente. Alguien que no conociese un poco a Menkell hubiese pensado que estaba haciendo una pausa dramática, pero sólo intentaba disfrutar del sabor del arroz.

—Ya. Es que no es muy normal. —Colocó los cubiertos junto al plato—. Por suerte, no teníamos problemas económicos. Mi madre y mi tía tenían una tienda en Cuatro Caminos. Cuando mi madre se puso enferma pedimos para ella una pensión de invalidez, la tía Claire se jubiló y vendió bien el local, así que estábamos cubiertos. No sé qué hubiésemos hecho si yo hubiera necesitado trabajar para mantenernos a todos.

—¿Y tu padre?

—Pues hace treinta años que no lo veo. Al principio me llevaba con él algún fin de semana, o venía a buscarme para que hiciésemos algo juntos... Pero vivía con otra mujer, y yo a ella no le gustaba demasiado. Es lógico. Además, tuvieron otro niño y... en fin, que no había mucho sitio para mí en su nueva vida. Así que desapareció. Me pasó una pensión hasta los dieciocho años y luego...

Mario describió con las manos un gesto definitivo. Beatriz se fijó en que tenía unas manos bonitas, de dedos largos y falanges marcadas, y unas uñas simétricas que parecía cuidar con cierto esmero. Le explicó que de vez en cuando recibía alguna llamada de las tías de su padre, que además se habían portado muy bien al saber de la enfermedad de Sophie y Claire. Fue una de aquellas tías quien le dejó la casa en el barrio de Chueca. Porque, para todos los miembros de su familia, él era el clásico ejemplo de ser humano digno de compasión, malamente tratado por la vida y siempre ignorado por la veleidosa suerte. Hacerlo heredero de un piso céntrico, grande y bien situado era la forma de dar al pobre Mario el premio de consolación que le negaba el destino.

—¿Cuánto tiempo estuviste así?

—Quince años, más o menos. Hasta que murió mi tía. Mi madre murió antes, afortunadamente. Si hubiese sobrevivido a su hermana, no sé qué hubiese sido de ella. Claire ni se enteraba. Y en los últimos años ni siquiera daba mucho la lata, la pobre. Se pasaba el día sedada.

El camarero preguntó si querían postres. Mario pidió un café. Beatriz un tiramisú, aunque ni siquiera le apetecía, pero era una forma de impedir que el chico interrumpiera la conversación desgranando la oferta de dulces de la casa.

—¿Y la novela? ¿Cuándo la escribiste?

—Al poco de morir mi madre. Fue algo muy raro. Llevaba años organizando mi vida en función de sus horarios, y cuando murió me sobraba tanto tiempo que ni siquiera sabía qué hacer con él.

—Así que te dio por escribir como hubiera podido darte por hacer catedrales con palillos.

—No, era algo más... Siempre me gustó la literatura, y tenía una buena historia, así que pensé ¿por qué no? No me llevó mucho acabar el borrador y entonces lo envié a una editorial. Con pocas esperanzas, que conste. Tardaron un montón en responderme. El día que me llamaron para comunicarme que querían publicar el libro habría pensado que era una broma... de no ser porque no conocía a nadie dispuesto a reírse de mí.

Beatriz se preguntó si Mario era consciente de la profunda tristeza que había en aquella frase.

—El resto ya lo sabes. La novela funcionó bastante bien, gané algo de dinero y me ofrecieron el trabajo en la Luis de Camoens. Para entonces mi tía acababa de morirse, así que no tenía obligaciones de ningún tipo.

Mario pasó por alto el hecho de que, tras editarse la novela, se había negado a hacer los consabidos viajes promocionales para tribulación del departamento de marketing de la editorial, donde le decían cada dos por tres «los libros hay que escribirlos, pero luego hay que venderlos». Cuando se dieron cuenta de que no había forma humana de que Mario Menkell accediera a dormir fuera de casa —cosa que atribuyeron a una mezcla demencial de misantropía, agorafobia y pánico a los aviones (¿quién iba a pensar en una vieja tía con alzheimer?)—, decidieron presentar al autor de *Lo que me contó Bernard M.* como un misterioso escritor de vida oscura a quien no gustaban las apariciones públicas. Así que la novela desfiló por las librerías, los suplementos literarios y las revistas especializadas sin otro apoyo que una historia apócrifa que intentaba hacer de Mario Menkell el hombre que no era: un sofisticado sujeto tan celoso de su intimidad que eludía mostrarse en público. Por eso luego, cuando sus lectores llegaban a conocerle, se sentían tan decepcionados, como si hubiesen sido víctimas de un timo: habían tomado al novelista por una especie de llanero solitario que cabalgaba a solas por el inmenso territorio de las letras, y se encontraban con un pobre hombre vulgar como él solo, callado y eternamente cohibido por sabe Dios qué.

Cuando murió su tía, Mario pensó que quizá podría recuperar la vida que hubiera debido tener. Fue entonces cuando se dio cuenta de que no sabía ni por dónde empezar la inmersión en la normalidad: no tenía amigos, no conocía las pautas sociales, las modas, las formas de interactuar o los lugares para hacerlo, y su timidez de nacimiento no hacía sino complicar la situación. Mario Menkell tenía entonces treinta y tres años, y llevaba casi la mitad de ellos apartado del mundo. Era, admitió, demasiado tarde para iniciar un aprendizaje.

—Tuve suerte con lo de la Camoens. Recuerdo que al rector le extrañó mucho que fuese mi primer trabajo. Me preguntó de qué había estado viviendo hasta entonces, y le contesté que de unas rentas. A lo mejor debería haberle contado la verdad, que no tenía un empleo porque necesitaba cuidar de dos inválidas, pero... no me gusta mucho dar explicaciones, así que le dije algo que, en el fondo, es mucho más fácil de creer que la historia de una tía majara y una madre impedida.

Mario se bebió el expreso sin echarle azúcar ni sacarina, y Beatriz intentó imaginar a qué podía saber un café tan amargo. Se metió en la boca la última cucharada del tiramisú, que estaba hecho con auténtico mascarpone y espolvoreado con cacao molido, y notó cómo el dulce se le deshacía en la boca.

—Eso es todo. No es que no me guste la gente, pero tengo poca práctica con ella. He aprendido a estar solo, y no se me da mal.

—Tampoco se te da mal estar con otros...

—Ya... gracias, Beatriz, pero sabes perfectamente lo que quiero decir.

Ella no estaba segura de si lo sabía o no, pero prefería no ahondar en el asunto. Intuía que, de seguir atizando las honestas confesiones de Mario Menkell, éste acabaría reconociendo cosas que quizá fuesen humillantes. Decidió dejarlo estar, vagamente animada por la esperanza de que, si se aplicaba un poco, podría hacer salir al profesor Menkell del cascarón que tan trabajosamente se había construido a lo largo de más de cuarenta años.

Beatriz durmió en el piso aquella noche. Al día siguiente, en la LC, Mario la encontró cansada. Bajo sus ojos se dibujaban dos ojeras azules, y tenía la piel apagada, como si hubiese envejecido un poco en las últimas doce horas. Cuando le aseguró que había dormido «como un tronco» no supo si lo decía por amabilidad, por tranquilizarle o porque era cierto y ése era el aspecto con el que se levantaba la profesora Millares después de una feliz noche de sueño. Si Mario Menkell hubiese sabido algo más sobre la rutina de las mujeres, o mejor aún, sobre los usos y costumbres de Beatriz Millares, se hubiese dado cuenta de que lo único que pasaba es que aquella mañana no había tenido tiempo de maquillarse antes de ir a clase. Por eso, cuando tres horas más tarde apareció casi radiante en la cafetería, a Mario no se le ocurrió atribuir su transformación al neceser que llevaba en la mano.

Estaban a punto de sentarse a comer cuando los interrumpió el rector. Iba acompañado de un hombre de unos setenta años, alto y muy delgado, de aspecto aristocrático, que estrechó la mano de ambos con una leve inclinación de cabeza mientras sonreía y fijaba en su interlocutor unos ojos pequeños y de un azul brillante. Mario Menkell se dijo que el invitado del rector era exactamente el hombre al que hubiera querido parecerse, al menos físicamente. Uno puede ir a todas partes con una pinta así.

—Profesor Menkell, profesora Millares, les presento a Santiago Neves. Está de visita en la universidad y ha querido conocerle a usted.

Se refería a Mario Menkell, a quien no pasó desapercibido que el tono del rector era de notable incredulidad. Estaba claro que Saldaña no concebía que alguien pudiera interesarse por él. Mario iba más allá: lo que le sorprendía era que un hombre como Neves pudiese estar informado de su existencia.

—Encantado, profesor. Soy un admirador suyo. Leí su novela hace ya seis o siete años. Desde entonces he hecho todo lo posible para localizarle, pero su editorial se negó a facilitarme sus datos. Cosas de la competencia, yo haría lo mismo. Y resulta que hoy me entero de que usted trabaja aquí.

—Es el destino, Santiago. El destino.

La frase de opereta había sido pronunciada por Saldaña, que era incapaz de mantenerse al margen de una conversación. Neves ignoró el comentario.

—El caso es que soy editor.

—No seas modesto. —Saldaña dirigió una mirada triunfal a Beatriz y a Mario—. El señor Neves es propietario de la editorial Millenio. No hace falta que les dé más detalles, ¿verdad?

Santiago Neves dirigió a Saldaña una fugaz mirada que sólo Beatriz supo interpretar: aquel hombre consideraba al rector un completo cretino. Sintió una oleada de simpatía hacia el recién llegado.

—Creo que *Lo que me contó Bernard M.* es uno de los mejores libros que se han publicado en los últimos veinte años. Me conmovió la historia y me entusiasmó la forma en que usted la contaba.

Mario se preguntó si alguien podía intuir lo incómodo que resultaba para él escuchar alabanzas, sobre todo porque no sabía responder a ellas.

—Muchas gracias.

— El caso es que estoy verdaderamente interesado en publicar su próxima novela.

Mario sintió que se le cerraba el estómago. Así que se trataba de eso. Neves, Saldaña y Beatriz —sobre todo Beatriz— le miraban al mismo tiempo, esperando que dijese algo. Hubiese querido salir corriendo. Calculó qué posibilidades había de que en aquel momento tuviese lugar una hecatombe de cualquier tipo —un terremoto, un ataque con gas mostaza, el desplome del techo de la cafetería— que le permitiera ponerse a salvo de aquellos tres pares de ojos inquisitivos. Pero no ocurrió nada.

—Pues... es usted muy amable, señor Neves, pero actualmente no estoy escribiendo.

En el rostro del editor se dibujó una sonrisa cálida.

—Bueno, no tiene por qué ser ahora. Sé por experiencia que los autores tienen su ritmo. Carlos Buenque estuvo casi veinte años sin publicar nueva novela. Y Serantes dejó pasar cuarenta antes de escribir su trilogía. En el sector editorial, el tiempo tiene un valor distinto. Cuando un autor me interesa, me armo de paciencia. Y en este momento, ningún novelista me interesa tanto como usted. Puedo hacerle una oferta difícil de superar.

—Se lo agradezco mucho, pero... en fin... no creo que...

—Es verdad, no es el lugar ni el momento para hablar de estas cosas. Además, estaban ustedes almorzando y les hemos interrumpido. Le dejo mi tarjeta. Llámeme en cuanto tenga algo. O llámeme, simplemente, para hablar más despacio. —Le dedicó una mirada brillante y firme—. Sin prisas, ¿eh? No me importa esperar, pero estoy decidido a ser su próximo editor. Y le advierto de que soy muy persistente.

Mario tomó de las manos diáfanas de Santiago Neves aquel cartoncillo de elegante color crema, donde, escritas con tinta sepia, estaban las señas de la editorial.

—Le he anotado mi teléfono móvil en la parte de atrás. Puede localizarme a cualquier hora, los siete días de la semana. Me ha encantado conocerle. Profesora Millares, ha sido un placer. Hasta pronto, espero...

La despedida del rector se concretó en un gruñido. Mario y Beatriz volvieron a sus bandejas (menestra de verduras y carne en rollo con puré de patata).

—Se habrá quedado todo frío. —Si algo deseaba Mario Menkell era cambiar de tercio y cerrar para siempre el capítulo de Santiago Neves, pero la expresión de Beatriz le decía que no iba a ser tan fácil. Ni siquiera había mirado la comida.

—Mario... ¿te das cuenta? Es el dueño de Millenio... y lleva años buscándote para publicar una novela tuya... en tu lugar, me sentiría muy halagada.

—Bueno, no creo que sea para tanto. Los editores siempre dicen cosas así. Les encanta hacer creer a los autores que son el centro del universo, pero a la hora de la verdad es todo muy distinto.

—Pues a mí me pareció que Neves hablaba en serio.

—Yo creo que todos hacen igual.

Beatriz revolvía la menestra en el plato con una total falta de interés.

—A pesar de todo, deberías llamarle y escuchar lo que quiere ofrecerte.

—Beatriz... es que no hay nada sobre lo que hacer una oferta. No tengo ninguna novela entre manos, ni perspectivas de tenerla en un futuro. Ese Neves parece un hombre agradable, y si estuviese escribiendo algo me encantaría enseñárselo. Pero no es así. —Se metió en la boca una porción de brécol—. Lo que me parecía, está todo helado. Voy a pedir que lo pongan en el microondas. ¿Me llevo tu plato también?

Beatriz supo que se había acabado la conversación. Mientras Mario se alejaba en dirección a la barra, se dio cuenta de que había arrojado a una papelera la tarjeta entregada por Neves. Siguiendo el impulso de una repentina inspiración, se levantó y la recogió con rapidez de ilusionista. Uno nunca sabe lo que puede pasar, pensó Beatriz mientras guardaba el botín en su cartera.

Mientras la menestra de verduras giraba en la bandeja del microondas, Mario Menkell lamentaba el encuentro supuestamente casual con el simpático señor Neves, que había venido a recordarle una época superada. Pensaba que, después de tantos años, había driblado definitivamente el acoso de los editores y, sí, incluso el de los agentes literarios, que durante un tiempo perturbaron lo indecible la paz de su mundo con ofertas tan generosas que algunas rozaban lo descabellado. El éxito de *Lo que me contó Bernard M.* se convirtió por muchos meses en una especie de piedra en su zapato. De pronto todo el mundo quería contar con él para esto o para aquello. Le ofrecieron participar en antologías de cuentos de autores contemporáneos —ignorando sus tímidas objeciones en las que esgrimía como disculpa el total desconocimiento del género—, hacer un guión de cine, una colaboración en un programa televisivo —¡él, que ni siquiera quería que le tomaran fotos!—, una columna en una revista femenina..., y luego, por supuesto, estaba la dichosa segunda novela. Menkell se preguntaba qué hacía que los demás diesen por hecho que tenía ganas de escribir un segundo título... y, sobre todo, material para abordarlo.

Mario Menkell no había confesado nunca a nadie que su única novela era en realidad una vieja historia familiar protagonizada por un tío suyo y que su madre le había contado durante años, primero en forma de cuento infantil, luego enriqueciéndola cada vez más con profusión de detalles que servían para apuntalar la narración hasta convertirla en una suerte de epopeya. *Lo que me contó Bernard M.* había sido calificada por la crítica como «una fabulosa novela de aventuras que retoma la tradición perdida de los grandes textos decimonónicos». Menkell pensaba que exageraban un poco. También le sorprendía que los mismos jóvenes que habían acogido la novela con verdadero entusiasmo no hubiesen leído jamás a Julio Verne, Herman Melville o Mark Twain.

Él sí lo había hecho. R. L. Stevenson. Fenimore Cooper. Karl May. Emilio Salgari... Recordaba las tardes de invierno pasadas en el sillón de su casa, hundiendo la nariz en aquellos libros polvorientos que sacaba de las estanterías del despacho de su padre. A veces, antes de emprender la lectura, descubría que la polilla había empezado a hacer estragos en las páginas de papel barato, y entonces intentaba pasar las páginas del libro con un cuidado impropio de un chaval de siete años. Trataba los libros con tanto mimo que —pensaba su madre— cuando estaba leyendo parecía un viejo, un misterioso anciano menguado por una maldición o milagrosamente rejuvenecido por algún hechizo, que conservaba sin embargo las maneras de la edad y era capaz de tocar los libros con la delicadeza que hubiese empleado un entomólogo para rozar las alas de una mariposa perteneciente a alguna especie rara. Menkell leía aquellas historias desarrolladas en tierras desconocidas, protagonizadas por una raza singular de hombres audaces, y lo hacía convencido de que todo lo que contaban aquellas novelas había sucedido alguna vez, en otro lugar, en un tiempo distinto, en unas coordenadas diferentes. Cuando era niño, Menkell ni siquiera se había planteado la existencia del fértil territorio de la imaginación. Estaba convencido de que las historias, igual que las cosas, vienen todas de alguna parte. Por eso pensaba que en el Londres victoriano había habido un caballero empeñado en dar la vuelta al mundo en ochenta días, y en las orillas del Misisipi de los esclavos había nacido la amistad entre un niño blanco y otro negro, y que un hombre con una particular forma de cordura había buscado durante años un duelo a muerte con la gran ballena blanca. Mario no había dudado nunca de la existencia del capitán Nemo, de Sandokán o del mismísimo Sherlock Holmes, y cuando alguien —quizá un maestro del colegio, quizá su propia madre— le sacó de su error y le dijo que todos aquellos personajes habían nacido del privilegiado cerebro de hombres y mujeres dotados para la escritura, se sintió doblemente admirado y, por primera vez en su vida, limitado y torpe. A pesar de su juventud, supo admitir en él la ausencia total del talento creador que tenían los padres de aquellas criaturas hechas de palabras, y envidió el don de la inventiva como no había envidiado nunca las habilidades físicas de sus compañeros de clase, de las que también carecía. Mario Menkell era incapaz de correr con cierto estilo, no digamos ya de saltar el potro o de colgarse con cierto donaire de las barras paralelas del gimnasio. Ni siquiera sabía respirar de forma acompasada, «por el amor de Dios, Menkell, si no controlas las inspiraciones te acabará dando un infarto», le decía el profesor de gimnasia, y él veía a sus contemporáneos levantar las piernas elegantemente, balancearse en el trapecio, saltar y hacer cabriolas con habilidad de campeones olímpicos, sin sentir un átomo de nada parecido a los celos. No, a Menkell no le importaba tropezar con sus propios pies, congestionarse hasta rozar la apoplejía o quedar el último en las carreras que se improvisaban en el gimnasio. Pero sí hubiese dado casi cualquier cosa por ser capaz de inventar una buena historia. Y su pobre cerebro estaba tan entumecido como sus músculos.

Por eso, el día en que su madre empezó a contarle la vida del tío Bernard, Mario Menkell sintió en su interior algo parecido a una auténtica epifanía. Allí estaba la historia. Una historia fabulosa por la que hubiesen vendido el alma cada uno de los escritores que habían hecho que le latiese el corazón en las tardes de invierno. Allí estaba la gran aventura por la que hubiese asesinado el mismísimo Julio Verne, el propio Salgari, o hasta Edgar Allan Poe en carne mortal. Y aquella historia era suya y solamente suya, pues extinguida ya su larga y tortuosa familia, era él el único capaz de contarla. Pero ya lo había hecho, y eso era todo lo que tenía. Así que, por mucho que los editores le ofreciesen anticipos millonarios y tratasen de camelarlo con halagos sinceros o no, sabía que no sería capaz de escribir otra novela, porque tampoco tenía posibilidades de encontrar otra historia. Ahora sólo cabía esperar que Santiago Neves no volviera a cruzarse en su camino. Que se olvidara de él, como habían hecho los otros.

La operación de acondicionamiento de la casa siguió durante toda la semana. Losada, el de la agencia, había cumplido su promesa y encontrado un trastero a buen precio, y allí fueron a parar algunos muebles y una docena de cajas con los objetos que podían considerarse inútiles más allá de toda duda razonable. Porque no todo lo que había en el piso de Fernando Montalvo era susceptible de ser arrinconado. Un par de días después de su primera incursión en aquel aleph desmesurado, Mario y Beatriz descubrieron que muchos de los incontables objetos que atiborraban la casa no denotaban mal gusto, ni eran vulgares o feos. Si bien es cierto que había demasiados cachivaches inútiles —envases de medicamentos, mecheros corrientes y molientes, cajetillas de tabaco plastificadas, caracolas marinas en estado irregular—, las sucesivas inspecciones les habían permitido dar con algunos tesoros inesperados, como una colección de abanicos de encaje y otra de programas de ópera, o una docena de brazaletes con raros dibujos orientales. Entre los libros encontraron catorce ediciones antiguas de *El Quijote* (una de ellas ilustrada por Gustavo Doré) y dos álbumes de partituras de Chopin fechados en 1912. En la cocina dieron con un juego de café de porcelana inglesa decorado con los dibujos propios del *wilow blue*, y también con una cubertería de plata cuyas piezas tenían el mango labrado en forma de clave de sol. Había un espectacular candelabro de siete brazos hecho en bronce, y un facistol de madera en forma de águila que podría haber sido robado de cualquier monasterio benedictino. Fue Beatriz quien se dio cuenta de que una de las alfombras del salón estaba confeccionada con unos nudos finísimos que indicaban su procedencia afgana, y también de que algunos de los muebles —no todos: el sentido artístico de Montalvo parecía dominado por el más puro eclecticismo— eran de factura antigua y estaban muy bien terminados. El biombo Coromandel era una pieza exquisita —Beatriz había variado su ubicación en la sala, desde donde la luz arrancaba nuevos matices a las incrustaciones de nácar— y dentro de un baúl había aparecido una singular tropilla de ídolos japoneses en porcelana de edad indefinida y sospechosamente valiosos. Mario Menkell empezaba a entender el porqué del enfado del trapero, que se había visto bruscamente privado de la gestión de todos aquellos tesoros.

Beatriz y Mario habían establecido una suerte de rutina: al terminar las clases en la universidad, iban al piso y trabajaban allí durante un par de horas, no más, porque Beatriz había decidido que no era necesario someterse a sesiones maratonianas de clasificación y empaquetado. Luego cenaban juntos, en la casa o en algún restaurante cercano, y Mario se retiraba a eso de las doce, con el corazón agradecido a las veleidades de la fortuna y repitiéndose a sí mismo que nunca, en toda su vida, había sido tan feliz como en aquellas jornadas venturosas, cuyo catalizador había sido la muerte repentina de Fernando Montalvo. Sabía que aquella situación tenía los días contados, y que una vez que terminase la operación de acondicionamiento de la vivienda no volvería a ver a Beatriz más allá del universo de la LC, pero jamás pensaba en ello. Su vida anterior, la pertinaz ausencia de un futuro, habían enseñado a Mario Menkell a vivir en plena conciencia del valor del presente. Para él no había más porvenir que el de las próximas dos horas, y eso le permitía disfrutar de cada instante de lo que él consideraba una ocasión para la dicha.

Sin quererlo, sin ruido ni estropicios —como hacía todas las cosas—, había dado varios pasos en dirección a la vida de Beatriz. La había visto colocar sus ropas en el armario del dormitorio —operación para la cual no se atrevió a ofrecer ayuda— y descubierto en el cuarto de baño el pequeño universo de afeites que le llevó de golpe a los tiempos de su infancia, antes de que su madre enfermara, cuando el aseo estaba invadido de tarros de crema, lápices de ojos y muestras de maquillajes y perfumes. Beatriz había colocado sus potingues en alegre desorden, igual que hacía su madre, y, tal como hiciera siendo niño, Mario había realizado una tímida investigación sobre el contenido de aquellos botes, fascinado y sorprendido a la vez por aquel pequeño laboratorio de alquimia en el que se convertían los cuartos de baño de las mujeres. Había olvidado la curiosidad y el asombro que despertaban en él los tubos de máscara de pestañas y las cajitas de sombras de ojos, las barras de labios, las lociones limpiadoras. Descubrió entre el arsenal algunos productos cuya existencia ignoraba —la crema exfoliante para el rostro, el contorno de ojos de efecto nocturno— y al concluir la inspección se sintió vagamente culpable por haber examinado aquellos objetos que no eran suyos, hasta que cayó en la cuenta de que los botes de colores y las cajas nacaradas habían sido colocados por su propietaria en feliz exposición. Como su madre, quizá como todas las mujeres, Beatriz no ocultaba sus cosméticos, sino que se complacía en tenerlos a la vista de cualquiera. En exhibirlos.

Solían trabajar en silencio, a veces cada uno en una habitación, y sólo se interrumpían mutuamente para comentar un descubrimiento o consultar la conveniencia de guardar determinadas cosas. Aunque la primera intención de ambos había sido dejar todo en el trastero, Beatriz había ido abandonando poco a poco los planes iniciales, para iniciar una sensata recolocación de aquello que más le gustaba y condenar a la soledad de las cajas sólo aquellas cosas que no tenían ningún valor decorativo ni artístico.

Durante las cenas hablaban del pasado de ambos, aunque los dos sabían que Mario Menkell tenía más bien poco que aportar más allá de la infancia solitaria del niño tímido y enfermizo. Beatriz había vivido más, así que era ella quien llevaba el peso de la conversación. Pero, sabiamente y sin que Mario se diese cuenta, iba obligándolo a él a intervenir, a emitir juicios, a valorar hechos y comportamientos, a cuestionar incluso decisiones cuya consecuencia era ya irremediable. Menkell tenía —como sospechaba Beatriz— un raro sentido común que le permitía aquilatar sus opiniones y ser milagrosamente ecuánime a la hora de ponderar las cosas o a las personas. Desde su inexperiencia, desde su absoluta falta de contacto con el mundo real, Mario Menkell representaba el ideal del hombre justo. A pesar de sus viajes, de sus idas y venidas, de su paso por tres universidades distintas, Beatriz no había conocido nunca a nadie así. Cuando pensaba en ello, se decía también que el mismo Fernando Montalvo había debido ser un hombre muy distinto al resto de los mortales: alguien capaz de hacer de su casa un excéntrico museo de piezas disparatadas, pero también de demostrar un espléndido gusto a la hora de formar una colección de abanicos o de comprar muebles antiguos. No se lo dijo a Mario —sabía que la sola mención de aquella idea le causaría inquietud—, pero hubiera dado casi cualquier cosa por averiguar algo más sobre la vida misteriosa del suicida.

La ocasión se presentó unos días después. Tras la llamada de Aldo Bagameri, otros clientes de Fernando Montalvo telefonearon a la casa para interesarse por su paradero. Beatriz contestó una de aquellas llamadas.

—Siento decirle que el señor Montalvo murió hace quince días.

A la frase le siguió el silencio de rigor.

—Estaba segura de que había ocurrido algo malo. El profesor era una persona extremadamente seria. —Al otro lado del teléfono sonaba la voz de una mujer madura con un marcado acento eslavo—. Avisaba incluso si iba a llegar un poco más tarde de la hora fijada para empezar las lecciones. Por eso, en cuanto faltó dos días, supuse que sucedía algo muy grave. Aunque, claro, nunca imaginé que hubiese muerto. Supongo que uno nunca piensa en nada tan dramático.

Beatriz se dijo que la sintaxis y la dicción de aquella mujer parecían sacadas de una película de espías. Imaginó a su interlocutora en blanco y negro, mientras sonaba en una cítara la banda sonora de *El tercer hombre.*

—Siento haber sido yo quien le diera la noticia.

—A nadie le gusta hablar de cosas malas —contestó—. Por cierto, tras su última clase el profesor dejó en mi casa algún material de estudio. No sé si quiere usted recuperarlo... quizá por motivos sentimentales o...

—No, no... yo ni siquiera conocía al señor Montalvo... quédese usted con todo —iba a añadir «o tírelo», pero le pareció una falta de respeto y dejó la frase así.

—Muy bien. No le robo más tiempo, seguro que está ocupada...

—Perdone —Beatriz no pensaba dejar escapar tan fácilmente a una fuente de información—, hay algo que me gustaría saber... ¿De qué daba clase el señor Montalvo?

Hubo un silencio, y luego la voz pareció teñirse de un leve tono ofendido, idéntico al que empleaba ella cuando uno de sus alumnos le preguntaba quien era Ernest Lubitsch o si Ingrid Bergman había ganado algún óscar.

—De música, señorita. Fernando Montalvo era profesor de música. Un excelente profesor, por cierto. Y una buena persona. —Le pareció escuchar un suspiro—. En fin, ya no tiene remedio. Siento haberla molestado con mi llamada.

Y colgó. Beatriz tuvo el tiempo justo de anotar el teléfono de aquella mujer antes de que los números desaparecieran para siempre de la pantalla. Cuando Mario le preguntó por qué lo había hecho, dijo que había tenido un presentimiento. Él sonrió y se encogió de hombros. Ojalá todas las personas del mundo se limitasen a hacer eso cuando no entendiesen el comportamiento ajeno, había pensado Beatriz.

Claudio Saldaña estaba de un pésimo humor aquella mañana. Le dolía la pierna izquierda, y como meses atrás había sufrido un feroz ataque de gota, empezaba a temer que aquel pinchazo sordo fuese el anuncio de una nueva subida del ácido úrico. Pero no era la pierna, ni siquiera el temor a pasar otra vez siete días postrado en la cama —y dos semanas sin poder apoyar el pie en el suelo—, lo que le tenía preocupado, sino su último encuentro con Santiago Neves.

Meses atrás, el rector de la Luis de Camoens había propuesto a la editorial Millenio la inclusión de un máster en gestión editorial dentro del plan de estudios de la universidad. La LC proporcionaría un lugar físico para impartir las clases y toda su infraestructura para la evaluación académica, así como algunos profesores. Otros docentes serían contratados por la editorial, que además se comprometía a crear cuatro puestos anuales en prácticas para los estudiantes más aventajados. La idea había sido bien acogida: se elaboraron presupuestos rigurosos, se hizo un estudio de viabilidad, incluso una encuesta entre los alumnos para pulsar el interés por una disciplina tan concreta. El resultado había sido alentador, y Saldaña daba por hecho que el programa del máster podría presentarse a final de curso para empezar las clases en octubre, lo que suponía una nueva fuente de ingresos para la LC... y un motivo para tomar la delantera a otras universidades: la Luis de Camoens iba a incluir en su oferta académica unos estudios que no existían en ninguna otra universidad del país. Sabía que una consultora internacional estaba elaborando un ranking de las mejores universidades privadas de la Unión Europea, así que si conseguían dar a conocer la creación del máster antes de que se cerrara el dichoso estudio, la LC podría escalar varios peldaños en la clasificación general y, con toda seguridad, alzarse con el primer puesto entre los centros españoles. Eso significaría más publicidad para la Camoens, más solicitudes de plaza... y más ex alumnos orgullosos de su alma mater que estarían dispuestos a incrementar sus donaciones a la LC o a promover convenios de colaboración con empresas y organismos públicos. La pescadilla. La bendita pescadilla que llevaba años mordiéndose la cola. Y luego estaba él mismo, claro. Ya nadie dudaba de la excelencia de la Luis de Camoens, pero obtener el primer puesto en ese estudio daría a la universidad el espaldarazo frente a terceros, no digamos ya si conseguía colocarse entre los diez primeros centros a nivel europeo. Habría que administrar bien la noticia, pero la LC tenía un buen departamento de comunicación capaz de manejar sabiamente las buenas nuevas. El rector ya imaginaba los titulares... sí, incluso los pies de foto. Porque habría fotos, por supuesto, y su imagen se vería valiosamente reforzada.

Por eso era necesario que el programa del máster de edición fuese aprobado cuanto antes: para multiplicar las posibilidades de la LC. El inicio de un área de estudios ignorada por otras instituciones serviría para marcar la diferencia. Todas las universidades ofrecían la posibilidad de ampliar estudios de comunicación, de económicas, de derecho. Pero una especialización en el ramo editorial era algo muy atractivo por lo novedoso. El convenio con Millenio suponía la piedra angular de aquel proyecto: era necesario proporcionar a los alumnos un contacto directo con el sector, y si éste venía de la mano de la principal editorial española, las posibilidades de éxito se multiplicaban. La creación del máster también podría ser fuente de noticias, de entrevistas, de fotografías... Y él, Claudio Saldaña, el ideólogo, la mente pensante, el armadanzas, el factótum, estaría allí para explicar al país entero cómo la LC había dado el salto para zambullirse en un área de conocimiento hasta ahora ignorada como materia de estudios.

Al principio, Santiago Neves estaba muy volcado en el asunto... sí, incluso entusiasmado con la idea. Hasta hablaba de impartir él mismo alguna clase. Pero de pronto parecía haberse desfondado, como si el proyecto hubiese dejado de interesarle. En el último mes le había convocado a un par de reuniones, pero Neves había puesto alguna disculpa idiota para anularlas casi a última hora, dejando claro así que sus planes con la LC no estaban en la lista de prioridades.

Después de mucho insistir, Saldaña consiguió que Neves aceptase su invitación para un almuerzo en la universidad. Antes de comer, el rector se empeñó en cantar otra vez ante él las excelencias de la Camoens y de su cuerpo académico. Y fue entonces cuando —en mala hora— surgió el nombre de Mario Menkell y la alegría de

Neves se desató. Saldaña podía jurar que al editor se le había iluminado la cara al saber que aquel mentecato daba clase allí.

—No puedo creerlo. Llevo años intentando localizar a este hombre... llegué a pensar que se lo había tragado la tierra. ¿Has leído su novela?

No, Claudio Saldaña no había leído la novela de Menkell. En primer lugar, porque no leía a autores contemporáneos: el rector era de esos que juzgan que consumir lo escrito por treintañeros chupatintas cuando uno no ha leído las obras completas de Sinclair Lewis, de Bassani o de Vita Sackville-West es una forma estúpida de malgastar el tiempo. Y, en segundo lugar, porque no le parecía posible que alguien como Mario Menkell fuese capaz de crear algo digno de la atención de otros, menos aún de la suya. Lo había contratado sin conocerle —a instancias de un miembro de la Junta que también había caído rendido bajo el influjo de *Lo que me contó Bernard M.*— y lo había hecho porque necesitaba a un escritor más o menos conocido dispuesto a no cobrar demasiado y a pastorear a medio centenar de alumnos idiotas cinco veces por semana. Pero ni le interesaba Mario Menkell ni le interesaba lo que escribía.

—Cuando leí el libro de Menkell, me costó creer que se tratase de un autor primerizo. —Neves seguía empeñado en su panegírico particular—. Porque tiene oficio, ¿sabes? La mayoría de los autores necesitan escribir muchas novelas antes de llegar a una obra como *Lo que me contó Bernard M.*, que un novato aterrice con algo así es una cosa que ocurre una vez cada veinte años.

Claudio Saldaña sonrió con muy pocas ganas. Era evidente que Neves no había sido capaz de detectar su falta de entusiasmo ante el supuesto talento del profesor de escritura creativa, pero decidió no hacer patente su indiferencia hacia Menkell y la puñetera novela.

—Por eso le contraté. Aquí intentamos estar ojo avizor cuando surgen nuevos talentos. Por eso esta universidad está considerada entre las mejores de...

—¿Crees que podría conocerle? —Era evidente que no le escuchaba. Saldaña pensó que había algo casi infantil en la actitud de Santiago Neves. Le brillaban los ojos como a los niños que esperan en la cola para saludar a alguno de los tres reyes magos.

—Por supuesto. Suele comer en la cafetería. Vamos hacia allá si quieres.

Así que se hicieron las presentaciones. Como cabía esperar, Menkell quedó como un idiota, con sus monosílabos y sus balbuceos, pero Neves no pareció acusar la falta de brillantez del novelista, y se pasó el almuerzo hablando de *Lo que me contó Bernard M.*, sometiendo la puta novela a un aburrido análisis estructuralista, y repitiendo de memoria párrafos enteros, como uno de esos frikis que se aprenden los guiones de las películas de Jim Jarmusch. Para desesperación de Claudio Saldaña, todos sus intentos de reconducir la charla hacia el tema principal —el máster de edición— resultaron vanos. En ese momento, a Neves sólo le interesaba regodearse en la conciencia de haber encontrado a un escritor desaparecido, como si hubiese hallado por casualidad el mismísimo El Dorado.

—Pensar que lo había intentado todo para ponerme en contacto con Menkell... y voy a tropezármelo precisamente aquí. —Se llevó la mano a la chaqueta y sacó el teléfono móvil—. Perdona un segundo, Claudio, pero tengo que contárselo a Pilar... me gustaría ver su cara cuando... ¿Pilar? Sí, soy Santiago. Escucha, no te lo vas a creer... ¿sabes a quién me han presentado hace un minuto? A Mario Menkell. Que sí, de verdad... sí, claro que sí. Le he dejado mi tarjeta. Dice que no tiene nada, pero no me lo creo... Bueno, bueno, tranquila. Ahora, por lo menos, ya lo tenemos localizado. Gracias, gracias, yo también.

Y colgó.

—Es la directora editorial. ¿Sabes lo que me ha dicho? Que no deje salir a Menkell de donde está sin firmar un contrato.

—Cuánto entusiasmo. —Había algo venenoso en el tono de Saldaña, pero Neves no lo captó—. No creo que Menkell pueda imaginar que es capaz de levantar tantas pasiones.

Santiago Neves miró a Saldaña tan gravemente que éste empezó a pensar que se había excedido en su ejercicio de sarcasmo.

—No se trata de entusiasmo. —Los ojos del editor eran de un azul acerado y poco común—. ¿Qué crees, que soy uno de esos paranoicos que se mueren por estrechar la mano de un cantante o un actor? He editado la obra de tres premios Nobel de Literatura y conozco a todos los escritores mediáticos del mundo civilizado. ¿Te he contado que una vez cené con Salman Rushdie cuando todavía pesaba la *fatwa* sobre él? Uno tenía la sensación de estar jugando a la ruleta rusa...

Bueno, pensó Saldaña, ojalá vaya por ahí, ojalá se dedique a explicar con pelos y señales cómo eran los guardaespaldas de Rushdie, o cómo él miraba por encima de su hombro para asegurarse de que no llegaban los yihadistas en mitad del segundo plato.

—... He dormido en la casa de García Márquez en Cartagena, y fui el primero que publicó en español los libros de Doris Lessing. A estas alturas, no es fácil que me impresione. Pero resulta que yo no soy un lector cualquiera. Soy un editor. Y el dueño de la editorial. Un hombre de negocios, en definitiva. ¿Tienes idea de cuántos ejemplares de la nueva novela de Mario Menkell podrían venderse con una campaña de promoción adecuada?

Neves parecía algo molesto... sí, incluso enfadado. Claudio Saldaña se dio cuenta de que, en ese momento, el editor tenía la sensación de estar hablando con alguien incapaz de compartir sus intereses, no digamos ya sus preocupaciones. Y esa sensación no era buena. Pasó el resto de la comida intentando congraciarse con él haciéndole preguntas acerca de la novela de Menkell. El editor recogió el guante y pareció recuperar el buen humor, pero, muy a su pesar, Saldaña se dijo que el almuerzo había sido un completo desastre. Ni siquiera tocaron el tema del máster, y cuando al despedirse Saldaña habló de convocar una nueva reunión «para concretar cosas», Neves contestó que en los próximos días su agenda estaba atiborrada de compromisos. «Ya te llamaré yo», prometió, pero el rector estaba seguro de que no lo haría.

Aquella misma tarde hubo una reunión de la Junta, y a Saldaña no le quedó más remedio que reconocer que el proyecto del máster de edición estaba en punto muerto. Alguien propuso esperar un año para incluirlo en los planes de estudio, pero el rector estaba empecinado en comenzar las clases a principios del curso siguiente.

—Rector, alabo su determinación por sacar adelante este asunto... pero me temo que el tiempo se nos echa encima. No pretenderá presentar su máster cuando haya terminado el plazo de matrícula para el próximo curso.

Claudia Valle era una cuarentona de cabello oscuro y piel blanquísima, que hubiese resultado endiabladamente atractiva de no haber cometido la imperdonable equivocación de abusar del bótox. Ahora miraba al rector con sus ojos a la fuerza libres de arrugas, la frente lisa y brillante, las mejillas tensas como un tambor y una sonrisa neumática y apenas esbozada que tenía un innegable punto irónico. Saldaña entendió que estaba expresando las dudas de todos.

—No se preocupen. Es cierto que ha habido un pequeño contratiempo que lo ha paralizado todo... pero en quince días el acuerdo con la editorial estará cerrado y podremos abrir la convocatoria de plazas para comenzar las clases del máster en octubre.

¿Por qué había dicho eso? ¿Por qué no se había limitado a dar largas a la Junta, a hablar de una inminente solución del problema sin precisar tanto? ¿Por qué fijarse el maldito plazo de dos semanas? Al salir de la reunión había llamado a Santiago Neves que, por supuesto, no había cogido el teléfono. Al final consiguió hablar con su secretaria, que había estado como siempre amable y fría: sí, por supuesto que le daría su mensaje al señor Neves, no, por supuesto que no podía saber cuándo le devolvería la llamada. Al colgar se había sentido exhausto y desanimado. Su papel no era ése, se dijo, no era el de un tipo que corre detrás de un puñetero editor, por todos los santos, detrás de un puto imprimelibros, de un lameculos de autores, se llamen Salman Rushdie o Mario Menkell, él era rector de una universidad privada de prestigio, no uno de esos desdichados que tienen que rondar a las secretarias con zalamerías indignas para que un ser supuestamente superior se decida a cogerles el teléfono.

¿Por qué se había empeñado en el asunto del máster? Ahora se decía que había sido una ligereza por su parte, no ya poner la idea sobre la mesa, sino echar las campanas al vuelo antes de tiempo. Porque, aunque no lo había mencionado ante los miembros de la Junta, había sido digamos que poco discreto con respecto a los planes de la LC, y varias revistas especializadas habían recibido alguna información sobre el proyecto de ampliación de estudios de tercer ciclo para el curso siguiente. Y también, cómo no, los autores del jodido informe de calidad sobre las universidades privadas. Si todo se iba al traste, ¿qué pasaría con su reputación? Quedaría retratado como uno de esos papanatas que hablan más de la cuenta, que van por ahí dando tres cuartos al pregonero sin tener todo atado y bien atado. Y eso no sería bueno para él, ni para su carrera, ni para sus expectativas de futuro. Claudio Saldaña se sentía atrapado en un particular bucle melancólico. En sus circunstancias sólo cabía una posibilidad, y era la de huir hacia adelante: asegurar a la Junta que todo estaba bien, que faltaban unos pequeños detalles por concretar, que en dos semanas —¡dos semanas!— el máster de edición de la LC podría presentarse en sociedad.

Volvió a notar un latigazo en la pierna. Tal vez ahí estaba la salvación: en un problema de salud con todas las de la ley capaz de dejarle fuera de combate y apartado de la circulación durante cinco o seis meses. Claro que un vulgar ataque de gota no iba a ser suficiente, y no estaba en condiciones de fingir una enfermedad más grave. Desechada la idea de refugiarse en un hospital para escapar de la quema, volvió a comprobar su móvil para asegurarse de que estaba encendido. Santiago Neves seguía sin llamar. Él sólo disponía del número de su secretaria personal. Le molestaba bastante aquella muestra de desconfianza. En un principio pensó que quizá el editor era uno de esos seres particulares que se niegan a vivir atados a los caprichos de un celular, pero Neves llevaba siempre encima un elegante teléfono color gris grafito. Y el otro día no había reparado en anotar su número en la tarjeta que había entregado al alcornoque de Menkell.

Mario Menkell. En ese momento, el profesor de escritura creativa era lo único de toda la Camoens que interesaba a Santiago Neves. Qué curioso, pensó Saldaña. El tipo más insulso de toda la universidad era el único nexo de unión entre la editorial Millenio y la LC. Y en ese momento, mientras el dolor de la pierna le daba un nuevo pellizco, el rector vio que ante sus ojos se abría una ventana. Esa que dicen que abre el mismo Dios cuando el diablo cierra una puerta. Y él era creyente, por supuesto. Encendió el ordenador. Iba a escribir un correo electrónico a Santiago Neves. Y podía apostar casi cualquier cosa a que esta vez sí iba a recibir una llamada suya.

Quince días después del inicio de las operaciones de acondicionamiento, la casa de Fernando Montalvo había perdido su aspecto de zoco y empezaba a parecerse a un hogar. En el trastero alquilado se apilaban hasta veinte cajas llenas de objetos pulcramente inventariados en una nota pegada en la parte superior de cada envoltorio de cartón. En el caso improbable de que apareciese alguien reclamando alguna de las posesiones de Montalvo, no habría problema en localizarla de inmediato.

En la casa reinaba un orden nuevo. Libre de los objetos inútiles, de las colecciones demenciales y la sobreabundancia de mobiliario, las paredes respiraban, y el aire tenía espacio por el que circular. Beatriz había cambiado de sitio casi todos los muebles y, tras guardar tantas y tantas cosas que no servían para nada, había rescatado de la oscuridad de cajas y arcones todo aquello que le pareció digno de ser expuesto a la curiosidad del mundo. Habían encontrado una hermosa máscara veneciana ribeteada de un encaje tan fino que al principio pensaron que estaba hecho de papel, y también la miniatura de un pianoforte que resultó ser una antigua caja de música. Al abrirla, sonaban unas cuantas notas de una composición de Schubert distorsionadas por los muchos años de aquel artilugio, a pesar de lo cual Beatriz no podía evitar abrirla y cerrarla dos o tres veces al día. También dieron con una bolsa llena de rosas del desierto, y Beatriz seleccionó la más perfecta —la más grande, la de color más nítido— para colocarla en un lugar privilegiado.

La única pieza que no habían tocado era la que parecía corresponder al despacho de Montalvo. Fue idea de Beatriz: no necesitaba aquella habitación, así que prefería emplearse con el salón, los pasillos, el vestíbulo y los dormitorios. Así que el despacho permaneció cerrado y ajeno a las maniobras de civilización sufridas por el resto de la casa.

Mario y Beatriz trabajaban juntos en el piso seis días a la semana, un par de horas a diario, de forma intensiva los sábados. De lunes a viernes iban juntos a Chueca desde la universidad y en el coche de Beatriz —los ocupantes del autobús de la LC fueron los primeros en darse cuenta de la variación de la rutina del profesor Menkell—, y los sábados era Mario quien pasaba por la casa a partir de las cuatro para seguir con la tarea, aunque un par de veces Beatriz insistió en que llegase a tiempo para comer juntos. Era una cocinera discreta —sus habilidades se reducían a media docena de platos sencillos—, pero le divertía guisar, o al menos eso fue lo que le aseguró a Mario cuando éste esgrimió la intención de no molestar como disculpa para saltarse el almuerzo con ella. Así que los sábados de Mario Menkell se enriquecieron con fuentes de chipirones en tinta, pasta con salsa boloñesa o ternera estofada.

Las idas y venidas al piso, el vaciado de armarios y cajones, la redistribución de las cosas de Montalvo habían acabado por hacerse un sitio en la vida de ambos. Ninguno de los dos había pensado en qué ocurriría cuando terminasen la labor iniciada hacía casi un mes. Menkell, porque aquél era el primer período feliz de sus cuarenta y siete años y le parecía una pérdida de tiempo contaminarlo con presagios sombríos. Beatriz, porque ni siquiera se había dado cuenta de que las cosas de Montalvo y la presencia de Mario Menkell habían pasado a formar parte esencial de su rutina. Actuaba como si el resto de sus días fuesen a transcurrir así, buceando entre los objetos de un suicida, hablando y compartiendo sus pensamientos con un hombre tranquilo y dócil capaz de escuchar y emitir sólo las opiniones que se le pedían, y con un juicio tan extraordinario que Beatriz había llegado a pensar en secreto que una docena de personas como Mario Menkell serían capaces de poner en orden el mundo entero.

Beatriz decía que quizá la existencia desgraciada del escritor le había enseñado a valorar todo en su medida exacta, o tal vez su absoluta falta de experiencia en el mundo real le había obligado a aprender a ejercitar la lógica más aplastante. Había empezado a vivir a los treinta y tantos años, con una conciencia virgen de frustraciones y rencores. A su edad, por lo general, cualquier adulto suma ya una buena colección de malas influencias, sinsabores y miedos: los ingredientes para la desconfianza y el resentimiento. Mario no. Había estado tan solo que nunca nadie se había portado bien con él, pero tampoco nadie había tenido la oportunidad de portarse mal. Sólo su padre ausente le había dado pruebas de que las personas pueden ser crueles, pero él aseguraba que aquello había ocurrido hacía tanto que le costaba trabajo recordarlo. Beatriz decía que, en sus circunstancias —aislado durante años junto a dos mujeres impedidas que requerían toda su atención y prácticamente todo su tiempo—, Mario tenía dos opciones: una, volverse completamente loco; y otra, convertirse en un ser angelical, equilibrado y puro, como un ermitaño que después de pasar media vida en la soledad más absoluta se reincorpora al mundo con la calma y la paz del que sabe que es posible vivir al margen de todo.

Fue Beatriz la primera en darse cuenta de que el trabajo en la casa estaba prácticamente terminado. Una brigada de pintores había acudido a dar una capa de color a las paredes amarillentas en las que quedaban visibles cercos de las colecciones enmarcadas de Fernando Montalvo, y el fontanero había cambiado los grifos del baño pequeño, pues uno de ellos estaba roto. No había nada de sobra, ningún objeto desconcertante. Era como si el paso por el mundo de Fernando Montalvo se hubiese borrado para siempre. A veces, Beatriz notaba un pellizco de remordimiento, como si en realidad hubiesen hecho algo deshonroso al cambiar la fisonomía de aquella casa, que era lo único que quedaba del hombre que había vivido en ella.

Era sábado. La mujer de la limpieza había llegado a primera hora de la mañana para dar un repaso a las habitaciones, y las ventanas estaban abiertas para ahuyentar el olor a aguarrás que aún flotaba en el aire. Hacía un poco de frío: el viento del mes de abril entraba por los dos balcones del salón, y los radiadores estaban apagados. Mario no había llegado aún —eran las doce, y no se presentaba hasta pasada la una—, y Beatriz sintió algo parecido al pánico cuando pensó que se acercaba el momento en el que Mario Menkell no tendría necesidad de volver a la casa, ni ella una excusa para pedirle que lo hiciera.

Se dijo que era absurdo. Que, en su situación, el acabar con las operaciones de acondicionamiento del que sería su hogar suponía dar un paso adelante para retomar su vida donde la había dejado. Debería echar de menos a sus amigos. Debería estar preocupada por reconstruir su vida social —herida de muerte tras cinco años al lado de Baldo, que era huraño por naturaleza—, por conocer gente nueva, por tener citas con hombres, y uno o varios amantes. Y, sin embargo, había encontrado una rara satisfacción, un bienestar desconocido, en abrir y cerrar cajones, en guardar y rescatar objetos que no eran suyos, en recolocar en un espacio que le pertenecía sólo a medias todas aquellas cosas que habían sido seleccionadas por alguien a quien ni siquiera había llegado a conocer. Pero aquello había terminado. Todo estaba en su sitio. Los elementos inútiles dormían un sueño tal vez eterno en un trastero alquilado, y las cosas —las mejores cosas— se habían ganado un hueco en su nueva vida y en la nueva vida de la casa. El problema era que también Mario Menkell se había procurado un lugar en la vida de Beatriz Millares.

Por supuesto, él ni siquiera podía sospechar una cosa así. Dada la eficacia estajanovista de su trabajo en el vaciado del piso, cualquiera hubiese dicho que estaba deseando terminar la tarea para quitarse de en medio cuanto antes. Y no porque estuviese deseando perder de vista a Beatriz, sino por su convicción de que era ella quien estaba deseando que se largara. En aquellas cuatro semanas, Beatriz Millares había llegado a conocer a Menkell demasiado bien como para no adivinar que, sin un pretexto, no volvería jamás a la casa de Chueca, incluso aunque ella se lo pidiera. Tenía una tan pobre opinión de sí mismo que suponía que toda muestra de afecto por parte de terceros —incluso de la propia Beatriz— nacía de la necesidad, de la conveniencia... o de la lástima. Así pues, Mario Menkell desaparecería para materializarse sólo en los pasillos de la LC, en la cafetería atestada y siempre ruidosa, en la inhóspita sala de profesores, y la fuerza de la costumbre la arrojaría a ella de bruces contra la vida que espera a una mujer divorciada y atractiva. Una vida que, descubría de pronto, no le interesaba lo más mínimo. No quería ser otra vez la persona que ya había sido. No quería tener compromisos sociales, ni citas románticas sobre las que gravitaba de forma emocionante la opción del sexo. No quería cenar con desconocidos a la luz de las velas, no quería un polvo como fin de fiesta. No quería llamadas, ni cócteles, ni opciones de compromiso de ningún tipo. No quería encontrarse con otro tipo como Baldo, pues sospechaba que debía haber por el mundo decenas de clones de su ex marido esperando encontrar a mujeres incautas a las que dar gato por liebre. Quería estar con Menkell como habían estado hasta entonces. Al menos, por ahora.

Había, pues, que trazar un plan. Algo que alargase las jornadas en la casa, que justificase la necesidad de la presencia de Mario junto a ella más allá de los tiempos muertos que brindaba de forma mezquina la Luis de Camoens. Porque, aunque no lo hubiera reconocido ante nadie, menos aún ante sí misma, en sólo un mes la profesora Beatriz Millares se había enamorado del profesor Menkell, con sus gafas pasadas de moda, sus trajes mal cortados y su figura esmirriada y prescindible. Pero de momento no quería llegar más allá en la exploración de lo que empezaba a sentir: un cosquilleo difuso en una región indefinida e intangible. Sólo necesitaba encontrar cuanto antes la forma de encadenar a Mario al piso de Chueca.

Aquel sábado, Mario caminaba hacia la casa llevando en la mano una caja de bombones de licor. Beatriz había comentado que eran los únicos chocolates que le gustaban, y había comprado unos cuantos en una pastelería que vio al pasar. Iba pensando cómo justificar la entrega de los dulces: no quería que Beatriz entendiese que le estaba haciendo un regalo, pues eso podría incomodarla. ¿Quién era él para hacerle presentes? ¿Qué derecho tenía a agobiarla con detalles? Había tenido mucho cuidado con esas cosas. Por eso permitía que se alternasen en el pago de las cuentas cuando cenaban o comían en un restaurante, o resistía la tentación de comprarle los ramilletes de rosas pochas que les ofrecían en la mesa los vendedores indios. Se consideraba tan afortunado por disfrutar de aquellas jornadas cerca de Beatriz Millares, que por nada del mundo habría hecho nada que pudiese enturbiar aquella situación con la que, un par de meses antes, ni siquiera se hubiese atrevido a soñar.

Sabía que quedaba poco. El piso de Fernando Montalvo era ya un lugar mucho más que habitable: el trabajo de aquellas semanas lo había convertido en un verdadero hogar, acogedor y cómodo, donde no había un objeto de más ni de menos. Estaba llegando el momento de retirarse, antes de que la propia Beatriz lo invitase a hacerlo. A lo mejor por eso había comprado los dulces:

porque, de todos modos, ya no le quedaba mucho tiempo. En ese instante, siguiendo una repentina inspiración, abrió la caja y cogió uno de los bombones. Estaba relleno de chartreuse, aunque él no fue capaz de identificar el licor dulzón y algo pastoso que le manchó el dorso de la mano. Estaba intentando limpiarse cuando Beatriz abrió la puerta.

—Hola —se fijó en la caja—, ¿qué es eso?

—Bombones. Me apetecía chocolate. ¿Quieres uno?

—No. Bueno, sí, pero después de comer. Hice una tortilla y una ensalada.

Mario se paró al notar el olor de la pintura fresca.

—¿Ya han terminado?

—Sí. Queda muy bien. Ahora tienes que pensar en las otras reformas.

—¿Qué reformas?

La respuesta pareció desconcertar a Beatriz.

—Las que querías hacer para vender el piso... las reformas que tengo que vigilar...

—Ah, eso. —Mario se ruborizó. Había olvidado aquella conversación—. Pues, mira, no sé, pero me parece que de momento se va a quedar todo como está...

(No digas eso, imbécil. Ella está convencida de que su presencia en casa es necesaria para controlar las obras. Si cree que no hay que tocar nada, volverá a hablar de pagar un alquiler.)

—... excepto el baño grande. Ahí hay que hacer algo cuanto antes, ¿no te parece? El lavabo es del año catapún, y los azulejos tienen humedad en las junturas.

Beatriz respiró hondo y se animó a continuar la lista de supuestos desastres.

—Bueno... perdona que me meta, pero el baño no es

lo peor. La cocina está bastante vieja. ¿Te has fijado en el linóleo? ¿Y en los quemadores? —De pronto pensó que se estaba excediendo—. No es que sea indispensable, claro... pero, si vas a meterte en obras, quizá lo mejor sea hacerlo todo de una vez.

Mario se dijo que un dios generoso le estaba dando una moratoria que no estaba seguro de merecer pero que, desde luego, iba a aprovechar.

—Eso estaba pensando. Lo único es que... yo no tengo mucha idea. Ni buen gusto. —Se echó a reír—. De hecho, tengo un gusto pésimo. No quiero abusar, pero si pudieses echarme una mano...

—Claro. Además, me encantan esas cosas...

Era mentira, por supuesto. Ni le gustaba ocuparse de la organización de una casa, ni le interesaban las artes decorativas, ni veía que hubiese gran diferencia entre un azulejo y otro. Había vivido en apartamentos de alquiler hasta que se casó con Baldo, e incluso entonces había dejado que fuese él quien se encargara de todo lo tocante a la puesta a punto de la casa. A Baldo sí le gustaba hojear catálogos, comparar presupuestos y dar la tabarra en las tiendas. En fin, había llegado el momento de iniciarse en los arcanos del mobiliario doméstico y el alicatado de baños.

—Pues si te ocupas tú, vamos adelante...

—Ah, no. No te escaquees. —Beatriz meneaba la cabeza sonriendo. Qué joven es, pensó Mario—. Lo hacemos a medias. Luego no quiero reclamaciones, que ya sé yo cómo sois los tíos. Primero «yo prefiero no meterme», y después vienen las quejas, el llanto y el crujir de dientes. Te vas a comer tu parte del pastel, como está mandado. Y eso quiere decir patear tiendas, ver muestras y tomar decisiones. Lo haremos a medias.

En ese instante, Mario Menkell pensó que en el futuro la suerte iba a cobrarle con creces aquel nuevo giro de la rueda de la fortuna, pero ya se preocuparía de eso en su momento.

—Tú mandas. Pero te advierto de que no tengo ningún criterio.

Si supieses el criterio que tengo yo, pensaba Beatriz, te echabas a temblar. Pero no dijo nada, sino que volvió a mover la cabeza y dio un manotazo en el aire como si quisiese zanjar la cuestión.

—Ya, ya... anda, siéntate, voy a traer la tortilla. Se me ha quemado un poco por los bordes, pero creo que está buena.

Comieron juntos, ambos de excelente humor por la misma razón, aunque ninguno de los dos sospechaba de los motivos del otro. De pronto, había otra vez mucho que hacer. Beatriz calculó que el asunto de la cocina y el baño podía llevarles al menos un mes y medio. Seis o siete semanas recorriendo tiendas, hablando con proveedores, eligiendo grifos, azulejos y losas para el suelo... y luego vendrían las obras. Encontrar una brigada, pelearse con ellos, quizá despedir a los primeros aduciendo informalidad o torpeza, encontrar un segundo equipo de obreros... Dos meses como mínimo. Mientras, Mario escudriñaba discretamente todos los elementos del salón, examinando cada pieza por si hubiese algo susceptible de ser renovado. Las cortinas estaban viejas, pensó. Eran pesadas y seguro que atraían el polvo como la miel a las moscas. Y tampoco sería descabellado renovar el sistema de calefacción. En la finca había gas ciudad, y Fernando Montalvo tenía radiadores eléctricos, lo cual era una locura. Beatriz estaba segura de que a Mario le parecería bien colocar doble acristalamiento en las ventanas del salón para evitar el ruido de la calle. No es que hubiese mucho follón allí fuera, pero además serviría como aislante. En ese momento, Mario descubrió unos arañazos en el parquet del suelo... no era suficiente para justificar el acuchillado... pero en cuestión de quince días la casa se llenaría de obreros... de obreros descuidados, capaces de dejar pegotes de masilla y manchas de pintura, de pisar por donde no se debe, de olvidar botellas de disolvente que podrían derramarse... ¿Y los cristales biselados de las puertas, no deberían cambiarse por otros más modernos? ¿Y el espantoso gotelé que aún quedaba en los vestíbulos? Por no hablar de la necesidad de instalar aire acondicionado en el salón y el dormitorio. La casa debía de ser muy calurosa en los meses de verano. Mientras tomaban el café y los bombones, sin ponerse de acuerdo, sin decirse nada, ambos pensaron exactamente lo mismo: que, con un poco de mano izquierda, podrían dilatar lo indecible aquella nueva etapa.

En esas circunstancias, parecía muy poco necesario revisar el despacho de Fernando Montalvo. Era la excusa que habían esgrimido el uno frente al otro para justificar la presencia de Mario en la casa durante la tarde del sábado. Aquella habitación inútil que había permanecido cerrada mientras duraban las labores de prospección, selección y limpieza, constituía para ambos la postrera posibilidad de extender el tiempo feliz que terminaba. Pero, aunque tras el giro de la situación aquel despacho había dejado de tener interés, ninguno de los dos habló de variar los planes para aquella tarde, quizá para no despertar las sospechas del otro. Así que, después de acabar el café, Mario y Beatriz entraron juntos en el último reducto incógnito que quedaba en la casa.

El despacho de Montalvo era una pieza de unos quince metros cuadrados situada al fondo de la vivienda, con una única ventana —estrecha y pequeña— que daba al pequeño patio interior utilizado como tendedero por el resto de los vecinos. Dentro no había muchos muebles: una mesa grande y pesada con su correspondiente silla, un avejentado sillón de cuero capitonado de aspecto cómodo, un piano de pared —cuya presencia les hubiera sorprendido de no conocer la profesión de Montalvo— y un armario oscuro y bastante feo. En las paredes no había nada, como si el dueño de la casa se hubiese propuesto preservar aquel cuarto del vicio de la acumulación. Tampoco había adornos sobre los escasos muebles: sólo una escribanía de cuero encima de la mesa, y el necesario metrónomo sobre el piano. Todo el despacho era un ejemplo de austeridad, de rigidez incluso. Tanto, que resultaba difícil ubicarlo en el conjunto de la casa, con su abigarrada mezcla de muebles, recuerdos y colecciones inexplicables. Era como si Fernando Montalvo hubiese decidido construir un refugio donde ponerse a salvo de su propio *horror vacui.* Mario pensó con alivio que era una suerte haber encontrado otro motivo para seguir trabajando en la casa: en aquella habitación no había absolutamente nada que hacer.

Tardó sólo unos segundos en darse cuenta de lo muy equivocado que estaba. En realidad, fue cuestión de suerte que, tras examinar la pieza, Beatriz y Mario no se diesen la vuelta sobre sus propios pasos para concentrarse en sus planes inmediatos de modernizaciones y reformas. Pero las muchas jornadas de revolución y búsqueda habían despertado en los dos una suerte de deformación amateur, de curiosidad por todo aquello que estuviese cerrado. Después de un mes hurgando en las cosas de otro, en los secretos de otro, en la vida de otro, estaban convencidos de haber adquirido una especie de patente de corso que les daba derecho a abrir todas las puertas, a husmear en todos los rincones. Ya no había nada sagrado, nada que pudiera ocultárseles, ningún secreto que no tuviesen derecho a conocer en toda su extensión. Por eso se acercaron al armario, por eso Beatriz hizo girar suavemente la pesada llave metálica que estaba introducida en la cerradura hasta que la puerta se abrió poniendo ante sus ojos lo poco que quedaba oculto de las posesiones de Fernando Montalvo.

La vulgaridad externa del mueble no hacía presagiar el primoroso interior de marquetería que ocultaban las puertas. La mitad del armario era en realidad una pequeña estantería donde se ordenaban hasta un centenar de libretos de ópera de todas las épocas. También había partituras modernas y antiguas, casi todas de temas clásicos —además de un montón de pentagramas con canciones de los Beatles—, y una docena de libros biográficos de compositores célebres. La otra mitad estaba ocupada por pequeños cajones. En uno había programas de música —que identificaron enseguida como otra de las famosas colecciones de Fernando Montalvo—, en otro un montón de tiques de entrada a salas de conciertos —del Auditorio Nacional al Konzerthaus de Berlín o el Carnegie Hall neoyorquino— cuidadosamente amarrados por tirillas de goma. En otro había un buen número de pequeños instrumentos musicales de latón que eran en realidad aparatosos afilalápices. En otro cajón descubrieron catorce batutas, alguna bastante avejentada, y en otro diecisiete CD's correspondientes a otras tantas versiones de *La Bohème* de Puccini. Encontraron además media docena de diapasones y dos metrónomos estropeados, ocho púas de guitarra, un libro de figurines con todo el vestuario de *Las bodas de Fígaro*, unos cuantos programas modernos de zarzuela —Beatriz consideró que desentonaban bastante con el resto de los hallazgos— y cuatro juegos de prismáticos de teatro, uno de ellos claramente antiguo. En el fondo había tres partituras del tema *Night and Day*, de Cole Porter. Aquel armario debía de ser para Montalvo una especie de cofre del tesoro donde guardaba sus recuerdos personales, los objetos más queridos y relacionados con su modo de vida.

—Bueno, pues esto es todo. Creo que deberíamos dejarlo tal como está, aquí no estorba nada. —Menkell se inclinó un poco para volver a cerrar el armario, pero Beatriz le detuvo.

—Espera... hay otro cajón ahí abajo. Deja que lo abra.

Mario sonrió al detectar cierto entusiasmo en la voz de Beatriz. ¿Qué esperaría encontrar? A buen seguro, el cajón estaría lleno de papelotes sin valor o de alguna otra tontería inútil relacionada con la afición musical de su dueño.

—¿Qué es esto?

El cajón contenía una veintena de objetos distintos, todos etiquetados con un nombre y una fecha. Había un prisma de cristal, una pluma estilográfica, unas gafas bifocales, un cenicero cascado, una cajita de laca, una tortuga de bronce, un portaminas roñoso, una pequeña palmatoria con incrustaciones de esmalte, un abrecartas viejo... El hallazgo desconcertó a Mario. Todas las cosas de Fernando Montalvo estaban agrupadas según un criterio: animales, sombreros, vitolas, cajas, bastones, postales... pero estaba claro que no existía una pauta entre los elementos descubiertos. Las inscripciones no aclaraban mucho más: «Familia Hernando, 8 de julio de 1993»; «Familia Bagameri, 4 de marzo de 2001»; «Familia Cuenca, 24 de febrero de 1999», «Señora Schzerny, 6 de agosto de 1996»...

—Qué curioso... ¿qué crees que son?

Mario miraba aquellos objetos con la misma desconfianza que a una fiera dormida.

—Ni idea... —Se fijó entonces en la etiqueta de la estilográfica—. Espera... Bagameri... fue el primer hombre que llamó preguntando por Montalvo, ¿no te acuerdas? Dijo que daba clase a sus hijos.

Beatriz seguía sin apartar los ojos del contenido del cajón.

—A lo mejor son regalos que le hacían sus alumnos.

—¿Tú crees que le regalaban gafas de ver, trozos de cristal y un cenicero roto? No debía ser un profesor muy bueno si todo lo que le daban eran estas porquerías.

Ninguno de los dos había alargado la mano para coger alguna de las cosas que yacían sobre un fondo de fieltro verde, como el tapete de una mesa de billar. Se quedaron mirándolas, como esperando que fuesen ellas las que revelasen su propio secreto. Y fue Beatriz quien lo desentrañó, tras sentir el susurro de una inspiración angélica.

—Mario... son cosas robadas.

En su despacho de la editorial, Santiago Neves leía por séptima vez el correo electrónico enviado por el rector Saldaña. Pilar Sieiro estaba sentada con una copia frente a él. Era la directora editorial de la editorial Millenio, y también su amante desde hacía tres años, pero eso no tenía nada que ver. Cuando estaban en horas de trabajo se comportaban como lo que eran: un jefe y su empleada de confianza.

—¿Qué te parece? —dijo él.

—Que es un farol. No conozco a ese Saldaña, pero no me creo una sola palabra de lo que te dice.

—Yo sí que lo conozco. Es un gilipollas... bueno, no un gilipollas-gilipollas. Es una... una especie de megalómano. Muchas ínfulas, mucho blablabla, mucho «yo soy», «mi universidad es»...

—Entonces...

—Pues que no es alguien que me caiga bien, pero no me parece un farolero.

Pilar volvió a leer el correo, impreso en el papel reciclado que la editorial imponía para usar con los documentos sin importancia.

—No sé, Santiago. Es que me suena tan raro...

Neves leyó el correo, esta vez en voz alta y muy despacio, como si aquellas líneas tuviesen un significado oculto que pudiera desentrañarse con una lectura más atenta:

Querido Santiago, últimamente tú y yo hemos tenido algunos problemas para comunicarnos. Sabes de mi interés en firmar cuanto antes nuestro acuerdo de colaboración, y estoy seguro de que podremos hacerlo en cuestión de días. Como favor con favor se paga, yo me comprometo a asegurar que el profesor Menkell adquiera un compromiso firme con la editorial Millenio y os entregue su próximo original en el plazo que convengáis con él. Llámame cuanto antes para fijar los detalles de una y otra operación.

—«... asegurar que el profesor Menkell adquiera un compromiso firme con la editorial...» —repitió Pilar—. ¿Y cómo se supone que va a conseguirlo?

—Es posible que Saldaña sepa de Menkell muchas más cosas que nosotros. A lo mejor le ha dicho que está escribiendo algo... quizá tiene alguna influencia sobre él, y puede inclinar la balanza a nuestro favor.

Pilar se quitó las gafas y las puso encima de la mesa.

—¿Cómo es Menkell?

—Exactamente como nos habíamos imaginado. Un hombre tímido, inseguro, que detesta ser el centro de atención... el clásico ejemplo de un autor asustado por su propio éxito e incapaz de administrarlo. Está tan abrumado por lo que pasó con su primera novela que no se atreve a publicar una segunda.

—¿Quién fue el editor de *Bernard M.*?

—Germán Cifuentes.

—Menudo error.

—Eso pienso yo. Trabaja bien, pero no tiene mano izquierda. Cifuentes es bueno para entenderse con autores de best sellers, pero fatal para un escritor como Menkell.

Neves se puso de pie. Su despacho ofrecía un buen panorama del parque del Retiro, aunque él no solía perder el tiempo mirando por la ventana. No era un hombre insensible a la belleza ni nada de eso, pero cuando tenía tiempo libre —cosa que sucedía muy pocas veces— prefería no invertirlo en contemplar las vistas, como un pasmarote. Estaba convencido de que sólo la gente muy desocupada encuentra placer en la contemplación de las cosas que son familiares. Y él conocía bien cada piedra, cada árbol, cada gota de agua de las fuentes que podían contemplarse desde su codiciada atalaya.

—Muy bien, pues esto es lo que tenemos: un autor cuya próxima obra queremos publicar a toda costa, y un tipo que asegura estar en condición de ponérnoslo en bandeja... a cambio de que colaboremos con él en un proyecto a mayor gloria suya y de su universidad de pijos.

Era un buen resumen de la situación. Pilar volvió a ponerse las gafas, unas gafas de montura ligera que sentaban muy bien a aquel rostro anguloso de pómulos firmes, y apagó el móvil. Presentía que la reunión iba a prolongarse.

—¿Tú que dices?

—No sé, Santiago...

Pilar nunca había visto claro lo del asunto del máster. Nos vamos a meter en un berenjenal, había dicho al leer en el memorando los compromisos que Millenio iba a adquirir si se firmaba el acuerdo de colaboración. Todo aquello estaba muy bien sobre el papel, pero ¿de dónde iba a sacar tiempo para dar las clases el personal cualificado que la editorial se comprometía a aportar?

—Mujer, no creo yo que por dos horas semanales...

—¿Dos horas semanales? Y un cuerno. Ya sé yo cómo son luego las dos horas. Y en el mes de septiembre, pues muy bien porque por aquí está todo tranquilo. Pero ¿qué va a pasar cuando lleguen las épocas calientes, Santiago? ¿Las Navidades, las vísperas del Día del Libro, las semanas previas a la feria de Madrid? ¿Mando al jefe de marketing a dar una charla a veinte indocumentados? ¿A la directora de comunicación? ¿Planto todo lo que tengo aquí, que ya sabes tú lo que es, y me voy a la Luis de Camoens a explicar no sé qué leche sólo porque al tal Saldaña se le haya puesto en la punta del morro formar editores en su universidad exclusiva?

Pilar habría podido decirlo más alto pero no más claro. Y en el fondo tenía toda la razón. El compromiso de la editorial pasaba por proporcionar el profesorado de los seminarios de prácticas, y en Millenio había más trabajo del que la plantilla podía asumir en un horario —teórico— de diez a seis. Más de una vez, desde su privilegiado despacho con vistas al corazón de Madrid, había sido testigo de cómo la jornada laboral de editores y ayudantes, de responsables de prensa y hasta del personal administrativo, se alargaba incluso dos y tres horas. ¿De dónde iban a sacar el tiempo para dar clase si apenas lo tenían para cumplir con los objetivos del trabajo diario?

—Es que tú lo ves muy fácil, Santiago. Pero te aseguro que las cosas no son tan sencillas por ahí abajo.

Pilar había puesto el dedo en la llaga. Él no estaba ya en primera línea de fuego. No tenía que corregir galeradas, revisar originales, reunirse con autores o pelear con los agentes —ay, los agentes—, no tenía que hacer presupuestos ni desesperarse cuando llegaban las devoluciones, no era a él a quien llamaban los escritores cuando iban a la FNAC o a la librería de El Corte Inglés y no encontraban sus libros en la mesa de novedades, ni tampoco tenía que bailar el agua a los críticos, a los jefes de cultura o a los libreros. A Santiago Neves le encantaba la idea de dar una clase magistral de vez en cuando a un puñado de veinteañeros, alguno de los cuales —dos o tres, a lo sumo, pero algo es algo— le mirarían como a una leyenda viva del mundo del libro español: él, editor de Doris Lessing, amigo personal de García Márquez, de Álvaro Mutis, de José Saramago, capaz de desafiar a los terroristas islámicos compartiendo mesa y mantel con Salman Rushdie... Ay, pensó melancólicamente, habría sido agradable contar todas esas batallitas a un auditorio entregado, e imaginó a muchachas en flor de largas piernas y mirada lánguida sorbiendo sus palabras, fantaseando quizá con la posibilidad de tener una aventura con él, que era un editor a la antigua, de los que ya no quedan... quizá porque hacía mucho tiempo que había dejado de ser un editor.

Pilar sí lo era, y por eso veía las cosas con claridad meridiana. Él también lo habría hecho, en otro momento, en otra época, en un siglo distinto. Ahora, con los setenta años recién cumplidos, estaba felizmente instalado en su torre vigía de la octava planta, adivinando el edificio del museo del Prado y de la iglesia de los Jerónimos, y escuchando, amortiguado, el ruido del tráfico que llegaba desde la Puerta de Alcalá. Por eso le resultaba tan apetecible lo de empezar a dar clase, y estaba dispuesto a embarcar a la editorial en pleno en aquella aventura de final incierto. Pero allí estaba Pilar, su editora, su amante, su conciencia, para hacerle volver a la realidad, aunque fuese de una patada en el culo.

Debería haber llamado al rector de la LC en cuanto las cartas quedaron boca arriba y entendió que se había precipitado en su entusiasmo. Pero no lo hizo. No se le daba bien decir que no. Nunca había sido bueno en eso, ni siquiera cuando empezaba su trabajo en la editorial y tenía que rechazar el original de un autor. Además, en un principio no había visto más que ventajas a la propuesta de Saldaña. Sabía que lo más justo era reunirse con él para decirle la pura verdad: «Claudio, hemos estado estudiando el proyecto, y a pesar de lo mucho que nos gustaría trabajar con la universidad, en este momento no nos es posible por problemas de plantilla.» Pero eso habría supuesto admitir que no conocía al detalle su propia empresa. Y era lo último que Neves quería dejar claro ante Claudio Saldaña, quizá porque era una forma de admitirlo ante sí mismo. Cosas como ésa suponían las primeras notas del canto del cisne. Un aviso de la inminencia de la retirada. Así que —en una actitud bastante infantil— llevaba semanas dando largas al rector y posponiendo el momento de la ruptura definitiva. Pero entonces había hecho una visita a la Camoens y se había encontrado con Mario Menkell. Y eso lo había cambiado todo, o al menos eso pensaba él. Y a Pilar le pasaba lo mismo: conocía perfectamente la expresión de su cara.

—Tenemos que tomar una decisión.

—¿Por qué? ¿Crees de verdad que la única forma de hacernos con la próxima novela de Menkell es entrar en negocios con ese...?

—Saldaña. Claudio Saldaña.

—Como se llame. Si por cada novela que contrato tuviese que firmar un acuerdo de colaboración con una universidad, estábamos todos apañados.

Santiago Neves sonrió y se reclinó un poco más en el asiento.

—Pilar... ésta no es una novela cualquiera, y Menkell no es un autor cualquiera. Hace catorce años que no publica. No podemos abordarle como a los otros autores, y eso lo sabes tú mejor que yo, que estuviste meses tratando de ponerte en contacto con él. No tiene agente. No va a presentaciones ni a cócteles. No da conferencias. Por favor, si llegamos a pensar que no existía... ¿te acuerdas de eso?

Claro que se acordaba. De hecho, la no existencia de Mario Menkell se había convertido en la gran leyenda urbana del sector editorial.

—Sabes que podemos convertir esa novela en un negocio muy rentable —siguió Neves—, podemos...

—Vamos a ver, Santiago —Pilar le detuvo con un gesto—, ¿por qué le das tantas vueltas? Si estás seguro de lo que tienes entre manos, adelante. Eres el jefe. Más aún, eres el dueño. No necesitas consultar tus decisiones con nadie, ni siquiera conmigo.

A él le dolió el tono áspero de ella, su amarga declaración de principios. «Eres el jefe.» ¿No se daba cuenta de que necesitaba su ayuda? ¿De que, en aquel momento, le hacía falta un cheque en blanco? Tenía casi treinta años más que Pilar, y le quedaban mucha menos vida y muchas menos cosas por hacer. Sus errores eran ya más graves que los que podían cometer los demás, porque contaba con mucho menos tiempo para enmendarlos o para redimirse con un nuevo triunfo. Por eso necesitaba caminar de la mano de alguien y no se atrevía a tomar decisiones importantes. Años atrás hubiese firmado el acuerdo con la LC por la simple razón de que le apetecía dar unas cuantas clases y pasar un par de horas a la semana con chicos que podrían ser sus hijos... Ay, incluso podían ser sus nietos. Ya no actuaba de una forma autónoma, ya no era capaz de alardear de su poder ni siquiera ante sí mismo. Tenía autoridad para tomar cualquier decisión en nombre de la editorial Millenio, y, sin embargo, había reunido al equipo en pleno, había escuchado las opiniones de todos e incluso había pedido disculpas por precipitarse en sus primeras aproximaciones ante el rectorado de la LC. ¿Y Pilar se atrevía a recordarle que era él quien mandaba? Santiago Neves se sintió víctima de una profunda injusticia. Por fortuna, Pilar vio a tiempo la sombra que acababa de instalarse en sus ojos, y se dio cuenta de que había ido demasiado lejos en el sarcasmo.

—Por otro lado —intentó que su voz sonase distinta, recuperar el matiz entusiasta que empleaba al hablar de negocios—, la idea de hacerme con el próximo original de Menkell me seduce tanto como a ti...

—¿Entonces?

—Pues... que no me fío de ese hombre, Saldaña. —Volvió a echar mano del correo impreso—. Esto parece escrito por... por un mafioso.

Santiago se rió. Su risa —tenía una risa profunda y ancha, una risa madura y experta, la risa de un adulto, no la de un niño— quebró algo incómodo que se había instalado en el despacho, y tanto él como Pilar sintieron que ya no estaban caminando por un campo lleno de minas.

—Por eso tenemos que blindarnos —aclaró Neves—. Creo que Saldaña sería capaz de engañar a su propia madre si eso le reportara algún beneficio. Así que habrá que dejar las cosas claras: condicionaremos el apoyo a su condenado máster a la firma de un contrato con Menkell. Si no hay contrato, no hay ayudas, ni profesores, ni nada de nada. ¿Te parece bien?

Pilar se rindió, y empezó a hacer mentalmente una lista de todos aquellos que iban a convertirla en objeto de sus iras tras verse involucrados en los novedosos planes académicos de la editorial Millenio.

Desde el momento en que Beatriz emitió su teoría sobre la procedencia de las cosas que guardaba el armario de Fernando Montalvo, Mario había empezado a mirarlas bajo una nueva luz. De repente, todos aquellos objetos vulgares y en apariencia inofensivos habían adquirido un matiz amenazante. No eran cosas inocentes, cosas inocuas, simples cachivaches inútiles ocultos en un cajón. Eran símbolos del comportamiento delincuencial, pruebas irrefutables de la comisión de un crimen. En pocas palabras, el cuerpo del delito.

—¿Por qué dices eso? —Mario abrigaba la tibia esperanza de que Beatriz estuviese equivocada en aquella afirmación hecha sin titubeos, casi con el ánimo triunfal del que resuelve un enigma importantísimo.

—Pues porque está claro que son los clásicos chismes que se llevaría un cleptómano de las casas que visita. Cosas sin valor que cualquiera puede distraer en un momento de descuido, y que el propietario tardaría en echar de menos.

—Pero ¿para qué...?

—Pues está bien claro: es otra de las colecciones de Montalvo. La de «souvenirs» obtenidos en las casas de sus alumnos. Qué hombre más curioso, tu inquilino.

Beatriz no parecía molesta, sino más bien fascinada tras descubrir la particular faceta de mangante de Fernando Montalvo. Mario no sabía qué pensar: una vez más, se sentía superado por los acontecimientos. Miró de nuevo el fruto de los supuestos hurtos de Montalvo: el cenicero roto, el abrecartas viejo, el prisma de cristal —que provenía, seguro, de una lámpara—, las gafas, el portaminas... Eran cosas inútiles, sin más valor que el que quisiese darles la nostalgia o ese particular afecto que a veces surge, de forma inexplicable, entre una persona y un objeto.

—Bueno, pues un motivo más para demostrar que Montalvo era un tipo raro como un perro verde —dijo, y cerró el cajón.

—¿Qué haces? —Beatriz parecía sorprendida.

—Pues... no sé... dejar todo en su sitio. No necesitas el armario, ¿verdad? Así que para qué vamos a vaciarlo.

—Olvídate del armario. Estoy pensando en las cosas.

Mario se dijo que a lo mejor era una apreciación suya, pero le pareció que a Beatriz le brillaban los ojos.

—Hay que devolverlas, Mario.

—¿Qué? ¿Todas esas... mamarrachadas? ¿Crees que alguien está interesado en recuperar una palmatoria del año de la polka o... o un trozo de lámpara? Y, además... ¿cómo vamos a localizar a esa gente?

—No creo que haya muchos Bagameri en la guía telefónica de Madrid. A lo mejor nos puede dar los datos de los demás.

Él meneó la cabeza y recordó el tono desabrido y escasamente afectuoso de Aldo Bagameri.

—Pues mira, no creo que el tal Bagameri sea una de esas personas dispuestas a colaborar con el prójimo así, por las buenas. Y no sé por qué iba a tener él las direcciones de los otros alumnos de Montalvo. Además, ¿qué vamos a decirle? «Hemos encontrado un montón de trastos viejos entre los que creemos que hay algo que le pertenece. Si quiere recuperarlo, venga a la casa de su antiguo profesor de música que, por cierto, hace mes y medio se colgó de una de las vigas del salón.» Nos tomará por psicópatas. A lo mejor hasta llama a la policía. Imagínate. Es capaz de presentarse aquí con una pareja de la Guardia Civil.

Beatriz se rió con ganas, y agarró a Mario por la muñeca para detener su discurso desesperado. Él sintió un latigazo que le recorrió la espalda. Era la primera vez que alguien lo tocaba así, de un modo tan firme, en lo que le pareció el tibio sucedáneo de un abrazo.

—Pero Mario... no exageres... No tiene por qué ser tan complicado como tú te imaginas. Yo llamaré a Bagameri y le explicaré lo que hemos encontrado. Si él puede ayudarnos a dar con el resto de los alumnos, perfecto. Si no es así, ya se me ocurrirá algo. Además, ¿no ves que esto tiene una parte divertida? Si todo sale como yo espero, tendremos ocasión de conocer a algunos de los alumnos de Montalvo y, en consecuencia, podremos saber algo más de él.

—Pero ¿qué es lo que quieres saber?

—Mario... el escritor eres tú. Así que no me digas que no has pensado alguna vez que tu inquilino suicida parece un personaje de novela. Porque yo sí creo que este hombre podría haber salido de una película.

Mario Menkell seguía sin entender el empeño de Beatriz por jugar a Sherlock Holmes. Pero, antes de empecinarse en la negativa que le susurraba su sentido común —él no era un hombre de acción—, valoró la posibilidad que se le ofrecía de embarcarse en una especie de aventura junto a la profesora Beatriz Millares. Desde luego, localizar a los alumnos de Montalvo parecía mucho más atractivo que elegir azulejos o piezas para el baño.

—Anda, Mario, di que sí...

—Si tanta ilusión te hace... —Era necesario mostrar cierta pasividad, un notable desinterés. Beatriz sabía que no era de los que se entusiasman, y no parecía inteligente que atase cabos ante un repentino ataque de emoción—. Pero esto va a ser más complicado de lo que...

Beatriz ya no le escuchaba. Había sacado su móvil del bolso y estaba llamando al servicio de información para pedir el número del señor Aldo Bagameri, residente en Madrid. Hubo unos segundos de espera, y luego Mario entendió que no había buenas noticias: no existía ningún Bagameri en la guía telefónica. Beatriz frunció el ceño.

—Qué raro.

—A lo mejor sólo tenía móvil —aventuró Mario.

—No, no. —Beatriz hablaba con el aire serio de una experta—. En casa de una familia siempre hay teléfono fijo, y el tal Bagameri tenía hijos. Seguro que el número está a nombre de su mujer... Espera... ¿has mirado en la mesa?

¿En la mesa? ¿Y por qué iba a hacerlo? ¿Qué se supone que va a haber allí?, pensó Mario, pero se limitó a negar con la cabeza. Beatriz se acercó al escritorio y abrió los cajones. Revolvió en uno de ellos hasta dar con lo que parecía una agenda. Allí, en riguroso orden alfabético, escritos con una caligrafía primorosa que hacía pensar en el concurso de un maestro pendolista, estaban los teléfonos y direcciones correspondientes a los nombres que consignaban cada una de las cosas que yacían en el cajón. Ellos aún no lo sabían, pero aquellas cosas —o al menos una de ellas— acababan de convertirse en pieza fundamental de la existencia de ambos, pues iban a convertirse en inocentes prolongadoras del tiempo que les quedaba para pasar juntos. Ignorante del valor de su descubrimiento, Beatriz sacó su propia agenda, donde hizo un rápido inventario de cada uno de los objetos y de su propietario.

—Y, ahora, ¿qué hacemos?

—Ya está todo. Vamos a llamar. ¿Empezamos por Bagameri?

—No le va a gustar, te lo digo yo...

Pero Beatriz ya estaba en el salón, sentada en el sofá, con la agenda entre las piernas, tecleando el número de Aldo Bagameri. Mario supo que alguien había contestado porque el rostro de Beatriz se iluminó, y le hizo a él señales cómplices para que se acercara antes de poner el sistema de manos libres.

—Señor Bagameri... buenas tardes, deje que me presente, me llamo Beatriz Millares.

—Me da igual cómo se llame. No pienso comprar nada...

—¿Cómo dice? Ah, no, no, no se trata de eso.

—... ni quiero hacerme un seguro, ni abrir una cuenta en ningún banco, ni cambiar de compañía de teléfono. Y ya sé que es una mandada, pero diga a sus jefes que me parece impresentable que llamen ustedes a los domicilios de particulares para molestar con sus ventas telefónicas o... o lo que sea. Es un día festivo, joder...

Era evidente que Bagameri tenía ganas de soltar un

discurso reivindicando la sagrada paz familiar de los sábados por la tarde, o hubiese colgado de inmediato. Beatriz le dejó acabar: la filípica de Bagameri concluía con la amenaza de acciones judiciales.

—Señor Bagameri, estoy de acuerdo con usted, pero le repito que no quiero nada suyo. Es más bien al contrario.

—¿Cómo dice?

—Creo que tengo algo que le pertenece.

—Oiga, si es una broma de esas de la televisión...

—No, no... Mire, se trata de Fernando Montalvo.

Hubo un silencio.

—Ese señor está muerto.

—Ya lo sé. Yo vivo en su casa ahora. Y guardando sus efectos personales he encontrado un objeto que... bueno, que creo que es suyo.

Mario se dio cuenta de que Beatriz acababa de descubrir que lo que pretendía hacer no era tan fácil como parecía en un principio. Era una suerte que Bagameri no hubiese colgado ya el teléfono.

—¿Ha echado de menos una estilográfica de su propiedad en... en los últimos tiempos? —Beatriz se dijo que debía haber anotado las fechas que aparecían junto a cada objeto, que podían muy bien corresponder al momento del robo.

—¿Una estilográfica?

—Sí, una Parker de color azul... no muy nueva...

Parecía que Bagameri intentaba hacer memoria. Bueno, pensó Mario, por lo menos se lo está tomando en serio. Es un comienzo.

—Sssí... pero fue hace siglos... recuerdo esa pluma porque las colecciono. Era una mierda, con perdón. Me la habían comprado mis hijos en una tienda de segunda mano. Los críos, ya se sabe...

—Sí, claro. Bueno, pues la pluma está aquí. El señor Montalvo debió llevársela de su casa... por equivocación.

—¿Cómo dice? ¿Que Montalvo se llevó la pluma? Joder, mi mujer la estuvo buscando durante días. ¿Y por qué hizo esa gilipollez?

—No lo sé, señor Bagameri... ni siquiera conocía a Fernando Montalvo.

—Y, entonces, ¿cómo demonios sabe que esa pluma es mía?

El tono empleado por Aldo Bagameri no auguraba nada bueno. Hasta había elevado el volumen de su bonita voz de intérprete de arias. A Mario no le sorprendió: estaba esperando algo parecido. Hizo a Beatriz un gesto desesperado para invitarla a zanjar la conversación.

—Mire, es muy largo de contar. El caso es que esa pluma está aquí, a buen recaudo, así que si quiere recuperarla puede venir a por ella...

—¿Yo? Así que Montalvo me roba en mi propia casa y pretende que vaya en persona a recoger lo que es mío. Debería denunciarle.

—¿A Montalvo? Le recuerdo que está muerto.

Ahí le ha cogido, pensó Mario, y se dio cuenta de que a Beatriz le estaba dando la risa.

—A Montalvo y a usted. Sabía que no era trigo limpio en cuanto entró por la puerta, con aquella pinta de... de no sé qué...

—Bueno, mire, vamos a acabar con esto cuanto antes. Si quiere la pluma, le doy mi dirección y viene a buscarla. Al fin y al cabo, se la regalaron sus hijos. Lo lógico sería que prefiriese tenerla usted...

—¿Ahora me va a decir usted lo que es lógico y lo que no? ¿Sabe lo que pienso? Que está loca. Como Montalvo. Se lo dije a mi mujer desde el principio, este tipo está grillado. Un tío que llora cuando toca el piano no puede estar bien de la cabeza. Olvídese de mí y de la pluma. Que le aproveche. De todas formas, se estropeó la primera vez que le puse un cartucho de tinta.

Y colgó el teléfono. Beatriz colgó a su vez y se echó a reír.

—¿Te parece divertido? —Mario Menkell no daba crédito. ¿Qué había de gracioso en recibir un chorreo de insultos?

—¿A ti no? —Beatriz se limpió los ojos con un pañuelo de papel, y Mario se dio cuenta de que era la primera vez en la vida que veía a alguien llorar de risa—. Ha sido buenísimo. Ese hombre, Bagameri, hecho una furia, y tú poniéndome caras para hacerme colgar... Ay, Mario, hacía mucho tiempo que no me reía tanto... muchas gracias...

Y las lágrimas volvieron a resbalarle por la cara, pero esta vez el gesto de Beatriz se contrajo y Mario supo que era un llanto distinto cuyo origen se le antojó una incógnita. Mario Menkell no podía imaginar que Beatriz lloraba porque la risa había agitado en ella un fugaz soplo de la dicha que llevaba años sin experimentar. Intentó recordar cuándo había sido la última vez que se había sentido así y no lo recordó, quizá porque fue en la adolescencia, en la infancia, cuando la vida no podía volverse amenazante ni cruel, cuando nadie pensaba en la enfermedad, en el abandono, en el dolor, en las dudas, en la soledad, en el miedo. Beatriz se veía regresar al tiempo irreversible de los quince años, y el que Mario fuese testigo de ese regreso, que lo hubiese propiciado entregándole las llaves de la casa y de los secretos de Fernando Montalvo, hacía nacer en ella un sentimiento de eterna gratitud, de perdonable ternura, de afecto, y a qué negarlo, de amor en estado larvario, y al caer en la cuenta de que lloraba por eso siguió llorando con el pañuelo arrugado entre las manos y sin apartar sus ojos húmedos de los ojos de Mario Menkell mientras pensaba, por favor, por favor, que no me pregunte por qué lloro, que no me pregunte qué es lo que me pasa porque no se lo podría explicar y él no lo podría entender, al menos no todavía.

Por fortuna para ambos, Mario no era del tipo de hombre capaz de plantear cuestiones tan vulgares. La dejó llorar sin decir nada, y luego le tendió otro pañuelo de papel. Ella dejó de llorar y exhaló un suspiro de alivio.

—¿Mejor?

—Mucho mejor —dijo, y sonrió por fin—. Perdona, no sé qué me ha dado.

Mario la detuvo con un gesto. No quería saber nada.

—No te preocupes. En las últimas semanas te han pasado demasiadas cosas. Tenías que estallar por algún lado. Casi me alegro, estabas tan tranquila que no era normal... con lo cual no quiero decir que seas rara ni nada de eso, pero que lo lógico es dejarse llevar... vamos, digo yo. —Se estaba aturullando, como siempre. ¿No podía callarse y dejarla en paz, que es lo que hubiera hecho cualquier persona con dos dedos de frente?—. Mira, será mejor que me vaya.

—No... no, por favor. No me apetece estar sola. Además —le enseñó la agenda de Montalvo—, queda mucha gente a la que llamar. Y apuesto a que no todos van a ser tan antipáticos como ese Bagameri.

Pero Beatriz se equivocaba. Las familias a las que telefonearon se sorprendieron tanto como había hecho el primer encuestado, y todas también mostraron su indignación por el robo de un objeto, pese a que ninguno de ellos había dado importancia a aquella desaparición: una tortuga de bronce, una palmatoria, un portaminas, un trozo de cristal no son cosas que uno eche en falta si alguien se las lleva. Fue Esteban Hernando quien pareció más disgustado cuando Beatriz le comunicó el hallazgo de sus gafas bifocales.

—¿Que las tenía en su casa el profesor Montalvo? No me lo puedo creer...

—Tal vez las confundiera con las suyas —Beatriz intentaba siempre dejar la puerta abierta a una confusión.

—Eso no es posible, señorita. Estaban en un cajón, junto con las otras, y nunca salían de allí desde que murió mi padre. Las coleccionaba. Sí, ya sé que no es habitual, pero cada uno tiene sus aficiones. Otros juntan sellos. Mi padre tenía una colección de gafas antiguas... —se corrigió— bueno, antiguas no. Viejas más bien. No valían gran cosa. Pero eran suyas. Y Montalvo no tenía ningún derecho a llevárselas.

Era una verdad como un templo. Mario, que escuchaba la conversación gracias al manos libres, asentía con la cabeza y hacía señas a Beatriz para que no tratase de defender a Montalvo o de llevar la contraria al hijo indignado.

—Claro que no. Pero... bueno, el caso es que las gafas están aquí... puede venir a buscarlas o... si me da su dirección no me cuesta ningún trabajo mandárselas a su casa.

—Déjelo. En realidad ya no importa. Caí en la cuenta

de que alguien se había llevado esas gafas porque una vez al año mi mujer las saca para limpiarlas. Había veintitrés, y de pronto faltaban unas. Nos pasamos horas buscándolas. Hasta echamos la culpa a los niños, pensando que habían sido ellos. Lo que nunca se me ocurrió es que pudiese haberlas robado el profesor de música. ¿Para qué querría él unas gafas viejas?

—No lo sé...

—Ya. El mundo es muy raro. —Carraspeó para aclararse la voz—. Gracias por llamarme. En cuanto a las gafas, haga lo que quiera. Ni siquiera sé por qué sigo guardando las tonterías de mi padre... pero a veces cuesta trabajo deshacerse de las cosas, aun sabiendo que no valen para nada. Adiós, señorita.

Y colgó. Mario recordó mucho tiempo aquella extraña conversación, que se le antojó vagamente poética, y pensó que de todas las personas entrevistadas aquella tarde, el señor Hernando era la única a la que le hubiese gustado llegar a conocer.

El resultado obtenido del resto de las llamadas podría calificarse de irregular. Dos de las familias ya no vivían en el domicilio anotado por Montalvo, y, aunque una de las personas que cogió el teléfono resultó ser bastante amable, la otra se desató en improperios y dijo que estaba «hasta los cojones» de que llamasen preguntando por Manolo Campos, Antonio Campos, Vicenta Campos o cualquiera de los gilipollas que habían vivido en aquella casa antes que él y se habían marchado sin avisar a sus amigos de que aquel teléfono ya no era suyo. Otro les dijo que había que estar muy desocupado para llamar a desconocidos con semejantes encomiendas, y otro que no sabía de qué abrecartas le estaba hablando, pero que podía «ir a dar la lata con él a su puta madre». Incluso hubo uno —el representante de la familia Calvo— que les sugirió un par de orificios por dónde introducirse el cenicero desportillado que Montalvo se había llevado como recuerdo de su paso por la casa. Para compensar las salidas de tono, hubo una señora muy cariñosa que se empeñó en que se quedasen con un portaminas en señal de gratitud por las molestias que se habían tomado, para añadir después que nunca hubiese imaginado que el profesor Montalvo pudiese ser un vulgar ladronzuelo y que, de haber sabido que tenía interés en el portaminas o en cualquier otro objeto de la casa, ella misma se lo habría regalado con mucho gusto, pero ahora que sabía que se lo había llevado deseaba que ardiese para siempre en los fuegos del infierno, que es el castigo seguro que espera a los criminales tras el advenimiento del Juicio Final.

Eran casi las nueve cuando Beatriz anunció que sólo quedaba un nombre en la lista.

—Señora Schzerny... Es la propietaria del prisma de cristal.

Beatriz no dijo que había dejado adrede a aquella mujer para el final. Estaba convencida de que era la dama con acento eslavo que le había contado que Montalvo daba clase de música, y tenía la intuición de que con ella la conversación no iba a zanjarse con amenazas o imprecaciones. Era absurdo llegar a esa conclusión sólo por haber escuchado durante dos minutos aquella voz metálica y llena de matices, pero más de una vez había intentado inventar una excusa para volver a marcar otra vez su número telefónico, un número que había anotado casi al vuelo antes de que el teléfono se lo tragara para siempre.

—Schzerny... ¿qué apellido es ése? Ni siquiera puedo imaginarme cómo se pronuncia.

—Creo que es un nombre húngaro... espero que su dueña nos aclare algo más. Allá voy.

El teléfono sonó cuatro veces. De pronto Beatriz pensó que quizá era demasiado tarde para llamar a una mujer anciana —no tenía ninguna duda de quién era la señora Schzerny— y estaba a punto de colgar cuando alguien contestó.

—¿Quién es?

No esperaba esa pregunta tan directa. ¿Por qué no había contestado con un diga, o un hola, o...?

—¿Quién es? —repitió—. Hable, por favor.

—Señora Schzerny —¿estaría pronunciando correctamente?

—Yo misma. ¿Quién es usted?

—Beatriz... Beatriz Millares. Hablamos el otro día. Estoy viviendo en la casa de Fernando Montalvo.

—Ah, sí, ya la recuerdo...

—Perdone que la llame... es que estoy ordenando las pertenencias del profesor y... bueno, creo que he encontrado algo que debe de ser suyo.

¿Fue una risa lo que se escuchó al otro lado del teléfono?

—Un cristal tallado, ¿verdad? Sabía que el profesor lo había cogido, pero él siempre lo negó. No tenía pruebas de que hubiese sido cosa suya, ¿sabe? Era sólo una suposición. Así que no insistí. Le pregunté un par de veces y lo dejé estar. Además, yo ya no tengo ganas de discutir. Soy demasiado vieja incluso para eso.

Beatriz sintió que el corazón le latía muy fuerte. Ya no tenía duda de que la señora Schzerny era la mujer extraordinaria que había imaginado desde la primera vez que escuchó aquella voz que semejaba haber pasado por un filtro de materias preciadas.

—¿Quiere recuperar el cristal?

—Me gustaría, sí. Pertenece a una lámpara antigua. Intenté encontrar un repuesto, pero no fue posible. Ya nadie fabrica cosas así. Si me da su dirección...

—Oh, no, de ninguna manera. Yo... quiero decir, nosotros se lo llevaremos a su casa.

—No quiero molestarla.

—No es molestia, se lo aseguro. ¿Cuándo quiere que vayamos?

—¿El lunes está bien para usted? Mañana voy a estar fuera todo el día.

—Perfecto. Pero tendrá que ser por la tarde. A partir de las siete. Tengo anotada su dirección.

—La espero entonces. Y muchas gracias por su interés. Ha sido una suerte que fuese usted quien encontrara el cristal. Pero no me sorprende. Siempre he sido una persona bastante afortunada. Hasta el lunes, señorita...

—Millares. Beatriz Millares.

Mario Menkell había utilizado la pausa del café para acudir a la llamada del rector Saldaña. Pensó que a Beatriz le parecería raro no verle en la sala de profesores, y entonces fue él quien se extrañó al asumir que los encuentros entre ambos habían adquirido el matiz de lo cotidiano, el amable valor de la rutina. Dos meses atrás, la posibilidad de que Beatriz pudiese detectar su ausencia en las horas de descanso se le hubiese antojado una suerte de milagro.

Había recibido un correo de Saldaña nada más abrir su ordenador justo antes de entrar en clase. «Tengo que hablar con usted. Le agradecería que pasase por mi despacho en cualquier momento de esta mañana.» A Menkell no le sorprendió tanto la apremiante llamada de Saldaña como el tono vagamente amistoso del correo electrónico y la total disponibilidad para recibirle. Supuso que quería pedirle algo, como aquella vez, hace tres años, cuando le citó para que convenciese a un alumno de cejar en su empeño de convertirse en escritor: el chico era hijo de un empresario del sector de la aeronáutica, y su firme decisión de iniciar una carrera literaria amenazaba con llevarlo a descuidar los negocios familiares.

Menkell había accedido: en realidad, el joven no estaba en absoluto dotado para hacerse un nombre en el proceloso mundo de las letras. Había detectado una evidente falta de talento en el primer ejercicio escrito que le entregó, y las clases —a las que asistía con una atención y un entusiasmo conmovedores— no le habían servido para progresar lo más mínimo. Menkell aceptó el encargo del rector —entre otras cosas, porque no le quedaba más remedio— y habló torpemente con su alumno diciéndole sólo la cruda verdad: que, a pesar de su más que notable interés, su concienzudo esfuerzo en los ejercicios y su buena disposición, no tenía las facultades necesarias para convertirse en el novelista que soñaba ser. Lo hizo utilizando circunloquios y subterfugios, dando vueltas en torno a la misma y dolorosa idea, intentando en lo posible edulcorar el mensaje final, pero no había manera: aquel chico estaba tan decidido a dedicarse a la literatura, que las menores migajas del más somero elogio hacia su trabajo le hubiesen servido de acicate para perseverar en la tarea de convertirse en el rey de la ficción.

—¿Quiere decir entonces que, haga lo que haga, trabaje lo que trabaje, nunca seré escritor?

Menkell había meneado la cabeza sintiéndose pequeño y mezquino: el cobarde ejecutor de los sueños de un pobre muchacho que aún no había cumplido los veinte años.

—¿Cómo puede estar tan seguro? —Había algo conmovedor en la voz del chico, que seguía siendo frágil, próxima a romperse por los últimos estragos de la pubertad—. Quiero decir, no hemos hecho muchos ejercicios todavía... no he tenido ocasión de demostrarle lo que valgo.

Y acto seguido se había echado a llorar. Mario Menkell nunca había tenido peor opinión de sí mismo que en ese preciso momento. Intentó consolar al chico utilizando los mismos torpes tópicos de los que había echado mano con otros alumnos que, en un momento dado, le habían puesto entre la espada y la pared para obligarle a decir lo que pensaba de ellos y de sus trabajos: «¿Qué pasa conmigo, profesor? ¿Le gusta lo que escribo? ¿Tengo futuro? ¿Cree usted que publicarían mis cuentos, señor Menkell? ¿Que una editorial querría comprar mi novela? ¿Sí o no, profesor? ¿Sí o no?» Pero esa vez era distinto. Quizá porque, como intuía Mario Menkell, aquel chaval ilusionado y confundido no quería escuchar la verdad que a lo mejor ya sospechaba: sólo quería seguir soñando un poco más, pasar un poco más de tiempo varado en esa parte de la vida donde todo es posible. Y él, Mario Menkell, lo había expulsado de ese limbo inocente de una insobornable patada.

El haberlo hecho obligado por las circunstancias le consolaba un poco. ¿Cómo puede un profesor mediocre enfrentarse al todopoderoso rector de la universidad en la que enseña? Y, al fin y al cabo, no le habían pedido otra cosa que el que dijese la verdad. A veces, Menkell se preguntaba qué hubiese pasado si el alumno en cuestión no hubiese sido un completo zote al que tarde o temprano alguien —él, un editor, incluso otro alumno— hubiese tenido que desengañar para siempre. ¿Y si el hijo del dueño de una fábrica de aviones hubiese sido uno de esos discípulos que pueden llegar a hacerse un sitio en el mundo literario? ¿Qué habría hecho él, Mario Menkell? ¿Habría mentido al chico? ¿Se habría arriesgado a enfrentarse al rector, o al padre de la criatura? No lo sabía.

Y ahora, recordando la historia y repasando el texto del correo recibido, rogaba que Saldaña no pretendiese proporcionarle la ocasión de averiguarlo. De pronto se le ocurrió dar media vuelta y pretender que no había recibido el dichoso mensaje: esas cosas pasan constantemente. Pero enseguida se dio cuenta de que era sólo una forma estúpida de retrasar lo inevitable: Saldaña le encontraría más tarde o más temprano, y pondría sobre la mesa lo que quiera que pretendiese de él.

—Señor Menkell... me alegro de verle. —Angélica, la secretaria de Saldaña era una rubia bajita y guapa, que había aumentado considerablemente de peso en los últimos años llevándose así por delante una buena porción de su atractivo.

—Sí, bueno, el rector...

—Ya me ha dicho que iba a venir usted y que le pasase al despacho en cuanto llegara. Voy a avisarle.

Menkell tragó saliva. Saldaña no solía mostrarse tan accesible. Incluso aquella vez, cuando tuvo que hablar con el hijo del de los aviones, había tenido que esperar un buen rato en el antedespacho. La secretaria hizo un gesto amistoso.

—Entre, por favor. ¿Quiere un café, o alguna otra cosa?

—Nada, gracias. —Instantáneamente se arrepintió. Tenía la boca tan seca como si se la hubiesen llenado de serrín. Hubiera debido pedir un poco de agua.

El rector estaba sentado detrás de una mesa ligera y bonita, una mesa de cristal con patas de una aleación metálica de color verdoso que parecía provenir de algún jardín umbrío y eternamente húmedo, con árboles cubiertos de liquen y una fuente tapizada de musgo.

—Menkell... siempre es un placer verle. Siéntese, por

favor. Hay algo de lo que tenemos que hablar. ¿Todo bien en las clases?

—Sí, señor. .

—¿Cuántas horas imparte este año? ¿Veinte?

—Veintidós.

—Ah, sí, aquí lo tengo. Escritura Creativa I y II, Técnicas de Narración, El Ensayo como Género y el seminario cuatrimestral sobre Cuento Contemporáneo. No está mal.

Menkell no sabía a dónde pretendía llegar Saldaña con la enumeración de sus actividades académicas, así que se limitó a sonreír débilmente y a menear la cabeza en señal de asentimiento.

—Lleva usted catorce años con nosotros, ¿verdad?

A Mario Menkell no se le ocultó que la pregunta tenía trampa: Saldaña estaba al tanto de su fecha de incorporación a la Luis de Camoens, pues ésta se había producido en el curso de apertura de la universidad. A pesar de todo, confirmó la respuesta.

—Exactamente, rector.

—Eso es mucho tiempo. Es usted uno de los veteranos.

Las manos del profesor Menkell se cubrieron de un débil rocío. ¿A dónde demonios quería llegar Saldaña con aquellas cuestiones retóricas?

—Mire, Menkell, iré al grano. Sabe que estoy muy contento con el trabajo que desarrolla y... eh, los alumnos también están satisfechos, aun teniendo en cuenta el especial carácter de las asignaturas que imparte... no se ofenda.

—No me ofendo. —¿Por qué habría de hacerlo? Ya sabía que una clase de las suyas no podía compararse con una lección de Derecho Civil o de Macroeconomía.

—El caso es que he estado dando vueltas a su currículo académico... y, para serle franco, me ha sorprendido un poco que en estos últimos años haya... eh... haya limitado su actividad al ámbito de la docencia.

—¿Perdón?

—Quiero decir que no se haya ocupado usted de dedicar tiempo a la investigación. Ya sabe, asistencia a congresos, publicación de artículos en revistas especializadas, trabajos de campo en torno a alguna de las materias que imparte.

Menkell estaba profundamente desconcertado.

—Rector, las clases que doy son fundamentalmente prácticas. No tienen base teórica. Yo no soy un profesor al uso. Cuando me contrató sabía que ni siquiera he obtenido un doctorado...

Saldaña le detuvo con un gesto.

—Claro que lo sabía, y no me importó. Porque lo que quería de usted era precisamente que aportase a la universidad la... la frescura y la espontaneidad del mundo exterior. Usted podía dar a los alumnos cosas que nadie más estaba en condiciones de proporcionar. Un escritor famoso, reputado, con una novela de éxito... Una voz recién llegada que había puesto a sus pies a los críticos más duros... El autor de una novela que había revolucionado el panorama editorial español. Eso es más importante que todos los congresos del mundo.

—¿Entonces?

La mirada pretendidamente paternal que le dirigió el rector hizo que a Menkell se le encogiese el estómago.

—Pues que han pasado catorce años y está usted en el mismo punto que cuando le contraté. Y eso es algo difícil de explicar a la Junta, a los alumnos y a sus padres. Incluso a los otros profesores. Supongo que lo comprende.

Menkell se tensó tanto sobre la silla que Saldaña tuvo la sensación de que le habían aplicado una descarga eléctrica entre los riñones. Pensó que a partir de entonces tendría que obrar con mucho tacto, y se esforzó por intensificar el tono pacífico de su voz.

—Profesor... usted sabe que admiro su trabajo como novelista, y que estoy satisfecho con su labor docente. Pero se está estableciendo un agravio comparativo en perjuicio de sus compañeros de claustro. A ellos se les exige una actividad académica al margen de las clases, y durante catorce años usted ha vivido ajeno a esa exigencia. Ya sé, ya sé que no puedo pretender que vaya a congresos ni que escriba artículos en revistas científicas. Pero sí es preciso que me sea posible utilizar ante terceros que se han producido avances en su carrera...

—¿Qué clase de avances?

No, no es posible que fuese tan idiota. Sólo estaba haciéndose el tonto. O a lo mejor trataba de ganar tiempo.

—Pues más libros publicados, profesor. Otra novela. Una colección de cuentos. Incluso un volumen de poesía, qué demonios. Pero ¿qué es lo que ha hecho usted en estos años? Vegetar, y perdone la expresión. Vivir de las rentas de un éxito tan viejo que ya no puedo esgrimirlo en su favor cuando alguien habla de la conveniencia de sustituirle. Usted es escritor, Menkell, no un maldito funcionario. Y por eso le quiero en mi equipo. Pero no puede ponerme las cosas tan difíciles.

Saldaña se felicitó a sí mismo por la correcta construcción de su pequeño discurso: había emoción, fuerza, serena indignación, una oferta de complicidad, incluso palpables muestras de afecto y compañerismo. Frente a él, Mario Menkell le miraba con los ojos vidriosos y la expresión asustada propia de las personas muy tontas o muy tímidas. Saldaña sospechaba que Menkell era ambas cosas.

—¿Entonces?

—Entonces, profesor, le quiero manos a la obra. Para garantizar la renovación de su plaza de cara al próximo curso, necesito que ponga en marcha la contratación de una novela. Me trae sin cuidado cuándo se publique el libro, pero necesito una prueba de que existe el proyecto para confirmarlo a usted delante de la Junta.

—Pero... es que las cosas no son tan sencillas... quiero decir, el sector de la edición... la crisis...

—Profesor, no tengo ni idea de cómo está ese sector, y además tampoco me importa mucho. Bastante tengo con saber cómo funciona la universidad. Pero escuché lo que le dijo Santiago Neves cuando se lo presenté en la cafetería, y, por mucha crisis y muchas zarandajas, parece que la editorial Millenio estará encantada de ofrecerle un contrato por su siguiente obra. Estoy seguro de que serán muy flexibles en cuanto a las condiciones, los plazos de entrega y demás detalles. Así que empiece a trabajar y póngase en contacto con Neves cuanto antes. La Junta es dentro de diez días, y yo necesito algo que lanzarles para que se entretengan y evitar así que le despedacen a usted.

Era una metáfora brillante. O, al menos, eso pensó el rector antes de despedir a Mario Menkell con algo parecido a la cordialidad, mientras alegaba que tenía mucho trabajo pendiente aquella mañana.

Mario Menkell pasó el resto de la jornada en un estado parecido a la catatonia. Incluso los alumnos —que se hacían lenguas de su naturaleza despistada— se dieron cuenta de que le ocurría algo raro. Hubo alguno que se preocupó sinceramente —Menkell no lo sabía, pero era uno de esos maestros que caen bien a la mayoría de sus discípulos— y otros, menos misericordiosos, aprovecharon la coyuntura para tomarle descaradamente el pelo con preguntas absurdas del tipo «Tom Wolfe ¿es hijo o nieto de Thomas Wolfe?» o «¿Es verdad que Kennedy escribió un poemario dedicado a Marilyn Monroe?», que provocaron los clásicos ataques de hilaridad colectiva propios de la época juvenil. Envalentonado por el afán del profesor Menkell en responder cuestiones a todas luces destinadas al cachondeo, uno de los alumnos estuvo a punto de leer en voz alta para hacerlos pasar por suyos unos pasajes de *El molino junto al Floss*, pero no se atrevió a tanto, y la lección terminó en un ambiente de grata camaradería: la que se genera en un aula cuando los alumnos han conseguido hacerse con el dominio de la clase y aniquilan sin remedio la supuesta autoridad académica.

Era la hora de comer. Menkell se dirigió a la cafetería entre las punzadas de un persistente dolor de cabeza. Beatriz tenía una reunión de su departamento durante la hora del almuerzo, y le alivió la perspectiva de poder comer solo y dedicarse a pensar en el giro inesperado que había tomado su existencia, precisamente cuando las cosas llevaban semanas saliéndole tan bien.

Eligió un menú compuesto por crema de zanahoria y lasaña de carne, y se sentó en un rincón esperando que nadie necesitase del sitio libre que tenía enfrente. No hubiese soportado la obligación de mantener una charla informal con ninguno de sus colegas, ni siquiera con la misma Beatriz. La crema de zanahorias estaba tibia y un poco sosa, pero ni siquiera le apetecía levantarse a buscar un salero, y mientras la tragaba sin ningún placer —Menkell era de esos que se han acostumbrado a apurar cada cáliz por amargo que éste sea— empezó a dar vueltas a su conversación con el rector. ¿Qué había dicho exactamente? ¿Que le despediría si no aceptaba su propuesta? No, no era eso. Había dicho que no podría contener a la Junta si seguía sin avanzar en su carrera como escritor. Pero ¿qué carrera? Él no era escritor. Era un fraude. Un farsante que había dejado que los demás le tomasen por un novelista de éxito. Por alguien capaz de tramar una historia tan deslumbrante como la de Bernard M. Pero ninguna impostura es eterna, se dijo, mientras daba cuenta de la última cucharada de puré. Había sido descubierto, o lo sería en breve, cuando tuviese que confesar al rector que no estaba en condiciones de escribir otra novela ni nada parecido, y Saldaña lo transmitiese a la Junta, cuyos integrantes —al parecer— lo detestaban sin reservas, puesto que el rector aseguraba que querían despedazarle o algo así.

Mientras atacaba la lasaña —cuya bechamel grumosa la convertía en un plato muy poco apetecible, aunque el gratinado le otorgaba un buen aspecto y la salsa de carne no estaba del todo mal—, Menkell se preguntó por qué los miembros de la Junta albergaban hacia él tan atrabiliarios sentimientos. Después de todo, no era un tipo conflictivo, ni había dado problemas a la Camoens, ni ningún alumno se había quejado jamás de su forma de enseñar. De hecho, Mario Menkell estaba convencido de que los integrantes del equipo rector ni siquiera sabían de su existencia. ¿Quién era él, sino un pobre y oscuro profesor sin más ambición que la de dar sus clases y conservar su puesto de trabajo? ¿Por qué se cebaban precisamente en su persona? Es cierto que su currículum no era muy brillante... pero no percibía un sueldo demasiado elevado, y enseñaba bastante bien. De hecho, uno de sus antiguos alumnos acababa de obtener un premio literario de prestigio, otro era columnista de un diario de tirada nacional y otro había publicado un libro de relatos y obtenido una nominación al Goya como guionista. Entonces, ¿merecía de verdad un trato tan poco cordial, tan evidentemente severo?

Por otro lado, el rector tenía razón cuando decía que de un profesor de una universidad como la LC cabe esperar algo más que lo que Mario aportaba a la institución. Al fin y al cabo, cualquier escritor estaría en condiciones de hacer lo que él hacía: dar unas cuantas clases, enseñar a los alumnos los rudimentos de la escritura creativa, corregir textos, alentar vocaciones, estimular voluntades... y, la mayor parte de las veces, desengañar sin violencia a aquellos que, sin haber sido bendecidos por el don del talento, estaban empeñados en ser escritores. No pudo evitar una sonrisa amarga mientras masticaba la lasaña: en el fondo, él era igual que todos aquellos pobres chicos que escribían textos mediocres, textos sin alma, textos sin vida propia: un advenedizo. Un estafador. Por lo menos, sus alumnos se retirarían a tiempo y no llegarían, como él, al final de la impostura: la de hacer creer a los demás que eran capaces de ser escritores.

Aquellos jóvenes merecían algo más que a un pobre tipo que llevaba casi quince años viviendo de un solo libro, de una única historia. También la Universidad Luis de Camoens. La Junta no tardaría en encontrar a alguien capaz de sustituirle, a un escritor de verdad con tres o cuatro novelas en su haber y, sobre todo, con una carrera literaria en condiciones, con sus altibajos, sus crisis, sus éxitos y sus pequeños fracasos. A alguien que no sólo tuviese pasado, sino también un presente y un esplendoroso futuro hecho de historias que contar. Saldaña tenía razón. Los miembros de la Junta tenían razón. Había sido maravilloso enseñar en la LC durante catorce años, pero el sueño había terminado, y Menkell se dijo que debía estar agradecido a la suerte por haber podido vivirlo en carne propia durante tanto tiempo. Cuando acabó la lasaña, Mario Menkell estaba desanimado y hasta triste, pero había recuperado la paz interior que había perdido al creer que estaba siendo víctima de una profunda injusticia.

Se encontró con Beatriz justo antes de entrar en la primera clase de la tarde.

—¿Cómo te ha ido el día? Mi reunión fue espantosa: cinco adultos supuestamente responsables diciéndose cosas estúpidas los unos a los otros durante más de una hora y media. Una delicia.

Mario Menkell no entendía por qué las reuniones departamentales llegaban a alcanzar semejantes grados de tensión. Cuando participaba en alguna —lo que ocurría pocas veces, pues los profesores de asignaturas optativas no siempre eran requeridos— se limitaba a sentarse en un rincón y observar, entre incrédulo y alucinado, aquella absurda sucesión de ordalías en torno a la distribución de las aulas, los horarios y las fechas de los exámenes.

—¿Nos encontramos en la entrada a las seis y media? Ya he localizado la casa de esa señora Schzer... como se llame.

Menkell había olvidado por completo su cita con la alumna de Fernando Montalvo. De buena gana hubiese renunciado a hacer aquella visita diplomática que tenía, oficialmente, el propósito de devolver a aquella señora el prisma de cristal sustraído por el profesor suicida.

—Nos vemos después. Que te vaya bien.

Mientras Beatriz se alejaba, Mario Menkell pensó en cómo se las iba a apañar el curso siguiente, cuando, tras ser despedido, perdiese para siempre la oportunidad de ver a diario a la profesora Millares. Claro que para eso aún faltaban unos cuantos meses y, si actuaba con un poco de inteligencia, podría seguir arguyendo la necesidad de hacer nuevas reformas en la casa. De pronto se dio cuenta, con notable inquietud, de que si perdía su empleo en la universidad le iba a ser bastante difícil afrontar los gastos que ocasionaran las obras. Tenía algún dinero ahorrado, por supuesto... gastaba tan poco que casi toda su nómina, e incluso el alquiler que había pagado Montalvo, estaban depositados en una cuenta bancaria que rendía unos magros intereses a final de año. Pensó que, cuando su despido se materializase, tendría que echar mano de aquella cuenta para sobrevivir hasta que pudiese encontrar otro trabajo. No sería fácil que le ofrecieran algo en otra universidad, pero quizá podría presentarse a unas oposiciones. Mientras las preparaba, podría vivir del paro y de sus ahorros. Y con ese pensamiento a cuestas entró en su última clase del día con el firme propósito de prestar toda su atención a los alumnos que, sólo unas cuantas semanas después, dejarían de serlo para siempre.

La señora Schzerny vivía en uno de esos agradables chalecitos del barrio de Arturo Soria que algún inversor avispado compró a buen precio durante los años cuarenta, cuando el barrio estaba tan lejos del centro de la ciudad que casi nadie quería vivir allí. Con el paso del tiempo, aquellas casas habían ido adquiriendo el valor de pequeñas mansiones urbanas. Mientras el barrio crecía hacia el cielo y se multiplicaban los bloques de viviendas y las comunidades de vecinos obligados a compartir jardines y piscinas, residencias como las de la señora Schzerny se presentaban como idílicos oasis de intimidad y autonomía, donde cada propietario era dueño y señor de un envidiable reino de privacidad absoluta.

La casa tenía un jardín en la parte delantera. Un camino empedrado —en cuyos márgenes crecían rosales de té y tulipanes que estaban en plena floración— conducía a la puerta de entrada, que no tenía timbre, sino un anticuado llamador de bronce en forma de garra de león. Beatriz lo hizo sonar tres veces con el entusiasmo de quien cree estar cometiendo una travesura. Desde dentro llegaban, desordenadas, las voces de varias personas, y Mario Menkell se sintió algo desconcertado: sin saber por qué, había dado por hecho que la señora Schzerny vivía sola. La puerta se abrió, y una anciana majestuosa les sonrió desde el vestíbulo.

—¿Beatriz?

—Sí... le presento a Mario Menkell, es el propietario de la casa del... del profesor Montalvo.

—Tanto gusto. Pero entren, por favor.

Antes de que pudieran hacerlo, tres mujeres acicaladas como si hubiesen acudido a un té elegante salieron en tropel, dirigiendo a ambos un saludo distraído y no demasiado amistoso. Era evidente que la llegada de Beatriz y Mario había servido para interrumpir algo.

—Los lunes solemos jugar a la canasta —explicó la señora Schzerny—. Lo hacemos desde hace siglos. Es una forma de matar el tiempo como otra cualquiera.

—Lo siento, a lo mejor les hemos estropeado la tarde a usted y a sus amigas.

—Pues no lo sienta. No por mí, al menos. Llevan aquí desde las cuatro y media. Nunca tienen prisa por marcharse, pero yo no soy capaz de jugar más de dos partidas seguidas. Me cuesta concentrarme y contar los puntos es muy aburrido. Así que han llegado en el mejor momento. Pasen, podemos hablar en el salón.

La casa de la señora Schzerny era oscura y silenciosa, como habían imaginado, pero no parecía la vivienda de una persona mayor. Estaba decorada con un buen gusto estricto, con esa ausencia de cosas prescindibles que siempre ha cultivado alguna gente, y que sólo en los últimos años ha sido bautizada como minimalismo. El salón era una pieza irregular con un ventanal que daba al jardín trasero, y tenía pocos muebles, aunque todos de excelente factura. La única concesión al exceso parecía ser una pesada alfombra de colores rojos y tostados que cubría casi toda la pieza y en la que Beatriz fijó la vista sin mucho disimulo, quizá porque contrastaba con el resto de la habitación.

—¿Le gusta? —La señora Schzerny interpretó mal su interés—. Es turca. Mi padre aseguraba que era antigua y muy valiosa, pero cualquiera sabe. En fin, siéntense. ¿Puedo ofrecerles algo de beber? Un té, un café... había hecho chocolate, pero esas viejas brujas lo han terminado todo. No importa cuánto prepare, siempre acaban con él. Son como avestruces... o como los pavos navideños.

Mario Menkell pensó que su anfitriona hablaba como la heroína de una novela decimonónica. En realidad, toda ella parecía haber salido de un libro, con su pelo de un blanco azulado y aquel acento indescifrable.

—Señora Schzerny...

—Llámenme Anna Livia. A mi padre le gustaba Joyce —añadió, como si su nombre hiciese necesaria una disculpa—. Mi hermana se llama Molly. Mi hermano pequeño se llevó la peor parte. Le pusieron Leopold-Ulysses. Su niñez no fue muy fácil. Hay que tener cuidado con los nombres, ¿no creen? Uno necesita cierta edad para poder defenderlos. En un jardín de infancia de Budapest, alguien llamado Leopold-Ulysses no lo pasa demasiado bien.

—¿Es usted húngara?

—Así es. Vivimos en Budapest hasta que mi padre empezó a viajar. Era diplomático, de forma que pasamos media vida mudándonos. Cuando cuento esto todo el mundo dice ¡qué interesante!, pero no lo es. Vivíamos como nómadas, siempre sin echar raíces, sin poder hacer verdaderos amigos. No bien te acostumbrabas a una ciudad, ya aparecía el telegrama de rigor anunciándonos el traslado a otro rincón del mundo. Cuando llegamos a España, yo tenía diecisiete años y había vivido en seis países distintos. Un horror. Así que me dije, Anna Livia, ya eres mayorcita para que te sigan manejando. Cuando llegó el dichoso cable que reclamaba a mi padre en otra parte, yo ya había conocido a un hombre dispuesto a casarse conmigo. Entonces era una chica muy hermosa. ¿Me creen?

Ambos asintieron, entre maravillados y desbordados por el discurso de la desconocida.

—Pues hacen mal. No lo era en absoluto. Pero la ventaja de hacerse vieja es que todo el mundo tiene que fiarse cuando dices que en la adolescencia fuiste una belleza.

Así me consolaba yo a los quince años, pensando que cuando tuviese ochenta iría por ahí contando a la gente que en otra época había sido un bombón. Bueno, no me hagan caso, hablo demasiado... ¿lo han traído?

—¿El cristal? Claro. —Beatriz abrió su bolso. Había metido el prisma en una bolsa de terciopelo de las que usan para envolver los regalos en las tiendas de bisutería cara—. Aquí lo tiene.

Anna Livia recogió el objeto robado con una mano delgada y blanquísima, de dedos ágiles rematados por uñas pulidas y uniformes, perfectamente cortadas: las manos de una artista de cine clásico, pensó Beatriz, de una estrella de la edad dorada de Hollywood ávida de sostener un Oscar y destruir para siempre a otras actrices rivales. La señora Schzerny llevaba un precioso anillo con una rosa de Francia en el dedo corazón de la mano izquierda, y en la muñeca derecha lucía una rara pulsera hecha de caras de ídolos japoneses labrados en jade. Al levantarse para devolver el prisma a su lugar original —una araña de cristal más bien aparatosa que contrastaba con la limpia decoración de la sala— hizo una mueca de dolor.

—La edad no perdona, ¿verdad? Acabo de cumplir ochenta y uno.

Nadie le hubiese echado tantos años, pensó Mario, a la vista de aquel cuerpo menudo, elástico y presumiblemente firme, envuelto en un sencillo vestido negro adornado con una banda en la cintura. Al igual que sus invitadas, Anna Livia Schzerny vestía con una excesiva formalidad para una partida de cartas doméstica entre tazas de chocolate.

—Bueno, ayúdenme un poco. ¿Té o café? Oh, son ustedes demasiado corteses para elegir. Traeré las dos cosas. Denme un segundo.

Mario se sentía extrañamente cómodo en presencia de aquella mujer tan poco convencional. En cuanto a Beatriz, parecía estar disfrutando de lo lindo, y cambió con él un gesto de divertida sorpresa mientras agitaba la mano, como diciendo «vaya si vamos a tener cosas que comentar». Anna Livia volvió con un servicio de café y un plato con pastas.

—Había hecho lionesas, pero no queda ninguna. Esto es todo lo que han dejado. Deben de tener las arterias embotadas a fuerza de consumir mantequilla y cosas grasientas. En fin, allá ellas.

Regresó trayendo una tetera de cristal y una cafetera de porcelana. Se movía por la casa con una soltura envidiable, como si estuviese ejecutando algún paso de baile.

—Sírvanse ustedes mismos. Ah, el azúcar.

Y en un segundo volvió con un azucarero y un platito lleno de sobres de sacarina.

—Así que es usted el dueño de la casa donde vivía el profesor... no sabía que estuviese alquilado... claro que tampoco sabía que me había robado el cristal de la lámpara. —Se echó a reír—. Pero sospeché de él desde el primer momento. Oh, obviamente lo hice. Aunque no le dije nada a nadie. Si se lo hubiese comentado a mis hijas, hubiesen insistido en que le despidiera. Y sus clases me distraían mucho, de modo que...

—¿Qué enseñaba Montalvo exactamente?

—A mí me daba lecciones de canto. Tengo una buena voz. Había estudiado música durante doce años y hasta que me casé. Pasé por media docena de conservatorios llenos de profesores empeñados en convencerme de que podían hacer de mí una *prima donna.* Mis padres se llevaron un disgusto cuando supieron que lo dejaba. Pero estaba aburrida de hacer ejercicios vocales, y, además, dijeran lo que dijeran aquellos vejestorios, no tenía el talento suficiente como para sobresalir. Eso de que podía convertirme en una Callas era algo que intentaban hacer creer a mis padres para que no dejasen de pagar las lecciones. La música es prácticamente igual en todos los rincones del mundo, ¿saben? Así que matricularme en el conservatorio era una forma de tener algo que no cambiase en el próximo traslado. En cuanto me prometí, dejé de ir a clase. Que conste que lo hice por voluntad propia, ¿eh? Gustavo era un buen hombre. Estoy segura de que me hubiese permitido seguir estudiando. Pero, simplemente, yo no quería hacerlo. Cuando mi esposo murió, mis hijas me animaron a volver a empezar. Para que estuviese entretenida, supongo. Fue entonces cuando conocí a Fernando Montalvo y me convertí en su alumna.

—¿Cómo lo encontró?

—El profesor había dado clases de piano a una amiga de mi hija. Dijo que era muy bueno. Un poco raro, pero muy bueno. Claro que a mí eso de la rareza... en fin, nadie es demasiado normal en esta época, ¿no les parece? El caso es que nos presentó, llegamos a un acuerdo y recibí clases suyas dos veces a la semana durante todo este tiempo. Por eso, cuando dejó de venir, supuse que le había pasado algo malo. Hubiese debido llamar a su casa inmediatamente, pero imagino que en el fondo trataba de alargar el momento de recibir las malas noticias. —Hizo una pausa y meneó la cabeza—. Díganme... ¿cómo murió?

A Anna Livia Schzerny no le pasó desapercibida la mirada que intercambiaron Mario y Beatriz, y miró a ambos con unos ojos que exigían una respuesta sin concesiones a los paños calientes.

—Verá, señora Schzerny... el profesor Montalvo se... se suicidó. —Durante un segundo, Beatriz había buscado sin éxito un sinónimo que pudiese atemperar el significado de la palabra, pero Anna Livia no pareció asustarse.

—Vaya... qué lástima...

—¿No... no se extraña usted?

Ella se encogió de hombros elegantemente, en un ademán de displicencia casi juvenil.

—Pues no. A mi edad, uno no se extraña de casi nada. Lo cual no quiere decir que no sienta la muerte del profesor, ni las lamentables circunstancias que la rodearon. Pero, pensándolo bien, por lo menos el señor Montalvo se fue al otro mundo por voluntad propia. Sería peor pensar en... no sé, un accidente de coche, no digamos ya un asesinato.

Ni Mario ni Beatriz pudieron evitar una sonrisa ante la lógica aplastante de la señora Schzerny.

—¿Cuándo le vio por última vez?

—El jueves 24 de febrero. Teníamos una clase.

—¿Notó algo raro en él? No sé, si estaba preocupado, deprimido...

Anna Livia Schzerny les miró con cierta severidad.

—Pero, bueno, ¿son ustedes policías o algo así? El profesor era un hombre muy agradable, exquisitamente educado y, si hubiese estado triste o algo por el estilo, hubiese tenido la delicadeza de ahorrarme los detalles de su estado de ánimo.

Beatriz se reprochó el carácter inquisitorial que había dado a la conversación.

—Perdone. Es que... verá, Mario y yo llevamos un mes organizando todas las cosas de Fernando Montalvo, y es muy raro pasar el día rodeado de objetos que pertenecen a alguien de quien no sabes absolutamente nada.

La anciana ladeó la cabeza y sonrió como aceptando la explicación de Beatriz.

—¿Por eso han venido? Es una razón tan válida como otra cualquiera. Pero no sé si voy a resultar de mucha ayuda. El profesor Montalvo era un hombre muy reservado y casi nunca hablaba de sí mismo. Y yo no soy muy dada a preguntar. Ustedes, los españoles, son más directos para esas cosas. Pero yo soy húngara. Es tan extraño... He vivido en este país durante sesenta y cuatro años, y sigo pensando que pertenezco a otro sitio. Es la sangre. O la tierra, que tira de ella... mmm, perdonen, no estábamos hablando de eso... Lo que les interesa es el profesor... Tenía la carrera de música. Mi yerno le pidió el título oficial antes de que empezase a darme clases. Una completa grosería. Lo hizo a mis espaldas, claro, yo no habría consentido una cosa así. El caso es que el hombre nos trajo sus diplomas. Qué vergüenza, cuando me dio las fotocopias y me dijo si necesitaba una compulsa... en fin, qué le vamos a hacer. Un día me contó que había cursado sus estudios en el extranjero. Llegó a asistir a una clase magistral de Renata Tebaldi, ¿no es maravilloso? Y también recibió lecciones de Stefan Hauptf... estaba muy orgulloso de haber sido alumno suyo.

—¿Quién es Stefan Hauptf?

—Un violinista alemán. —Para sorpresa de Beatriz, fue Mario quien contestó—. Era uno de los mejores cuando estalló la segunda guerra mundial, pero perdió tres dedos en el frente y tuvo que dejar la interpretación. No sabía que se hubiese convertido en profesor.

—¿Qué otra cosa podía hacer? Lisiado y con cincuenta años, la enseñanza debió de ser su única salida... Montalvo hablaba mucho de Hauptf. Me dijo que seguían en contacto. Incluso le visitaba en Milán. Hauptf murió allí hace seis o siete años. Supongo que estaría hecho un carcamal. La verdad, no sé si merece la pena. Vivir tanto tiempo, quiero decir. —Anna Livia Schzerny miró su reloj de pulsera—. Oh, lo siento, pero tendrán que disculparme. Esta noche voy a un concierto y vienen a buscarme en cinco minutos. Ha sido un placer conocerles a los dos... aunque me temo que no les he servido de mucha ayuda.

Se volvió hacia Beatriz.

—Querida, gracias por traerme el cristal. Es usted una buena chica. Y no se preocupe demasiado. Las cosas siempre acaban arreglándose. Venga a verme otro día si le apetece. Pero llame antes. A veces no estoy en casa. Me encanta salir, ¿sabe? Dicen que a... a mis años, ésa es una buena señal.

Al salir, llegando ya a la verja del jardín, Mario y Beatriz se cruzaron con un octogenario alto y distinguido que, impecablemente trajeado, iba a todas luces a recoger a la señora Schzerny para compartir una velada musical. Se miraron, complacidos por la sorpresa, y luego, ya lejos de la casa, Beatriz se echó a reír.

—Oh, Dios, qué mujer tan extraordinaria... yo pensaba que íbamos a encontrarnos a una ancianita consumida, solitaria y rodeada de gatos... pero resulta que Anna Livia Schzerny es una especie de... de Katharine Hepburn del siglo XXI.

—¿Katharine Hepburn?

—O Bette Davis... o Gloria Swanson... alguien fantástico, en paz con sus años, con su vida. Ay, Mario, cuando sea vieja quiero ser como ella y tener un amante de mi edad que me lleve a escuchar música y se ponga corbata para recogerme.

Parecía de excelente humor. Mario no quiso imaginar a Beatriz con ochenta años. Era tan real en ese instante, con el sol de la tarde sobre el cabello cobrizo y aquellos ojos destellando entusiasmo... hubiese dado cualquier cosa por abrazarla allí, en aquel crepúsculo, cerca de la casa de la vibrante señora Schzerny. Pero no lo hizo. Sonrió con paciencia y recordó las extrañas palabras pronunciadas por aquella mujer: «las cosas siempre acaban arreglándose», había dicho, y de pronto la frase cobró el peso y el rigor de una antigua profecía. Mario Menkell sintió que algo se le aligeraba por dentro.

—Así que Anna Livia Schzerny te ha impresionado.

—¿Y a ti no?

—Puede. Pero no estoy en mi mejor momento. —Respiró hondo—. Van a echarme de la LC.

Beatriz se paró en medio de la calle.

—Pero eso es imposible... ¿qué es lo que ha pasado?

—Nada en especial. Mi currículum. No ha avanzado en quince años. Así las cosas, Saldaña dice que la Junta va a despedirme. Supongo que es normal. Esto es la universidad, no un ministerio donde uno se apoltrona eternamente.

Siguieron andando. Beatriz volvió a detenerse.

—¿Y no hay nada que se pueda hacer? No sé, hablar con los miembros de la Junta, o...

—¿Y qué les voy a decir? Saldaña asegura que la única

forma de evitar mi despido es tener una novela contratada antes de que termine el curso.

En la cara de Beatriz se dibujó una sonrisa de alivio.

—Entonces no es tan grave. ¿Cómo se llamaba ese tipo? ¿Neves? Estaba dispuesto a comprar cualquier cosa que escribieses, yo estaba allí cuando te lo dijo.

—El problema, Beatriz, es que no tengo cualquier cosa. De hecho, no tengo absolutamente nada.

—Pero ¿has intentado escribir algo en estos años?

Mario bajó la cabeza como si alguien le hubiese cogido en falta.

—No es tan fácil.

—No digo que lo sea. Pero si lo has hecho una vez... bueno, quiero decir que alguien que ha escrito una historia como *Lo que me contó Bernard M.* no puede estar incapacitado para seguir escribiendo.

Empezaba a hacer frío. El último sol había metamorfoseado el cielo de Madrid tiñéndolo de un raro color malva. Era un color precioso, pensó Mario Menkell, y la certeza de que aquella tonalidad se perdería al cabo de unos minutos la volvía aún más particular y valiosa. Era un buen momento para aclarar algunos asuntos, pensó.

—Beatriz... no sé por qué no te lo dije antes... pero *Lo que me contó Bernard M.* no puede considerarse mía al cien por cien.

Ella abrió los ojos y dibujó en el rostro claro una mueca extraña que alarmó a Menkell: Beatriz le estaba interpretando mal.

—No, no pongas esa cara, no es que la novela la haya escrito otro. Es sólo que... Vaya, que la historia no se me ocurrió a mí.

—¿Entonces?

—*Lo que me contó Bernard M.* es una historia real. Bernard M. era mi tío... bueno, una especie de tío abuelo, o algo así.

—¿Bernard M. existió?

—Ajá.

—Es para morirse —suspiró ella—. Pero has hecho bien en no contarlo. Si hubieses querido hacer pasar por real toda esa historia, nadie la hubiese creído.

—Eso pensé yo. Por eso me hace gracia leer las críticas: «imaginación desbordante»; «trama irresistible»; «Menkell es un genio de la fabulación». Ya ves. No hay el menor mérito en lo que hice. Me limité a transcribir una historia que me habían contado a mí.

—Mario... tú eres el profesor de escritura... no tengo que decirte que hace falta algo más para escribir una novela. ¿Es eso lo que les enseñas a los chicos? ¿Que lo único que necesitan es un argumento abracadabrante?

Menkell se echó a reír, y Beatriz le siguió, pero sin ganas. Todo lo que ella quería era hacer más confortable el ambiente inhóspito de aquella calle solitaria y batida por el viento, donde Mario le estaba confesando su último y pequeño secreto con la candidez de un niño que se cree culpable de algo tremendo que sólo a sus ojos tiene una verdadera importancia.

—Ya sé que no es lo único... pero es el principio, Beatriz. Al menos lo es para mí. ¿No te das cuenta de que no tengo nada sobre lo que escribir? Mi vida ha sido... bueno, ha sido igual durante más de treinta años. No me ha pasado casi nada. No he conocido a demasiada gente. No he viajado, no he tenido amigos. No me han engañado ni me han hecho sufrir, y nunca he sido una persona desdichada, pero tampoco un hombre feliz. ¿Qué voy a sacar de mi vida, Beatriz? ¿Crees de verdad que alguien como yo está en condiciones de contar algo capaz de llamar la atención de los lectores? He tenido mucha suerte al ser sobrino de Bernard M. De no ser por él, ni siquiera hubiese escrito una novela. Y no quiero imaginar cómo sería entonces mi vida. Así que me doy por satisfecho. Es más de lo que cualquiera, en mi situación, se hubiese atrevido a pedirle a la suerte.

Beatriz le escuchaba con la boca entreabierta, aleteando las pestañas, aunque Menkell no supo interpretar ese movimiento de mariposa con la llegada de las lágrimas. Por eso se sorprendió al ver llorar a Beatriz Millares, porque no entendía qué demonios podía haberle conmovido. No podía imaginar que nunca, en toda su vida, Beatriz había querido tanto a nadie como le estaba queriendo a él en aquel momento, a él, que era capaz de reconocer sus debilidades y sus miedos, de desplegar delante de ella el triste abanico de su pobre existencia, de una vida libre de pasiones, de alegrías, de motivos para la emoción, de campos de pruebas para los sentimientos, para la exploración de las reacciones. Frente a las lágrimas de Beatriz, Mario Menkell se sintió ajeno y torpe, inválido, mudo, pero hizo lo único inteligente que podía hacer, lo único que Beatriz necesitaba que alguien hiciera: le secó las lágrimas con los dedos y le dirigió la sonrisa torpe que era su seña de identidad sin preguntarle por el motivo último de su llanto.

—Es la tercera vez que me ves llorar. Debes pensar que soy tonta... tonta de remate.

—Qué va.

Se echó a reír, esta vez de verdad, y apretó la mano de Mario, levemente húmeda aún por las lágrimas de ella.

Luego suspiró, como hacía cuando era niña y quería recuperarse cuanto antes de una llantina.

—Mario... yo no sé si es fácil o difícil escribir una novela, ¿de acuerdo? Bueno, imagino que debe de ser dificilísimo, y estoy de acuerdo contigo en que lo más importante es tener una historia en condiciones. Tú heredaste la de tu tío Bernard y escribiste con ella un libro que dejó a todo el mundo entusiasmado. No has vuelto a escribir nada desde entonces, ¿vale?, porque dices que no tienes nada sobre lo que escribir. Muy bien. Lo que no entiendo es cómo no te has dado cuenta de que en tu vida ha aparecido un nuevo Bernard M.

—¿Perdona?

—Fernando Montalvo, Mario. Ahí tienes tu historia. Un tipo que se suicida y deja una casa llena de cosas raras. Un tipo que es profesor de música y se dedica a robar chucherías de las casas en las que trabaja. Un tipo que ha recibido clases maestras de Renata Tebaldi y de... de ese violinista como se llame que se ha quedado sin dedos en la guerra...

—Es interesante... pero no llega para una novela.

—Supongo. Por eso tenemos que encontrar las piezas que faltan. Porque algo me dice que Montalvo nos reserva todavía algunas sorpresas. Y me apuesto cualquier cosa a que la vida de tu inquilino es suficiente para escribir un libro que hará volverse loco a ese hombre de la editorial.

Mario meneó la cabeza como sopesando la idea.

—¿Y cómo vamos a enterarnos de todo lo que falta? Ya escuchaste a Anna Livia, Montalvo nunca hablaba de sí mismo, o al menos no con ella. Lo que es yo, no pienso hacer una nueva ronda de llamadas. Bagameri es capaz de avisar a la policía si volvemos a mencionarle a Montalvo.

Beatriz volvió a apretar la mano de Mario Menkell.

—Pues porque tenemos sus cosas, Mario. Todas las cosas de Fernando Montalvo. Sólo hay que buscar entre ellas. Es imposible que no haya dejado alguna pista que nos permita continuar. Así que ya empiezas a tener una historia... y puede ser tan buena como la historia de Bernard M.

El rumor de que el profesor Menkell había sido amenazado con el despido si no era capaz de comprometerse a escribir una nueva novela recorrió en cuestión de horas cada una de las aulas de la LC. En un lugar donde la lucha contra los secretos había sido considerada de prioridad máxima, era absurdo pensar que una noticia así iba a mantenerse en la clandestinidad. Con todo y eso, el rector no podía entender por dónde se había filtrado la buena nueva: no había comentado el asunto con nadie distinto al propio Menkell, y le parecía difícil que el interesado hubiese difundido la conversación que mantuvieron en el despacho. Mario Menkell no era de esos tipos que van cacareando las cosas. Entonces, ¿cómo? Claudio Saldaña era incapaz de comprender el funcionamiento del sistema pernicioso que él mismo había creado y, desde luego, no podía imaginar que su secretaria —su propia secretaria— estuviese dispuesta a pegar el oído a la puerta de su despacho para escuchar una conversación que sospechaba interesante. Pues de esa manera pedestre había conocido la comunidad universitaria el ultimátum del rector al profesor Menkell: merced a los esfuerzos de una auxiliar administrativa con oído de tísica y suficientemente ágil —a pesar de sus kilos de más— para abandonar en un segundo su bochornosa posición de espionaje y regresar a su mesa dibujando en el rostro una expresión de inocente ausencia propia de los seres a quienes no interesa lo más mínimo lo que está ocurriendo a su alrededor.

El caso es que la secretaria del rector contó lo que había oído «por casualidad» a la secretaria del Departamento de Historia, y ésta lo refirió a su hermano, que era profesor asociado en la Facultad de Derecho, quien lo comentó con el decano de la Facultad de Económicas, que no tardó ni cinco minutos en poner la historia en conocimiento de su hija, que era alumna de Menkell. No era propio del decano Almansa hablar a su querida Bárbara de asuntos internos de la universidad, y en condiciones normales jamás hubiese puesto tan jugosa novedad en su conocimiento. El problema es que la hija de Almansa llevaba una semana sin dirigirle la palabra tras su negativa a subvencionar a la joven unas vacaciones en las Bermudas con un grupo de amigas. Haciendo gala de una terquedad de la que sólo se es capaz a los veinte años, la viajera frustrada había decidido castigar a su padre con la tortura del silencio, y éste sabía que sólo lanzando una noticia sensacional podía regresar del exilio verbal al que había sido enviado por su única y adorada hija. Mientras le contaba lo que sabía y su corazón oprimido por el ostracismo iba liberándose poco a poco, el decano Almansa se dijo que ojalá su situación económica le permitiese enviar a las Bermudas a aquella preciosa criatura de cabellos dorados. Su mujer tenía razón, reconoció para sí, no había sido tan buena idea matricular a la niña en la Luis de Camoens, donde estaba rodeada de jóvenes cuyos padres podían sufragar vacaciones de lujo en el fin del mundo. El sueldo de un profesor no daba para tanto, y menos si se tienen tres hijos y una ex mujer codiciosa.

—Bárbara, recuerda que no puedes contar nada...

La joven miró a su padre de hito en hito como si acabase de decir una solemne estupidez, y luego sonrió.

—Ay, papá... entonces, ¿de qué me vale saberlo? No te preocupes, ya sabes que en la LC no hay secretos.

Y le dio un beso en la mejilla antes de marcharse. El decano Almansa supo que su revelación no tardaría en ser aireada, pero, por otra parte, las hostilidades con su hija estaban felizmente rotas. En conjunto, había merecido la pena.

Bárbara Almansa sólo necesitó un intercambio de clase para compartir la noticia con el resto de los alumnos. El rector había amenazado con la expulsión al profesor Menkell si no escribía una nueva novela de inmediato.

—¿Puede hacer eso?

—Supongo. Es el rector, ¿no? Puede hacer lo que le dé la gana.

—Pobre Menkell. ¿Quién vendrá en su lugar?

—Vete a saber. Una de esas brujas feministas con los sobacos sin afeitar. —Laura Gálvez tenía muy claras las coordenadas de lo que debe ser una verdadera dama—. O un vejestorio llegado desde la Real Academia que se ponga como una moto cada vez que escribamos la palabra «guay».

—¿Tú escribes «guay»? No me extraña que el profesor no te ponga más que un aprobado. —Pablo Caspe era guapo y tenía una melena oscura que llevaba aplastada en la nuca. Era uno de los favoritos de Menkell, y el único que, a su juicio, tenía condiciones para convertirse en escritor—. En cualquier caso, estamos listos. Venga quien venga, siempre será peor que Menkell.

—Bueno, pero tampoco tiene que ser así. Quiero decir, no es que ya le hayan echado ni nada de eso. O sea, el profesor puede escribir otra novela, ¿no? Si ya escribió una...

—No tienes ni puta idea.

—Ah. ¿Y tú sí? ¿Escribes un cuento de mierda y media docena de mierda de poesías y crees que puedes hablar de lo que es ser escritor? Pues eres tú el que no sabe una mierda.

Pablo Caspe cerró el pico. El que le interpelaba era Borja Estévez, un chico alto y corpulento, con las últimas señales de un acné recalcitrante en el nacimiento del cabello y ojos ligeramente estrábicos que acentuaban su aspecto poco amistoso. A pesar de su fisonomía más bien brutal y su eterna expresión bobalicona, era un verdadero genio en algunas asignaturas. Cursaba el segundo curso de Económicas, y había elegido la asignatura del profesor Menkell porque no ignoraba que, hiciese lo que hiciese en la vida, no estaría mal salir de la universidad con ciertas nociones de redacción y expresión escrita. Aparte de eso, la literatura no le interesaba en absoluto, y los alumnos como Caspe le parecían un hatajo de listillos con ínfulas a los que había que parar los pies.

En condiciones normales, Pablo Caspe hubiese apabullado con su dialéctica a aquel cernícalo, pero aquella mañana su padre le había comunicado su intención de casarse con una mujer de treinta y cinco años que había conocido en Argentina sólo dos meses antes, y la noticia le había noqueado, de forma que su capacidad de reacción estaba un poco mermada. Aún así, no iba a dejar que aquel imbécil le humillase delante de los demás.

—¿Así que escribo cuentos de mierda? ¿Y tú como lo sabes? No distinguirías un cuento de mierda de un buen cuento aunque se te sentara en la cara.

—Qué original. ¿Quieres sentarte en mi cara, Caspe? Así verás si soy o no soy capaz de distinguir la mierda.

La imagen de su futura madrastra treintañera apareció en la mente de Pablo Caspe y atenuó sin remedio la cólera que sentía. Su vida estaba a punto de irse al traste, así que las bravatas de un compañero ocupaban un lugar secundario en sus preocupaciones. Sin embargo, tenía por costumbre decir la última palabra, y que su padre hubiese caído en las redes de una pájara no iba a cambiar eso.

—Ya veo. Eso te encantaría, ¿verdad? Que pusiese el culo encima de tu cara...

—Oh, callaos los dos. —Isabel Oller, una rubia alta y esbelta de piernas espectaculares, era capaz de imponerse a cualquiera—. Estamos hablando de Menkell. Nadie quiere que se vaya, ¿verdad? Bueno, yo no voy a coger su asignatura el próximo curso, pero el tío me da pena. ¿Por qué no busca el rector otra persona a quien joder?

—Deberíamos hacer algo. —Bárbara Almansa estaba exultante: su revelación no había podido tener más éxito—. No sé, escribir una carta al rector o...

La llegada de Menkell interrumpió el debate. El profesor notó veinte pares de ojos que, cargados de conmiseración, se clavaban en él. «¿Es posible que ya lo sepan?», se dijo, y dirigió una mirada circular a la clase intentando aparentar normalidad. Dos o tres chicas le lanzaron rutilantes y cálidas sonrisas pretendidamente animosas. «Lo saben», pensó Menkell, y desvió su mirada a la pizarra.

—Buenos días. Como les dije ayer, esta semana vamos a trabajar el microrrelato. Ya hemos hablado de Augusto Monterroso, y supongo que todos han leído el cuento del dinosaurio... a no ser, claro, que no hayan tenido tiempo de hacerlo.

Miró a todos otra vez con una débil sonrisa y la esperanza de que su intento de broma arrancase, al menos, una risilla misericordiosa capaz de distraer la atención. Pero nadie dijo nada. Seguían observándole, graves y ceremoniosos, como si estuviesen delante de una digna víctima de la corrupción del sistema. Siguiendo un impulso, Pablo Caspe se puso de pie.

—Señor Caspe. —Menkell se dio cuenta de que su voz sonaba trémula y lejana—. Si hay algo que...

—Profesor... sólo quería decirle... que estamos con usted.

—Pero...

No pudo añadir nada más. Como impulsados por un resorte, todos los chicos de la clase se pusieron de pie e iniciaron un aplauso que fue trufándose de silbidos animosos importados de las películas americanas y algún que otro pataleo extemporáneo. Menkell se quedó de una pieza, por supuesto, y trató de detener la reacción de los alumnos, pero hubiera sido inútil. Estaban enardecidos, envalentonados, galvanizados por la sensación de estar apoyando a un ser golpeado, atacado por el poder, pisoteado por el enemigo común. Creían estar haciendo algo hermoso y justo, y disfrutaban de ello. No tienen nada contra qué luchar, pensó Menkell, su futuro es brillante, su pasado es idílico, sus vidas son perfectas. Son felices y necesitan encontrar un motivo para rebelarse. Así que los dejó aplaudir con la misma beatitud —y una brizna de la emoción— que embargaba al profesor de *El club de los poetas muertos* al escuchar a toda la clase decir a voz en grito, con la fuerza y el vigor de los pocos años, «Oh, capitán, mi capitán».

Aquella tarde, Mario acudió solo al piso de Montalvo. Beatriz dijo que tenía algo que hacer después de las clases, y se habían citado a las siete y media con el fontanero que iba a acometer las obras del cuarto de baño. Así que, al acabar la jornada, Menkell tomó el autobús de la universidad para volver al centro. Se le antojó extraño subir otra vez al vehículo de transporte, pues en el último mes se había desplazado siempre en el coche de Beatriz. Al entrar, el olor a plástico de los asientos y un leve tufo a tabaco negro —aunque siempre lo había negado, el conductor fumaba— le trajeron el regusto amargo de otros tiempos, cuando regresaba en dócil soledad a su casa vacía. Entonces estaba resignado a todo aquello: las magras cenas sin compañía, las veladas frente al televisor, la música pensada para uno solo, los DVD's de películas antiguas cuya selección no llevaba aparejado ningún intercambio de pareceres... ¿Y ahora, pensó Menkell, sería capaz de regresar tan apaciblemente a la vida sin Beatriz? ¿A las películas clásicas, a los CD de bandas sonoras, al silencio dominando cada una de las habitaciones? ¿Puede ser la felicidad una costumbre irrenunciable? ¿Debía él ponerse a salvo de la peligrosa familiarización con una nueva vida que podía quebrarse en cualquier momento?

No quiso darse una respuesta. De todas formas, pensó, aquella historia no tenía por qué terminar de una forma abrupta. Un día, cuando se acabasen las excusas para ver a Beatriz, se produciría una lánguida separación, un distanciamiento al principio imperceptible que iría multiplicándose con el paso del tiempo hasta hacerse definitivo. Tendría, pues, tiempo para adaptarse a su nueva situación, para acomodarse al regreso a su antigua vida, como se acomoda la gente al final de unas largas vacaciones. Y de momento, pensó, no iba a anticipar el dolor previsible, la pena por una separación que no iba a poder eludir.

Cuando Menkell llegó a la casa, el fontanero estaba ya esperando en el portal. Era un tipo bajito y rudo, de cabeza asombrosamente pequeña y brazos desproporcionados. A Mario le recordó a un pequeño trol, y se preguntó si el hombre notaría la fascinación y la sorpresa que su particular aspecto despertaba en los otros.

—Ya era hora. Mire, tengo cosas que hacer.

—Perdone, había un atasco que...

—Esto es Madrid. Siempre hay atascos. ¿De dónde se cree que vengo yo? Pero salgo con tiempo para no llegar tarde. Nada, no me diga nada. Vamos al lío. Es el segundo, ¿verdad?

Subieron en silencio, el fontanero ceñudo y hosco, Mario maldiciendo la lentitud del autobús y reprochándose no haber fijado la cita para un poco más tarde.

—Pase. Es el baño del pasillo. Está viejo y hay que hacer algunas reformas.

—Eso me dijo su señora.

—No es mi...

—Bueno, mire, a mí su situación de ustedes me da

igual, ¿sabe? En este barrio hay de todo. Yo a lo mío, que es la plomería y las reformas sanitarias. A ver qué tenemos por aquí...

Abrió y cerró los grifos, golpeó contundentemente los azulejos, palpó los muebles de baño con atención reconcentrada, revisó la alcachofa de la ducha y pateó el suelo aguzando visiblemente el oído, como si fuese capaz de percibir una misteriosa sinfonía surgiendo del linóleo. Mientras, Menkell aguardaba expectante, fascinado por aquella exhibición de profesionalidad, de dominio en el oficio. Con su cabeza mínima y sus brazos enormes, el ceño fruncido y los ojos brillantes, el fontanero parecía cada vez más un ser mitológico surgido de las entrañas de una caverna. Al acabar la exhibición, se volvió hacia él.

—¿Qué le parece?

—Una puta mierda. Con perdón.

Mario se relajó. Una frase así era exactamente la que deseaba escuchar.

—Mire, las cañerías están picadas, y estos azulejos empiezan a despegarse. Esa ducha es más vieja que la orilla del mar, y la bañera... bueno, no quiero faltar, pero si fuese mía la tiraba ahora mismo.

—Hay otro baño atrás —aclaró Menkell.

—Me alegro por ustedes, porque esto está impresentable. Ahora, usted me dirá qué hacemos.

—Pues lo que haga falta.

—Eso depende de lo que quieran.

—Yo sólo quiero que quede bien.

«Y que tarde todo lo posible», quiso añadir. El fontanero se rascó la cabeza.

—Vamos a empezar por quitar estos muebles. Y picaremos la pared, a ver qué pasa. Puede haber sorpresas, pero con un poco de suerte habremos llegado a tiempo para salvar algunas cañerías. Luego levantaremos el suelo y que sea lo que Dios quiera.

—¿Cuándo puede empezar?

—Pues... su señora, o lo que sea, me dijo que casi nunca están en casa, y que lo mejor sería funcionar los sábados por la mañana. A mí me va bien. Así que, si usted quiere, les preparo un presupuesto y se lo paso por internet. Si lo aprueban, empiezo esta semana. —Miró el reloj, un reloj grande como una paellera, muy apropiado para su brazo de galeote—. Y ahora me voy a marchar. Tengo que hacer otra visita y ya llego tarde. Suelo ser puntual, ¿sabe? Yo sí. Que le vaya bien.

Y se alejó, a pasos cortos, irregulares, meneando al compás del cuerpo su curiosa cabecita y aquellos brazos que parecían prestados. Justo en la puerta se encontró a Beatriz.

—Ah, hola, usted...

—Adiós. Ya se lo he explicado todo a... a ese señor.

Y salió dando un portazo. Beatriz dejó sobre la mesa el sobre que llevaba en la mano.

—Qué hombre más raro. ¿Qué te ha dicho?

—En resumen, que el cuarto de baño está hecho una pena. Nada que no supiéramos ya.

—Qué bien. —Volvió a coger el sobre y se lo tendió—. Toma, esto es para ti.

No parecía un regalo: era un sobre color naranja, más bien arrugado y con algunas manchas de tinta.

—Son papeles de Montalvo. Ahora ya lo tenemos todo.

Menkell no dijo en voz alta lo que estaba pensando:

que había suficientes cosas de Fernando Montalvo en aquella casa como para hacer innecesaria cualquier nueva aportación. Beatriz seguía hablando. Parecía de buen humor.

—Anna Livia me los había ofrecido cuando hablamos la primera vez. He ido a buscarlos a su casa. Por cierto, hoy interrumpí una sesión de cine. Tiene una pantalla de plasma de cincuenta pulgadas y un equipo estéreo. Estaba viendo *Mujeres* con media docena de señoras, y ninguna de ellas era del equipo de canasta. Anna Livia Schzerny tiene más vida social que la mayoría de la gente que conozco. Y me alegro. Si nos hubiésemos encontrado una pobre anciana solitaria, habría empezado a reflexionar sobre el sentido de la existencia, la dureza del destino y todo eso. Hemos tenido suerte.

Entró en la cocina y extrajo de la alacena un paquete de pan de molde.

—Voy a hacer unos sándwiches para cenar. ¿Lo quieres de jamón y queso? También hay atún, y creo que queda una lata de sardinas.

—Haz cualquier cosa, no tengo hambre. Los macarrones de la cafetería me han sentado como un tiro.

—Haber pedido ensalada. Por lo menos sabemos lo que lleva. Circulan leyendas muy interesantes sobre la salsa boloñesa de la LC.

Menkell sintió un escalofrío de satisfacción ante aquella escena deliciosamente familiar, Beatriz cantando ante él la carta de bocadillos, él eligiendo distraído lo que iba a ser su cena mientras abría la nevera para sacar dos cervezas. Una vez más —¿en cuántas ocasiones volvería a hacerlo?— se preguntó cuánto iba a durar aquel estado de dicha, pero apartó de sí cualquier idea agorera. Colocó en la mesa dos manteles individuales y dos servilletas, y se dispuso a disfrutar de la tan amable paz doméstica.

—¿Has hablado con Saldaña? —Beatriz gritaba desde la cocina para hacerse oír sobre el chisporroteo de la mantequilla en la plancha.

—¿De qué?

—Pues de la novela. De que vas a escribirla y todo eso. Me gustaría estar delante cuando se lo digas. Se va a quedar de piedra, el muy mamón.

—La culpa no es de Saldaña. Es cosa de la Junta.

—Ya. Pues mira, yo no estoy tan segura. Pero de todas formas da igual. Te ha echado un órdago y tú le vas a ver las cartas. Trae un plato, esto ya está.

Cenaron viendo un informativo en la televisión, y luego, con una sonrisa maliciosa, Beatriz agitó el sobre que le había entregado Anna Livia.

—¿Qué crees que habrá? —preguntó a Mario.

—¿Sinceramente? Partituras, tal vez algunas notas... Las cosas que un profesor se deja en casa de un alumno. Nada importante, vaya.

—Qué optimista. Anda, ven, vamos a ver.

Retiró los dos manteles individuales y volcó en la mesa el contenido del sobre. Como Mario había predicho, quedaron desparramados un buen montón de páginas cuajadas de pentagramas, una libreta de pastas delgadas y un bolígrafo transparente con una diminuta reproducción de la catedral del Duomo que al mover el boli subía y bajaba navegando en un líquido pegajoso. Beatriz examinó las partituras.

—Canciones de cuna de Schumann... y una cantata de Bach.

—Te lo dije.

—No seas cenizo. Mira estas otras, están sin titular. ¿Sabes leer música?

—No. Pero tienen pinta de ser ejercicios corrientes.

Beatriz revolvía desesperanzada entre las páginas de papel pautado: eran, como Mario había predicho, vulgares ejercicios musicales, deberes para alumnos aventajados o no, material para las horas de estudio, con correcciones en tinta roja que daban a la página el aspecto de una piel picada de viruela. En la libreta de notas sólo había un horario de las clases de Anna Livia y algunos comentarios a la evolución de la alumna.

—¿Y esto?

Era una partitura distinta a las otras: estaba enteramente escrita a mano, e incluso la pauta del papel —que era de un irregular tono amarillento— había sido trazada de forma artesanal. Tenía un título dibujado con mayúsculas: *Canzione di Klara.*

—Qué raro.

—No sé por qué —Mario estaba decidido a encontrar normalidad en cualquier cosa.

—Es ese nombre, Klara... Klara con K.

—Será de una extranjera...

—Sí... pero no es la primera vez que lo veo escrito así. —Fruncía el ceño como intentando recordar—. Espera... oh, por favor, que no me esté fallando la memoria... creo que tenemos algo...

Y salió disparada de la habitación para volver blandiendo una cartulina: era la postal del trébol de cuatro hojas que habían encontrado el primer día de inspección.

—¡Mira! —Beatriz tenía el gesto triunfal del vencedor de una batalla.

—¿Qué?

—Dale la vuelta.

Menkell lo hizo, y se encontró con la postal sin texto ni remitente. En el lado del destinatario estaba escrito con mayúsculas «Klara Hauptf. Casa Verdi».

—¿Qué te parece? Ya tenemos algo.

Mario meneó la cabeza.

—Klara Hauptf... debe de ser la hija de Stefan Hauptf, el profesor de música... o tal vez su mujer.

—¡Y Montalvo componía canciones para ella!

—No estoy tan seguro. —Menkell había vuelto a coger la partitura para colocarla junto a la postal—. Mira esto... hay mucha diferencia entre la letra de la canción y la del título. Fíjate en el trazado de la K... y en la letra L. Son distintas. Es como si el título lo hubiesen añadido después. Además, el papel de la partitura tiene bastantes años.

Beatriz seguía las explicaciones de Mario con la cabeza ladeada y una expresión de profundo interés.

—Pareces un investigador...

—Bueno, eso es lo que querías...

—Nunca pensé que esto pudiera ser tan divertido. ¿Qué hacemos ahora?

Estaba claro que Beatriz había decidido otorgarle el mando de las operaciones en reconocimiento a su recién demostrada eficacia como detective. Mario se pasó la mano por la cabeza y volvió a colocar juntas la partitura y la postal.

—No sé... Podríamos echar un vistazo en la mesa de Montalvo. Allí encontramos la agenda con las direcciones de los alumnos. Quizá haya algo más...

La imaginación de Beatriz, y también su inveterado

optimismo, le hacían pensar en la inminencia de un descubrimiento sensacional. Los cajones de Montalvo podrían contener fotografías interesantes, cartas dignas de ser leídas e incluso, por qué no, el diario íntimo del propio Montalvo. Por eso entró en la pieza con el entusiasmo del que penetra en la cámara del tesoro. Pero sus expectativas resultaron infundadas: Fernando Montalvo no escribía diarios, y la mesa de su despacho no guardaba nada más que material de papelería, algunas facturas de la luz y el agua, el contrato de arrendamiento del piso y la agenda que ya habían encontrado la otra tarde. Para disgusto de Beatriz —y para corresponder a las más prácticas expectativas de Mario Menkell—, no había fotos, ni documentos personales, ni correspondencia privada. Sólo folios en blanco, algunos sobres, un puñado de bolígrafos, una resma de papel pautado y una cajita llena de sellos de correos.

—Vaya mierda.

—¿Qué esperabas?

—No sé, pero algo más que un montón de birrias. Esto podría pertenecer a cualquiera. Menudo chasco...

Beatriz estaba decepcionada como una niña. Mario se fijó de nuevo en el contenido de los cajones.

—Bueno, aquí tenemos algo interesante.

—Es una broma...

—No. Fíjate en eso. —Señalaba la caja de estampillas postales—. Hoy casi nadie tiene sellos, porque apenas queda gente que escriba cartas. Pero Montalvo sí lo hacía. —Volvió a coger la postal del trébol y la agitó un poco—. Seguramente Klara Hauptf recibía correspondencia de nuestro amigo. Y una cosa más... estoy convencido de que no la contestaba.

—¿Por qué?

Los ojos de Mario Menkell brillaban protegidos por las gafas de concha.

—Porque un hombre que se pasó la vida guardando y clasificando todo jamás hubiese tirado la carta de una mujer.

Aquella mañana, y por primera vez en muchos días, Claudio Saldaña parecía de un excelente humor. Su secretaria, que no podía sospechar el motivo de su buen talante, se dijo que, en cualquier caso, bienvenido fuera aquel cambio de actitud. El rector había saludado al entrar, había pedido el café por favor en lugar de hacerlo con un gruñido indefinible que podría significar cualquier cosa, y hasta había abierto la ventana del despacho —hacía una preciosa mañana de primavera y soplaba un aire tibio— silbando lo que parecía ser una cancioncilla infantil. No era propio del rector Saldaña hacer esas cosas: silbar, pedir correctamente los cafés, abrir las ventanas —le encantaban los espacios cerrados, e incluso a veces corría las cortinas y trabajaba con luz artificial—, así que Angélica se dijo que debía de haber ocurrido algo grandioso para que se operase en él semejante transformación.

—Gracias, Angélica —dijo el rector al recoger los papeles que acababa de entregarle. Ella describió una sonrisa algo incrédula—. Y ¿qué? ¿Cómo van las cosas por ahí fuera?

Los músculos de Angélica se tensaron. ¿Había alguna trampa en aquella pregunta inocente? ¿En el tono desenfadado y alegre que estaba escuchando?

—Como siempre, rector Saldaña.

—¿Alguna novedad?

Todavía con la mosca detrás de la oreja, Angélica volvió a sonreír modestamente. Alguien menos avezado que Claudio Saldaña hubiese sido incapaz de entender que aquella mueca significaba «no sé si debo contárselo», pero el rector de la LC era un experto a la hora de detectar ese tipo de gestos propios del que no sabe si ha llegado el momento de confiarse.

—No me diga que sabe algo que yo no sé...

—No... bueno, son tonterías, cosas que una escucha por los pasillos... ya sabe que la gente habla por hablar.

Oh, sí, pensó Saldaña, qué deliciosa costumbre, qué grata manía la de formular en voz alta comentarios jugosos que contienen sólidas porciones de información a veces valiosa.

—Por supuesto. ¿Y qué es lo que dicen esta vez?

—Pues... es eso del profesor Menkell... Los chicos están preocupados.

—¿Los chicos? ¿Preocupados? ¿Por qué?

—Bueno. —Angélica se estaba poniendo nerviosa. Empezaba a arrepentirse de aquella muestra de confianza innecesaria—. Es por eso de don Mario... de que van a echarle de la Luis de Camoens.

El rector volvió a preguntarse cómo demonios se habían enterado los alumnos. Saldaña había tenido la precaución de no comentar con nadie el asunto del despido del profesor de escritura. ¿Habría sido el propio Menkell? Maldito idiota, pensó, ir por ahí levantando la liebre antes de tiempo. Y, sin embargo, eso de hablar más de la cuenta no parecía propio de él.

—El caso es que los chicos se han disgustado. —Angélica había interpretado mal el gesto vagamente ausente del rector (que sólo estaba buscando la fisura por la que se había deslizado una información supuestamente confidencial) y parecía decidida a recuperar su atención. La secretaria tenía su orgullo, y no le gustaba aquella actitud, ahora me interesa, ahora no me interesa—. Casi podría decirse que están enfadados. Porque, ¿sabe?, aprecian mucho al profesor Menkell.

—¿Ah, sí?

—Sí. Y quieren que siga en su puesto. Quizá no debería decírselo pero... algunos de los chicos piensan venir a hablar con usted.

A hablar conmigo. Esos mequetrefes están pensando en venir a hablar con el rector de su universidad con el propósito de pedir clemencia para un maestro de segunda división. Claudio Saldaña pensó melancólicamente en su propia época universitaria, cuando un rector, sí, incluso un decano, eran seres pertenecientes a la categoría de los semidioses. Personas que existían en un plano superior, héroes a los que los alumnos veían de lejos en las ceremonias oficiales y cuya presencia en las dependencias comunes —los pasillos, las aulas, la cafetería de la universidad— provocaba discretos codazos e incluso súbitos cambios en las pulsaciones. ¿Qué había sido de todo aquello? ¿De aquella bendita y estricta jerarquización, de aquel orden escrupuloso en la escala académica? Y eso que estaban en la LC, donde los alumnos debían tratar obligatoriamente de usted a los docentes y estaban proscritas ciertas confianzas a la orden del día en otras universidades. Pero las cosas habían cambiado tanto que siempre había alguien listo para mear fuera del tiesto. El rector recordó cómo una vez recibió la llamada de un padre airado para cuestionar la política de un profesor de redacción periodística que suspendía a los alumnos por cometer faltas de ortografía. Por supuesto, había despachado a aquel tipo esgrimiendo el aplastante criterio de la libertad de cátedra, pero después de colgar había sentido cierto decaimiento. Hace treinta años nadie en su sano juicio se hubiese atrevido a hacer algo así... y ahora Angélica le aseguraba que había un puñado de alumnos con la intención de entrar en su despacho a pedir clemencia para Mario Menkell. Por los clavos de Cristo, qué cosas tan desagradables había traído consigo el siglo XXI.

—Bueno, bueno, Angélica, no haga mucho caso —el rector se dijo que lo más inteligente era no dar importancia a lo que Angélica contaba, al menos no delante de ella—, los jóvenes, ya se sabe. Se les va la fuerza por la boca.

Angélica iba a replicar, oh, no, no, señor, esta vez no es así, los chicos se están organizando para ayudar a Menkell, pero algo le dijo que era mucho mejor cerrar el pico y dejar la historia en ese punto. Se despidió del rector con una sonrisa y salió del despacho pensando: bueno, al menos no podrá decir que no le he advertido.

Cuando su secretaria cerró la puerta, el rector sacudió la cabeza para ahuyentar la amenaza del malhumor y se dijo a sí mismo que aquello era, sin duda, una tormenta en un vaso de agua. Todo iba a arreglarse, pensó, y el futuro se presentaba tan brillante como aquella mañana de primeros de abril. Aunque ni Angélica ni los chicos lo sabían, Claudio Saldaña había recibido un correo electrónico capaz de disipar todas las nubes negras que llevaban semanas cerniéndose sobre él y sus ambiciosos planes para la Luis de Camoens. Lo leyó por octava o novena vez, como quien escucha constantemente una canción ya conocida:

He estado pensando en nuestra charla y llegado a la conclusión de que es justo que renueve mi currículo con otra aportación literaria. En próximas fechas me pondré en contacto con los responsables de la editorial Millenio para hacerles saber que tengo entre manos el proyecto de una novela, esperando que estén interesados en publicarla. Puede utilizar esta información ante la Junta y del modo que crea oportuno. En cualquier caso, le tendré al tanto del avance de las negociaciones con la editorial y de la firma del contrato, caso de que ésta se produzca. Quiero darle las gracias por el interés que se ha tomado en defender mi puesto en la Luis de Camoens.

Mario Menkell había añadido aquella última frase en contra de la opinión de Beatriz, que creía que no había nada que agradecer al rector Saldaña. El resto de la carta la escribieron juntos, en el portátil de Beatriz, al filo de la madrugada y después de que Mario Menkell admitiese que Beatriz podía estar en lo cierto y que quizá la historia de Montalvo era susceptible de ser convertida en novela. Quedaba mucho por hacer, dijo Menkell, aún había muchos datos que estaban en el aire, pero habían encontrado suficientes indicios como para ser moderadamente optimistas. Después del correo para Saldaña y desde el ordenador de Beatriz, Mario Menkell había enviado una breve nota a Santiago Neves en la que «en vista de su amable interés por mi trabajo» le proponía mantener una reunión informal en fechas próximas.

—No saldrá bien. Las reuniones se me dan fatal. Enseguida me aturullo...

—No seas paranoico. Ese Neves quiere publicar una novela tuya a toda costa, así que le parecerá bien todo lo que le cuentes. Deja de preocuparte.

Estaban en el despacho de Montalvo. Mario miraba con cierta desconfianza los escasos papeles de su inquilino y la agenda de trabajo, donde no estaba consignado ningún detalle personal. No tenían gran cosa, y se preguntaba cómo iba a ser capaz de redactar una historia con sólo un puñado de detalles deslavazados. Cuando escribió *Lo que me contó Bernard M.* estaba en posesión de más datos de los que necesitaba, pero ahora las cosas eran distintas... y, aunque no se atrevía a reconocerlo ante Beatriz, también eran notablemente más interesantes. No lo había comentado con la profesora Millares, pero de pronto se había descubierto a sí mismo elucubrando acerca de la vida y obra de Fernando Montalvo, se había despertado por la mañana intentando imaginar qué hombre había sido en realidad el misterioso suicida, y se había dormido más de una noche pensando en él, un hombre sin rostro cuya historia estaba esperando en alguna parte a que alguien —¿él?— se decidiese a contarla. Mario Menkell no lo sabía, pero dentro de él había un escritor que llevaba quince años aguardando la ocasión perfecta para regresar a la escritura.

Fue idea de Beatriz utilizar un buscador de internet para indagar acerca de Klara Hauptf, pero no encontraron nada. Google había rastreado entre miles, millones de documentos sin poder arrojar una miserable pista sobre la identidad de la corresponsal de Montalvo. Hallaron, eso sí, varias entradas correspondientes al compositor Stefan Hauptf, gracias a las cuales supieron que el violinista lisiado había muerto en Milán sin dejar descendencia. Al parecer, había estado casado, pero su esposa, fallecida mucho antes que él, era una mujer llamada Andrea Storni.

—Ni su mujer, ni su hija. ¿Crees que Klara podría ser la hermana de Stefan?

—Ni idea —Mario Menkell arrugaba aún más los ojillos de ratón cuando miraba la pantalla—, pero me parece que aquí no vamos a encontrar gran cosa.

—Por cierto... no sé si te hará mucha gracia... pero Anna Livia nos ha invitado a comer.

—Pero ¿cuándo? ¿Por qué?

—Este sábado. Oficialmente, para darnos las gracias por devolverle el cristal que le robó Montalvo. Aunque, en el fondo, creo que ella también siente cierta curiosidad por nosotros.

—¿Por nosotros?

—Bueno, somos dos desconocidos que han irrumpido en su vida y habrá notado que nos traemos entre manos algo interesante. O a lo mejor es que es su única oportunidad de renovar su nómina de amistades. Hasta ahora, toda la gente que he visto en su casa es tan vieja como ella. Quizá esté buscando repuestos para cuando sus colegas en las partidas de canasta se vayan al otro barrio. En cualquier caso, puede ser interesante. Además, ¿sabes qué? Tengo la impresión de que Anna Livia Schzerny sabe más cosas de las que nos ha contado.

El encuentro con Santiago Neves tuvo lugar el mismo sábado del almuerzo con Anna Livia Schzerny. Para echar por tierra los peores temores de Mario Menkell, la suya fue una reunión amistosa e informal. Muy prudentemente, Neves propuso que se citasen en la cafetería de un hotel a primera hora de la mañana en lugar de hacerlo en su despacho de la editorial, y acudió solo a aquella toma de contacto, a pesar de que Pilar hubiese preferido acompañarle para conocer a Menkell. Pero el editor, que estaba más bregado en el trato con escritores maniáticos, insistió en no apabullar a Menkell en el primer *round*.

—Si aparecemos los dos, se pondrá a la defensiva. Recuerda que es un tímido de libro.

Mario llegó a la cafetería cinco minutos antes que Santiago Neves, quien maldijo el tráfico infernal de las mañanas en Madrid: intentaba llegar primero a todas las citas para darse la ventaja del previo reconocimiento del terreno. Tardó poco en darse cuenta de que con Mario Menkell no hacía falta tomar tantas precauciones: era uno de esos seres que se niegan a ver la vida como una competición, como el campo de batalla en el que unos y otros van midiendo sus fuerzas. Menkell había entrado en el terreno de juego exhibiendo una bandera blanca, arrojando la toalla incluso antes de entrar en el combate. A pesar de que Beatriz le había recomendado lo contrario, no tardó en reconocer ante Neves las especiales circunstancias que rodeaban su decisión de volver a escribir: la universidad demandaba de él una ampliación de su currículum para mantenerle en su puesto.

—Así que era eso. —Santiago Neves se dio cuenta de que Claudio Saldaña era un tipo mucho más miserable de lo que él había pensado en un principio.

—Pues sí... —Menkell apuró el zumo de naranja—. Entiéndame, no es que no me guste escribir ni nada de eso... pero es que en estos años he estado como...

—Bloqueado. —Neves supuso que Menkell conocía

una expresión de sobra manida, pero quizá prefería escucharla en boca de otro.

—Más o menos. Pero el rector Saldaña tiene razón, uno no puede pasarse la vida viviendo de rentas... así que me he propuesto escribir otra novela... y, claro, enseguida me acordé de usted.

Un camarero solícito les sirvió más café. De pronto, Santiago Neves se sintió absolutamente cómodo junto a aquel hombre transparente que no parecía dispuesto a guardarse nada, que estaba frente a él rindiéndole sus armas y solicitando un poco de comprensión. Pensó que nadie le había hablado así en los últimos quince... o quizá en los últimos veinte años.

—No sabe lo que me alegro de que me llamara. Ya le dije que llevo mucho tiempo buscándole.

—Sólo hay una cosa —Menkell se aclaró la voz—: el tiempo... no sé muy bien el tiempo que voy a tardar.

—Por supuesto —intentó dar a su voz un matiz de cordialidad, de intrascendencia, como si todo aquello fuesen detalles menores—. Además, casi ningún escritor lo sabe. Los buenos, claro. Cuando un autor fija la fecha de entrega de un libro, me echo a temblar. Porque o va a equivocarse en los cálculos, o me va a entregar una mierda de novela. Usted escriba tranquilo. No voy a presionarle. Nadie de la editorial Millenio lo hará. Le doy mi palabra.

Le pareció que Menkell se relajaba un poco. Incluso apareció en su cara ratonil una sonrisa tímida que iluminó brevemente sus ojos de huérfano.

—Pues me quita un peso de encima. —Le entraron ganas de contarle todo a Santiago Neves, lo del tío Bernard, lo de la casa de Montalvo, lo de aquella partitura misteriosa y la postal con un nombre de mujer, pero se contuvo a tiempo—. Porque todavía tengo que dar algunas vueltas a... a la historia.

—No tiene que explicarme nada. Trabaje como le parezca, vaya a su ritmo. Si le parece, podemos preparar un contrato donde no consignaremos fecha de entrega. Sólo su compromiso de entregarnos un original y el montante del anticipo. ¿Había pensado en una cantidad?

Mario se revolvió en la silla. Nunca había sabido hablar de dinero. Como de tantas otras cosas, claro. Pero el tema económico lo ponía especialmente nervioso. Además, ¿cómo iba a percibir nada por algo que de momento existía sólo en una región indefinida, en un particular limbo?

—No, señor Neves.

—En ese caso, le haremos una oferta. Si usted la acepta, procederemos a la redacción del contrato. Cobrará usted la mitad del anticipo a la firma, y la otra mitad cuando nos entregue el original. ¿Le parece bien?

—No... quiero decir, sí, me parece bien... pero, mire... es que prefiero simplificar las cosas. Hagan el contrato y pongan la cantidad que ustedes encuentren conveniente. Sé que me darán lo justo. No creo que su editorial vaya a hacerse rica engañándome a mí. —Se ruborizó un poco, como si hubiese llegado un poco más allá del límite permitido—. Quiero decir que me fío de usted... de ustedes. Denme lo que sea y yo lo firmaré, y si todo sale como espero, el año que viene tendrá su novela.

Santiago Neves interrumpió el gesto de llevarse a la boca la copa llena de zumo de naranja.

—¿El año que viene?

—Sí... ya le dije que todavía estoy dando vueltas a la historia, y por eso necesito tiempo para...

Neves le interrumpió con un gesto. Estaba convencido de que, en las circunstancias de Mario Menkell, la entrega de la novela podía demorarse dos, tres, incluso cuatro años.

—Señor Menkell... ¿puedo llamarle Mario? Gracias. Dígame, y perdone que sea tan directo, ¿cuánto tardó en redactar *Lo que me contó Bernard M*?

Menkell frunció el ceño para ayudarse a recordar.

—Tres meses y medio.

El camarero solícito tuvo que volver a acercarse a la mesa con una servilleta limpia y un bote de cebralín. Santiago Neves acababa de derramar una copa entera de zumo sobre su impecable camisa blanca.

Eran las dos en punto cuando Mario y Beatriz llamaban a la puerta de Anna Livia Schzerny. Ella tardó un poco en acudir.

—A ver si se ha olvidado.

—Me extrañaría. Me llamó ayer para recordarme que nos esperaba. A lo mejor es que no nos ha oído.

Iban a llamar por segunda vez cuando se abrió la puerta y apareció la señora Schzerny. Llevaba puesto un vestido del mismo color gris plateado de su cabello y se había colocado varias hileras de gruesas perlas alrededor del cuello marchito. Más que nunca, Anna Livia Schzerny parecía una actriz de cine mudo.

—Bienvenidos. Pasen, por favor, estaba en el jardín de atrás... he preparado la mesa fuera. Oh, ¿son para mí? —Recogió el ramo de flores que Mario le tendía con muy poca gracia—. Qué amables, no tendrían que haberse molestado. Me alegro de que hayan aceptado mi invitación. Además, será como una fiesta de despedida.

—¿Despedida?

Ella se encogió de hombros.

—Miren... cuesta reconocerlo, pero estoy muy vieja. No puedo vivir sola. Mis hijas llevan siglos diciéndomelo y supongo que ha llegado el momento de tomar una decisión. Así que voy a cerrar la casa y a convertirme en alguien que puede desentenderse de los problemas domésticos. Se acabó eso de estar siempre pendiente de que todo funcione como un reloj. Qué demonios, llevo mucho tiempo ocupándome de mil cosas a la vez. No hay nada de malo en que la cuiden a una, ¿verdad?

Mario y Beatriz dijeron que no al mismo tiempo, y aseguraron a la señora Schzerny que estaba tomando la decisión correcta. Pero uno y otro pensaron a la vez en la tristeza de los muros de una residencia, aunque tuviese las comodidades de un hotel de lujo. Mario se preguntó cuántas veces, en la soledad de su nueva vida, iba a añorar Anna Livia Schzerny aquella casa de Arturo Soria, con su coqueto jardín trasero y el sendero bordeado de rosales de té, las partidas de canasta con sus amigas, el espacio propio del salón, con sus paredes diáfanas y la alfombra turca cubriendo el suelo.

—Siéntense. Soy una cocinera nefasta, ¿saben? Así que he encargado comida india en un restaurante. Mi madre nunca me perdonó que no quisiese aprender a cocinar. Y yo pensaba, ¿para qué? Cuando dejé de vivir con mis padres fue para hacerlo con mi marido, que estaba en condiciones de mantener suficiente servicio. Ahora me arrepiento. ¿Usted cocina, querida?

—Un poco nada más. Y no se me da muy bien.

Mario iba a protestar galantemente, pero Anna Livia siguió hablando.

—Una vez hice un curso de repostería. Fui obligada por unas amigas. Se apuntaron todas y también me matricularon a mí. Me divertí muchísimo. Era como estar en un laboratorio. Aprendí a hacer lionesas, palmeras de hojaldre, dos o tres bizcochos y una crema de limón. Si hubiese sido treinta años más joven, me hubiese buscado un profesor de cocina para que me enseñara a guisar como lo hacía mi madre. Pero era tarde para eso. Una cosa es hacer galletitas y otra aprender a preparar estofados cuando una ya ha cumplido los ochenta. Todo tiene su tiempo, ¿no les parece? Ah, ya estoy hablando más de la cuenta. Traeré las cosas. ¿Puede usted ayudarme, señor...?

—Menkell...

—De acuerdo, Menkell. No se ofenda si lo olvido, tengo una memoria de pez, pero eso tampoco le extraña a nadie. Venga por aquí, lo han dejado todo en la cocina.

Anna Livia Schzerny había encargado comida suficiente como para alimentar a dos o tres familias. Había curry de cordero, de pollo y de gambas, arroz con frutos secos, samosas y pitas de queso, pakora y dhal de lentejas.

—¿Les parece bien? He pedido un poco de todo, no sé lo que les gusta.

—No se lo va a creer, pero la india es mi comida favorita.

—¿De verdad que no lo dice como un cumplido? A mis hijas no les hace gracia que coma estas cosas. Demasiado picante. Pero estoy acostumbrada. Viví en la India durante tres años, cuando era una niña. Luego volvimos a Europa. No se imaginan cuánto lloré cuando llegamos a Londres. Echaba de menos los colores, la gente, el olor de las calles... a mis hermanos les daba náuseas aquel olor, pero es que ellos eran unos perfectos esnobs que arrugaban la nariz al pasar por los puestos de comida. Molly y Leopold, pobres tontos. Nunca entendieron nada, y no hablo sólo de la India. Pero ésa es otra historia. El caso es que nos instalamos en Inglaterra y me apagué completamente. Eso contaba mi madre: «Anna Livia se apagó en cuanto pisó Plymouth.» ¿Y qué esperaba? ¿Que dejase un país como aquél y me acostumbrase de golpe a los cielos grises y la comida insípida? Es estúpido. Nadie le dio importancia, pero estaba enferma de nostalgia, y lo que más echaba de menos era la comida. Un día, una de nuestras criadas salió a pasear en su día libre y quiso llevarme con ella. No me pregunten por qué, si yo tuviese veinte años y estuviese todo el día limpiando suelos lo último que querría es pasar mi jornada de descanso con una mocosa tristona. Pero me llevó al Soho, y al doblar una esquina pasamos por delante de un restaurante indio. Olí el curry, el asado del tandoori y las especias que iban a utilizar para las salsas de yogur. Y ¿saben lo que hice? Empecé a llorar. Ya sé que suena muy idiota, pero era una niña. La sirvienta no sabía qué hacer: ¿te has hecho daño, te duele algo?, pero yo no paraba de gimotear allí parada, en mitad de la calle. El hombre del restaurante, para consolarme, me dio un trozo de nan de cebolla. Eso me calmó. Pensando que tenía hambre, la chica me metió en el restaurante y me dejó comer cuanto quise: empanadillas, curry de verduras, sabzi tikki, bhajias, arroz con azafrán, papadums empapados en chutney... Comí sin hambre, ¿saben? Sólo para regresar a la India gracias a todos aquellos platos que creía haber perdido para siempre. Los camareros decían que nunca en la vida habían visto a una niña comer tanto. Aquella noche llegué a mi casa agotada y contenta por primera vez en muchos días. Luego me puse malísima y me pasé la noche vomitando. No sé qué le contó la criada a mi madre, pero a partir de aquel día en mi casa se sirvió comida india al menos una vez a la semana, y yo me adapté a mi vida en Londres. A veces pienso que fue una suerte que viniésemos de la India. Imaginen que me hubiese encaprichado de la comida mongola. Al fin y al cabo, hay restaurantes hindúes en todas partes del mundo. ¿Ha probado el cordero? Vamos, anímense, comen como dos pajaritos... Y no me digan que puedo congelar lo que sobre, me marcho dentro de tres días.

La imagen gris de un moridero de ancianos volvió a aparecerse a Mario y a Beatriz y barrió la de la niña húngara que lloraba recordando el olor y el sabor de una patria perdida. Se había roto el encanto. Beatriz se dijo que si la vida fuese una película de los años cuarenta, incluso una novela amable, ni ella ni Mario permitirían que la adorable Anna Livia acabase sus días en un asilo, porque allí iba a ir a parar, a un asilo, por muchos eufemismos que la sociedad moderna hubiese aprendido a emplear para disfrazar la ignominiosa situación de los ancianos abandonados. Por todos los santos, la señora Schzerny tenía hijos, a buen seguro también nietos... Estaba bien de salud, y su cabeza funcionaba perfectamente, ¿por qué necesitaba vivir en un geriátrico? ¿Acaso no podía su familia cuidar de ella y tenían que descargar sus obligaciones en... en media docena de enfermeras y fisioterapeutas y...? Beatriz intentó consolarse pensando que a buen seguro el lugar elegido sería agradable y estaría rodeado de comodidades... pero no era una casa, no era un hogar, no señor. En una película, se llevaría a Anna Livia al piso de Chueca, y ambas vivirían juntas, rodeadas de las cosas de Fernando Montalvo. Pero nada es tan sencillo como parece en el cine.

—Y díganme... ¿cómo van sus pesquisas? ¿No estaban intentando saber algo más del profesor de música?

A Anna Livia no le pasó desapercibida la mirada que intercambiaron Mario y Beatriz.

—Oh, por favor, cuéntenme lo que saben. No piensen que soy una chismosa, en realidad las vidas de los demás me importan muy poco, pero esta vez me ha picado la curiosidad. Ahora me siento idiota por haber tenido aquí al profesor Montalvo durante años sin aprovechar la ocasión para interesarme un poco por su historia.

Mario recordó que algo parecido le había pasado a él: Fernando Montalvo había vivido en su casa y se había negado incluso a conocerle.

—¿Me lo van a contar? Vamos, no me dejen así. Es posible que no volvamos a vernos... y, además, les he invitado a comer.

Beatriz se echó a reír.

—No hay gran cosa... excepto una postal a medio escribir y dirigida a alguien llamado Klara Hauptf. Entre los papeles que usted me dio había una partitura titulada *Canzione di Klara.*

—Oh, esa pieza... al profesor le encantaba. Me obligaba a interpretarla cada dos por tres. A mí me aburría un poco, la verdad. No es una gran cosa. Una cancioncilla sin importancia... pero él decía que se adaptaba muy bien a mi voz —se quedó mirando al infinito—, ¿saben algo? Estoy segura de que, cuando me pedía que cantase aquella pieza, el profesor no pensaba en ejercitar mis cuerdas vocales. Creo que sólo quería escucharla una y otra vez. Y ahora que lo pienso... la última tarde fue especialmente pesado con la canción de Klara.

—¿La última tarde?

—Sí, bueno, yo ni siquiera sabía que era la última... aquel día el profesor llegó a su hora, hicimos unos cuantos ejercicios y luego sacó la partitura de la dichosa canción: vamos, señora Schzerny, hágame este regalo. Tuve que interpretarla cuatro veces. —Cruzó las piernas y se pasó la mano por el cabello en un gesto que Beatriz encontró seductor y casi juvenil—. Les confieso que me enfadé un poco, pero no dije nada. Iba a protestar, ya estoy harta, profesor, quiero cantar otra cosa, estaba a punto de decirle. Y entonces me di cuenta de que... de que había empezado a llorar.

Hubo un silencio teatral. Una brisa ligera movió las hojas de los árboles, y de alguna parte se escapó un olor dulzón a madreselva o a jazmines.

—¿Y usted qué hizo? —era Beatriz quien preguntaba. Anna Livia clavó en ella sus ojos acerados, donde aleteó brevemente la sombra de un reproche.

—¿Qué se supone que tenía que hacer? No hice absolutamente nada. Había un hombre adulto deshaciéndose en lágrimas delante de mí, así que no iba a abochornarlo con aspavientos. Fingí no darme cuenta y seguí cantando. Luego, como hacía siempre, el profesor me dio las gracias y se marchó. Me llamó la atención que se dejara sus papeles. Era extremadamente ordenado y siempre lo recogía todo...

—Esa canción de Klara... ¿qué dice?

—A ver, deje que traduzca. —Anna Livia cerró los ojos y tarareó entre dientes como si no pudiese rememorar la letra al margen de la música—: «Mi niña Klara duerme / lejos de mí / y en las estrellas / busco su nombre / y su sonrisa. / Pequeña Klara / iré en tu busca / sobre un rayo de luna / y soñaré contigo / mientras tú duermes, / mi niña Klara.» Nada del otro mundo, ya se lo dije. Una nana vulgar y algo machacona. Reconozco que a veces me extrañaba que el profesor insistiese tanto con esa pieza. Hay mil canciones mejores, para ejercitar la voz o para emocionarse, pero ¡qué quieren que les diga! Nunca me atreví a preguntar por qué significaba tanto para él. Ojalá lo hubiera hecho. Al menos aquella última tarde.

—Supongo que tampoco le preguntó por Klara...

—Pues no, por supuesto. Ni siquiera pensé que pudiese tratarse de alguien en concreto. ¿Dicen que encontraron una postal dirigida a Klara Hauptf en la casa del profesor? —Ladeó la cabeza—. Bueno, quizá Klara fuese su hija.

—Stefan Hauptf no tuvo descendencia.

—En ese caso, tal vez era su hermana pequeña... o una sobrina... o una prima lejana. Los apellidos tienen mil combinaciones posibles, ¿no creen? Ay, me temo que están ustedes en un callejón sin salida. Sólo el profesor y el maestro Hauptf podrían decirles a ustedes quién era esa mujer... y resulta que ambos están muertos. Si les gustan los acertijos, estarán disfrutando de lo lindo. —Les miró a ambos—. Oh, vamos, no se pongan tan serios. En el fondo, no creo que sea tan importante. Cuando sean viejos recordarán mis palabras. Pasamos demasiado tiempo preocupándonos por tonterías sin trascendencia. Pero, claro, hay que tener ochenta años para darse cuenta de eso. Olvídense de esa Klara Hauptf, no creo que puedan encontrarla... o, si se empeñan, tal vez sí. ¿Les apetece una copa de champán?

Se levantó con la agilidad de una niña y volvió con tres copas y dos botellas de Taittinger.

—Son las últimas. Ayúdenme a acabar con ellas, no pienso dejar nada en la bodega para los ordinarios de mis yernos. No distinguirían un Taittinger de un cava de tercera clase. Ábrala usted, señor Menkell, no se me da bien.

Mario no se atrevió a decirle que era la primera botella de espumoso que abría en toda su vida: hasta entonces no había tenido muchas cosas por las que brindar. Se sorprendió de cómo el instinto puede suplir a veces la falta de experiencia: el corcho saltó en una explosión breve y jubilosa, derramando un justo chorro de champán.

—Brindo por ustedes dos y por este almuerzo tan agradable. Les deseo a ambos lo mejor en el tiempo por venir. Que el destino llene su vida de buenas venturas y la suerte les dé más de lo que ustedes le pidan y tanto como merecen. —Les dedicó una sonrisa radiante—. Ya sé que suena enrevesado, es un brindis húngaro y al traducirlo pierde parte de su gracia. Salud para todos por igual, aunque por motivos evidentes a mí me vendría mejor una doble medida.

Bebieron, y la señora Schzerny volvió a llenar las copas. Beatriz se dijo que aquella mujer no podía pasar lo que quedase de vida pudriéndose sola en un asilo, de forma que se aclaró la voz.

—Anna Livia... perdone si le resulto impertinente, pero... ¿Está completamente decidida? Me refiero a lo de cerrar esta casa.

—Pues sí. No voy a vivir aquí, de forma que...

—A eso me refiero. ¿No ha pensado en quedarse? Está muy bien de salud, eso salta a la vista... Quizá podría contratar a una persona para que se instalase con usted... Hay estudiantes que están dispuestos a vivir con alguien mayor... y... bueno, yo podría pasarme de vez en cuando para echarle una mano...

La señora Schzerny dirigió a Beatriz una mirada amorosa que precedió a una carcajada musical: más que riendo, Anna Livia parecía estar cantando. Nunca habían escuchado una risa tan hermosa, tan pura. Beatriz pensó que cualquier hombre podía haberse enamorado de una mujer capaz de reírse como lo hacía Anna Livia.

—¡Querida mía! —se secó los ojos con un pañuelo—, ¡es usted tan buena! Está dispuesta a vigilar a esta pobre vieja...

—No es vigilar...

—Oh, por supuesto que lo es, y se lo agradezco en el alma. Nadie había sido tan generoso conmigo. Al fin y al cabo, ni siquiera me conoce... muchas gracias... pero no es lo que se imagina. No dejo esta casa para irme a una de esas horribles residencias... antes le hubiese pedido a Montalvo un trozo de cuerda y me hubiese colgado de la misma viga.

—¿Entonces?

—Me voy con Enrique. Creo que se lo cruzaron el otro día. El señor mayor de la corbata con nudo Windsor. Se hace muy bien los nudos de las corbatas. Nos marchamos a la India. Juntos. ¿Ha ido usted a la India, querida? —Se volvió hacia Mario Menkell—: Debería llevarla. No esperen a ser tan viejos como nosotros. Nos conocemos desde hace cuarenta y siete años, ¿se imaginan? Pocos matrimonios duran tanto. Enrique es sólo cuatro años más joven que yo, y no ha estado nunca en Oriente. Así que me lo llevo. Bueno, en realidad fue idea suya. Me lo dijo hace tiempo: Anna Livia, tú y yo no deberíamos vivir solos, y yo le dije: ¿qué sugieres, que vivamos en tu casa, o en mi casa? Y él me dijo: donde tú prefieras. Y entonces yo le contesté que ni loca iba a instalarme en un lugar lleno de recuerdos de su difunta esposa, a quien Dios tenga a su lado, ni iba a permitir que él viviese bajo el mismo techo que cobijó a mi marido. Ya sé que ustedes lo encontrarán ridículo, pero hay cosas que uno debe respetar.

Tomó otro sorbo de champán y llenó las copas de Beatriz y de Mario.

—Fue entonces cuando se le ocurrió lo del viaje. Si no podemos vivir en tu casa ni en la mía, vámonos de Madrid y vivamos por el mundo adelante, donde nos apetezca en cada momento. ¿Dónde te gustaría ir? A la India, le contesté. Trato hecho, dijo él, y al día siguiente me trajo los billetes. Nueva Delhi. Benarés. Agra... Hace setenta y cinco años que salí del país y voy a volver ahora, al final de mi vida y con el hombre al que quiero desde hace tanto tiempo que me da vergüenza reconocerlo. Nos marchamos dentro de cuatro días. Por eso cierro esta casa, y me da igual lo que pase con ella... excepto con el champán. Beban, beban. Hay que acabar las botellas, si dejamos algo son capaces de usarlo para cocinar.

Beatriz obedeció con un gesto casi mecánico y sin apartar los ojos de la anciana.

—Oh, vamos, no ponga esa cara. ¿A usted también le escandaliza que dos viejos se fuguen juntos?

—No... no es eso... al contrario, me encanta la idea.

—Pues dígaselo a nuestros hijos. Están enfadadísimos. Los de Enrique y mis dos chicas. Cuando le comuniqué a Hilaria que me marchaba con él... bueno, deberían haberla visto. No te lo voy a permitir, dijo, y a mí me dio la risa. Yo le contesté que no estaba pidiéndole permiso, que sólo estaba dándole información para que supiese dónde estoy cuando no conteste al teléfono. Ya ven de qué iba a servir el tener mi edad si uno tuviese que solicitar autorización para hacer lo que le viene en gana. Enrique y yo somos mayores, independientes... y solventes. Tenemos muchos años y el suficiente dinero para gastarlo a lo loco durante lo que nos quede de vida. Supongo que esto es lo que más indigna a mis hijas, sobre todo a mis yernos: el saber que voy a dilapidar mi herencia, pero ¡qué se le va a hacer! Ellas ya recibieron su parte cuando Gustavo murió. Puedo hacer lo que quiera con lo que es mío, ¿no les parece? Y aquí me tienen, preparando el viaje.

—¿Cuánto tiempo van a quedarse?

Anna Livia se tomó un tiempo para responder. Luego tomó las manos de Beatriz en un gesto más maternal que amistoso.

—Hasta que podamos... hasta que ya no seamos dos. El que quede en pie regresará solo. Y le voy a decir una cosa: espero no ser yo. He tenido que hacer sola demasiadas cosas. —Suspiró—. Qué bien lo vamos a pasar. Tienen que dejarme su dirección, les enviaré postales.

Se había hecho tarde, pero nadie habló de disolver la reunión. Anna Livia Schzerny volvió a cruzar las piernas, bebió otro sorbo de champán y paseó la mirada por el jardín lleno de flores mientras meneaba la cabeza y canturreaba entre dientes. Beatriz reconoció enseguida la melodía: era la canción de Klara.

—Te digo que es un genio.

—Y yo te digo que estás exagerando.

Pilar disfrutaba llevando la contraria a Santiago Neves. Era una especie de juego adolescente que en el fondo satisfacía a ambos por igual. Llevaban una hora reunidos en el despacho con vistas a la Puerta de Alcalá, revisando el contrato que iban a enviar a Mario Menkell.

—Escribió una novela de casi quinientas páginas en tres meses y medio. No, corrijo, no una novela: esa novela. *Lo que me contó Bernard M.* fue redactada en poco más de cien días. Eso hace casi cinco páginas diarias. Ciento cincuenta líneas de literatura de primera clase. ¿Conoces a alguien más capaz de hacer algo así?

—A lo mejor no te dijo la verdad.

—Cómo se ve que no conoces a ese hombre.

—En efecto, no lo conozco. Y es gracias a ti. Te empeñaste en ir solo a la reunión con él. Así que ahora permíteme dudar de lo que ese Menkell te haya contado.

—Te aseguro que Menkell es incapaz...

—Oh, Santiago, déjalo ya. Te estoy tomando el pelo. Y, por cierto, hace siglos que no te veía tan entusiasmado con un autor.

Neves sonrió y volvió a leer por encima el contrato que iban a enviar a Mario Menkell aquella misma tarde.

—Es un tipo estupendo. Sin dobleces. Creo que no he conocido a nadie tan poco... no sé cómo decirlo... contaminado. No se guardó nada. Incluso reconoció que aceptaba nuestra oferta porque esa sabandija de Saldaña le había obligado a hacerlo... claro que Menkell no lo contó así. Me cae bien, Pilar, y espero que su próxima novela funcione como esperamos, pero no sólo por nosotros. Ese hombre se merece que las cosas le salgan como es debido.

Pilar miró a Neves como si no pudiese dar crédito a lo que acababa de oír.

—¿Estás seguro de que ese Menkell no te ha convertido en... una vaina de guisante o algo parecido? ¿Tenía los dedos más separados de lo normal? Es la primera vez que te escucho decir algo así. Siempre repites que los autores son sólo una inversión... pero parece que el tal Mario Menkell se ha convertido en tu sobrino postizo.

—Debe de ser la edad, que me vuelve blando. —Volvió a mirar el contrato—. ¿Crees que estamos siendo justos con el anticipo?

Pilar suspiró. Ahora también va a preocuparse de las finanzas de los autores.

—Creo que estamos siendo exageradamente justos, teniendo en cuenta que Menkell lleva quince años sin publicar, que no hemos visto ni una sola línea de su nueva novela y que estamos restringiendo los adelantos de todos los autores. Es más, espero que la cifra que ofrecemos a Menkell no trascienda. Porque si eso ocurre, voy a recibir más de una llamada indignada de escritores cabreados y agentes ofendidos.

—Entonces no hay más que hablar. Voy a pedir que envíen el contrato a Menkell esta misma mañana. Me dijo que nos lo devolvería firmado enseguida.

Hacía calor en el despacho. Pilar se levantó y abrió una de las ventanas. La habitación se llenó al mismo tiempo de aire en dudosas condiciones y del estruendo del tráfico que subía desde la plaza de la Independencia, aunque la vecindad del parque del Retiro proporcionaba a la zona una falsa impresión de placidez multiplicada por el aire señorial de los edificios. Los bocinazos, el escape libre de las motos trucadas, las sirenas del Samur, combinadas con el ruido de centenares de motores en perpetua excitación, componían la indeseable banda sonora de la zona. Era preferible derretirse, pensó Pilar. La ventana volvió a cerrarse y el despacho recuperó al mismo tiempo el calor y la tranquilidad perdida. No se puede tener todo.

—Y ahora viene la segunda parte...

—¿Qué segunda parte?

—Tu amigo Saldaña. Tienes que cumplir con tu parte del trato. Habrá que firmar definitivamente el dichoso acuerdo de colaboración con la Luis de Camoens.

Santiago Neves frunció el ceño. La entrevista con Mario Menkell lo había puesto de tan buen humor que casi ni recordaba que había una contrapartida. Creyó ver la sombra de Fausto sobrevolando el despacho, y fue entonces cuando se dio cuenta del aire vagamente mefistofélico que tenía el rector de la LC. Y, sin embargo, tenía la impresión de que aquella vez el diablo había cometido un error, y que tal vez las cosas no fueran a salir exactamente como él pensaba.

Por su parte, Claudio Saldaña no estaba en absoluto preocupado. Tras recibir el correo del profesor Menkell, había escrito una carta formal a todos los miembros de la Junta para informarles de que los obstáculos para la implantación del nuevo módulo de estudios habían desaparecido definitivamente, y que a partir de ahora daría los pasos pertinentes para poner en marcha el máster de edición en colaboración con la editorial Millenio. El rector no albergaba dudas acerca de la formalidad de Mario Menkell. Ni siquiera contemplaba la posibilidad de que el escritor se echase atrás y decidiese no escribir la novela. Menkell no era de esos. Incluso para ser informal hacía falta cierta dosis de valor, y Mario Menkell no tenía ninguno.

Lo que sí le llamaba la atención era el comportamiento de los chicos. Había detectado en ellos miradas furibundas cuando se los cruzaba por los pasillos, y aquella misma mañana su secretaria le había entregado una nota firmada con unos cuantos garabatos irreconocibles con la que unos cuantos alumnos solicitaban una reunión con él. Le había parecido que en la cara de Angélica había cierto matiz de complacencia. Aquella gorda estúpida parecía divertirse con el mísero conato de rebelión orquestado por media docena de niñatos, y a lo mejor se sentía partícipe de él en su torpe papel de correo del zar. Quizá incluso se había permitido conspirar con ellos, para experimentar de cerca el vértigo de las reuniones secretas.

Qué imbécil. Qué imbéciles eran todos. ¿De verdad creían que iba a servirles de algo todo aquello? ¿Que, si de verdad hubiese decidido echar al profesor Menkell, una reunión con un puñado de veinteañeros le haría cambiar de parecer? Estaba claro que no sabían con quién estaban hablando. Ninguno de ellos lo sabía. Pequeños cabrones, hijos de papá, pijitos de mierda. Ninguno de ellos sabía lo que era vivir en un piso pequeño y asfixiante en una zona deprimida y fea. Ninguno había tenido que levantarse a las seis de la mañana para ayudar a su madre a montar el puesto de verduras antes de ir a clase. Tampoco habían necesitado becas para estudiar, ni habían trabajado en la construcción durante el verano para poder mantenerse durante el curso. Cuando Claudio Saldaña pensaba en la lucha que para él había supuesto terminar una carrera universitaria y comparaba sus circunstancias con las de aquella grey elegida por la fortuna, le daban ganas de estrangularlos a todos, pandilla de haraganes, chupópteros de los cojones, que van a vivir en casa de sus padres hasta que alguien se harte y les regale un apartamento propio con aire acondicionado y plaza de garaje. Y éstos, que no tienen ni idea de lo que vale un peine, quieren buscarme a mí las cosquillas, pensaba el rector, toda esta recua de bien nacidos, de suertudos, de mangantes con el riñón cubierto piensan venir a decirme cómo tengo que hacer las cosas, a mí, que me he ganado cada miga de pan que como, cada aplauso, cada prebenda, por los clavos de Cristo, hasta la puta condecoración de los franceses me la he ganado sacrificándome durante años. Pero qué saben ellos de mi vida. Sólo les importa jugar a plantarme cara para defender a ese gilipuertas, pensaba Saldaña, mientras se decía que Mario Menkell no hubiese soportado de pie ni una sola de las adversidades que habían jalonado durante más de veinte años la vida del rector de la LC.

De todas formas, daba igual. El asunto Menkell estaba finiquitado. Los chicos llevaban días cuchicheando, comadreando, cotilleando, intentando encontrar la manera de ayudar a un chupatintas, cuando en realidad ya no había nada que arreglar. Claudio Saldaña se dijo que podría acabar de un plumazo con toda aquella patética versión de una conjura. Bastaría con comentar a Angélica que la cuestión del despido de Menkell se había resuelto favorablemente para todos y que el año siguiente el profesor seguiría en su puesto: la noticia no tardaría ni dos horas en expandirse por la LC, haciendo innecesario cualquier conciliábulo a favor del profesor de escritura. Pero el rector era un hombre a quien gustaba jugar y llevar las cosas hasta el límite. Veremos hasta dónde llegan, se dijo, mientras garabateaba una nota en la que informaba a los alumnos de que estaría encantado de reunirse con ellos «después de los exámenes finales de mayo y junio, cuando ustedes y yo estemos más liberados de nuestros mutuos compromisos académicos». Era como enviarlos a todos a hacer puñetas. Por primera vez en sus regaladas vidas, aquellos niños bien iban a tener razones para patalear. Aquello era mucho mejor que lo de negarse a ampliar el horario de la cafetería. Al releer sus propias palabras, Claudio Saldaña se echó a reír, y en su cara apareció momentáneamente la expresión de un pequeño demonio. A ver qué es lo que hacen ahora, pensó, presintiendo que se iba a divertir.

—Tendríamos que haber empezado por aquí.

Beatriz estaba inclinada sobre el ordenador. A su lado, Mario Menkell sostenía la postal con el trébol de cuatro hojas, que empezaba a acusar las consecuencias del manoseo al que había sido sometida en los últimos días y empezaba a deshacerse por los cantos. Estaban en el despacho de Beatriz, que a diferencia del de Mario tenía aire acondicionado y un ventanal con vistas al jardín y a los campos de deporte. Aquella mañana habían escapado del menú grasiento de la cafetería —sopa castellana y costillas guisadas con patatas— para comer unos sándwiches y seguir con las pesquisas a través de internet. Después de teclear una vez más y con poco éxito el nombre de Klara Hauptf, Beatriz había introducido en el buscador las palabras Casa Verdi, que remitían a 428.000 entradas. Había una página en italiano que hablaba de un fantasma, una referencia a ventas en Ebay, un saldo de pantalones de una marca desconocida, una web de inscripciones para un congreso... Mario supo que Beatriz acababa de encontrar algo, porque abrió los ojos verdes y buscó los suyos.

—Aquí está.

—¿Qué?

—Fíjate en esta entrada. «Casa de reposo Giuseppe Verdi para músicos retirados.» Y adivina dónde está...

—En Milán...

—Bingo. ¿Recuerdas que Anna Livia nos dijo que ese Hauptf había muerto en Milán hace unos años? —Volvió la vista hacia la página y leyó durante treinta segundos—. Al parecer, la Casa Verdi es una especie de asilo. Cuando Verdi murió, quiso que parte de su fortuna se emplease en mantener una residencia para acoger a músicos sin recursos. Funciona desde 1902.

Mario leía el texto por encima del hombro de Beatriz. De su cuello salía un olor sutil y fresco. Era Cristalle, de Chanel. Reconocía el aroma que flotaba en el cuarto de baño de la casa de Chueca, y también el sobrio envase de la fragancia, tan distinto de los frascos alambicados de las esencias que usaba su madre y que siempre venían en ampulosas botellas demasiado grandes y plagadas de detalles barrocos. En una ocasión, desde la puerta entreabierta, Mario había visto perfumarse a Beatriz, y entre el bochorno y la sensación de estar invadiendo una parcela de su privacidad que en modo alguno le pertenecía, no pudo evitar acordarse de su madre, que se aplicaba el perfume directamente sobre la piel antes de frotar con energía las gotas de esencia. Beatriz, sin embargo, usaba el vaporizador a cierta distancia del cuerpo, y luego se adelantaba un poco, como sumergiéndose en aquella bruma olorosa y efímera.

—¿Qué te parece?

Mario se sintió como un niño cogido en falta. Esperaba que Beatriz no se hubiese dado cuenta de que no estaba prestando atención a la pantalla del ordenador... no solía distraerse, pero en aquella ocasión el efecto del agua de colonia había sido devastador para él.

—No sé... ¿crees que Hauptf vivió en la Casa Verdi?

—¿Quién está hablando de Hauptf? Creo que es Klara quien vive allí, y que Montalvo tenía preparada esa postal para mandársela.

Se separó un poco para alejarse del aroma afrancesado y floral y volvió a concentrarse en la información de la web.

—Podríamos probar a escribirle nosotros —aventuró Mario—. Tal vez ni siquiera sepa que Montalvo ha muerto. Quizá... quizá sería buena idea llamarla. El teléfono de la residencia tiene que venir en alguna página. Mira ahí, en «Contactos».

—Ni hablar. No quiero volver a dar explicaciones por teléfono. Me bastó con hablar con todos los alumnos de Montalvo. Y esto es aún más difícil. No sabría ni por dónde empezar, y Klara Hauptf podría colgar antes de que acabase de contarle toda esta historia.

—Entonces le escribimos. Mira, ahí está la dirección completa... piazza Buonarroti, 29. Milano...

La boca de Beatriz se había curvado en una sonrisa tibia, y en sus ojos había aparecido una vez más la luz que Menkell había llegado a conocer tan bien.

—No, no, no. Nada de cartas. Vamos a hacer algo mejor.

Esta vez fue ella quien se acercó, y al moverse Beatriz el perfume volvió a enviar a Mario un mensaje cifrado que él, por supuesto, no fue capaz de entender.

—¿Qué... qué se te ocurre?

—Vamos a ir allí. A la Casa Verdi. Vamos a ir a Milán y a encontrarnos con esa tal Klara Hauptf. Y vamos a saber de una vez por todas quién era Fernando Montalvo.

—¿Vamos? ¿Quieres decir tú y yo?

Mario Menkell tuvo la sensación de haber aterrizado en uno de esos sueños imposibles que uno tiene de niño: quedarse encerrado durante horas en una pastelería sin vigilancia alguna, o heredar de un pariente lejano toda una tienda de juguetes. Beatriz estaba hablando de un viaje. Un viaje a Italia, aunque para el caso lo de menos era el lugar de destino. No dijo nada. Se limitó a mirar a la pantalla cabeceando, como si necesitase sopesar la idea, aunque en realidad sólo estaba intentando digerir aquel nuevo guiño de la generosa suerte.

Beatriz, por su parte, interpretó mal el gesto de Menkell y pensó alarmada si había ido demasiado lejos. Estuvo a punto de desdecirse —qué va, Mario, es una idea estúpida, un viaje a otra ciudad, a un país distinto, al fin y al cabo ni siquiera sabemos si esa Klara está en la Casa Verdi, quizá ni siquiera vive en Milán y estamos siguiendo una pista falsa—, pero algo le hizo morderse la lengua, ladear un poco la cabeza como una niña que acaba de dar una respuesta absurda en un examen y sonreír como para hacerse perdonar, apelando a la misericordia.

—Hace siglos que no voy a Italia —dijo, y a Mario su voz le sonó rara, como agitada por un temblor.

—Hace siglos que no voy a ningún sitio.

—¿Entonces?

Él la miró sonriendo y levantó las palmas de las manos, como preparado para recibir los dones que el destino tenía a bien enviarle últimamente.

—Pues que me parece estupendo. El puente de mayo empieza dentro de tres días, y no hace falta que te diga que no tengo muchas cosas que hacer.

Beatriz emitió un gritito de triunfo y luego, siguiendo

un impulso, se arrojó en los brazos de Mario Menkell, que la recibió con una torpeza de años. Pero no esquivó la caricia. Era un comienzo, pensaron a la vez.

A pocos metros de allí, medio centenar de alumnos estaban reunidos en asamblea. Habían utilizado una de las aulas vacías durante la hora del almuerzo para tratar el tema que habían bautizado como «Asunto Menkell», aunque dos o tres de ellos hubiesen querido denominarlo de un modo más pomposo. El nombre elegido resultaba bastante vulgar, cuando lo que se traían entre manos era bello e importante y suponía la primera ocasión de su vida de luchar contra el sistema. Es verdad que hasta entonces el sistema no les había tratado demasiado mal a ninguno de ellos, pero los cincuenta jóvenes llevaban años viendo películas y leyendo libros donde la conciencia del protagonista se veía agitada por los fantasmas de la opresión y la injusticia, y cada uno tenía que saltar las barreras de su propio miedo para enfrentarse a esos espectros indeseables, buscar dentro de sí las virtudes teologales que les ayudasen a plantar cara al poder establecido, y librar una extraordinaria batalla en la que, ocurriese lo que ocurriese, los espíritus puros acababan saliendo victoriosos. Daba igual que el oponente fuese el cruel alcaide de una prisión, un general canalla capaz de entregar a sus soldados a una muerte segura para proteger sus medallas y su ego, el director de un correccional o el coronel a cargo de un campo de concentración para prisioneros de guerra. La victoria, al menos desde el punto de vista moral, estaba siempre del lado de los justos.

Pero ¿cuándo habían tenido ellos ocasión de experimentar la dulce sensación del triunfo ético? ¿Cuándo sus corazones habían palpitado al mismo tiempo y por una causa moralmente incuestionable? Porque, desde luego, conseguir que se utilizasen energías limpias para calentar el agua de una piscina cubierta no tenía nada que ver con segar la hierba debajo de los pies del poder establecido.

Todos aquellos chicos, cada uno a su manera, habían envidiado a los jóvenes de otras épocas a quienes la historia había dado motivos para comprometerse con una causa. Hubiesen querido correr delante de los grises, colocar claveles en los fusiles de los soldados portugueses cantando a grito pelado *Grândola, vila morena* y no digamos ya buscar la playa bajo los adoquines en el mayo francés: si no había arena bajo el cemento, al menos aquellas piedras arrancadas servirían de munición contra la policía, símbolo de una época caduca que parecía próxima a desvanecerse para siempre. La primavera del 68, la caída de la dictadura portuguesa, las provocaciones a la policía franquista despertaban en ellos un dulce sentimiento de melancolía, de saudade: la añoranza de aquello que ni siquiera sabemos qué es exactamente. Y, entonces, en plena apoteosis de los veinte años, se les presentaba la ocasión de hacer algo grande: enfrentarse al rector de la universidad en la que estudiaban, y esta vez no por un asunto de energía renovable o de menús multiculturales en la cafetería. Esta vez se trataba de proteger el trabajo y el futuro de un ser humano. Del bueno del profesor Menkell. Y ésa sí era una causa suficientemente seria como para ponerse en pie de guerra.

El primero en llegar a la reunión había sido Pablo Caspe. Lucía una tupida barba de tres días, y unas profundas ojeras acentuaban el aire lánguido que le daban la melena negra y los ojos de un azul violáceo. Se miró disimuladamente en el cristal de la puerta de entrada y pensó, con cierta satisfacción, que tenía un aspecto horrible. Durante la semana había intentado que el sol de abril no interfiriese en su palidez —que estaba adquiriendo matices cerúleos—, y la sombra amenazadora de la barba incipiente y los ojos afiebrados le permitían ofrecer la imagen perfecta de un ser atormentado e infeliz.

Llevaba días trabajándose aquel aspecto demacrado: había tenido una cita con su padre la noche anterior, y deseaba proyectar sobre el autor de sus días el efecto perverso que sobre él estaba teniendo su decisión de casarse. Sin embargo, y para desconcierto de su único hijo, Rodrigo Caspe ni siquiera había reparado en su tez de parafina, en el brillo melancólico de sus ojos o en la palidez de sus labios. Estaba exultante, feliz, como corresponde a todo hombre enamorado, y se había pasado la cena hablando de esa fulana con la que iba a casarse. Pablo ni siquiera tuvo la opción de exponer sus dudas al respecto del compromiso: enseguida se dio cuenta de que su padre estaba tan enfangado en su propia dicha que era incapaz de percibir cualquier emoción ajena. Él había pensado que un par de suspiros, una mirada perdida y un vago rictus de tristeza bastarían para que su padre se olvidase del resto del mundo para preguntarle: hijo, ¿te pasa algo?, y entonces él tendría la ocasión de sincerarse, de confesar que detestaba la idea de tener una madrastra, de que una mujer desconocida —y a medio camino entre la edad de ambos— estuviese a punto de enseñorearse del espacio común de la casa familiar donde sólo cinco años atrás había reinado su madre. Pablo quería explicar a su padre que no estaba preparado para iniciar una convivencia con una extraña, que no había necesidad de precipitar las cosas, podríais esperar un poco, ¿no te parece?, al menos para conoceros mejor y para darme tiempo a mí a... hacerme a la idea de que vas a sustituir a mamá por alguien que hace dos meses ni tú ni yo sabíamos que existía.

Ése habría sido el momento de dejar que un par de lágrimas resbalasen por su piel recién salida de la adolescencia. El recuerdo de la madre muerta, de la esposa prematuramente desaparecida, pasaría flotando entre ellos dos y se instalaría cómodamente en el ámbito de la casa, esperando el regreso de Rodrigo Caspe al sentido común. Pablo entendía que a su padre pudiese apetecerle estar con otras mujeres, tener sexo y todo eso —después de todo, el hombre sólo tenía cuarenta y nueve años—, compartir cenas, fines de semana románticos, incluso vacaciones. Pero casarse era otra cosa. Había conocido a aquella mujer en Argentina durante un viaje de trabajo, y, después de unas semanas de folleteo —o eso era lo que Pablo pensaba—, ella le había comido la oreja para convencerle de que se casaran. Y el muy gilipollas había caído en la trampa de una sudaca de mierda con ganas de instalarse en la civilización y había dicho que sí, tócate los cojones. Pablo se había enterado por teléfono. La voz de su padre, ligerísimamente distorsionada por la distancia, sonaba radiante mientras le daba la noticia: me caso, hijo, ya sé que parece una locura, pero me caso.

Y tanto que era una locura. Pablo se había abstenido de hacer comentarios —discutir por teléfono siempre le había parecido una pésima estrategia cuando había en juego algo verdaderamente importante— y decidió aprovechar los días que quedaban antes del regreso de su padre para preparar una conversación larga, madura y provechosa capaz de hacerle recapacitar. A última hora, y por si su argumentario se mostraba ineficiente, decidió convertirse en la viva imagen de la tristeza y la angustia: la pena de un hijo puede ser mucho más eficaz que todos los razonamientos del mundo. Cuando vio a su padre entrar por la puerta, bronceado y feliz, con un brillo de adolescente en la mirada y sosteniendo sus pesadas maletas con tanta despreocupación como si estuviesen cargadas de plumas, empezó a sospechar que su plan iba a ser un completo fracaso.

—¿Cómo te fue con tu padre?

Juanedo Martín estaba al tanto de sus intenciones. Él también tenía un padre casado en segundas nupcias —aunque su caso era distinto: su padre estaba divorciado y él vivía con su madre—, y Pablo había decidido que se encontraba en condiciones de entender su drama personal, a pesar de que éste era mucho más hondo que el de un chico que sólo ve a la nueva esposa de su padre durante parte de las vacaciones de verano, algunos fines de semana y la mitad de las fiestas navideñas.

—Mal, tío. Fatal. Ni me escuchaba. Estaba allí, sonriendo como un imbécil, hablándome de lo feliz que era y no sé cuántas cursiladas más... Esa zorra le ha sorbido el seso.

—Lo que le ha sorbido es otra cosa, Pablete. —Le echó un brazo por encima de los hombros—. Recuerda que te lo advertí: tu padre se va a pasar por el forro todo lo que le digas.

—Ya. Pero es que no pude decirle nada... ¿Te puedes creer que ni me preguntó qué me parecía toda esa mierda de la boda? Lo único que hacía era repetir que se sentía muy afortunado porque la vida le hubiese dado una segunda oportunidad. Joder, si es que hablaba como los de las telenovelas...

—Bueno, pues esto es lo que hay y más vale que empieces a asumirlo. Esa tía se instalará en tu casa y te tocará los cojones todo lo que pueda, que a ver si te crees que ella está encantada de tenerte en medio de su nidito de amor...

—No, si al final voy a ser yo el que esté de sobra, me cago en la leche.

—... y será mejor que no te metas con ella, porque al principio tu padre estará siempre de su parte. Luego, ya veremos.

—Y espera, que quiere que la conozca. Nos ha montado una comida para dentro de unos días. Ella y yo. Solos.

—No jodas...

—Sí, tío. Esto parece una puta serie americana. Espero que no me suelte que quiere que seamos amigos o alguna mierda así, porque como se le ocurra...

—Pues eso es lo que te va a decir. —Le dio una colleja amistosa—. Olvídalo, tío, y trata de llevarte bien con esa fulana. De momento estás jodido, así que no compliques las cosas o serás tú quien salga perdiendo.

Estás jodido. Eso era lo que Pablo Caspe llevaba horas pensando. Jodido, pero bien jodido. Una extraña iba a perturbar para siempre la rutina feliz de su vida, la deliciosa privacidad de su casa, incluso —¿sería de esa clase de mujeres?— el inviolable santuario de su habitación. Su padre llevaba años sin entrar en su dormitorio, así que aquel cuarto de casi treinta metros cuadrados era una especie de territorio inexpugnable donde convivían un ordenador de última generación, la Play 4, una tostadora para copiar CD, dos armarios llenos de ropa y zapatos, una discreta colección de revistas de porno blando —a las que últimamente prestaba menos atención— y centenares de libros. A lo mejor la sudaca empezaba a husmear entre sus cosas y montaba un pollo al encontrar los ejemplares de porno importado. Eso le estaría bien, pensó, a lo mejor debería dejar unas cuantas revistas abiertas en lugares estratégicos para que la zorra no tuviese dificultad en dar con ellas. Incluso podría comprar ejemplares nuevos más subidos de tono. Sadomaso y esas cosas. No le interesaba una mierda el sadomaso, pero la nueva mujer de su padre se llevaría un sofoco si encontrase ese tipo de material desparramado por la habitación. También podía probarse las ropas de ella, hacerse una polaroid y dejársela sobre la cama. Aquella tía iba a acojonarse de veras si creía que estaba viviendo con un pervertido. Su boca se curvó en una sonrisa, pero enseguida se dio cuenta de que no era capaz de hacer ninguna de esas cosas. La guerra de guerrillas no era su fuerte. Juanedo tenía razón, estaba jodido y bien jodido.

Y encima lo de Menkell. De todos los profesores de aquella puñetera universidad en la que se había matriculado por complacer a su padre, Mario Menkell era el único cuyas clases le interesaban. Había cogido dos asignaturas suyas —el máximo de optativas que podía cursar— y desde la primera lección se había dado cuenta de que aquel tipo bajito y poca cosa era lo mejor que le había pasado en toda su vida académica. Menkell le había hecho morder el anzuelo, y desde que asistía a sus seminarios había empezado a leer con otro espíritu, no sólo para disfrutar de la literatura, sino también para desentrañar los secretos de la arquitectura de los libros, para averiguar cómo estaban hechos por dentro. Desde que conoció a Menkell, y por consejo suyo, leía con un escalpelo en la mano, como si todos los buenos libros mereciesen ser sometidos a una concienzuda operación quirúrgica.

Pablo Caspe quería ser escritor, y el problema era que hasta hace unos meses no sabía ni por dónde empezar. Y entonces el profesor Menkell había llegado a su vida y las cosas empezaron a tener sentido: de pronto, había alguien cerca capaz de proporcionarle una hoja de ruta, alguien a quien hacer preguntas concretas cuando decidiera dar el salto y empezar a escribir su... su novela. Al principio le costaba decirlo incluso interiormente: su novela. Pero estaba ahí, en la cabeza, pugnando por salir mientras entretenía el ansia creadora componiendo relatos cortos y hasta algún poema más bien flojo. Fue Menkell quien le animó a probar: ¿por qué no va a intentarlo si es lo que quiere?, le dijo, y cuando él había esgrimido la explicación de la juventud le dio una lista de escritores que habían redactado una obra maestra antes de cumplir los veinte. Así que empezó. Tras casi un año de trabajo había logrado componer más de ciento ochenta páginas de las que se sentía muy orgulloso. Cinco o seis meses más y habría terminado. Entonces llegaría el momento de mostrar a Menkell el fruto de su esfuerzo y de su talento. Y ahora el cabrón del rector Saldaña quería apagar para siempre aquella luz aparecida al final del túnel, acabar de un plumazo con las clases de Menkell, acabar con Menkell, acabar con él mismo, con Pablo Caspe, escritor en ciernes, futuro novelista de éxito... e inminente hijastro de una putilla argentina que había engatusado a su padre para casarse con él.

—Bueno, ¿estamos todos?

La voz ligera de Bárbara Almansa lo sacó de sus cavilaciones.

—Creo que sí.

—Pues empezamos. —La hija del vicedecano parecía decidida a asumir el liderazgo de aquella singular operación. A nadie se le ocurrió discutir sus derechos: al fin y al cabo, había sido ella quien había dado el aviso del próximo despido de Menkell—. Sabéis que hemos hecho llegar una carta a Saldaña para pedirle una reunión. Angélica, su secretaria, se la entregó en mano.

—Qué enrollada —dijo otra chica. Era una pelirroja larguirucha que tenía el mejor expediente de su curso y demostraba hacia Bárbara Almansa una profunda antipatía. Ella acusó el golpe y fulminó con la mirada a la autora del comentario.

—Pues sí. Nos está ayudando mucho, ¿vale? Así que no te pases de lista o la próxima vez irás tú al despacho de Saldaña a meterle el puto sobre por debajo de la puerta. —Se atusó la melena, y esperó unos segundos antes de seguir hablando para dar más efecto a su comentario amenazador—. Esta mañana, Angélica me ha entregado una nota de respuesta.

—¿Y qué dice? —en la mirada de Pablo Caspe se reflejaba una ansiedad auténtica.

Bárbara ladeó la cabeza y dedicó a sus compañeros una mirada de inocencia.

—No lo sé. No la he abierto. Esperaba a que estuviésemos todos, me pareció lo más correcto —lo dijo con un aire de dignidad suprema que, de todas formas, no impresionó a nadie. Alguien le quitó la carta de las manos, rasgó el sobre y leyó en voz alta las líneas escritas por Claudio Saldaña.

—«He recibido su nota, y estoy dispuesto a recibirles después de los exámenes finales de mayo y junio, cuando ustedes y yo estemos más liberados de nuestros mutuos compromisos académicos.» Qué hijo de puta.

Se sucedieron una serie de comentarios poco halagüeños en torno al rector, sus padres y su progenie. Bárbara Almansa también emitió alguna imprecación intentando que su furia pareciese recién estrenada. En realidad, había leído la carta nada más entregársela Angélica —tuvo algunos problemas para volver a cerrar el sobre— y ya se había indignado en su momento. Por eso intentó contener a los otros.

—A ver, por favor, vamos a calmarnos un poco... La respuesta del rector complica las cosas y...

—«La respuesta del rector complica las cosas...» —Borja Estévez daba a la frase un soniquete repelente, en una imitación burlesca de la voz algo aniñada de Bárbara Almansa. Los otros se rieron. En realidad, la chica no gozaba de demasiadas simpatías—. ¿Quieres dejar de hablar como si estuvieses dando una conferencia a un montón de viejales? El rector ha pasado de nosotros como de comer mierda, Barbarita. Así se dicen las cosas cuando se está hablando con gente normal. Saldaña no está dispuesto a discutir el despido de Menkell ni contigo, ni con nadie. Eso de posponer la reunión hasta el mes de junio es una forma como otra cualquiera de mandarnos a todos a tomar por culo. Así que habrá que pensar en otra cosa.

Todos los ojos se fijaron a la vez en Borja Estévez. Bárbara Almansa se dio cuenta de que el liderazgo acababa de serle arrebatado por aquel chico vulgar y poco atractivo, y se sintió invadida por una deprimente sensación de derrota. Se recuperó un poco al recordar que dependían de ella para comunicarse con Angélica, que era pieza clave en el contacto con el rector.

Mientras Bárbara Almansa hacía cábalas sobre su papel aún preponderante en aquella historia, Pablo Caspe volvía a notar que el mundo se hacía añicos bajo sus pies. Recordó la próxima cita con su futura madrastra, y la sensación de desánimo se multiplicó hasta el infinito. Borja y los otros seguían hablando, pero a él le costaba trabajo seguir el hilo de la discusión. Su vida se estaba yendo al carajo, pensó, y parte de la culpa era del rector Saldaña. Podía aguantar lo del zorrón argentino. Podía aguantar la pérdida de su espacio, de su autonomía, de su libertad. Pero lo de Menkell era mucho más grave. Maldijo a Claudio Saldaña desde todos los rincones de su conciencia. Haría cualquier cosa por joder a ese tío. Por joderlo, pero bien.

En la tarde de un viernes —y más cuando estaba a punto de iniciarse un puente de cinco días—, la terminal cuatro de Barajas es uno de los lugares del mundo más apropiados para perder los papeles, la cabeza... y, por supuesto, un avión. Las medidas de seguridad previas a la entrada en la zona de embarque provocan colas kilométricas donde los sufridos viajeros son tratados como parte de una yunta de bueyes o del más lamentable rebaño de ovejas. Empleados de Aena pastorean sin disimulo —incluso con cierta sensación de triunfo— a ejecutivos, turistas, jubilados, parejas de novios, exploradores o estudiantes de intercambio, cuyos planes para el fin de semana llevan aparejado el pago de un curioso peaje: el de ser considerados delincuentes en potencia. Mario Menkell observaba, descorazonado, cómo todos los viajeros eran invitados a desembarazarse no sólo de cualquier cosa sospechosa de ser convertida en un arma —desde unas vulgares tijeras de manicura a un mondadientes de metal—, sino también de complementos aparentemente inocentes como el cinturón, las llaves o el reloj de pulsera. Aun así, a veces aquella bochornosa inquisición no era suficiente, y si al pasar por el arco detector se escuchaba el sonido de la alarma, el pasajero era sometido a la ignominia de un cacheo, sí, sí, un cacheo como los que se ven en las películas. Un hombre mayor —que llevaba en su aspecto y en su preciosa bolsa de cuero el marchamo inconfundible de los viajeros expertos— se abría resignadamente de piernas para facilitar las operaciones de prospección, mientras los pantalones empezaban a resbalarle por las corvas ante la ausencia de los tirantes, que habían sido depositados en la bandeja de plástico. Por pura empatía, Menkell suspiró aliviado cuando el guardia civil dio por finalizada la investigación en busca de sabe Dios qué cosa, e indicó al sospechoso que siguiese su camino con un displicente gesto de cabeza, que parecía querer decir: «ande, tire para adelante, que me ha cogido usted en un buen día». Resignado, con la cabeza aún gacha, levemente reducido a una categoría inferior, el hombre recogió mansamente sus cosas —los tirantes, el reloj, una bonita pulsera de pelo de elefante— y se vistió con dulce modestia junto al resto de los damnificados por el celo de las reglas internacionales sobre seguridad.

Mario Menkell se dijo que hubiese preferido no presenciar aquella escena. La idea del viaje —y toda su interminable burocracia de colas y esperas, de comprobaciones y verificaciones documentales— ya le ponía suficientemente nervioso. Ver a un pobre hombre vapuleado y convertido en sospechoso de algo que no acertaba a imaginarse no hacía sino acentuar su sensación de ansiedad.

No lo había comentado con Beatriz —tampoco era necesario hacerlo, y seguro que ella lo daba por sentado—, pero no sólo era la primera vez que salía del país, sino también la primera que viajaba en avión. Cuando era niño, los viajes familiares se reducían a mínimos desplazamientos en coche a un pueblo de la sierra en la época de vacaciones, y algún que otro trayecto en tren, no recordaba con ocasión de qué. Eso era todo. ¿Podían imaginar los lectores de *Lo que me contó Bernard M.* que el autor de aquella historia tenía tan escasa experiencia viajera? Seguro que no, dijo, y sonrió recordando a Salgari: aquel pobre hombre jamás había salido de los grises límites de la ciudad de Turín, mientras los héroes de sus novelas se movían con pasmosa naturalidad por los acantilados del Caribe y las junglas misteriosas de Malasia.

Otro tanto había hecho él: reducido a las cuatro paredes de una casa compartida con dos inválidas, su Bernard M. había paseado por Venecia y Manhattan, por el París de entreguerras y las callejas tortuosas de los pueblos de la Dalmacia. Tras renunciar a la vida deseada de idas y venidas, a escuchar el zumbido de idiomas diferentes, a probar alimentos indescifrables y cruzarse con hombres y mujeres distintos —cuántas veces había recordado las palabras de Mutis: «es menester lanzarse al descubrimiento de nuevas ciudades. / Generosas razas nos esperan»—, había recreado la vida inverosímil y hermosa de Bernard M. avezado viajero, amigo cosmopolita de artistas reconocidos, discreto notario de una época irrepetible.

Pero Bernard M. pertenecía a otra época, y para él empezaba también una nueva edad, que inauguraba subiendo en avión, saliendo del país por primera vez en su vida. Cuando los avisaban para embarcar, a la memoria de Menkell llamaron suavemente los otros versos de Álvaro Mutis: «Aún queda tiempo. Bien poco, es cierto, pero es menester aprovecharlo.» Miró a Beatriz, sentada junto a él, que sostenía las tarjetas de embarque, y le dedicó una sonrisa que ella no supo descifrar en todo su sentido, pero que interpretó como llena de buenos augurios.

El vuelo a Milán transcurrió tranquilo y sin sobresaltos, en medio de un cielo tan azul que Beatriz sintió la tentación de advertir a Mario de que no era normal disfrutar de un viaje así, plácido y libre de la menor turbulencia. Pero no dijo nada. ¿Para qué estropear el momento con advertencias agoreras? Tampoco se explica a un niño que la vida es cruel cuando acaba de soplar las velas de su tarta de cumpleaños. Menkell tendría tiempo de descubrir por sí mismo las inclemencias de las rutas aéreas, las amargas sorpresas que puede encerrar un viaje en avión. Por fortuna, no iba a ser aquel día ni durante aquel vuelo a Milán. El avión tomó tierra sin alarma ni estrépito y se deslizó con elegante suavidad por la pista, tanto que Mario Menkell tuvo ganas de exclamar: ¿y esto es todo? Llevaba días inquieto ante la inminencia de su bautismo aéreo, y la experiencia le había parecido más bien poca cosa... sí, incluso algo decepcionante. En definitiva, lo más cercano al conato de aventura había sido el paso por el arco detector de metales.

Tomaron un tren a la ciudad y luego un taxi al hotel Corso, en la avenida Castello. Beatriz vio los ojos abiertos de Mario cuando prácticamente se dieron de bruces con la fortaleza de los Sforza, y por un momento tuvo la tentación de olvidarse de todo, de la Casa Verdi, de Fernando Montalvo, de Klara Hauptf, de la novela, y dedicar aquellos días en Milán a hacer turismo. Recién salido de su concha, ingresando en el mundo después de tantos años, Mario Menkell habría de disfrutar como un niño descubriendo Milán, las terrazas del Duomo, la iglesia de

San Giorgio Maggiore, las galerías Vittorio Emmanuele, la pinacoteca Ambrosiana, y, mientras pensaba en todas esas citas con la ciudad, Beatriz sintió una punzada de ansiedad, la misma que se apoderaba de ella cada vez que viajaba a algún lugar y se sentía en la obligación de verlo todo. Sonrió para sí misma y se dijo que siempre sería una turista. Mario, sin embargo, que miraba a su alrededor con la calma beatífica de un buda, tenía todo lo necesario para convertirse en un viajero.

El hotel era grande y algo destartalado, y —como la mayoría de los hoteles italianos— no correspondía a su clasificación por estrellas. Beatriz había reservado dos habitaciones e insistido en la importancia de las vistas, y en eso habían tenido suerte: ambos cuartos tenían amplios ventanales desde los que se veía el magnífico castillo de los Sforza. Al mediodía —eran casi las tres— el sol arrancaba destellos rojizos a la piedra tallada.

Se dieron unos minutos para instalarse y se citaron en la recepción del hotel. Al llegar, Beatriz se encontró a Mario hablando con el conserje en un correcto italiano.

—Así que quieren visitar la Casa Verdi... es un lugar precioso, ya lo verán... ¿son músicos los señores? Allí van muchos músicos para ver la tumba de Verdi y de su esposa. Claro que a mí eso de ver tumbas... Me parece mucho más bonita la casa de reposo. Ahora hay cerca de cien ancianos. Todos músicos sin recursos. Una tía de mi mujer vivió allí hasta que... —Miró al cielo y se santiguó—. Era cantante de coro. Soltera y sin hijos. Pero en la casa estaba como una reina. Mucho mejor que en cualquier otro sitio. La cuidaban muy bien, decía que la comida era estupenda... y, además, los viejos se organizan para entretenerse. Dan sus conciertos, practican...

Beatriz interrumpió lo que parecía ser una cuña publicitaria.

—¿Cómo podemos ir desde aquí?

—Lo mejor es que tomen el metro. Hay una estación en la misma plaza Buonarroti. El taxi sale muy caro. Los taxistas de Milán son unos ladrones, se lo advierto.

—Ya... bueno, muchas gracias por todo.

—Un placer. Que les guste la casa. Y las tumbas, si es que van a eso.

Salieron a la calle. La temperatura era agradable, y apenas había nubes. Beatriz se dijo que era la primera vez que veía el sol en Milán. Hasta entonces, había relacionado la ciudad con la lluvia menuda y un cielo gris, bajo y triste, de tintes casi opresores. Bajo aquella luz le pareció una ciudad distinta.

—No sabía que hablases italiano.

Mario sonrió.

—Es una historia muy tonta. Cuando me quedé solo, quise hacer un curso de francés. Los de la escuela se equivocaron y me enviaron el material correspondiente al módulo de italiano. No me atreví a devolverlo...

Se rieron los dos.

—Mira, al final te ha venido bien.

—¿Y tú? ¿Cómo aprendiste?

—Tuve un novio de Palermo cuando estaba en Temple. Un tipo muy curioso. Tenía un Maserati rojo y nunca supo explicarme a qué se dedicaba su padre. «Tiene negocios», decía siempre. Estaba convencida de que pertenecía a una familia de mafiosos. Así que me daba miedo dejarle y estuve casi un semestre con él, hasta que me plantó por una estudiante finlandesa de primer curso. Fue una liberación. Pero, por lo menos, me sirvió para aprender italiano. Así que los dos sabemos el idioma por una cuestión de falta de arrestos: tú para cambiar el curso que te mandaron y yo para romper con el palermitano. Lucca, se llamaba. Tenía el pelo negro y recogido en una coleta, y siempre llevaba camisas negras. Parecía uno de los Soprano. ¿Qué habrá sido de él?

Entraron en un café vecino para comer algo. Se había pasado la hora del almuerzo, pero en el local servían paninis calientes en cualquier momento.

—¿Estás preocupado? —Mario Menkell jugueteaba con la carta y el dispensador de servilletas, y su pie derecho se movía nerviosamente como si estuviese pisando un acelerador imaginario.

—No... Mentira, sí. Bastante. Es que cuando estábamos en Madrid todo parecía muy sencillo, pero ahora, aquí... es como si empezásemos de cero otra vez, como si todo lo que hemos hecho bien hasta ahora se pudiese ir al traste...

Beatriz estaba segura de que se refería a Fernando Montalvo. Mario también, pero al escucharse a sí mismo reparó en el doble sentido de sus palabras. Porque en el fondo era eso lo que le obsesionaba: hacer algo mal, estropear la milagrosa relación que había conseguido crear entre ambos. En Madrid las reglas estaban claras para los dos, y al no haber preguntas tampoco era necesario desembocar en respuestas. Pero habían viajado durante dos horas, y estaban en Milán, frente a la fortaleza de los Sforza... ¿sería capaz de hacer funcionar todo también allí?

—No te pongas paranoico. No hay nada que pueda salir mal.

Y, sin embargo, pensaba Beatriz, qué fácil es dar un paso en falso, que fácil hacer un movimiento indebido en el instante menos adecuado, y deseó poder dar la vuelta en el tiempo —para el caso, también en el espacio— y regresar a la casa de Montalvo, a la sombra protectora de todas aquellas cosas entre las que ambos habían aprendido a moverse y a ser felices sin necesidad de complicarse la vida. Tal vez la idea de viajar a Italia había sido un error descomunal, tal vez Mario se sintiese abrumado por tantas y tantas novedades, el vuelo, aquel hotel tan poco acogedor —alguien debería matar al tipo de la web que lo recomendaba con tanto entusiasmo—, la poderosa presencia del castillo, el mundo nuevo que aún no estaba acostumbrado a la presencia de los dos. Por favor, por favor, por favor, que todo salga bien, que no se estropeen las cosas por culpa de este viaje...

—... Visitaremos la Casa Verdi, conoceremos a la señora Hauptf, y ella te dará tantas pistas sobre Fernando Montalvo que podrás escribir no una, sino dos novelas. Neves estará encantado, y tú tendrás material extra por si acaso dentro de unos años el gilipuertas de Saldaña intenta volver a tocarte las narices.

—Qué optimismo.

Volvieron a reírse. El camarero llegó con los bocadillos rebosantes de salami, tomate y mozzarella fundida, y Beatriz observó complacida que Mario mordía el suyo cerrando los ojos, para multiplicar en lo posible el placer obtenido de aquel primer bocado. Su ánimo volvió a serenarse: no había nada que temer.

Situada en la plaza de Michelangelo Buonarroti, la Casa Verdi era un imponente edificio pintado de blanco y cuajado de ventanas de ojiva que lo hacían semejante a una mansión veneciana. Costaba pensar en que aquel remedo de palazzo de los Dogos era en realidad un asilo, a pesar incluso del letrero de la fachada: «Casa di Riposo per Musicisti Giuseppe Verdi.»

En cuanto atravesaron el portalón de entrada, Beatriz y Mario tuvieron la impresión de entrar en una abadía: fuera, el ruido del tráfico era casi insoportable, pero el amplio vestíbulo de la casa parecía estar concebido para poner el lugar a salvo del guirigay del mundo exterior. El vestíbulo flotaba en un silencio multiplicado por el pequeño jardín delantero, salpicado de rosales floridos. Al fondo, como les había advertido el conserje del hotel, se encontraba el mausoleo de Verdi y de su esposa Giuseppina.

—*Buona sera.*

La mujer de la recepción era una hermosa italiana de edad indefinida entre los cincuenta y los setenta años. Tenía unos intensos labios de *maggiorata*, la piel acaramelada y un cabello espeso que se obstinaba en ser oscuro, aunque necesitase para ello la ayuda del tinte que empezaba a echarse de menos en el nacimiento del pelo. Era evidente que le sobraban algunos kilos, pero a quién no a su edad, pensó Beatriz. Tenía la mirada fija en el ordenador, y tardó unos segundos en apartarla para responder al saludo. Cuando lo hizo, exhibió unos fabulosos ojos verdes que rubricaban lo que Mario y Beatriz habían empezado a pensar: aquella matrona que se precipitaba hacia el abismo de la edad había sido en otro tiempo una verdadera belleza con derecho a darse un baño nocturno en cualquier fuente de Roma.

—*Buona sera.*

Mario tardó unos segundos en reaccionar, deslumbrado aún por aquellos ojos magnéticos.

—*Buona sera* —repitió—. Este... hemos venido desde España y... quisiéramos ver a la señora Klara Hauptf.

Hubiesen tenido que estar ciegos para no darse cuenta de que la luz verdosa de aquellos ojos perdió su brillo inmediatamente. Beatriz sintió algo raro en el estómago, como si se hubiese tragado de golpe un vaso de agua helada.

—¿Son ustedes amigos suyos?

—Sí... bueno, no exactamente... tenemos un amigo común, ¿sabe? Y como estamos de paso en Milán...

La mujer detuvo la explicación con un gesto de emperatriz romana.

—Señor... siento decirle que la señora Hauptf murió hace un par de meses. Lo... lo lamento... pensé que habíamos avisado a todos los allegados, pero, claro, es imposible hacer bien estas cosas. El funeral fue el jueves pasado. Un funeral precioso, créanme. La señora Palacci cantó un fragmento del réquiem... Llevaba años sin hacerlo, ¿saben? Pero se empeñó y... El pobre señor Hauptf lloraba como un niño... en realidad, todos llorábamos... fue tan hermoso...

Esta vez fue Beatriz quien interrumpió la explicación.

—¿El... el señor Hauptf?

—Sí. Nuestro querido Iosto. Pobrecito. A veces pienso que, cuando dos personas se quieren tanto, Dios debería llevárselas al mismo tiempo. —Meneó la cabeza—. Pero las cosas no son así.

—Por desgracia. —Beatriz sabía que a partir de entonces estaban en manos de aquella imponente *madonna* entrada en años y sintió que debía darle la razón en todo—. Esto también debe de ser duro para ustedes.

—Sí, es terrible. Y pasa con demasiada frecuencia. Hay varias parejas entre los residentes, y cada cierto tiempo... ya saben...

—Es ley de vida —sentenció Beatriz.

—Ley de vida, eso es. Pero una ley terrible.

—Y... ¿cómo se encuentra... Iosto?

—Imagine. Él y la señora Hauptf llevaban casi cincuenta años juntos.

Beatriz se convenció de que había conseguido crear cierta empatía entre ella y la recepcionista.

—¿Cómo se llama usted?

—Nicoletta...

—Bueno, Nicoletta, pues... nos gustaría ver al señor Hauptf para expresarle nuestras condolencias.

Ella les miró con cierta severidad desde sus ojos glaucos.

—No es hora de visita... y, además, si no son ustedes parientes tendrían que cumplir ciertas formalidades... hay que solicitar un permiso a la dirección, y también al interesado.

—Ya entiendo, pero...

—De todas formas, y dadas las circunstancias —miró, sonriente, a Beatriz, a quien, efectivamente, parecía considerar parte de su equipo—, voy a dejarles pasar. Al señor Hauptf le vendrá bien un poco de compañía. No tiene muchos conocidos fuera de aquí, ¿saben? Así se distraerá un rato. Anotaré sus nombres... es sólo un trámite, tengo que hacerlo con todos los no residentes.

—Beatriz Millares.

—Mario Menkell.

Nicoletta escribió algo en una vulgar libreta de pastas de plástico y luego salió de la garita.

—Esperen un momento... ¡Sveva!

Una joven rubia y de aspecto insignificante acudió a la llamada. Mario y Beatriz pensaron al mismo tiempo que la frágil Sveva parecía el contrapunto de Nicoletta, con su geografía de matrona y sus ojos inmensos.

—Quédate aquí un momento mientras acompaño a los señores.

—¿Han rellenado la ficha?

La otra le dedicó una mirada fulminante que sirvió para aclarar quién era la que mandaba allí.

—Deja que me ocupe yo de eso. —Y en un tono un poco más afectuoso—: Han venido a ver a Iosto.

—Ah, eso es estupendo. —La faz pálida de Sveva pareció iluminarse con la noticia—. Creo que está en el jardín.

—Pues vamos hacia allá. Vengan conmigo.

Siguieron a la mujer. La Casa Verdi parecía un lugar suspendido en alguna región indefinida del tiempo de los dioses. Avanzaron mecidos por las notas lejanas de un violín y una tuba, y por las escalas que cantaba una voz apagada que se resistía a dejar de ser hermosa. La atmósfera de extrema quietud debería haber sido turbada por el sonido de los instrumentos y los ejercicios de canto, pero era como si todos los ruidos naciesen con el objetivo de apuntalar la paz sobrenatural de aquel refugio. Nicoletta los condujo por un pasillo donde había varios pianos protegidos del sol por sábanas blancas. Parecían esculturas informes, o quizá los cadáveres de enormes animales piadosamente ocultos bajo sudarios. En su camino al jardín, Beatriz y Mario se cruzaron con varios ancianos de porte aristocrático que les saludaron con un *buona sera* o un leve y elegante movimiento de cabeza, como si se supiesen dueños y señores de aquel privilegiado reino de sosiego y música. Mario se preguntó quiénes serían. ¿Intérpretes? ¿Compositores? ¿Maestros? ¿Seguirían ellos ejercitando sus habilidades musicales o las habrían dado por perdidas hacía mucho tiempo? Sólo de algo estaba seguro: aquellas personas no concebían la Casa Verdi como un triste asilo para esperar la muerte, sino como el lugar que iba a permitirles prolongar hasta el final la razón última de su existencia. Ahora sonaba un piano, y arreciaban las escalas. A Mario le pareció escuchar las marcas del compás que dictaba el metrónomo. Incluso cuando se producía un denso silencio de apenas dos segundos, el lugar seguía rezumando música.

—Por aquí, por favor.

Salieron a un jardín con aspecto de claustro, uno de esos luminosos jardines con una fuente en medio, y salpicados de flores que crecen en riguroso desorden. Había una docena de ancianos paseando lentamente bajo la sombra protectora de dos o tres árboles —tilos, pensó Beatriz—, e incluso una de las inquilinas tomaba coquetamente el sol sentada en un banco de piedra. Se había desabrochado algunos botones de la blusa para broncearse mejor, y dejaba a la vista sus hombros huesudos y el escote salpicado de manchas.

—La señora Rossi —Nicoletta advirtió la mirada de Beatriz— era cantante. Llegó a actuar en la Scala. Tiene ochenta años y no debería tomar el sol sin protección, pero imagine lo que es decir a una antigua *prima donna* lo que debe y no debe hacer. Ahí tienen a Iosto.

Mario y Beatriz miraron al mismo tiempo a un anciano que parecía dormitar bajo uno de los árboles. Estaba sentado en una silla, y una manta de lana le tapaba las piernas. Beatriz sintió una sensación de ahogo: de entre todos los inquilinos de la Casa Verdi, el señor Hauptf era el único que parecía verdaderamente viejo. El dolor hace estas cosas, pensó, y sin saber por qué metió las manos en los bolsillos de su chaqueta y cerró los puños, como si quisiera protegerse de algo.

—Si está dormido, a lo mejor deberíamos...

—No, nunca duerme a esta hora. Cierra los ojos porque le molesta mucho la luz, y como es un cabezota se niega a usar las gafas de sol. Y aquí cada residente hace lo que le da la gana. Pero ése es otro asunto. Vamos, acérquense. —La enfermera se inclinó hacia la oreja de Iosto Hauptf—. Señor Hauptf... tiene usted visita.

El anciano se incorporó. Cuando abrió los ojos, pudieron comprobar que tenía el iris de un raro azul casi transparente: eran los ojos más claros que ninguno de los dos había visto jamás. Iosto Hauptf se puso en pie sin ninguna dificultad, y a Beatriz le alivió comprobar que no era un inválido.

—Iosto, estos señores conocían a su esposa... —Nicoletta alzaba la voz—. Se llaman Mario y Beatriz, han venido desde España, y quieren saludarle a usted. ¿Le parece bien?

Él les dedicó una inclinación de cabeza que más parecía la reverencia de un director de orquesta en pleno saludo tras un concierto exitoso.

—Por supuesto. Son muy amables. ¿Quieren que pasemos dentro? Estaremos más cómodos en la salita, aquí empieza a hacer frío.

Regresaron al interior. En silencio, Nicoletta abrió para ellos lo que parecía ser una pequeña sala de visitas, y encendió una cafetera eléctrica antes de marcharse.

—¿Pueden servirlo ustedes? —y, dirigiéndose a Mario y a Beatriz—: Media hora, ¿de acuerdo? El señor Hauptf tiene que descansar.

—Ay, Nicoletta, ¿de qué se supone que tengo que estar cansado?

—No discuta conmigo. Sabe que lleva las de perder.

Y, como cediendo a un impulso, besó la frente del viejo antes de salir, meneando sus contundentes caderas. Iosto Hauptf les dirigió una media sonrisa.

—Bueno, pues cuéntenme... ¿de qué conocían a mi querida Klara?

Hubo un silencio. Beatriz observó sin disimulo al señor Hauptf, y pensó que así, despierto y alerta, era el anciano más guapo que había visto en su vida. Tenía los huesos largos y la cintura estrecha, una nariz que parecía trazada con un tiralíneas, y la boca grande delimitada por unos labios pálidos e intensos de galán de cine. Lucía un ligero bigote gris sobre el labio superior, y tenía unos pómulos indios que contrastaban con los ojos transparentes y la piel blanquísima.

—Pues... es un poco largo de explicar. —Mario miró a Beatriz desesperadamente.

—En realidad, su esposa y nosotros... digamos que teníamos un amigo común...

Él la miraba entre la curiosidad y el desconcierto.

—No sé si conocía usted al señor Montalvo.

El rostro de Iosto Hauptf pareció enrojecer, y los ojos adquirieron otro brillo que sólo Beatriz supo relacionar con la ira. En aquel momento, la profesora Millares hubiera dado cualquier cosa por estar en cualquier lugar distinto a aquella habitación de la Casa Verdi, frente al viejo más guapo del mundo.

—Pero ¿es que este hombre no va a dejarme en paz nunca? ¿Ni siquiera ahora que Klara está muerta?

Mario perdió de golpe todo el color de la cara y su piel adquirió instantáneamente el matiz grisáceo de la mala salud. Beatriz notó que la boca se le secaba. Ninguno de los dos tenía la menor idea de qué hacer.

—Llevamos años con esto. Años. ¿No puedo librarme de ese... ese individuo de una maldita vez?

Por fortuna, pensó Beatriz, el señor Hauptf no había elevado el tono de voz. Estaba indignado, pero su cólera tenía la contención del que ha aprendido a moderarse y es capaz de expresar su rabia sin recurrir a los gritos. Beatriz agradeció el que Iosto Hauptf fuese de esa clase de personas. Si hubiese empezado a dar voces, Mario —y a buen seguro ella misma— se hubiese derrumbado allí mismo. Buscó algo apropiado que decir en el almacén de su ingenio de mujer bregada, pero parecía que su cerebro se había cruzado de brazos, así que se quedó callada, mirando al señor Hauptf con los ojos acuosos y desconcertados y el aire lamentable del que ha sido ampliamente superado por los acontecimientos. Esto no está ocurriendo, acertó a pensar, y cuando ya estaba sopesando la posibilidad de agarrar del brazo a Mario y arrastrarle bien lejos de la Casa Verdi, escuchó, como llegada de muy lejos, la voz opaca y gris de Mario Menkell.

—Señor Hauptf... por favor... de ninguna manera

querríamos molestarle... de ninguna manera... y menos en sus circunstancias... Ni siquiera conocemos al señor Montalvo, y no tenemos ni idea de por qué le disgusta tanto escuchar su nombre... deje que le explique... deje que le explique, por favor...

Y entonces, en aquella sala de visitas vagamente triste, desde la que podían escucharse escalas remotas y lejanos ejercicios de músicos que se negaban a rendirse, Menkell habló de todo: del piso heredado, del inquilino muerto, del hallazgo de las cosas, de las llamadas de teléfono, de los objetos robados, de la postal con el trébol, de la canción de cuna, de la figura protectora de Anna Livia Schzerny, de todas las extrañas pistas que conducían a la vida de Fernando Montalvo. Beatriz, que nunca le había visto dar clase —en realidad, sólo sus alumnos lo habían hecho: ¿quién iba a interesarse por las lecciones de un pobre profesor de técnicas de escritura?—, asistía maravillada a aquella metamorfosis milagrosa. Porque cuando empezaba a relatar una historia, Mario Menkell se convertía en un hombre distinto, despojado de su aura de personaje a medio hacer, para convertirse en un ser único y bendecido por los dioses con un don incalificable: el de la facilidad para contar un cuento, incluso en el territorio hostil de un idioma distinto al propio. Beatriz se dio cuenta de que el pobre señor Hauptf tampoco había sido insensible a aquella mutación, y escuchaba las palabras de aquel narrador inesperado que había llegado a turbar la paz de su retiro en la Casa Verdi.

—... así que, cuando el rector de la universidad me dijo que tenía que publicar otra novela para conservar mi trabajo, pensé... qué demonios, quizá este Montalvo tenga una buena historia que merezca la pena. Y por eso estamos aquí. Porque creíamos que a lo mejor la señora Hauptf podría proporcionarnos algún dato sobre este señor... no sabíamos que su esposa había muerto. Ni tampoco que existía usted... y si hubiésemos sospechado que nuestra visita iba a molestarle, nunca jamás...

Pero el otro detuvo la explicación con un ademán preciso que no dejaba lugar a dudas: no necesitaba oír más disculpas. Iosto Hauptf había recuperado la tranquilidad de las facciones, y ya no brillaba en su rostro la luz de la rabia. Beatriz se dijo que aquél era un momento fundamental en la vida de todos. Porque, si alguien tenía datos de la historia de Montalvo, ése era, desde luego, el viudo de Klara Hauptf.

—Señorita... señorita Beatriz... ¿sería usted tan amable de servirme un café? Lo haría yo, pero —se miró las manos con una sonrisa triste— me he vuelto torpe incluso para eso. La edad. Ya entenderán lo que les digo, es cuestión de tiempo. Y hablando de tiempo... ¿tienen ustedes mucha prisa? Porque hay unas cuantas cosas que les gustará saber. Sobre todo a usted —señaló a Mario—. Pónganse cómodos, y, si Nicoletta asoma la nariz por la puerta, dejen que sea yo quien se ocupe de ella.

»Stefan Hauptf era mi padre... o, al menos, oficialmente. Me adoptó al casarse con mi madre. Entonces yo tenía diecisiete años y reconozco que la idea de apellidarme Hauptf me sedujo bastante. Estaba en el conservatorio, ¿se imaginan? y de pronto podía llevar el nombre de un músico famoso... Pero eso no viene al caso. Cuando mi madre conoció a Stefan, él ya había dejado la interpretación. Supongo que saben lo de su desgracia. Un violinista que pierde los dedos... es terrible, simplemente terrible. Claro que él aceptaba todo aquello con mucha naturalidad: son cosas que te pasan, me dijo un día, como si el haber quedado lisiado para siempre no tuviese en el fondo tanta importancia. Así que tuvo que dejar de tocar. Se ganaba la vida como profesor de música.

»Era un buen hombre. Viví con él y con mi madre hasta que me casé con Klara. Así conocimos a Fernando Montalvo. Era uno de los alumnos de Stefan. Él decía que no era el mejor de sus estudiantes, pero sí el más trabajador. Le escuché tocar algunas veces. No tenía ni pizca de talento. Está mal que yo lo diga, pero siempre supe que nunca llegaría a nada en la música. Y no es que yo haya hecho una carrera deslumbrante, pero dirigí dos orquestas sinfónicas y... perdonen, no debería hablar de mí. Les estaba contando lo de Montalvo. Iba a casa de mis padres tres veces por semana para recibir sus lecciones. Coincidí con él un par de veces. Era un tipo raro, muy retraído, no demasiado simpático. Creo que no me acordaría de él si no fuese porque... porque aquel hombre se enamoró de mi mujer. Aunque estoy seguro de que "enamorarse" no es la palabra adecuada. Creo que, simplemente, se obsesionó con ella. Montalvo tenía entonces unos veinte años, quizá menos. Klara era mayor, ya llevábamos un tiempo casados. Ella y yo solíamos ir a casa de mi madre a comer o a pasar la tarde. Se conocieron por casualidad después de las lecciones. Klara tardó en darse cuenta del efecto que había causado en aquel chico. Decía que Montalvo le daba lástima. Era amable con él como hubiese podido serlo con un cachorro, y perdonen la comparación.

»A ninguno se le ocurrió que aquel músico mediocre pudiese estar interpretando mal las atenciones de mi mujer. Y empezaron los ramos de flores, las cajas de bombones, las cartas... Era embarazoso, ¿saben ustedes? Klara no sabía qué hacer, y yo, la verdad, empezaba a pensar que la mejor forma de acabar con semejante locura era dándole un puñetazo a Montalvo. Stefan habló con él, por supuesto... ¿Saben lo que le dijo? Que sólo quería hacer feliz a Klara, y que no abrigaba ninguna esperanza con respecto a ella, pues sabía que el nuestro era un matrimonio dichoso. Únicamente deseaba hacer a mi esposa la vida más agradable, y por eso le mandaba las flores y los dulces y aquellas cartas en las que le recordaba a diario lo maravillosa que era: "Su hijo es director de orquesta y pasa mucho tiempo fuera de casa. Klara debe de sentirse muy sola a veces, y seguro que le gusta saber que tiene un amigo que haría cualquier cosa por ella." Eso fue lo que dijo a Stefan. Y lo cierto es que nunca fue más allá de las cajas de chocolatinas, los ramos de rosas y las postales. Quiero decir que jamás abordó a Klara por la calle, ni rondó nuestra casa, ni nada por el estilo. Por eso era tan complicado frenar aquello, ¿saben? En el fondo, yo estaba deseando que Montalvo se extralimitase y así tener un buen motivo para darle una paliza. Pero qué va. Se limitaba a los regalitos, las poesías, las...

»Todavía lo recuerdo perfectamente, pequeño, feúcho, moreno como un joven gitano, con sus partituras debajo del brazo y una media sonrisa estúpida en la cara. Había hablado con él un par de veces antes de que se obsesionase con Klara, y simplemente me pareció un pobre bobo, un chico con no demasiadas luces. ¿Cómo iba a pensar yo que podría encapricharse de mi esposa? Llegué a pedirle a Hauptf que lo expulsase de su pequeña academia de música. Él se negó. Al parecer, el chico era huérfano, no tenía parientes ni demasiados amigos, y aquellas clases eran su único contacto con el mundo. Había venido a vivir a Italia con su padre viudo, que era diplomático y murió muy joven. Montalvo se quedó en el país, supongo que porque tampoco tenía un mejor sitio a donde ir. A Stefan le daba pena... y a mí, si lo pienso, también, pero en aquel momento lo único que de verdad me apetecía era propinarle un buen puñetazo para quitarle las ganas de molestar a mi mujer.

»Fue precisamente entonces cuando me ofrecieron un puesto de director suplente en una orquesta austríaca, y Klara y yo nos trasladamos a Viena. No digo que fuese sólo por culpa de Montalvo, ¿saben? El trabajo era muy bueno... pero, si las cosas hubiesen sido distintas, quizá no... o sí, ya qué más da eso. El caso es que nos fuimos, prohibiéndole expresamente a Stefan y a mi madre que facilitasen a Montalvo nuestra nueva dirección. Así que aquel chico salió de nuestras vidas, y casi llegamos a olvidarnos de él. Luego supimos que había seguido asistiendo a las clases de Stefan, hasta que tuvo que cerrar su escuela por falta de alumnos. Ya casi nadie recordaba al gran Stefan Hauptf y ¿quién quiere recibir lecciones de un pobre músico lisiado? Mi madre me dijo que Fernando Montalvo se había portado muy bien. Que no sólo había intentado conseguir alumnos nuevos para la academia, sino que incluso había querido prestarles dinero. Hauptf nunca aceptó la oferta, pero agradeció a Montalvo que hubiese intentado ayudarle. Entonces, él ya había dejado Milán para trasladarse a España. No sé por qué se marchó. Desde allí venía a veces a ver a Hauptf. Mi madre me decía que aquellas visitas le hacían mucho bien. Stefan estaba ya muy enfermo, y se había quedado bastante solo.

»Volvimos a ver a Montalvo en el entierro de mi padre. Vino expresamente desde Madrid para asistir al funeral. Se lo agradecimos, por supuesto. Fue un gesto muy bonito. Klara y yo estuvimos hablando con él después del oficio, y nadie hizo la menor mención a lo que había ocurrido en el pasado. Montalvo regresó a España, y no volvimos a tener noticias suyas en mucho tiempo. Cuando murió mi madre, unos meses después, envió un telegrama de pésame, pero esta vez ni siquiera vino a Milán. Pensamos que nos habíamos librado de él, y no puedo decir que lo sintiéramos mucho. Supongo que le olvidamos. Y no es raro, ¿a que no? Uno se pasa la vida olvidando a la gente.

»Tiempo después tuve que retirarme. Aún era joven. Un músico de setenta años no es ningún anciano, ¿saben? Pero tengo problemas de salud. Artritis reumatoide. Y parkinson. No es el mejor diagnóstico para un director de orquesta. Y, además, no soy precisamente Toscanini. No todo el mundo puede ser un virtuoso, ¿verdad? Stefan lo era, claro. Pero yo no, ni tampoco Montalvo. Al menos, yo tuve suerte y pude vivir de mi música durante años. Luego, cuando me vi obligado a dejarlo, las cosas se nos torcieron un poco. O mucho. Yo había ganado dinero, pero Klara y yo teníamos la mala costumbre de vivir al día. Creo que los dos pensábamos que iba a poder trabajar hasta los cien años. Cuando me diagnosticaron la enfermedad de Parkinson, ambos nos arrepentimos de no haber sido más previsores, pero esas cosas no tienen remedio. Por eso acabamos aquí. No es un mal sitio, créanme. Y es agradable vivir con gente que está en la misma situación: viejos músicos retirados que se quedaron lejos de la gloria. La convivencia es más fácil. Y también hay más posibilidades de pasar el tiempo... El caso es que Klara y yo nos instalamos en la Casa Verdi. Y entonces Montalvo apareció de nuevo. No me pregunten cómo se enteró de que vivíamos aquí, pero un día llegó un enorme ramo de flores para Klara. Y luego empezaron las cartas desde Madrid. Les confieso que me puse como loco. Tanto es así que el director de la casa se ofreció a intervenir. Dijo que, si así lo deseábamos, él mismo escribiría a Montalvo para pedirle que cesara en su correspondencia. Pero Klara no quiso. ¿Ustedes lo entienden? A mí me costó mucho comprender por qué mi esposa no prefería que se le parasen los pies definitivamente. "Iosto, querido, ¿qué nos importa a nosotros que ese hombre me escriba? Quizá no tiene una forma mejor de matar el tiempo. Es posible que esté solo. Tú me tienes a mí, y yo te tengo a ti... y tú, además, tienes tu música y todos los buenos recuerdos de estos años... Montalvo no hace mal a nadie... déjale que escriba, si quiere." Mi pobre Klara... era tan buena... mi Klara querida...

Dos gruesas lágrimas se deslizaron por la pálida piel de Iosto Hauptf. Con un movimiento de prestidigitador, Beatriz sacó un pañuelo del bolsillo y secó ella misma las mejillas húmedas del viejo.

—Gracias, señorita —respiró hondo—, perdonen que me emocione, ha pasado muy poco tiempo desde la muerte de Klara... Ojalá la hubieran conocido. Era tan hermosa... Recuerdo la primera vez que la vi. Yo tenía treinta años y ella veinte. Parecía una niña, con aquel pelo rubio cayéndole por la espalda y la nariz llena de pecas. Me hubiese casado con ella de inmediato, pero me costó dos años convencerla. Creo que no quería dejar a su madre. Estaban muy unidas. El padre las había abandonado siendo Klara muy pequeña, y ella se sentía en la obligación de ocupar el puesto de él. Mi mujer estaba obsesionada con su padre. ¿No les parece absurdo? Un tipo que se marcha de casa dejando sola a su esposa y a una niña de siete años... Bueno, pues Klara pasó mucho tiempo queriendo dar con él, hasta que se convenció de que alguien que se va sin dejar rastro lo hace porque no tiene el menor interés en ser encontrado... nunca entendí por qué le costó tanto llegar a esa conclusión, pero aquello la amargó durante muchos años...

En ese momento, Nicoletta entreabrió la puerta y asomó su cabeza de estatua.

—¿No creen que ya está bien de conversación? Les dije media hora...

Los ojos de Mario y de Beatriz se clavaron en Iosto.

—Nicoletta... —dijo el anciano, ladeando la cabeza y dando al nombre un tono de súplica.

—Está bien, está bien... no puedo con usted. En realidad, no puedo con ninguno. Ah, los artistas y su encanto... me alegro de haberles conocido a esta edad, hechos unos viejecitos inofensivos. A los cuarenta años me hubiesen seducido todos... Y usted el primero, Iosto... no me niegue que en su juventud fue un verdadero don Juan. —Guiñó un ojo a Beatriz, que entendió que la interrupción había sido un remedo de respeto a las reglas de la casa—. Sigan de charla y llámenme al terminar para llevarles a la salida. Ay, señor Hauptf, estas cosas acabarán por costarme el puesto... me tienen comiendo de su mano, ya lo saben. Todos y cada uno de ustedes...

La puerta volvió a cerrarse. Iosto Hauptf les sonrió levemente. Era la primera vez que lo hacía en toda la tarde.

—Las cartas de Montalvo siguieron llegando durante mucho tiempo. La última la recibimos cuando ya Klara estaba muy enferma. Cuando ella murió... cuando ella murió empecé a pensar que sería terrible que siguiesen llegando aquellos sobres. Así que se lo expliqué al director de la casa, y se ofreció a hablar con Montalvo para darle la noticia de la muerte de Klara. Él, personalmente, le llamó por teléfono y le contó lo sucedido. Me dijo que Montalvo se había mostrado muy afectado. Incluso habló de venir a Milán para asistir a las exequias... por fortuna, el señor Brancatti le convenció de que no era una buena idea. Una semana más tarde recibí una carta suya. A mi nombre... no sé lo que pone, ni siquiera la he abierto. Y ahora ustedes me dicen que murió... ¿cómo fue?

Iosto Hauptf hizo la pregunta mirando a Mario, que se dijo que no había muchas razones para ocultar la verdad al viudo de Klara.

—Señor Hauptf, Fernando Montalvo se suicidó...

El otro no pareció impresionarse.

—Lo imaginaba. Siempre pensé que ese hombre acabaría quitándose la vida. No puedo explicárselo, pero... pero estaba seguro de que, un día u otro, alguien me traería esa noticia.

Callaron los tres. De muy lejos llegaban, limpias, las notas de una composición de Alberto Ginastera. Hauptf ladeó la cabeza como para escuchar mejor.

—El señor Maggiore. Siempre toca a estas horas. Y siempre la misma canción. Está ciego, ¿saben? Desde hace diez años está ciego. —Chasqueó la lengua y siguió hablando entre dientes—. Qué desastre. Qué desastre.

Beatriz se dijo que hubiera debido abrazar a aquel hombre, pero no se atrevió a tanto. El silencio en la sala se hizo espeso y casi incómodo, aunque las notas de la *Milonga* servían para atenuar la leve tensión que se había creado.

—¿Creen que no me porté bien con el señor Montalvo? —La pregunta cayó como una losa. Ni Beatriz ni Mario estaban preparados para una cuestión así—. ¿Debería haber hecho otra cosa? ¿Permitir que viniera al funeral de Klara? ¿Llamarle yo mismo? Contésteme, vamos.

Se dirigía a Mario. Éste carraspeó, y se encogió de hombros como para subrayar la poca consistencia que iba a tener su respuesta.

—Mire, señor Hauptf... uno nunca sabe lo que está bien ni lo que está mal... hacemos las cosas como buenamente podemos y que sea lo que Dios quiera, como decimos los españoles. Fernando Montalvo vivía en una casa de mi propiedad. Yo nunca quise conocerle. No era por nada en concreto. Me preocupaba... sí, me preocupaba que el relacionarme con él pudiera causarme algún problema. Así que durante más de diez años hice como si no existiera. Y ahora llevo semanas intentando averiguar quién era ese hombre, porque mi trabajo y... y tal vez todo mi futuro dependan de que llegue a enterarme de la historia de alguien que está muerto y a quien no me quise acercar cuando estaba vivo. La vida es muy rara. Y ¿sabe qué? Empiezo a pensar que eso la hace también bastante interesante. Porque el hecho de que Fernando Montalvo muriera como lo hizo me dio la posibilidad de arreglar algunas cosas. Me cambió la vida, señor Hauptf.

Y diciendo esto, sin pensar siquiera en lo que hacía, miró a Beatriz. Ella notó que podía sentir cada uno de los poros de su propia piel. Aquella frase de Mario Menkell, seguida de la mirada temblorosa de sus ojos de ratón era lo más parecido a una declaración de amor que Beatriz Millares había recibido en toda su vida. Mecánicamente, como siguiendo un sabio instinto, buscó con su mano húmeda la mano de Mario, y al encontrarla descubrió que él parecía estar aguardando la llegada ávida de sus dedos. Las manos se unieron por unos segundos —muy pocos: dos o tres, tal vez— que fueron suficientes para ambos, aunque ninguno de los dos se atrevía a dar crédito a la respuesta del otro. Frente a ellos, absorto y mudo, ajeno a lo que había en la cabeza y el corazón de ambos, Iosto Hauptf ya no esperaba nada. Sonaron dos golpes en la puerta, y Nicoletta volvió a aparecer.

—Ahora sí que se acabó... me da igual lo que digan, pero es la hora de la cena y el señor Hauptf no puede saltarse ninguna comida.

—Disculpe, señorita... ha sido culpa nuestra... Lo que nos contaba el señor Hauptf era muy interesante y...

Ella cortó por lo sano.

—Ya. Pues hasta aquí hemos llegado. Despídanse, porque Iosto se viene conmigo. Además, hay minestrone... —Miró al anciano con aire maternal—. A usted le encanta la minestrone.

—Qué bien... Por favor, deme un segundo. —Mario buceó en los bolsillos de su chaqueta hasta encontrar una tarjeta de la universidad—. Señor Hauptf, aquí tiene mis señas... si... si alguna vez necesita algo... si puedo hacer algo por usted...

El propio Mario se daba cuenta de la estupidez que entrañaba aquella oferta tierna. Iosto Hauptf tenía ochenta años. Todas las cosas que quería ya habían sucedido, y nadie estaba en condiciones de facilitarle las que necesitaba de verdad. Sin embargo, recogió el cartoncillo y lo miró, seguramente por pura cortesía. Nicoletta fue la primera que se dio cuenta de que el anciano había visto algo que le había hecho perder súbitamente el color de la piel.

—¡Señor Hauptf! ¿Qué le pasa?

Él ni siquiera la miró. Sus ojos transparentes, ahora casi aterrados, estaban clavados en Mario.

—¿Se... se llama usted Menkell?

—Sí... es el apellido de mi madre... me lo cambié cuando...

Pero a Iosto Hauptf no le interesaba la explicación. Volvió a leer la tarjeta y dirigió a todos algo parecido a una sonrisa trémula mientras abría las manos en señal de desconcierto.

—Menkell era el apellido de soltera de mi esposa. El apellido de Klara.

Se miraron los tres: Beatriz, Mario e Iosto. A su pesar, Nicoletta había quedado fuera de escena.

—¿Qué creen que quiere decir eso? —fue la pregunta de Hauptf.

Nicoletta supo que había llegado el momento de recuperar lo que quedaba de su autoridad.

—Pues que estos señores tendrán que volver otro día. A usted le espera la minestrone. Y, según nuestras reglas, a partir de las nueve no puede haber ningún extraño en la Casa Verdi. —Miró a Mario y a Beatriz—. Vengan mañana a las once. Me parece que todos hemos tenido bastante por hoy.

Beatriz y Mario se durmieron muy tarde, cuando ya podía distinguirse el color cobrizo de la piedra en el castillo Sforza, y se despertaron a las diez gracias a que habían puesto el despertador del hotel para llegar a tiempo a su cita con Iosto Hauptf. Desayunaron en el hotel, y tomaron luego un taxi en dirección a la Casa Verdi.

Nicoletta no estaba en la recepción, ni tampoco la frágil Sveva. Esta vez era un hombre joven, de suave cabello castaño y ojos oscuros y tristes de mirada infantil.

—Buenos días. La tumba de Verdi está al fondo del jardín. Pueden pasear por el jardín y ver la tumba, pero no pueden entrar en la casa. Los turistas no pueden. Son las normas. La tumba y nada más.

Beatriz fue la primera en darse cuenta de que el muchacho tenía un leve retraso mental. Exhibió una sonrisa desarmada cuando le dijeron que estaban citados con el señor Hauptf. Les tendió unos formularios para que los rellenaran —debían ser las fichas a las que había aludido Sveva la tarde anterior— y los revisó frunciendo el ceño, como si se le hubiese encomendado una misión esencial para el correcto funcionamiento de la Casa Verdi. Luego levantó el teléfono.

—Señor Hauptf... han llegado sus amigos españoles... Sí, sí, yo se lo digo. Ya sabe dónde estoy, señor Hauptf. Siempre a su disposición.

Se volvió hacia ellos. El gesto adusto le daba una expresión extraña, pero en cuanto sonrió volvió a convertirse en uno de los niños perdidos.

—El señor Hauptf les espera. Tienen que torcer a la izquierda y luego a la derecha. Yo no les puedo acompañar, porque siempre tiene que haber alguien aquí.

—Claro.

—Que lo pasen bien. Y si a la salida quieren ver la tumba, ya saben que está al fondo del jardín. Viene mucha gente a ver las tumbas. Estamos muy orgullosos de ellas.

Caminaron solos por el pasillo de los pianos dormidos. El señor Hauptf les estaba esperando. Vestía un pantalón de franela gris con una inmaculada camisa blanca y un chaleco anticuado que dejaba ver la cadena de un reloj de leontina. Todo él parecía un hermoso anacronismo, pensó Mario, como si acabase de llegar de regreso de un tiempo ajeno.

—Buenos días.

Les tendió una mano blanca, que ambos imaginaron al instante sosteniendo una batuta para indicar la correcta dirección de una sinfonía.

—Gracias por venir... —Se volvió hacia Mario—. Usted y yo tenemos algunas cosas de las que hablar. Pasen por aquí. ¿Han cubierto la ficha de visitas? ¿Sí? Perfecto, entonces vengan conmigo. Charlaremos en mi habitación.

El cuarto del señor Hauptf no se asemejaba en absoluto al dormitorio de un residente en un asilo. Más bien parecía la pequeña suite de un hotelito sobrio y elegante, exento de lujos superfluos, y marcado por el buen gusto. Se trataba de una sola habitación de unos veinte metros cuadrados, con una mesa de café, un sofá y dos sillones, y un pequeño escritorio dignamente avejentado por el uso junto a una estantería llena de libros. Había una cama de matrimonio con un cabecero primorosamente labrado

—Beatriz decidió que tenía que haber sido el regalo de bodas de algún pariente generoso— y dos bonitas mesillas de noche a ambos lados de la cama, lo que hacía más patente la ausencia de Klara. Había una foto suya encima de la cómoda.

—Es mi esposa. —Y, respondiendo a la mirada de Beatriz—. Adelante, señorita, cójala.

Una mujer hermosa, esbelta y de largas piernas, sonreía desde la otra orilla del retrato. El fotógrafo la había sacado de cuerpo entero, mientras el viento agitaba su falda de tablas y le alborotaba el cabello cubierto a medias por un pequeño sombrero que trataba de sostener con una mano.

—Es una foto preciosa.

—Se la hice yo, en París, en el otoño de 1968. Mi orquesta estaba allí de gira. Klara siempre me acompañaba en los viajes, ¿saben? Recorrimos juntos casi toda Europa, pero creo que ninguna ciudad nos gustó tanto como París. Nuestro hotel estaba muy cerca de las galerías Lafayette. Fíjese en el sombrero... lo compramos allí. Klara miró mal la etiqueta del precio, y cuando fuimos a pagarlo nos pidieron una cifra astronómica. Klara quería devolverlo, pero yo no la dejé. Gasté en aquella compra buena parte de mis dietas, y tuvimos que pasar varios días comiendo baguettes... Pero no me importó lo más mínimo. ¡Le quedaba tan bien aquel sombrero!

—Era muy guapa. —Beatriz no apartaba la mirada de la foto, no tanto por la imagen hermosa de la mujer del retrato como para huir de la mirada húmeda de su esposo.

—Entonces Klara tenía treinta y cinco años. A veces me parece que no ha pasado tanto tiempo, pero... ¿a quién quiero engañar? —Meneó la cabeza—. Vamos, siéntense. ¿Quieren tomar alguna cosa? Tengo amaretto, y, si prefieren un expreso, hay una cafetera en el pasillo.

—No, no se preocupe, acabamos de desayunar en el hotel.

Él se quedó de pie mientras Mario y Beatriz se sentaron, serios como dos colegiales.

—No me irá a decir que cree que es una coincidencia —dijo.

—¿Cómo?

—Su apellido. Menkell. Está claro que usted y mi mujer tenían algún parentesco.

Mario cambió de postura. Aquel sofá antiguo era tan bonito como incómodo.

—Menkell era el apellido de mi madre. Sus padres eran franceses, aunque creo que la familia de mi abuelo procedía de Alemania.

—Klara ni siquiera sabía a ciencia cierta de dónde era su padre. Se llamaba Johann. ¿Le dice algo ese nombre?

—No... pero nunca tuve contacto con mis parientes extranjeros. Mis abuelos y mi madre se trasladaron a Madrid en 1932 y no volvieron a Francia más que para pasar algún verano. Y sólo al principio. Luego, ni eso.

—Puede ser una casualidad —aventuró Beatriz—. Quizá Menkell es un apellido más corriente de lo que creemos...

Hauptf sonrió. Tenía una sonrisa breve y seductora, y Beatriz intentó imaginarlo a los cuarenta años, en París, armado con una cámara fotográfica mientras el viento intentaba llevarse el sombrero de su joven esposa.

—Yo no creo mucho en las casualidades, ¿saben? Estoy convencido de que casi todas las cosas suceden por algo. Pero es más cómodo echar la culpa al azar que buscar las causas que provocan el que suceda esto o aquello. —Se sentó en el sillón, cerró los ojos, volvió a abrirlos y repitió la operación un par de veces. Beatriz tuvo la impresión de que le molestaba la luz—. Klara era austríaca. Había nacido en un pueblo cercano a Viena. Su madre era cantante. Nada de ópera ni de repertorio lírico. *Music hall,* cabaret, toda esa música de segunda fila. Así conoció a Johann. Él decía que era representante de artistas o algo así, aunque vayan ustedes a saber si era cierto. Ni siquiera llegó a casarse con mi suegra. Johann iba y venía, desaparecía meses enteros con la disculpa de una gira... o eso decía él. Les mandaba dinero con bastante frecuencia, a veces volvía y se quedaba dos meses seguidos... Ni Klara ni su madre sabían nunca cuándo iba a marcharse otra vez. Y un día no regresó más. El dinero siguió llegando durante mucho tiempo, pero Klara me dijo que ya no lo enviaba él personalmente, sino que alguien se lo hacía llegar de forma anónima, y siempre desde sitios distintos. No hay mucho más que contar. Luego, madre e hija se trasladaron a Italia. Aquí tenían parientes que las protegieron y ayudaron a Gerda a encontrar un trabajo. Klara decía que dejar Austria había sido un error, porque con la venida a Italia Johann Menkell habría perdido su pista definitivamente. En el fondo, yo creo que eso era lo que quería la madre de Klara: cortar para siempre todas las amarras con aquel hombre. Mi suegra estaba convencida de que él nunca hubiese vuelto a buscarlas.

—Ayer nos dijo que Klara intentó encontrarle.

—Sí. Incluso contrató a un detective que le cobró una fortuna por decirle lo que ya sabíamos todos: que a Johann Menkell se lo había tragado la tierra, y que lo mejor que podía hacer era darlo por muerto. Ella lo encajó mal. Creo que nunca se dio del todo por vencida. Mi mujer siempre pensó que acabaría recuperando a su padre, y que él tendría una buena explicación para justificar su abandono. —Frunció el ceño—. Una obsesión como otra cualquiera. En el fondo, lo que le ocurrió a Gerda no es tan raro. El mundo está lleno de tipos como Johann Menkell.

—Mi padre fue uno de ellos —dijo Mario—. Nos dejó a mi madre y a mí cuando yo tenía ocho años. Por eso me cambié el apellido. Claro que él no desapareció: se fue a vivir con otra mujer y tuvo otra familia, y sabíamos perfectamente dónde estaba. En ese sentido, tuve más suerte que su esposa.

Iosto Hauptf sonrió, y sus ojos casi transparentes se iluminaron un poco.

—Dos Menkell abandonados por sus padres... Esto parece una novela de misterio... ¿escribe usted libros de misterio?

—Todos los libros son libros de misterio, señor Hauptf.

—Pues aquí tiene usted uno del que podría sacar provecho... Es una pena que no tengamos más datos. No hemos adelantado gran cosa desde ayer.

—Le hemos hecho perder el tiempo —dijo Beatriz.

—¿Perder el tiempo? Señorita, soy viudo, tengo casi ochenta años y vivo en un asilo. Yo diría que el tiempo no es el mayor de mis problemas. Les agradezco que hayan vuelto. Y, además, quiero darle algo a usted.

Era a Mario a quien miraba.

—¿A mí?

—Sí. Algo que puede interesarle. Mire, dadas las circunstancias, es lógico pensar que es usted el único pariente vivo de mi querida Klara. —Detuvo una débil protesta de Mario—. Oh, sí, a lo mejor son familia en vigésimo grado... pero comparten el apellido. Cualquier juez estaría dispuesto a reconocerle a usted como heredero.

—Pero...

—No, no diga nada. Mi Klara no dejó muchas cosas. Cuando llegaron los malos tiempos tuvimos que venderlo todo. Las joyas. Las obras de arte. Incluso algunos regalos de boda. No he querido conservar sus ropas: cuando abría el armario y veía sus vestidos... —Entrecortó un sollozo, pero se repuso y siguió hablando—: En cuanto a estos muebles, nos pertenecían a los dos, y ahora es justo que los considere únicamente míos. En realidad, sólo tengo una cosa de Klara. Y creo que estaría bien que se la quedase usted.

Iosto Hauptf se puso en pie con la facilidad definitiva de un hombre mucho más joven y abrió un cajón de la cómoda del que extrajo una abultada carpeta de cartón que luego entregó a Mario. Él la sostuvo entre las manos sin apartar los ojos de Iosto Hauptf.

—¿Qué es?

—Son las cartas de Fernando Montalvo. Todas las que recibió Klara desde que llegamos a la Casa Verdi. —Entornó los ojos—. Yo ni siquiera sabía que las guardaba. Encontré la carpeta entre su ropa.

Mario no estaba seguro de qué era lo que debía hacer, pero desprendió las gomas que cerraban la carpeta. Dentro había una treintena de sobres blancos, todos iguales, todos con matasellos de Madrid, todos enviados desde la casa de Chueca... y todos sin abrir.

—Están... están cerradas.

—Lo sé. Yo tampoco lo entiendo. ¿Por qué razón haría alguien algo así? ¿Conservar con tanto cuidado unas cartas que ni siquiera ha leído?

Beatriz no se atrevió a reconocer que sabía la respuesta a aquella pregunta. De pronto, y después de muchas semanas sin pensar en ellas, había recordado las cosas perdidas, el libro de François Sagan, el galán de noche, los candelabros, el perchero, y la desoladora sensación de soledad que había despertado en ella la ausencia de aquellos objetos que consideraba parte de su vida y de su historia. Al pensar en Klara Hauptf, que había tenido que renunciar a sus joyas, a sus regalos de recién casada, a todos los recuerdos materiales, entendió perfectamente que, aun no importándole su contenido, quisiera conservar aquellas cartas cerradas. Eran las únicas cosas que aún podía considerar completamente suyas.

—¿Está seguro de que quiere que me las quede?

—Completamente. Además... Bueno, no sé cómo explicarlo... —Sonrió y sacudió la cabeza—. Verán... encontré las cartas unos días después de la muerte de Klara. Al verlas me enfadé. Mucho. Así que pensé en romperlas en pedazos y quemarlas después. Pero no lo hice. Eran las cartas de Klara, y ella las había conservado por alguna razón, así que mi deber para con su memoria era seguirlas guardando.

—Entonces, ¿por qué me las da a mí?

—Porque, muerta Klara, es usted la única persona del mundo a quien el contenido de esos sobres va a servir para algo. Vamos, Menkell, no ponga esa cara. Vino a Milán a buscar una historia, y apostaría a que al menos una pequeña parte de ella está en los escritos de Fernando Montalvo. A Klara le hubiese gustado saber que van a ser útiles a otra persona. Quién sabe, quizá por eso guardó con tanto cuidado toda esa correspondencia.

Hubo un silencio. Disimuladamente, Beatriz volvió la vista hacia la foto de Klara, que sonreía intentando que el viento de París no le arrebatase su posesión más querida. Pensó que nunca en la vida había visto un retrato que reflejase mejor a una persona plena y feliz.

—¿Quiere... quiere que abramos las cartas juntos? ¿Usted y nosotros?

Iosto Hauptf pareció estudiar la idea durante unos segundos.

—Me parece que no. —Se mordió levemente el labio inferior, y luego agarró una mano con la otra, y lo hizo sin violencia, como si tratase de poner algo en orden. Mario se dio cuenta de que Iosto Hauptf intentaba reprimir en presencia de ellos los estragos del parkinson. La operación funcionó, y el músico no pudo evitar una media sonrisa de triunfo. Luego buscó en el bolsillo de su chaqueta y sacó un cigarro y una caja de fósforos.

—¿Les molesta? ¿Quieren fumar ustedes? Ah, no, ahora el tabaco es cosa de insensatos y de personas como yo, que lo tienen todo perdido. —Encendió el pitillo y aspiró el humo con la naturalidad del experto antes de abrir la ventana. Luego volvió a sentarse y miró a Beatriz y a Mario. Los dos pensaron que así, con el cigarro entre los dedos y el humo velando un poco sus raros ojos grises, Iosto Hauptf parecía menos derrotado y menos viejo, y adquiría el aura de un galán de cine negro.

—¿Saben una cosa? —dijo al fin—. Aunque nunca quise reconocerlo, siempre detesté a Fernando Montalvo. Dirán que es estúpido, pero sentía celos de él. Y no sólo por causa de Klara. Mi padrastro, Hauptf, le profesaba un cariño que jamás entendí. Era malo como músico, simple como persona, aburrido y gris... y, sin embargo, Stefan le quería. Quizá sintiese lástima de él. Lo mismo que Klara. Pero durante toda la vida ese hombre fue para mí un quebradero de cabeza. Así que le odiaba. A veces me descubría a mí mismo fantaseando con la idea de su muerte. Lamentable, ¿verdad?

—Pero ¿qué motivo tenía usted para sentir celos de Montalvo? Hauptf era su padrastro, Klara su mujer...

—Usted no es celosa, ¿verdad? No, claro que no. No intente entenderlo. Es algo irracional. Y también... también abyecto. Los celos están relacionados con la envidia, y con la debilidad. No estoy orgulloso de lo que sentí, y me avergüenzo de ello, pero si no podía evitarlo entonces... menos que nunca puedo evitarlo ahora. Porque Klara y Montalvo están muertos y yo sigo vivo. En ese aspecto, Fernando Montalvo me ha ganado la partida. A lo mejor eso era lo que buscaba cuando se suicidó: tomarme la delantera en el ingreso en el otro mundo. No, señor Menkell, no quiero saber nada más de ese hombre. Llévese sus cartas. Espero que le sirvan de ayuda. Así, al menos, algunas cosas tendrán un poco de sentido.

La futura señora Caspe había llegado al restaurante antes de la hora prevista, incómoda, nerviosa y completamente convencida de que la celebración de aquel almuerzo no tenía ni pies ni cabeza. Ella y el hijo de Federico, los dos solos durante una hora y media, tal vez más... ¿a qué venía semejante operación de acercamiento? Hasta entonces, el contacto entre ellos se había limitado a un saludo anodino, donde ambos habían fingido —en idéntico ejercicio de hipocresía— que la mujer de hermosa melena castaña y ojos garzos era sólo una amiga de Federico Caspe. Fue él quien insistió en que había que facilitar un encuentro en terreno neutral y lejos de la influencia maliciosa de un árbitro (el padre, el futuro esposo) que estaba obligado a ser juez y parte. Federico estaba seguro de que entre su futura esposa y su hijo adorado tenía que surgir una suerte de química misteriosa, una corriente de mutua simpatía que sólo necesitaba las condiciones oportunas para aflorar, como un magma benéfico capaz de arrasar cualquier idea preconcebida, cualquier prejuicio inicial. Ella se preguntaba de dónde había sacado su prometido la idea de que una comida mano a mano iba a ser el preludio de la bonanza y no el terreno abonado para el advenimiento de una catástrofe sin solución.

—Os entenderéis bien.

Eso le había asegurado al despedirla con un beso en el vestíbulo del hotel donde estaba alojada. Había sido idea suya no instalarse en casa de los Caspe nada más llegar: «Tu chico necesita tiempo para hacerse a la idea», había dicho, aunque no completó la frase que tenía en la cabeza: «Y yo también». Hasta entonces, todas las referencias al hijo del que iba a ser su marido provenían de una cascada de descripciones elogiosas emitidas por el padre de la criatura: un muchacho muy inteligente, muy sensible, muy cariñoso, muy culto, que lo había pasado muy mal con la muerte de su madre —menos mal, de lo contrario estaríamos ante un psicópata, pensó ella—, muy estudioso, muy amable, muy cortés... muy, muy, muy. No hacía falta ser especialmente lista para entender que Federico Caspe consideraba a su hijo el espejo de todas las virtudes en el que cualquier joven debería mirarse si deseaba convertirse en un adulto excepcional. Así que iba a comer con un cruce entre el repelente niño Vicente y el supuesto hijo de Rebeca de Winter, se dijo ella —con cierta crueldad—, aunque se corrigió enseguida: Pablo Caspe había sido, en su momento, la tabla de salvación de un viudo de cuarenta años, quizá la mejor razón para seguir viviendo. Era fácil imaginar que padre e hijo se encontraban muy unidos, y allí estaba ella, preparada para alterar aquel perfecto equilibrio, el bien orquestado orden cósmico de una familia de dos. No iba a ser fácil. De hecho, ni siquiera parecía justo que lo fuera. Se ajustó un poco la chaqueta y se preparó para lo peor.

Cuando Pablo Caspe entró en el restaurante, le dedicó una mirada de hielo que vino a rubricar lo que ella se temía: me odia, se dijo, e intentó tranquilizarse pensando que ésa era la obligación de aquel pobre muchacho: detestar con toda el alma a la desconocida que había volado desde el cono sur para casarse con su padre e instalarse en su casa y en su vida. El saludo de él fue tan gélido como sus ojos azules. No tienes acento, le dijo sin levantar los ojos de la carta, y ella le explicó en un tono pretendidamente jovial que había vivido en España hasta los veintiún años, y que había hecho todo lo posible para protegerse del sonsonete dulzón de los porteños, pero enseguida se dio cuenta de que el chico no le estaba prestando atención. Se limitaba a juguetear con el pan y a pasear sus ojos azul oscuro —unos hermosos ojos, decidió ella— por las otras mesas del restaurante, en clara muestra de su desinterés. Respiró hondo para evitar encolerizarse. ¿Qué necesidad tenía de pasar por todo aquello, por la grosería y la petulancia de un jovenzuelo sin modales, por el examen injusto de un veinteañero que a buen seguro la había juzgado, y con muy poca misericordia, mucho antes de conocerla?

Ella misma se dio la respuesta: estaba aguantando mecha porque el mozalbete que pellizcaba el bollito de pan de centeno con pasas y nueces era el ojo derecho del hombre con el que iba a casarse. Del hombre que la había rescatado del aburrimiento, la mediocridad y su vida a la deriva como secretaria de una empresa española en Buenos Aires. Del hombre que le había ofrecido, a sus treinta y cinco años, la última oportunidad para transformarse en la persona que siempre había querido ser. Hay chicas que sueñan con convertirse en modelos, actrices, científicas o directoras de una biblioteca. Ella quería ser la esposa de alguien con dinero. Si ese alguien era, además, bien educado, discretamente atractivo y razonablemente joven, como Federico Caspe, tanto mejor. También estaba el amor, claro. Y el afecto, y la compañía, y la posibilidad de formar una familia —aunque íntimamente reconocía que ésas eran cosas secundarias—, así que si el único obstáculo que había que salvar era el que iba a poner delante de sus narices un muchacho con apenas un pie en la vida adulta, habría que ser una completa estúpida para no dejarse la piel en el intento de salvarlo. Respiró hondo otra vez, bebió un poco de agua y volvió a probar.

—Es un restaurante precioso. ¿Vienes mucho por aquí?

Otro cubo de agua con mucho hielo.

—No. Es un sitio de pijos.

—Y... ¿a qué sitios vas?

—A sitios a los que tú no irías ni muerta.

El camarero llegó en ese momento y ella sintió ganas de abrazarlo por haber puesto un paréntesis en la sucesión de impertinencias. Pablo pidió con desgana: una ensalada de cigalas y un solomillo poco hecho —¿y el solomillo no es pijo?, ¿no son pijas las ensaladas de marisco?, ¿por qué no te pides una sopa de fideos y una puta hamburguesa con ketchup y pan de plástico?, hubiera querido decirle—. Ni siquiera se atrevió a sugerir que compartieran un entrante. Eligió un carpaccio y unas creps de verdura, aunque ni siquiera tenía hambre. Aquél estaba siendo el almuerzo más horrible de toda su vida. A pesar de todo, dirigió a Pablo una sonrisa rutilante antes de intentar abrir otra vía de comunicación.

—Tu padre me dijo que estás en la LC.

—Sí.

—Yo estudié allí. —Silencio. Ni un gesto amistoso, ni la sombra de una sonrisa cómplice—. ¿El rector es aún Claudio Saldaña?

Asentimiento sin más. Estaba empezando a sentirse agotada, pero decidió quemar un último cartucho antes de arrojar la toalla definitivamente.

—¿Sigue siendo tan capullo?

—Un capullo integral.

No habían sido sólo tres palabras seguidas, sino algo mucho más importante. ¿Era una mirada distinta la que había detectado en los ojos del joven Caspe? ¿Un ínfimo destello de interés ante el descubrimiento del enemigo común? ¿Se había abierto una pequeñísima fisura en el muro inexpugnable del pequeño y mimado huérfano que parecía dispuesto a boicotear su vida feliz?

—Lo imaginaba. La gente no cambia, y los tipos como Saldaña todavía cambian menos si no es para ir a peor.

—¿Le conociste bien?

—Mejor de lo que me hubiese gustado. ¿Y tú? ¿Tienes trato con él?

—Casi ninguno, pero está a punto de joderme la vida.

Era demasiado bueno para ser verdad. Aquel jovencito estaba bajando la guardia hasta el punto de ir acercándose al dulce terreno de las confidencias. Se dijo que, a partir de entonces, era preferible ir con mucho cuidado y no precipitar las cosas. En lugar de hacer indignados aspavientos y derramar un torrente de insultos alborotados sobre Claudio Saldaña —que, sin duda, hubiese sido tomado por Pablo como un burdo modo de hacerle la rosca—, se limitó a ladear la cabeza y llevar a sus ojos una sorpresa leve.

—¿Y eso?

—Quiere cargarse a un profesor. A un profesor buenísimo que nos da clase de escritura.

—Tu padre me contó que quieres ser novelista.

Pablo se sintió instantáneamente ofendido: ¿cómo se atrevía su padre a hablar de sus anhelos a una... una completa extraña... aunque la extraña estuviese a punto de convertirse en su madre? Un destello de rabia se le instaló en los ojos. Ella se dio cuenta de que había errado el tiro.

—Eso es cosa mía.

—Claro. Pero me estabas hablando de ese profesor que quiere despedir Saldaña. ¿Cómo se llama?

—Menkell.

—Espera, creo que sé quien es. Un tipo bajito, con gafas y cara de buena persona. No iba a sus clases, yo estudiaba empresariales y... bueno, no me interesaba mucho la literatura...

—Yo también estudio empresariales. —Había una especie de reproche en su tono de voz, pero ella pudo atestiguar que la ira inicial, incluso la displicencia, se habían atenuado un poco.

—Ya... pero es distinto. Tú tienes otros intereses. Eso es bueno, yo estaba demasiado centrada en la carrera que había elegido. —Bebió un poco de agua, y se dio cuenta de que el chico esperaba que dijese algo más—. En cuanto a Menkell... recuerdo que era uno de esos profesores que caen bien a todo el mundo.

Esta vez él dibujó en su rostro pálido un gesto de franca aprobación, y ella se sintió un poco más cómoda. Estaba claro que iban por el buen camino.

—Eso es, exactamente, lo que pienso yo. Y, además, es

muy bueno enseñando, te lo juro. Una pasada completa... porque se lo ha leído todo, ¿sabes? Pídele que te recomiende una novela protagonizada por... —pareció que intentaba pensar en un personaje lo más absurdo posible— por una rana bizca, y el tío te dará dos títulos en un minuto. Menkell es así.

—¿Y por qué quiere despedirlo Saldaña?

En el rostro de Pablo Caspe se dibujó una expresión de fiereza en estado puro, y se sintió extrañamente confortada en la seguridad de que aquel gesto no tenía nada que ver con ella.

—Porque dice que sólo ha escrito una novela. Ja. Como si *Lo que me contó Bernard M.* fuese un libro cualquiera, o un jodido best seller americano. Es un novelón, pero para reconocer una obra maestra Saldaña tendría que sacar primero la cabeza del culo. Él no hubiese podido escribir algo así ni en un millón de años y aunque su vida dependiera de eso.

El camarero llegó con los entrantes, y ambos probaron la comida antes de seguir hablando. El carpaccio estaba muy bueno, pero en aquel momento había dejado de importarle nada que no fuese no echar a perder la atmósfera de vaga cordialidad milagrosamente conseguida.

—Así que Saldaña quiere echar a ese Menkell y vosotros no queréis que se vaya.

—Ajá.

—¿Y... hay algo que podáis hacer?

Pablo se inclinó un poco hacia ella, que lo interpretó como una alentadora aunque pequeñísima muestra de confianza.

—Pues... nos hemos reunido en asamblea... y hemos

recogido firmas entre los alumnos de Menkell y... no sé, alguien habló de hacer una huelga o algo así.

—¿Una huelga? —se echó a reír. A Pablo le sobresaltó aquella carcajada imprevista, y sin quererlo se contagió brevemente, esbozando la primera sonrisa de la mañana—. Perdona, es que en mis tiempos en la LC no pasaban esas cosas.

—Y ahora tampoco. Creo que al final van a rajarse casi todos.

—Ya.

El camarero trajo el solomillo de Pablo antes que el crep de ella.

—Empieza, se te va a enfriar.

—No, te espero.

Un chico educado y correcto dispuesto a comer carne helada. Un chico que quería ser escritor y que deseaba proteger a su maestro. Una oleada de optimismo sacudió la espalda de la futura madrastra. Federico tenía razón: el chiquillo era un encanto, y sintió un escalofrío al darse cuenta de que le separaban de él los mismos años que de su padre. Aquel muchacho que iba a ser su hijastro hubiese podido ser su amante... Pero ¿cómo podía estar pensando en una cosa así? Por fortuna, el camarero llegó con su plato, y tuvo un motivo para apartar su mirada de los ojos azules, preciosos, del hijo de su futuro marido. Comieron en silencio, pero al menos ya no había tensión.

—¿Habéis intentado hablar con Saldaña?

—Claro. Le mandamos una carta para proponerle una reunión. Y el gilipollas nos dijo que nos recibiría cuando acabásemos los exámenes finales. Fue como si nos mandara a tomar por el culo.

—De todas formas, no os hubiera servido de nada. Saldaña no es de los que se deja convencer. No quiero ser rompepelotas —rompepelotas era una de las palabras del léxico argentino con las que había decidido quedarse—, pero si el rector ha decidido echar a Menkell va a ser difícil convencerle por las buenas.

Pablo remató el solomillo y se limpió la boca cuidadosamente antes y después de beber. Había dejado de jugar con el pan —prueba evidente de que al principio él también estaba nervioso ante la perspectiva de enfrentarse a lo desconocido— y ahora exhibía unos perfectos modales de colegio de pago, sentado en la silla muy recto, con los antebrazos ligeramente apoyados en la mesa, y los ojos —aquellos bonitos ojos azules— fijos en su interlocutora.

—Por eso vamos a intentar convencerle por las malas...

Había entrecerrado los ojos y compuesto una media sonrisa de duro de teleserie. Incluso con aquella expresión tan poco natural resultaba condenadamente guapo, y ella volvió a sentirse culpable por pensar algo así.

—¿Por las malas? Espero que no hayáis pensado en secuestrarle ni nada por el estilo.

—No somos tan críos.

Aunque el tono de la respuesta había sido amistoso, ella recibió la contestación como una bofetada: ¿acaso el chico estaba intentando recordarle la diferencia de edad entre ellos? No, a buen seguro no era eso. Tenía que relajarse. Las cosas van bien, pensó, no te pongas paranoica precisamente ahora.

—¿Entonces?

—Pues ya sé que parece una fantasmada, como de película de espías y esas cosas, pero a alguien se le ocurrió que a lo mejor podríamos enterarnos de algo chungo que haya hecho, y apretarle las clavijas con eso. Ya sabes, quedarse con dinero de la universidad o... o vestirse de mujer en un viaje de trabajo... Aunque eso me extrañaría, la verdad. La vida de este tío es aburrida de la hostia —se quedó callado—, con perdón.

Ella tardó un poco en darse cuenta de que pedía disculpas por haber usado una palabrota. Era adorable, aquel chico, con su cabello negro de poeta maldito y sus ojos sombríos de huérfano a medias. Ahora, aquellos ojos habían perdido completamente el brillo y la fuerza que proporciona la furia y aparecían apagados y tristes.

—Es una gilipollez, ¿verdad? —Incluso la voz había bajado un tono y semejaba la de alguien mucho más joven—. Todo esto de buscar documentos comprometedores, y fotos y... esas cosas. Parece divertido cuando se dice en voz alta, pero es idiota pensar que podemos hacer algo así. Menkell se va a marchar, y a mí van a joderme. A joderme, pero bien.

—Pablo —era la primera vez que lo llamaba por su nombre. Intentó que su voz sonase tierna, incluso un poco maternal—, Menkell es un buen hombre y seguro que aprendes mucho con él, pero no es el único profesor de escritura del mundo. Si le despiden a él, contratarán a otro y...

Entonces él la interrumpió, pero no con la brusquedad de la que había hecho gala al principio, sino con la desesperanza y la pena del que se sabe al borde del desastre. Le explicó que le sería imposible confiar en alguien como confiaba en Menkell. Que a él y sólo a él sería capaz de enseñarle su manuscrito —porque había un manuscrito, sí, aunque no se lo había dicho a nadie—, que ninguna otra persona en el mundo sería capaz de leer aquellas páginas con el rigor, con el criterio de Menkell.

—Él puede ayudarme. Estoy seguro. Un día le pregunté: «Profesor, si escribiese una novela, ¿usted la leería?», y a él se le abrieron los ojos detrás de esas gafas de culo de botella, «Pues claro, Caspe», y yo insistí: «Pero ¿me dirá lo que piensa sinceramente, si le parece mala me lo dirá?», y él me miró distinto, no sé cómo explicarlo, como si ya no fuese el profe al que putea todo el mundo (porque a Menkell lo putean bastante, ya sabes cómo va eso) sino un tipo serio, casi un duro, pues me miró así y me dijo: «Caspe, si de verdad quiere ser escritor, no le haría ningún bien que yo le engañase con buenas palabras», te juro que ésa fue la frase, la recuerdo perfectamente. Joder, qué bien me cayó el tío en ese momento... El caso es que él prometió leer la novela, y ya casi la tengo terminada, me falta poquísimo y me parece que es buena, buena de la hostia, pero necesito que Menkell la vea. Y Saldaña quiere echarlo, y a saber a quién ponen en su lugar, porque seguro que no va a ser un tío como Menkell, un tío sincero y tal, capaz de decir lo que piensa, un tío que se niega a engañarte, joder, y yo no sé qué voy a hacer si se va, porque tengo... tengo más de doscientas páginas que no me atrevo a enseñarle a nadie... y si echan a Menkell te juro que le meto fuego a la puta novela, y luego... luego a lo mejor me cuelgo de un pino o me abro las venas, joder, qué mierda de vida...

Y, para sorpresa de ella, se le escaparon de los ojos dos lágrimas grandes que rodaron por su cara y cayeron sobre los restos del solomillo. El azul de aquellos ojos cobró un hermoso matiz acuático. Ella ladeó la cabeza y lo miró sonriendo. No le dijo lo que pensaba: que a los veinte años el mundo puede venirse abajo por las cosas más absurdas, que la tristeza, y la desesperanza y la angustia no duran eternamente, que todo se supera y que, visto con la distancia de la edad, aquello que nos destrozó el corazón se vuelve pequeño y estúpido, a veces hasta mezquino. Hubiese podido soltar aquel discurso al joven lloroso y confundido que tenía frente a sí, pero no lo hizo: en su momento a ella le habían dicho cosas parecidas, y escucharlas no le sirvió más que para acentuar su sensación de soledad y desesperanza. Siguió mirando en silencio al hijo de Federico, y entonces decidió hacer algo definitivo. Si salía mal, su vida podría complicarse. Pero, si salía bien, su alianza con aquel chico se volvería indestructible y le aseguraría la definitiva paz familiar con la que soñaba desde que su prometido le había explicado que tenía un hijo veinteañero a quien su boda no iba a hacer ninguna gracia.

—Pablo... te voy a contar una historia. Si sabes utilizarla bien, es posible que pueda hacer que se arreglen tus problemas con Saldaña y que Menkell se quede para siempre en la Luis de Camoens.

La mirada cambió. Los ojos se fijaron en ella con la misma devoción que los de un náufrago que hubiese descubierto en el horizonte la promesa de una isla. El camarero llegó para tomar nota de los postres. Pablo pidió un helado, un helado grande. Ella un expreso doble. Sacó un pitillo, lo encendió con el dominio de una mujer fatal, se separó un poco de la mesa y cruzó las piernas mientras echaba hacia atrás su precioso cabello castaño y dirigía a Pablo una media sonrisa maliciosa.

—Bueno, prepárate para saber algo interesante.

El chico la interrumpió con una pregunta.

—Oye, mi padre siempre te llama Patu... es uno de esos nombres estúpidos. Me gustaría saber cómo te llamas de verdad.

Ella sonrió.

—Laura. Laura Morales. Y ahora, escucha, porque esto es como lo de tu novela: yo tampoco se lo había contado a nadie.

Comieron cerca del hotel, en una trattoria para turistas de la calle Dante. Beatriz hubiese querido elegir un sitio más agradable, quizá algún restaurante en la zona del Naviglio, o en el alegre barrio de Brera, pero no se atrevió a sugerirlo. En el bolso —un bolso grande de piel, excelente imitación de los que vendía la casa Prada en su tienda de la calle Montenapoleone— llevaba la carpeta con las cartas de Fernando Montalvo, y el sorprendente botín hacía girar todo en torno a aquellos papeles misteriosos. De natural impaciente, Beatriz hubiese querido emprender la lectura de las cartas en el mismo asiento del taxi que tomaron a la salida de la Casa Verdi, pero Mario Menkell estaba hecho de otra pasta y ella no se atrevió a insinuar urgencias: después de todo, las cartas le pertenecían a él. Hicieron el camino en silencio, algo abrumados por el peso de las confidencias de Iosto Hauptf, y la vaga conciencia de que quizá ambos se habían enterado de más cosas de las que hubieran querido.

El restaurante que eligieron al azar tenía un nombre previsible, algo así como Il Tortellini o La Milanesa. Les dieron una mesa en la terraza, entre decenas de turistas que devoraban con fruición porciones de pizza y platos de tallarines. Comieron sin hablar unos entremeses de la casa y sendos platos de pasta supuestamente fresca. No lo era, pero ni Mario se dio cuenta ni Beatriz tenía ganas de protestar. Lo hubiese hecho en otras circunstancias, pero no cuando llevaba en el bolso una veintena de cartas que tenían el valor de un testamento.

—Y ahora ¿qué hacemos? —preguntó Mario.

—¿Y tú qué crees? Pues abrir las cartas cuanto antes.

—¿Aquí?

Miró con desmayo a su alrededor para subrayar el alboroto de sus vecinos de mesa, los manteles salpicados de salsa de tomate y las palomas voraces que se disputaban los trocitos de pizza que quedaban en las mesas vacías. Un acordeonista rumano daba la tabarra tocando una y otra vez una cancioncilla rechinante, y el camarero iba de un comensal a otro intentando ejercer de italiano simpático y expansivo. Beatriz se inclinó hacia Menkell y habló en voz baja.

—Mario... de todos los lugares de la tierra, posiblemente éste sería el último en el que quisiera leer la correspondencia de Montalvo.

—¿Entonces?

Ella no respondió. Se puso en pie, sacó un billete de cincuenta euros y lo dejó sobre el mantel con un ademán teatral mientras hacía a Mario un gesto definitivo para que la siguiera. Sonrió para sí al pensar que sus vecinos de mesa debían confundirlos con dos amantes en pleno ataque de lujuria que ni siquiera pueden esperar la cuenta para ir a refugiarse a una habitación de hotel y arrancarse la ropa mutuamente.

No fueron al hotel, sino a otro sitio. Como guiada por un soplo de inspiración, Beatriz llamó a un taxi, que les condujo a un viejo café situado en las cercanías del barrio de Brera. Beatriz recordaba de puro milagro la dirección de aquel local que olía a expreso recién hecho, y tenía veladores de mármol entre plantas que crecían para dar al lugar el misterioso sigilo de la selva. De camino pensó sobresaltada que quizá lo habrían cerrado —hacía más de diez años que no iba por allí—, pero el Caffè della Chiesa no sólo conservaba la ubicación y el nombre, sino también el aura de otro tiempo y a un camarero antiquísimo con bigote garibaldino que sonreía a los clientes desde el otro lado de la barra. Una vez, mucho tiempo atrás, Beatriz había pensado que aquel café era el mejor sitio del mundo para tener una cita romántica, amparada por las plantas que trepaban hacia el techo y el silencio casi misterioso sólo quebrado por el entrechocar de las tazas y las cucharillas.

Mario pidió un expreso helado, y Beatriz una copa de limoncello. Luego, ella abrió su bolso falsificado y extrajo la carpeta de las cartas.

Madrid, 15 de junio de 1994

Mi querida Klara:

Te sorprenderá que vuelva a escribirte después de tanto tiempo. Supongo que, tras tantos años sin noticias mías, pensabas que te habías librado de mí. Ya sé que no tienes ningún interés en recibir correspondencia de mi parte, pero tengo que darte una noticia sensacional. Klara, creo que he encontrado a tu padre.

Te enviaré más información en cuanto pueda. Entretanto, quedo, como siempre, a tus pies.

Respetuosamente tuyo,

FERNANDO MONTALVO

Si bien Klara Menkell Hauptf nunca había dirigido a Fernando Montalvo más allá de dos o tres frases de cortesía, él había conseguido trazar un completo mapa de su historia personal gracias a la inestimable colaboración del suegro de ella. Stefan Hauptf había proporcionado a su alumno el suficiente material como para poder reconstruir con bastante exactitud la biografía de la esquiva muchacha, que cambiaba de acera para no cruzarse con él cada vez que se lo encontraba a la salida de las clases, y lo saludaba con una sonrisa distraída sólo cuando no le quedaba más remedio.

Nadie —ni siquiera el propio Montalvo— entendió nunca por qué Stefan Hauptf se había encariñado con su pupilo hasta el punto de traicionar la confianza de su hijastro y de la esposa de éste, pero el caso es que el violinista prestó eficaz ayuda en su obsesión al joven y torpe aprendiz de músico. Hauptf recordaba perfectamente el día en que Montalvo llegó a su escuela por primera vez, mojado como un perro tras caminar sin paraguas bajo las primeras lluvias de septiembre. El maestro le recordó siempre como era entonces, delgado y frágil, con el pelo negro y áspero como la estopa, la piel tostada y una sonrisa trémula que usaba igual para pedir perdón que para dar las gracias. Había estudiado música con otros maestros, le dijo, y sabía tocar con acierto el piano y el violín, pero estaba convencido de que bajo su magisterio aquel aprendizaje podía ir mucho más allá. Aún no estaba seguro de querer dedicarse a la música de forma profesional —después de todo, sólo tenía dieciocho años—, pero, en cualquier caso, deseaba avanzar en sus estudios y estaba convencido de que el concurso del maestro

Hauptf sería definitivo para su posible carrera como concertista. Sólo unos días después de la primera clase de Montalvo, Stefan Hauptf supo que, pese a la sobrada aplicación del alumno y sus excelencias como profesor, el chico estaría siempre relegado a la categoría de ejecutor mediocre. Su constancia, sus deseos de trabajar, su energía, no podían compensar su dolorosa falta de talento. Al principio se engañó a sí mismo pensando que sólo era cuestión de paciencia y perseverancia, de doblar las sesiones, de intensificar el trabajo de ambos, pero tuvo que rendirse a la evidencia: a pesar de su indudable capacidad docente, nunca sería capaz de hacer de Fernando Montalvo un verdadero músico.

Quizá por eso, cuando tras muchas horas de clase y avances casi nulos, su joven alumno le confesó su amor por la esposa de su hijastro, Hauptf decidió compensar de otra forma su fracaso como maestro y compartió con él toda la información que poseía acerca de Klara. Estaba convencido de que Montalvo era un ser inofensivo, y no había nada de malo en hacerle conocedor de la geografía vital de la mujer de la que estaba enamorado sin esperanza de ninguna clase. En las largas conversaciones que mantenía con su maestro —durante el tiempo hurtado al aprendizaje de los arcanos de la música—, Montalvo había aclarado a Hauptf que no albergaba ilusión alguna en cuanto a los sentimientos de Klara, que la sabía felizmente casada y que se contentaría con adorarla a distancia y ser de por vida una especie de enamorado secreto, en un ejercicio de amor cortés tan extraño como ridículo.

Hauptf le dejó hacer. Aquel chico le daba lástima por muchas cosas. Por su prematura orfandad. Por la ausencia de referentes, por su condición de extranjero, por su invencible falta de talento para la ejecución a pesar de su amor por la música y su capacidad de trabajo. ¿Quién, se preguntaba a menudo Stefan Hauptf, tendría corazón para negar un poco de ayuda a una persona así? Montalvo no quería nada de Klara, sólo saber de ella. ¿Qué tenía eso de malo? ¿A quién perjudicaba?

Así que, sin pedir permiso a nadie, compartió con Fernando Montalvo un puñado de pequeños secretos familiares, algunos datos inocuos sobre el pasado y presente de Klara Menkell, detalles sobre sus gustos, sus antipatías, sus aficiones. Supo que le gustaban los abanicos, las figuras de porcelana, las miniaturas —¿qué miniaturas exactamente?, había preguntado Montalvo, pero Hauptf no fue capaz de precisar— y que su regalo de bodas más preciado era una antigua gramola enviada por un tío lejano. Se enteró de que había sufrido una escarlatina virulenta cuando era niña, de que padecía frecuentes dolores de cabeza y de que coleccionaba programas de conciertos y entradas de auditorios. Le gustaba el pescado mucho más que la carne, aunque comía poco, y los bombones rellenos de crema. Jamás bebía alcohol, exceptuando una copa de vino en las comidas, desayunaba té con tostadas y detestaba los frutos secos. Estaba obsesionada con la imagen del padre ausente, que sólo le había dejado unos cuantos objetos materiales —regalos de Navidad y de cumpleaños— y un puñado de recuerdos sin importancia: el muñeco de nieve levantado en el parque una mañana de invierno, el relato de algunos cuentos clásicos y la canción *Night and Day* que le había enseñado poniéndose al piano. No había mucho más. Klara Menkell era una mujer como otra cualquiera. Quizá por eso, pensaba Stefan Hauptf, no había peligro en hacer a

Montalvo aquellas modestas revelaciones, todas ellas sin trascendencia alguna, ni más valor que el que su pobre alumno quisiera darles.

La indiscreción del maestro Hauptf debería haber sido suficiente para Fernando Montalvo, pero él quería más. Por eso llegó al extremo de entregar sobornos menudos a los parientes milaneses de Klara a cambio de otro puñado de revelaciones, todas, por cierto sin la menor importancia. De esa forma, Montalvo llegó a saberlo casi todo de la mujer a la que se había resignado a amar en silencio, y entonces entendió que era importante hacer más averiguaciones acerca de su padre, el misterioso Johann Menkell. Habló con el dueño de la agencia de detectives que había contratado Klara, quien reconoció que habían sido incapaces de averiguar algo del paradero del señor Menkell. «Es como si ese hombre no hubiera existido nunca», dijo. Eso sí, a cambio de una pequeña cantidad, accedió a entregarle una copia de la carpeta «con toda la información del sujeto», que había sido facilitada por la propia Klara. Consciente de la dudosa moralidad de aquella transacción, el investigador se empeñó en explicar a Montalvo que, ante la ausencia de resultados, Klara no había satisfecho el último importe de los honorarios de la agencia, «tengo que cubrir los gastos, señor, con este trabajo hemos perdido dinero».

Aunque escuchó aquellas disculpas fingiendo cierto interés, a Montalvo le importaba más bien poco el engranaje ético que regía el comportamiento del detective, quizá porque estaba convencido de que tampoco su actuación era completamente honrada. El caso es que se hizo con aquellas páginas elaboradas por la propia Klara, y supo así todo lo que se podía saber de Johann Menkell.

Tantas veces leyó lo escrito que llegó a aprendérselo de memoria, lo cual fue una suerte cuando un incendio doméstico sin mayores consecuencias arrasó la mesa del despacho en su casa milanesa antes de que las llamas fuesen reprimidas por una enérgica criada a quien no asustaba el aparato de la lumbre. En aquel conato de holocausto, Montalvo perdió unos cuantos papeles de importancia —entre ellos, la famosa Carpeta Menkell—, varios recuerdos de familia y un bonito escritorio de madera. Cuando los peritos del seguro le dijeron que una grave avería en el sistema eléctrico había provocado el cortocircuito que degeneró en incendio, y que había que renovar cuanto antes toda la instalación de la casa, Montalvo decidió que quizá había llegado el momento de cambiar de aires y también de vida.

Klara llevaba años fuera de Italia, y él mismo —que había abandonado las clases de música, aunque seguía visitando al maestro Hauptf— llevaba una vida tan solitaria que en realidad daba igual el lugar del mundo que eligiera para plantar sus reales. No trabajaba: vivía de las rentas de la herencia paterna y de los beneficios arrojados por unas cuantas acciones que habían constituido el legado de su madre. No era gran cosa, pero bien llegaba para mantener a un hombre solo. Lejos de Klara y sin nada que hacer, Milán había empezado a antojársele una ciudad incómoda y vagamente triste, con sus cielos grises y la lluvia menuda cayendo con una prodigiosa constancia sobre las esculturas del Duomo. Por eso decidió marcharse, aunque tardó en decidir a dónde. Hubiese podido volver a la patria de sus padres, pero en cualquier caso México nunca había sido su tierra —él había nacido en París, donde su padre ocupaba un destino diplomático antes de trasladarse a Londres, y luego a Italia— y, en cualquier caso, había escuchado demasiadas historias sobre la incomodidad de la vida en el D. F., la violencia en las calles y los secuestros de extranjeros. Porque, a pesar de su piel tostada y su pelo negro, a pesar de la herencia y de la sangre, aquel país no era el suyo, y ya que iba a soportar para siempre la indeseable condición de apátrida, prefería elegir para instalarse un sitio más amable y menos hostil. Hablaba cuatro idiomas —el italiano obligado, el francés aprendido en el colegio, el inglés enseñado por la *nanny* y el español con cadencia americana que los Montalvo hablaban en familia— y eso ampliaba las posibilidades de adaptación a otros mundos.

Cuando pasaba las noches casi en blanco intentando escoger entre un abanico de ciudades, recordó que en las épocas felices —cuando aún vivían en París, y mucho antes de que la madre enfermara y muriera— sus padres solían hablar de Madrid con una nostalgia amable y la certeza de que el tiempo pasado allí había sido el más dichoso en la vida de ambos. A Fernando Montalvo no se le ocurrió pensar que la imagen que sus padres tenían de la ciudad pudiese estar distorsionada por las especiales circunstancias que habían rodeado su estancia: estaban recién casados y él ocupaba el primer destino importante en su carrera como diplomático, así que cualquier memoria de aquella época se encontraba tamizada por la sensación de bonanza que lo presidía todo. Así, su madre y su padre hablaban de una ciudad envuelta en sol, de atardeceres misteriosos en los que el cielo adquiría un raro color magenta y madrugadas de luz ambarina que amparaban el despertar de las calles. Hablaban de la alegría de las gentes, de las tardes de toros, de las comidas contundentes y sencillas en los restaurantes de moda, de las verbenas populares y del chocolate con churros que era, aseguraba su madre, razón suficiente para viajar a España. Habían hecho planes para regresar muchas veces —el señor Montalvo había intentado incluso ser enviado al país como embajador—, pero las vueltas de la vida y la suerte decidieron las cosas de otra forma. Enrique Montalvo murió antes de estar en condiciones de aspirar a semejante destino, y, de todas formas, para entonces ya Madrid había perdido ante sus ojos la condición de tierra prometida: su esposa Clarissa había muerto, y ningún lugar del mundo se le antojaba adecuado para ser feliz.

Sin embargo, muchos años después, Fernando Montalvo recordó las conversaciones de sus padres, y el deseo tanto tiempo postergado de volver a Madrid, así que decidió instalarse en la ciudad. Además, la herencia paterna que le había permitido vivir sin trabajar durante todos aquellos años empezaba a menguar peligrosamente, y a finales de los años ochenta vivir en Madrid era bastante más barato que hacerlo en Milán, así que presumiblemente sus rentas darían más de sí después de la mudanza. Nada le retenía en Italia, excepto el afecto por su antiguo profesor Stefan Hauptf, pero había un vuelo directo entre Milán y Madrid y podía tomarlo cada dos o tres meses para hacerle una visita. Así que empaquetó sus pertenencias —entonces no tenía tantas cosas—, dejó la casa de la vía Minghetti con sus enchufes requemados y las huellas del incendio en las paredes, y llegó a Madrid un quince de junio, sin saber que sus padres habían dejado la ciudad el mismo día y el mismo mes de hacía cincuenta años.

Se alojó en un hotel sencillo en los alrededores de la

Puerta del Sol, y desde allí empezó a buscar un sitio donde instalarse. Fue el recepcionista quien le habló de una casa grande y bien conservada en el barrio de Chueca que pertenecía a una vecina de su madre. Pedía muy poco por el alquiler, explicó el de la recepción, era una señora ya mayor que prefería perder dinero y arrendar el inmueble «a alguien de confianza, usted ya me entiende». Por supuesto, Montalvo no lo entendía. ¿Qué confianza podían depositar en él, un desconocido que hablaba un español de cadencia extraña y acababa de llegar a la ciudad con tres maletas? Sin embargo, no dijo nada: hay gente que cree tener un sexto sentido para conocer al prójimo, y quizá el recepcionista era una de esas personas.

En realidad, a la propietaria del piso le importaba bastante poco el origen, la filiación o la limpieza de sangre del posible inquilino. La casa de Chueca llevaba meses vacía porque en aquella época nadie en su sano juicio quería instalarse en la zona, coto privado de camellos de diferentes categorías —desde especialistas en pequeños trapicheos hasta traficantes en toda regla— y adictos a cualquier tipo de sustancia que merodeaban por las calles estrechas, pasaban el mono en los portales o se morían de una sobredosis en cualquier acera. No, en 1989 no había quien se aventurase a alquilar una casa en Chueca... excepto un extranjero recién llegado a la ciudad a quien no le había dado tiempo a ponerse al día en cuanto a los barrios poco recomendables.

Si Fernando Montalvo hubiese sido otro tipo de persona, habría sospechado de la insistencia de la propietaria del piso por enseñárselo a las nueve, una hora absurdamente temprana, o eso le pareció a él, que no podía suponer que hasta primeras horas del mediodía el barrio gozaba de una falsa tranquilidad: acababan de pasar los servicios de limpieza arrastrando la innumerable colección de inmundicias que alfombraban el suelo, algún vecino misericordioso se había ocupado de llamar a una ambulancia para que retirase a las dos o tres víctimas diarias de la droga mal cortada, y los camellos aún no se habían puesto en funcionamiento para empezar el trabajo. Así las cosas, cuando Fernando Montalvo entró por primera vez en el territorio comanche del barrio de Chueca, no vio nada extraño más allá de la sordidez de los grafitis que colonizaban las paredes y un raro silencio matinal al que habría de acostumbrarse con el tiempo y que sucedía puntualmente al desmadre nocturno de peleas, gritos y amenazas varias.

El piso le gustó. Era grande y luminoso, y estaba en bastante buen estado. Es cierto que había pensado en hacerse con una vivienda más pequeña, pues tampoco necesitaba mucho sitio —no se había traído casi nada de su hogar milanés—, pero, como le dijo la propietaria de la vivienda cuando él objetó el exceso de espacio, «burro grande, ande o no ande».

—Además, se lo voy a dejar tan barato como si midiese la mitad. ¿Qué? ¿Se decide? Es que tengo a otros señores esperando... pero usted me gusta más. Parece de fiar.

Fernando Montalvo sonrió modestamente ante aquella inmerecida muestra de confianza. Dio un segundo paseo por el piso, abrió los grifos, golpeó las paredes buscando no se sabe muy bien qué, y luego dirigió a su posible patrona una mirada indefensa.

—Bueno, pues... dígame cómo lo hacemos.

—La señal es de diez mil pesetas. Luego se vuelve usted al hotel y ya irá mi hijo a llevarle los papeles y las llaves. Ya verá qué bien va a estar aquí. Y ahora deberíamos irnos. Se está haciendo algo tarde.

Eran las once de la mañana. Montalvo, por supuesto, no entendió a qué se refería la señora.

A pesar del vecindario indeseable, a pesar de la condición de lugar sin ley que ostentaba la zona, a pesar de que más de una vez tuvo que saltar por encima de un cuerpo en reposo para entrar en el portal de su vivienda y que sufrió hasta cuatro atracos —todos sin mayores consecuencias—, Fernando Montalvo acabó encontrándose a gusto en el piso de Chueca. Era la primera vez que organizaba una casa —había vivido en dependencias diplomáticas la mayor parte de su vida, y al morir su padre se instaló en un apartamento amueblado—, así que nunca había tenido la oportunidad de elegir muebles, cortinas o alfombras. Le gustaba visitar el Rastro los domingos por la mañana, y allí compró algunas de las piezas que fueron a parar al salón de su casa. Un día escuchó que el dueño de un piso del barrio estaba saldando su contenido. Fue hasta allí, más por curiosidad que por otra cosa, y compró a un precio irrisorio el biombo Coromandel, dos lámparas en muy buen estado, una silla y un sillón. Lo que nunca llegó a saber Fernando Montalvo es que aquella casa no pertenecía al responsable del saldo, sino que era propiedad de un matrimonio entrado en años que había dejado el barrio para huir de la progresiva degradación de sus calles. Alguien se dio cuenta de que el piso llevaba mucho tiempo cerrado, forzó la puerta y vendió buena parte de lo que allí había. El caso es que Fernando Montalvo —que jamás supo de la escasa legitimidad de la transacción— se aficionó al mercado de los objetos de segunda mano, y fue entonces cuando empezó a frecuentar los bazares de decomisos y las tiendas que despachaban artículos de procedencia dudosa, iniciando así muchas de las colecciones de objetos variopintos con los que atiborró su casa.

Al principio compró sólo cosas que podían ilusionar a Klara —los abanicos, las miniaturas, los ídolos japoneses, los programas de música—, fantaseando con la idea improbable de que la mujer de sus sueños apareciese un día ante su puerta con intención de quedarse, y se conmoviese ante la visión de aquellos objetos que le gustaban tanto, pero al final tuvo que reconocer que compraba las cosas para sí mismo: porque eran hermosas, o interesantes, o estaban llenas de misterio —como aquellas tarjetas postales, todas ellas procedentes del norte de España y todas con la misma leyenda, «Te recuerdo desde estos bellos parajes de la cornisa cantábrica»—, o curiosas, o simplemente apetecibles. Las cosas le hacían compañía, salir en su busca entretenía sus horas libres y colocar primorosamente las colecciones que había empezado a reunir era el modo más divertido de pasar las tardes de mal tiempo. Además, las labores de prospección llevadas a cabo sin ningún objetivo preciso le hicieron tropezar por casualidad con materiales sin valor que tenían para él un especial significado, como aquella vez que dio con una partitura envejecida de *Night and Day*, el tema de Cole Porter que Johann Menkell había enseñado a su hija, y la de una canción de cuna de autor desconocido en la que se arrullaba a una niña llamada Klara. La pieza no tenía título, así que él mismo lo añadió en la parte superior: *Canzione di Klara.* Le gustaba la particular eufonía del italiano combinada con la contundencia del nombre femenino en alemán.

Para entonces ya había empezado a impartir clases de música. Encontró a su primer alumno gracias a un anuncio visto en el tablón de anuncios de la panadería: «Estudiante busca profesor de solfeo no muy caro.» Se fijó en el aviso por la tierna aclaración en cuanto al posible precio de las lecciones, y se dijo que con semejante punto de partida eran pocos los que iban a responder al requerimiento. Pensó en el estudiante atribulado intentando descifrar los misterios de las semicorcheas y la clave de sol sin contar con la ayuda de nadie, y le dio lástima aquel desconocido. ¿Quién sería? ¿Un alumno de conservatorio, o un simple aspirante a bachiller que tenía dificultades con la asignatura de música? Fue la curiosidad lo que le impulsó a llamar, y él mismo reparó en el absurdo: él, que nunca había despertado el interés de nadie, se preguntaba quién era el misterioso autor de un triste anuncio escrito en papel cuadriculado y colocado con tiras de adhesivo en el corcho de la panadería.

El chico en cuestión se llamaba Lucas, tenía quince años recién cumplidos y estaba en un verdadero aprieto, pues había ocultado a sus padres la obtención de un suspenso en la asignatura de música que estudiaba en el primer curso del instituto. Sacaba buenas notas en casi todo, explicó, pero aquella materia se le atragantaba y, ante la inminencia del examen de septiembre, necesitaba la colaboración de alguien experto en el negociado de las siete notas. No tenía mucho dinero, confesó a Montalvo, sólo lo que había ahorrado durante las vacaciones, pero sí lo suficiente como para sufragar dos o tres lecciones que recibir en vísperas del examen. Sus padres no podían enterarse. ¿Sería posible dar las clases en casa de Montalvo? Él le dijo que no había problema. Aquella misma tarde compró el piano, una resma de papel pautado y un método de enseñanza musical sin saber que había empezado una larga y fructífera carrera como profesor de música que habría de ser determinante para su vida en los años venideros.

Lucas no sólo aprobó el examen, sino que obtuvo una nota tan alta que el maestro estuvo a punto de llamar a sus padres para comentar con ellos la sorprendente transformación del alumno. Por fortuna, no lo hizo, pero a cambio obtuvo de Lucas una explicación para el misterio: el concurso de un tipo que enseñaba muy bien y al que había encontrado gracias a un anuncio manchado de harina, y que ni siquiera había querido cobrarle las lecciones. Intrigado —y un poco dolido también por el triunfo de otro en el mismo terreno donde él obtuviera un sonoro fracaso—, el profesor de instituto decidió conocer al generoso docente, y lo llamó por teléfono. No hablaron mucho: Montalvo era un tipo de más bien pocas palabras, aunque agradeció las felicitaciones y se alegró de que Lucas hubiese hecho un examen tan brillante. ¿Que por qué no le había cobrado? Bueno, sólo habían sido cuatro clases, y además el chico tenía poco dinero... al fin y al cabo, él ni siquiera se dedicaba a eso. Era la primera vez que daba clase. ¿Nunca había pensado en dedicarse a la enseñanza? No, al menos no hasta entonces. Aunque lo había pasado muy bien enseñando a Lucas. Había algo hermoso, dijo Montalvo, y al otro le sorprendió el uso de aquella palabra tan poco coloquial, en enseñar a otros lo que uno sabe. Hubo un silencio al otro lado de la línea.

—Oiga, señor..., Montalvo, ¿no?... Estoy pensando que a lo mejor puedo encontrarle más alumnos. Si funciona con todos como con Lucas... en fin, no es que a mí me guste hablar mal de mis chicos, pero este crío es un verdadero zote... y me ha hecho un examen de notable alto. ¿Qué estudios tiene usted?

Montalvo se preguntó por qué razón se estaba poniendo nervioso: quizá porque intuía que algo en su presente estaba a punto de cambiar.

—Tengo... tengo la carrera de piano casi completa... bueno, me falta el último año... se me atragantó el examen y lo dejé... y también toco el violín. Se me da muy bien el solfeo. Eso es matemática pura, ¿verdad? Y no hace falta ningún talento para las escalas.

Sin saber por qué, Fernando Montalvo supo que su interlocutor estaba sonriendo, y él sonrió también mientras escuchaba su explicación. Después del instituto daba clases en el conservatorio, le dijo, y a menudo tenía alumnos que necesitaban un refuerzo, o unas clases adicionales para preparar exámenes. No era fácil encontrar profesores a tiempo parcial, y muchas veces los padres le preguntaban a él.

—Puedo recomendarle a usted. Después de lo que ha hecho con Lucas, está claro que es un profesor estupendo. No sé si le interesa...

Fernando Montalvo nunca había pensado en convertirse en profesor particular, pero ahora que se lo proponían, no le parecía una mala idea. Sus rentas seguían menguando, y las horas del día eran cada vez más largas. Y lo había pasado tan bien ayudando a aquel muchacho con su examen... Aceptó la oferta. Al cabo de un mes tenía tres alumnos, que luego fueron cinco, y luego siete.

Seis meses después de impartir su primera clase, Fernando Montalvo tenía incluso chicos en lista de espera para recibir sus enseñanzas.

Nunca fue tan feliz como cuando daba clase. Siendo como era un hombre generoso, le entusiasmaba compartir con otros lo que era suyo —todo lo aprendido durante años con el maestro Hauptf—, de forma que a veces incluso se sentía culpable a la hora de cobrar las lecciones: era tan dichoso que secretamente pensaba que debería ser él quien pagase por impartirlas.

Todos los que pasaron por sus manos coincidieron en que nunca habían tenido un profesor con tanta habilidad para el magisterio como Fernando Montalvo, ni habían conocido a nadie tan naturalmente dotado para la enseñanza. Era imposible no aprender con él. Tenía paciencia con los alumnos menos avispados, sabía animar a los poco decididos y frenar el entusiasmo de aquellos que, por su excesiva confianza en sí mismos, podían acabar fracasando en un examen. Ninguna pregunta le molestaba, todas las explicaciones que tuviera que dar le parecían pocas si estaban encaminadas a aclarar alguna duda, y corregía los errores con una rara mezcla de dulzura y firmeza. A diferencia de otros profesores, Montalvo nunca se encorajinaba cuando un alumno fallaba media docena de veces en la misma nota, ni perdía las maneras con los distraídos o los rematadamente vagos. No tenía el temperamento de otros profesores, ni el carácter de algunos maestros que, envenenados por verse reducidos a la categoría de docentes, pagaban con los pupilos sus propias frustraciones. El caso de Montalvo era justo el contrario. Y estaba tan convencido de su personal falta de talento, que aplicaba a los demás la piedad que esperaba despertar en la gente.

A lo largo de los años dedicados a la enseñanza, que se interrumpieron abruptamente por las causas ya conocidas, Montalvo tuvo un total de cincuenta y siete alumnos. No tomó a todos el mismo cariño, ni se implicó por igual en la formación de unos y otros, aunque intentó obtener de cada uno de ellos el mismo grado de excelencia. Tampoco robó a todos: sólo a aquellos a los cuales enseñó durante más de tres años. Llevarse de sus casas un souvenir inútil era como guardar para siempre el recuerdo de un paso por el Rubicón. Tres años es mucho tiempo, se decía. Era, exactamente, el que había transcurrido desde que conoció a Klara y el instante maldito en que ella decidió exiliarse en Austria y seguir su vida lejos de él. Treinta y seis meses. Y luego, la huida. Por eso pensaba que la superación de ese período de tiempo era algo que merecía ser recordado. Así que, tras ese aniversario, Montalvo sustraía de las casas de sus alumnos objetos que no tenían más valor que el que uno quisiera darles. Pensó que, en la mayoría de los casos, sus propietarios nunca echarían de menos unas gafas viejas, una porcelana desportillada, una pluma con la que no se podía escribir. Sólo una vez alguien cayó en la cuenta de que había sido víctima de un robo, y no sólo eso, sino que además le señaló a él como culpable. Fue la querida Anna Livia Schzerny. Claro que, para entonces, Fernando Montalvo ya había decidido que la señora Schzerny era una persona distinta a todas las demás.

A Montalvo le gustaba pensar que la suya estaba siendo una vida agradable. Convertido en su particular gruta del tesoro, acabó considerando el piso de Chueca como el mejor de los refugios. La señora Osorio, su casera, le visitaba una vez al año para comprobar el buen estado de la vivienda y renovar el contrato. Ella misma estaba encantada con su inquilino, aunque al principio la acumulación de cosas en las habitaciones del piso la había alarmado un poco. Pero el señor Montalvo pagaba bien, era educado y no hacía fiestas —eso le aseguraron los vecinos—, así que, si quería matar el tiempo comprando baratijas en los saldos, era cosa suya. Ella misma contribuyó al incremento de objetos regalando a Montalvo las cabezas de chinitos de loza —«mi marido pedía para el Domund y de vez en cuando se quedaba con una hucha»— y una gramola vieja que había encontrado en el desván. Montalvo agradeció las desinteresadas donaciones, y empezó a cambiar la impresión que tenía sobre su casera, a la que había catalogado como una anciana más bien roñosa con pocos escrúpulos para dar gato por liebre a un pobre extranjero incauto, a quien había endosado una casa que sólo se podía alquilar a un camello o a un completo inocente como él.

Para entonces, el barrio ya había empezado a dar tímidas muestras de cambio, por no decir de puro y duro renacimiento. Los traficantes de droga habían ido replegándose hacia otras zonas de la ciudad, y con ellos buena parte de sus clientes. Empezaban a abrirse nuevos negocios, y el paisaje humano de las calles iba pareciéndose cada vez más al de otros barrios ya pacificados. Alguien sugirió a la señora Osorio que quizá había llegado el momento de negociar con el inquilino una subida del alquiler, pero ella no quiso: quizá porque su moral no era tan laxa como pensaba Montalvo, tenía mala conciencia del conato de timo al que había sometido al bueno de don Fernando endosándole una casa que llevaba meses vacía porque nadie con dos dedos de frente quería vivir en ella, y ahora que habían cambiado las cosas era justo que aquel buen señor —que pagaba las rentas y no organizaba juergas nocturnas— se aprovechase de la nueva situación, del mismo modo que en otro tiempo ella se había aprovechado de su ignorancia. La renta no subió, y Montalvo pudo así ser testigo de la metamorfosis final del barrio, que se transmutó de forma sorprendente en un reducto de paz social, buenos modales y tiendas de diseño.

Una tarde, Fernando recibió la visita inesperada de su casera. Quiero hablar con usted, le dijo, y tras sentarse y rechazar el café que Montalvo le ofreció, fue directamente al grano: había decidido legar la casa a su sobrino.

—Un buen chico con muy mala suerte en la vida —explicó—. No sabe usted las que ha tenido que pasar el pobre. Se llama Mario y es escritor. Tiene una novela muy bonita, debería usted leerla.

Montalvo prometió que lo haría, aunque la buena mujer no fue capaz de precisar el título del libro, ni tampoco el nombre completo de su heredero.

—Se puso el apellido de la madre, un apellido extranjero muy raro y muy difícil, no hay manera de acordarse de él.

Aunque era mentira, Fernando Montalvo le dijo que a él también le costaba memorizar los nombres. Luego, la señora Osorio se marchó. Montalvo no entendió por qué tanta prisa en informarle de que el piso iba a cambiar de dueño en un futuro. No podía imaginar que aquella visita había sido hecha justo a tiempo: una semana después, su casera había muerto, y alguien —¿un abogado?— se puso en contacto con él para informarle de que el piso había pasado a las manos de Mario Menkell.

Al escuchar el nombre de su nuevo casero, Fernando tuvo la sensación de haber recibido un pinchazo en mitad del pecho. Menkell. Mario Menkell. Klara Menkell. El misterioso y escurridizo Johann Menkell. Intentando tranquilizarse, quiso pensar que se trataba de una pura coincidencia, pues por fuerza tenía que haber decenas, centenares de personas llamadas Menkell circulando por el ancho mundo, pero aquella aguja que se le había clavado en la zona del esternón al escuchar el nombre de su nuevo casero le decía que la cosa no acababa en el universo infinito de las casualidades. Tenía que haber algo más. Mucho más. Por eso le decepcionó saber que el señor Menkell no albergaba ninguna intención de conocerle. El empleado de una agencia inmobiliaria se presentó en su casa con un montón de papeles y la noticia ingrata de que su arrendador no deseaba mantener contacto con él. Fernando Montalvo intentó esgrimir alguna disculpa de poco peso para justificar su necesidad de un encuentro, pero aquel hombre —casi un muchacho— ni siquiera quiso escucharle: don Mario deseaba que la relación con su inquilino se realizase a través de la agencia, y no había nada que él pudiera hacer al respecto.

Algo desanimado, Fernando Montalvo intentó convencerse de que era absurdo obsesionarse por un simple aguijonazo entre las costillas. Se dijo que quizá el celo de Mario Menkell se atemperase más adelante, y ya habría entonces ocasión de conocerle y averiguar si su filiación tenía algo que ver con la de Klara Hauptf. Sonrió al reconocer que en todos aquellos años —habían pasado casi veinte desde que ella dejara Milán— no había dejado de recordarla ni un solo día, aunque era cierto que la pasión de los primeros tiempos había ido dejando paso a un amor más tranquilo y escasamente alborotado, y que en los últimos años había aprendido a pensar en ella con la paz que da la nostalgia bien administrada. No es que hubiese dejado de quererla, por supuesto, pero el tiempo contribuye a recolocar los afectos, a poner orden y concierto en los sentimientos alborotados. Ahora, al acordarse de Klara, lo hacía de una forma mucho más sensata. Sí, la época del amor en estado puro había sido felizmente superada gracias al paso de los años. En eso estaba pensando cuando recibió el telegrama que le informaba del deceso de Stefan Hauptf.

El propio Iosto Hauptf había enviado el cable desde Italia. En él se le daban noticias de la muerte del maestro Hauptf y de la celebración al día siguiente de su funeral y su entierro. Todavía conmocionado por la mala nueva —aunque en el fondo llevaba años sabiendo que un día u otro alguien le anunciaría la desaparición del profesor de música—, Fernando Montalvo metió cuatro cosas en una bolsa de viaje impecable por falta de uso, y se fue directamente al aeropuerto para tomar el primer avión que saliese con destino a Milán.

Llegó ya entrada la noche, en medio de una lluvia tenaz y un viento incómodo que complicó el aterrizaje, y aunque pensó en la posibilidad de acercarse a la casa familiar para ofrecer a los Hauptf sus condolencias, reconoció que no hubiera sido oportuno. Se instaló en un hotel céntrico y feo, y pasó la noche en un sueño sobresaltado e irregular que le hizo levantarse completamente agotado. Por la mañana, mientras se afeitaba frente al espejo, reconoció que había pasado más tiempo pensando en Klara que en el maestro muerto, y volvió a sentir aquel pinchazo en el pecho, justo en mitad del plexo solar. Se llevó la mano a la zona casi físicamente dolorida, y se dio cuenta de que estaba temblando. Y entonces Fernando Montalvo admitió que había sido un error volver a Milán.

Pensó en pedir un taxi que lo llevase al aeropuerto, tomar otro avión y desaparecer para siempre de Italia y de la vida de los Hauptf. Volvería a Madrid, a sus clases, a sus alumnos, a sus queridas colecciones, a la vida pacífica y casi feliz que había llevado durante tanto tiempo, el tiempo en el que pensaba que había superado su amor por Klara Menkell. Pero entonces, en aquella habitación impersonal y grande, de altos techos con adornos de escayola descascarillada, Fernando Montalvo supo que no podía marcharse de esa forma, que no podía desperdiciar la ocasión de volver a ver a Klara. Si su recuerdo había de perseguirlo por el resto de sus días, más valía que obtuviese de ella una imagen real, de acuerdo con el tiempo transcurrido, oportunamente pasada por el no siempre amable tamiz de los años. Sonrió al pensar que, con un poco de suerte, la señora Hauptf se habría convertido en una mujer maltratada por la edad, a quien la madurez hubiese transformado hasta el punto de no poderla identificar con la joven que había sido cuando la vio por primera vez frente a la academia de música. Con esa esperanza terminó de arreglarse, intentó sin mucho éxito eliminar las arrugas de su traje oscuro y anudarse con alguna gracia la corbata de luto, y se dirigió andando hacia la basílica de San Ambrosio.

Llegó antes que la comitiva fúnebre, pero la iglesia estaba casi llena. Fernando Montalvo se preguntó quiénes serían los que ocupaban los asientos, pues el maestro

Hauptf no tenía demasiadas amistades, y en ningún modo sus conocidos eran suficientes para abarrotar el templo. Pensó que buena parte de los asistentes podían ser turistas que habían acudido a admirar la columnata o las teselas de oro de la capilla de San Vittorio, y habían decidido quedarse al funeral y participar del inesperado espectáculo. De pronto, al escuchar la música del órgano atacando el Réquiem de Mozart, toda la basílica pareció ser sacudida por una misteriosa ola de recogimiento y respeto, y los asistentes a las honras fúnebres, fueran turistas o no, se pusieron de pie para contemplar el paso del féretro de Stefan Hauptf. Tras él caminaban su viuda y el huérfano oficial, Iosto Hauptf. Junto a ellos, participando del dolor con la discreción que exige el rango de pariente político, iba Klara Menkell. Al verla, Fernando Montalvo sintió que el mundo se hundía bajo sus pies. Pudo comprobar que, como se temía, el amor que nunca se había ido del todo se materializaba ahora con la misma consistencia que tantos años atrás. En ese momento asumió que nunca iba a poder olvidar a Klara, y que estaba destinado a pasar el resto de su vida buscando en algún lugar del universo el hilo invisible que le permitiese seguir unido a ella.

El funeral fue bello y solemne, largo y sobrio, dignamente triste. Fernando Montalvo imaginó que así debían de ser las celebraciones luctuosas de otro tiempo, cuando el respeto por el dolor de los otros llenaba las iglesias, y los suspiros por la pena compartida sacudían los bancos en una suave brisa de solidaridad. Ahora, los funerales eran breves y extrañamente parecidos entre sí, y los asistentes bostezaban sin disimulo mientras miraban los relojes de pulsera alarmados por la duración del oficio. Sin embargo, los invitados a la misa por el alma del maestro Hauptf escucharon el servicio con una devoción sincera, y no hubo murmullos en el momento de la comunión, ni siquiera a la salida de los deudos, cuando se supone que el ambiente de tristeza oficiosa empieza a disiparse. Casi todos acompañaron a la familia al pequeño cementerio en el que fue enterrado el cuerpo del maestro Hauptf, y al final, cuando la pesada losa cubrió para siempre la que sería su tumba, un aplauso profundo y unánime rompió la paz ingrata del camposanto. Fue entonces cuando Montalvo se dio cuenta de que todos los que participaban en la ceremonia eran músicos, y que juntos querían brindar a Stefan Hauptf la que sería su última ovación en el mundo de los vivos.

Fernando Montalvo tuvo ocasión de saludar a Iosto Hauptf y a la propia Klara a la salida del cementerio. Ambos fueron afectuosos con él, aunque Montalvo se dio cuenta, alarmado, de que uno y otro habían pasado página sobre los acontecimientos de otro tiempo. Para ellos él no era el antiguo enamorado de una mujer casada que había precipitado el exilio de ambos, sino un amigo lejano que había tenido la deferencia de trasladarse desde otro país para participar en las exequias del padre muerto. Le dieron las gracias por su presencia en Milán y le aseguraron que al maestro Hauptf le hubiese encantado saber que había volado desde tan lejos para participar de su despedida.

—Mi padre le apreciaba mucho. Hace unos meses me hizo prometer que le avisaría a usted cuando... cuando...

Montalvo quitó importancia a su presencia allí. Era lo menos que podía hacer, dijo, y se dio cuenta de que ni Iosto ni Klara recordaban por qué debía tanta gratitud a su antiguo profesor de música. Quizá no habían sabido nunca la extensión de su complicidad con el viejo Hauptf. Se despidieron de él y le invitaron a la pequeña recepción que iban a ofrecer en el domicilio familiar, «para los parientes y los amigos íntimos». Montalvo rechazó la oferta: era muy amable por su parte, pero tenía que volver de inmediato a España. No era verdad, por supuesto. Simplemente, no podía soportar la idea de pasar unas horas bajo el mismo techo que Klara Menkell sintiendo que ésta lo trataba con la cordialidad distraída que uno reserva a los extraños. Se despidió de los Hauptf con un apretón de manos, y luego se alejó por el atrio de la iglesia, sin fijarse en el hermoso bosque de arcos y columnas. Nunca, en toda su vida, se había sentido tan desdichado ni tan solo.

Hizo el viaje de vuelta profundamente triste, reprochándose la inconsciencia de aquel viaje, que resultaba injustificable incluso enarbolando la memoria del maestro Hauptf. Hubiese podido enviar unas flores, rezar por él en cualquier iglesia madrileña y honrar su memoria del mismo modo que lo había hecho durante todos aquellos años. Qué necesidad tenía de volver a Milán, de provocar aquel fugaz encuentro con Klara, de aprender una vez más que nunca había existido para ella y, lo que aún era peor, de comprobar que era aún la mujer que había sido más de treinta años atrás. Si entonces no había sido capaz de dar con el camino para llegar a ella, ¿cómo iba a encontrarlo ahora, en la triste frontera de los cincuenta años, con un mar de por medio y nada que pudiesen compartir? Y fue entonces, justo cuando el avión iba a tomar tierra, cuando recordó otra vez el nombre de su nuevo casero: Mario Menkell. Sintió algo extraño: una corriente galvanizadora que le despojó de golpe de la angustia de los dos últimos días. Mario Menkell. Quizá no todo estaba perdido, y el destino había lanzado a su paso algo que compartir con Klara.

Las cosas hubieran sido mucho más fáciles, se dijo Fernando Montalvo, de haber sido Mario Menkell una persona como las otras. Pero lamentablemente su casero era un tipo raro hasta la médula, y por eso había sido imposible concertar un encuentro entre ambos. El único nexo entre ambos era el jovenzuelo de la inmobiliaria, que se negó tozudamente a facilitarle ninguna información adicional.

—El señor Menkell quiere que seamos nosotros quienes nos ocupemos de todo lo referente a la casa en la que usted vive.

—Pero es que no se trata de la casa.

—Ya. Pues me temo que no voy a poder ayudarle. Tengo instrucciones estrictas al respecto y no...

—¿Es porque teme perder la comisión? ¿Cree que quiero... cómo se dice... puentearle a usted?

Montalvo había aprendido la palabra del padre de un alumno, pero no había tenido ocasión de usarla hasta entonces. Se alegró de que le hubiese llegado la oportunidad de probar su dominio del español. Sin embargo, el chico de la inmobiliaria no parecía muy impresionado con sus habilidades lingüísticas. Se puso serio como un palo antes de contestar a la pregunta que sólo ahora reconocía que tenía cierto matiz insultante.

—Mire, señor Montalvo, yo no creo nada. Lo único que sé es que don Mario nos ha dicho que no quiere tratar con usted bajo ningún concepto, y yo me limito a seguir sus instrucciones. *Capisci?*

Habría que ser idiota para no hacerlo. Montalvo pidió disculpas torpemente, y salió de la oficina arrastrando los pies y evidenciando una sensación de derrota. Estaba en un callejón sin salida, pensó, y entonces recordó algo que nunca debería haber olvidado. ¿Qué había dicho su casera? ¿Que el hombre que iba a heredar el piso era escritor? Dio la vuelta sobre sus pasos y se dirigió a la librería de unos grandes almacenes, donde, tras escuchar el nombre del autor, el dependiente no tuvo ninguna dificultad en encontrar para él un ejemplar de *Lo que me contó Bernard M.*

—Le va a gustar mucho, es un gran libro —dijo, mientras le entregaba el cambio.

Pero Fernando Montalvo ya no le escuchaba. Estaba demasiado ocupado intentando adivinar a Mario Menkell en los rasgos distorsionados de la pésima fotografía de la contraportada. Le desalentó comprobar que no era posible reconocer al autor en aquel daguerrotipo insensato que podía pertenecer casi a cualquiera. En cuanto a la biografía de la solapa, era tan escueta que parecía una broma: apenas media docena de líneas dando cuenta de la formación filológica del autor, de su origen —había nacido y vivido en Madrid— y la edad, treinta y tres años, en el momento de publicación del libro. Aquel tipo parecía empeñado en ocultarse del mundo entero, se dijo Fernando Montalvo, y en aquel instante sintió una corriente de profunda antipatía ante el escurridizo personaje que parecía empeñado en no darle ninguna facilidad.

Aquel mismo día, y sin ninguna esperanza, se puso en

contacto con la editorial, pero la persona que lo atendió le dijo lo que esperaba oír: que el señor Menkell no establecía correspondencia con sus lectores y que, desde luego, no podía facilitarle sus señas ni ninguna forma de ponerse en contacto con él. Aquella tarde, tras colgar el teléfono y derrumbarse en el sillón, Fernando Montalvo se sintió como un paria absoluto, un pobre desgraciado a quien la fortuna y la suerte habían vuelto la espalda demasiadas veces en la vida. Miró torvamente el libro que descansaba sobre la mesa y el retrato desencajado del misterioso señor Menkell, y luego, de una forma casi mecánica, le dio la vuelta y se fijó en la portada.

El título, *Lo que me contó Bernard M.*, estaba impreso sobre una fotografía antigua en blanco y negro, en la que lo que parecía ser un ruidoso grupo de músicos se deslizaba en góndola por un canal veneciano. Una de las mujeres de la foto cantaba con la cabeza echada hacia atrás en un ademán teatral. Había un contrabajo, un clarinete, dos trompetas. Otros viajeros habían sido captados en el momento de iniciar un aplauso, dos parecían a punto de besarse, otro llamaba la atención de alguien que estaba en la orilla agitando un sombrero de copa. Uno de los navegantes intentaba mantener el equilibrio mientras llenaba de champaña las copas de otros dos, y otro gritaba a sabe Dios quién haciendo bocina con las manos. Aquella imagen rebosaba hedonismo, pasión por la vida, dicha en estado puro. Fernando Montalvo se dijo que hubiera querido ser una de aquellas personas que paseaban haciendo música desde una barcaza en la Venecia de otro tiempo. Una portada preciosa, pensó, y volvió a voltear el libro para leer el resumen de la novela:

Italia, 1926. El músico y compositor Cole Porter llega a Venecia con su esposa, Linda, y lleva el escándalo a la ciudad poniendo a funcionar un club de jazz que recorre los canales a bordo de una góndola. Junto a toda una legión de amigos, vividores, mecenas y simples aprovechados, el tímido y misterioso Bernard M., que trabaja como criado para el matrimonio Porter, se presta a levantar acta de todo lo ocurrido durante aquella época irrepetible. Lo que me contó Bernard M. *es el vibrante retrato de la vida de un genio de la música contemporánea, pero también la tierna historia de un hombre que, desde la sombra, fue testigo del brillo de otros y aceptó su papel de personaje secundario en aquella fastuosa representación.*

Abrió la novela y leyó las primeras líneas escritas por Mario Menkell:

El tío Bernard detestaba su nombre, o al menos eso contaba mi abuela. Cuando era niño decía que jamás iba a perdonar a su padrino de bautismo, que le había impuesto un patronímico tan feo y escasamente eufónico. Supongo que, de haber tenido la ocasión, el tío Bernard hubiera tomado para sí un nombre distinto al que otros le habían elegido sin consultar primero.

Levantó los ojos del libro y los llevó a la ventana. Fuera había empezado a llover en medio de una luz velada y blanca. El viento agitaba los árboles escuchimizados de la acera, y casi podía escuchar el paso acelerado de los caminantes intentando escapar de la lluvia intempestiva. «Night and day, you are the one», tarareó Montalvo intentando imaginar a una niña aprendiendo la canción junto a su padre, sentado ante el piano, siempre a punto de marcharse otra vez. Cole Porter. Mario Menkell. Y un tal Bernard M. que odiaba su nombre de pila. No, las casualidades no existían. Era preciso ponerse a trabajar.

Fue una suerte que para entonces Fernando Montalvo hubiese encontrado ya unos discretos ingresos gracias a su trabajo como profesor particular, porque en los años sucesivos gastó toda su magra fortuna personal en encontrar al padre de Klara Hauptf. Contrató los servicios de una agencia internacional de detectives —la existencia de oficinas de la empresa en varias capitales europeas era, le dijeron, clave para garantizar el éxito de una búsqueda tan compleja— y les explicó que, aunque estaban buscando a alguien que al menos durante una época se hizo llamar Johann Menkell, había poderosos motivos para creer que el nombre real del sujeto era en realidad Bernard. No citó a Cole Porter ni tampoco la novela que le había proporcionado la pista definitiva para retomar el caso —era preferible no marcar el camino de los profesionales—, pero Fernando Montalvo se sintió legítimamente orgulloso de su intuición cuando, un año y medio después de su primera reunión con los responsables de la agencia, éstos le confirmaron que Bernard y Johann Menkell eran la misma persona y que, como Montalvo sospechaba, era Bernard su verdadero nombre.

Aquella misma tarde escribió a Klara para darle noticias de su hallazgo, aunque la carta le fue devuelta unos días más tarde, cruzada por las palabras «Destinatario desconocido». Fue un nuevo revés para Montalvo, pero para entonces ya estaba acostumbrado a que surgieran dificultades en el camino, y volvió a la agencia de detectives para pedirles que localizaran a Klara. Por fortuna, en aquella ocasión fue cosa de unos días averiguar que el matrimonio Hauptf se había trasladado a vivir a una especie de asilo para músicos en la ciudad de Milán. La propia agencia le facilitó las señas de la Casa Verdi, y la carta fue reenviada.

Esperó la respuesta durante varios días, pero ésta nunca llegó. La decepción de Montalvo fue sólo relativa: al fin y al cabo, la actitud de Klara durante aquellos años había estado marcada por la indiferencia, y además era posible que no creyese lo que le contaba en la nota. Quizá le estaba tomando por loco, así que decidió ofrecerle pruebas de que lo que contaba era cierto. Y, tras abrir el libro de Mario Menkell, empezó a transcribir para Klara la historia completa de Bernard M. La historia de su padre que, sin saberlo, había escrito para ella el extraño y escurridizo Mario Menkell.

Aquella tarde, en un café milanés, Beatriz y Mario pudieron leer una tierna versión adaptada de *Lo que me contó Bernard M.* Todas aquellas cartas larguísimas y nunca abiertas contenían la misma historia del libro, pasada por el tamiz de la devoción del autor hacia la lectora que no existió nunca. Si Klara Hauptf hubiese leído aquellos folios, habría sabido que las ausencias del supuesto Johann Menkell no coincidían con las veleidades de un bohemio, sino con los compromisos adquiridos con un patrón inflexible. Cole Porter y su criado-secretario habían establecido una curiosa relación laboral de dependencia mutua. Menkell era su mayordomo, su consejero, su paño de lágrimas, su ayuda de cámara, su cocinero, su esclavo. Él admiraba a Porter como lo que era: un genio destinado a hacerse un lugar en la historia de la música, un hombre refinado y culto, de aguda inteligencia, capaz de componer letra y música de canciones que reconocía como inmortales. Por eso, Bernard Menkell sentía que estar al servicio de Cole era el mejor regalo que podía hacerle la fortuna. ¿A qué otra cosa podía aspirar un francés pobre y sin estudios ni más experiencia que el trabajo de camarero en un cabaret de Montmartre?

A Porter le había conocido allí. Estuvo toda la noche sirviéndole champán a él y a sus amigos, escuchando sus risas, admirando de lejos el atuendo impecable de cada uno de los miembros de aquel grupo feliz. El músico y los suyos habían dejado pasar la noche en el local, y ya amanecía cuando pidieron al dueño algo de comer. El propietario del local —un alsaciano antipático que entendía como una maldición el haberse hecho rico regentando un lugar en el que era testigo diario de la felicidad ajena— contestó con un bufido que allí sólo servían bebidas. Animado por la posibilidad de una propina —y también porque aquella alegre grey le había fascinado desde su entrada en el local—, Menkell se fue a una panadería cercana y compró brioches, *pain au chocolat*, croissants recién hechos, baguettes calientes y un bote de mantequilla salada, y sirvió el desayuno, que a falta de café regaron los noctámbulos con tres botellas de Veuve Cliquot. Como había previsto, los juerguistas entregaron a Menkell una propina generosa. Cuando estaban a punto de dejar el local, Cole Porter se volvió hacia él.

—¿Sabes quién soy? —le dijo.

—Sí, señor. Es usted el señor Porter.

Todos los diarios de París traían aquellos días alguna foto del americano, que triunfaba en un local de moda y alborotaba la ciudad con sus francachelas y su música. Al compositor pareció agradarle la respuesta, quizá porque el ser reconocido por un simple mesero de Montmartre era la mejor prueba de la universalidad de su triunfo. Miró a Menkell de arriba abajo, como si estuviera calibrando su talla para hacerle un traje nuevo.

—Buena figura y buena actitud. Diligente, amable y listo. Joven. No muy guapo, pero ¿quién lo tiene todo?

—dijo, en inglés, y volvió al francés para añadir—: ¿Te gustaría trabajar para mí?

En el siguiente segundo, Bernard Menkell se quitó el delantal, lo dobló con cuidado y lo dejó sobre el mostrador. Dos días después empezaba para él la gran aventura de su vida.

Cole Porter, que se jactaba de haber sido dotado por la suerte de un sexto sentido para todas las cosas, había dado buena prueba de su ojo clínico al contratar como asistente a aquel muchacho, o al menos eso era lo que aseguraban todos los amigos del músico. Menkell era diligente y correcto, prudente y avispado, y tenía una portentosa capacidad para trasnochar sin sufrir al día siguiente las consecuencias de una larga noche sin sueño, cosa fundamental cuando se trabaja para un noctámbulo empedernido. Fue el primer criado en no gruñir cuando al maestro le daba por hacer música a deshora y tocaba una y otra vez la misma melodía. Al músico le encantó comprobar que a su criado no sólo no le molestaba la machacona insistencia en una canción, sino que incluso parecía escuchar con atención lo que salía de sus manos milagrosas puestas al frente de un piano de cola. Con el tiempo, Cole Porter llegó incluso a interpretar para él temas de composición reciente que aún no habían sido estrenados, y cuando se dio cuenta de que aquel joven tenía buen oído y un excelente gusto para la música, llegó a considerar sus pedestres observaciones, como aquella vez que le hizo escuchar la primera versión de un tema para un musical que iba a representarse en Broadway, y él frunció el ceño antes de decir «señor Porter, le falta algo al final». El compositor no contestó a lo que consideraba una impertinencia, pero repasando la canción se dio cuenta de que Menkell estaba en lo cierto: la canción necesitaba una estrofa para ser cantada tras el estribillo y rematar así de una forma menos abrupta. Hizo las correcciones pensando, satisfecho, que había sido muy listo al contratar a aquel camarerito francés. En las semanas siguientes, Porter se acostumbró a someter sus composiciones al instinto de Bernard Menkell, que, mientras le preparaba el té o le limpiaba los zapatos, escuchaba —meneando la cabeza y claramente atento— las notas del piano de Cole Porter y las letras de las canciones que componía, a pesar de que al principio no sabía una palabra de inglés. Con el tiempo, Menkell llegaría a hablar bastante bien el idioma materno de su patrono, pero en los primeros tiempos se contentaba con captar la rima de unas frases cuyo contenido se le escapaba.

Aunque había crecido sin saberlo, a Bernard Menkell le encantaba la música, y Porter pensaba en secreto que, de haber recibido una adecuada formación a su debido tiempo, aquel joven francés hubiese podido ser un intérprete consumado, incluso compositor. Pero era ya demasiado tarde para someterse a un aprendizaje tan exigente, así que el bueno de Bernard M. debía limitarse a escuchar las canciones de otros y a hacer certeras sugerencias para mejorarlas. A Porter no le importaba reconocer que necesitaba su ayuda, ni tampoco compensar con largueza su buena disposición para extralimitarse en su trabajo como criado. Había sido arrancado de un cabaret de París con el único propósito de colaborar en las tareas domésticas y conservar los trajes de Cole Porter en perfecto estado de revista, y había acabado por convertirse en el primer crítico de su producción musical.

Lo malo era que Porter se reveló enseguida como un patrono absorbente. Pronto empezó a vampirizar el tiempo y las energías de Menkell con las exigencias del divo que fue siempre, y tan pronto reclamaba la búsqueda y hallazgo de una caja de botellas de champán rosado cuando se encontraban de paso en un pueblecito de los Alpes suizos, como le despertaba a las cinco de la mañana porque quería que escuchase una nueva canción que había comenzado a garabatear en el pentagrama. Así las cosas, Menkell empezó a cansarse de las extravagantes demandas del músico, y un día le comunicó su decisión de marcharse. Iba a volver a Francia, le dijo, o a cualquier otro lugar del mundo donde pudiese ser dueño de su tiempo y de su vida. Porter montó en cólera, como hacía siempre que algo no le gustaba. Gritó, pataleó, protestó, gimió, lloró y al final suplicó a Menkell que no se fuera. Le necesitaba, dijo. Era la primera vez que tenía un criado igualmente capaz de preparar una excelente taza de té que de aplicarle cataplasmas para el dolor de cabeza y de detectar los fallos en un tema recién compuesto. Le dijo que se moriría si se marchaba, condenándole otra vez a tratar con criados torpes, estúpidos e insensibles, incapaces de distinguir una canción suya de la compuesta por el director de una charanga de pueblo. Le quería a su lado, confesó, y no podía permitir que se marchase. A cambio de soportar sus necedades, sus caprichos y sus peticiones demenciales, le propuso crear para él un generoso sistema de vacaciones: podría marcharse cada vez que así lo necesitara, pasar una temporada lejos de él y desintoxicarse de su presencia, que, admitió Porter, a veces podía resultar demasiado intensa para cualquiera. Por su parte, independientemente del tiempo que precisase pasar en otra parte, Menkell tenía que comprometerse a volver siempre. Él aceptó.

Siguiendo la historia familiar relatada por su madre, Mario Menkell contaba en su novela cómo Bernard M. aprovechaba aquellas escapadas autorizadas por su jefe para visitar a las incontables amantes de ocasión que tenía desperdigadas por media docena de ciudades europeas, para jugarse en los casinos el sueldo de un año entero, para engañar con promesas de matrimonio a princesas rusas y condesas austríacas, para bailar en los cabarets de París y cantar con los borrachos en los bares de mala muerte del puerto de Marsella. Pero la verdad era otra, o al menos así lo interpretó Fernando Montalvo en sus cartas para Klara.

En sus primeras vacaciones, Bernard M. tomó en Venecia un tren que, después de muchos trasbordos, le llevó a Viena, donde se sentía amparado por su conocimiento del idioma, que su padre alemán se había empeñado en que aprendiera. Menkell ya había estado en Austria, pero en aquella ocasión había conocido el país bajo la sombra castradora de su patrón, bajo el yugo de su amo. Esta vez era libre para hacer lo que le apeteciese, incluso cambiarse el nombre. Y en esas circunstancias conoció a Gerda, que se ganaba la vida actuando en un café cantante de baja estofa. Le dijo que se llamaba Johann, pensando que el contacto con ella iba a reducirse a una sola noche. Luego, cuando volvieron a verse, no se atrevió a reconocer la estupidez del nombre inventado, y decidió dejarlo así. No se separaron en los quince días de vacaciones, que fueron suficientes para que Gerda quedara embarazada. Él no lo supo hasta que regresó a visitarla ocho meses después. Había vuelto a poner tierra de por medio entre él y Porter, después de una sonada discusión por unas manchas en el cuello de la camisa y las notas atascadas de una canción que se le resistía. Menkell dejó al músico en pleno ataque de cólera bendecido por la prerrogativa que él mismo le había otorgado, y volvió a Viena en busca de la chica que había conocido la última vez, de la muchacha que le llamaba Johann.

Cuando la vio, grávida y triste, con el destino flotando en un montón de interrogantes donde lo único cierto era la inminencia del alumbramiento de una criatura, Menkell se dio cuenta de que su vida había empezado a cambiar, y que en adelante sus escapadas iban a tener para siempre el mismo destino. Ya no sería libre nunca más, pero no le importaba. Decidió no hablarle nunca de Cole Porter, y no hablar a Porter de Gerda y del bebé que iban a tener. Ambos, Gerda y Cole, eran los eslabones de una cadena que se había colocado voluntariamente y que le ataba a dos mundos distintos y distantes: el de la trastienda de la alta sociedad internacional, donde su patrón era recibido como una auténtica estrella, y el de las paredes de un pequeño apartamento de la Gretten Strasse.

Como Fernando Montalvo contó a Klara, reescribiendo así la novela firmada por Mario, durante casi diez años el único refugio de las escapadas de Bernard Menkell fue una modesta casa de Viena donde vivía la mujer que amaba y una niña llamada Klara a la que había dado su apellido y reconocido como su hija. Si la señora Hauptf hubiese abierto las cartas de Montalvo, habría sabido que el abandono de su padre tenía una explicación tan triste como aceptable: en el transcurso de uno de sus viajes con Porter, había sufrido un espantoso accidente de automóvil que le había condenado a la galera de una silla de ruedas. Imposibilitado para seguir a Porter en sus periplos mundanos, Menkell volvió a París, donde aún vivía su madre, a la que contó la historia de aquellos años omitiendo la existencia de Klara y de Gerda. ¿Para qué iba a saber la pobre señora Menkell que a muchos kilómetros de allí había una niña que llevaba su sangre? ¿De qué valía que supiese que la tragedia de su hijo se multiplicaba hasta el infinito por la existencia de una hija a la que no volvería a ver y una mujer a la que amaba? En cuanto a Klara y a Gerda, no quería condenarlas a la limitación de su invalidez, ni tampoco que supiesen del triste final que había tenido su vida misteriosa. Si en aquellos años habían conocido de él tan pocas cosas, ¿de qué les valdría ahora estar al corriente de la terrible verdad de Bernard M.?

Según la conclusión de Montalvo, tras su accidente, Menkell sí habló de Klara y Gerda al maestro Porter, quien, conmovido por la situación, prometió hacer llegar una renta mensual a la hija de su desdichado sirviente. Aquélla era una interpretación cercana a la verdad, pero no del todo acertada: no fue Cole Porter sino su esposa, Linda, la depositaria del gran secreto de Bernard Menkell, y también la encargada de hacer llegar a Klara y a su madre un dinero que les permitiera mantenerse. Aquella cantidad, que era emitida por un destinatario anónimo, llegó puntualmente a madre e hija al principio de cada mes hasta la muerte de Linda, en 1954. Entonces, Klara acababa de cumplir dieciséis años y se preguntaba cada día dónde estaba su padre sin sospechar que Bernard

Menkell se consumía junto a una madre anciana en una diminuta buhardilla de París, añorándolas en secreto a Gerda y a ella, y recordando los años pasados junto al maestro Porter a todo aquel que quisiese prestar atención a sus batallitas de inválido. Aquellos recuerdos se conservaron gracias a la memoria de su sobrino, Luc Menkell, que los refirió a su hija Sophie, quien, años más tarde, los confiaría a su hijo Mario, dándole, sin saberlo, una herramienta para cambiar su vida.

Beatriz y Mario habían tardado tres horas en leer todas las cartas. El café estaba casi vacío. Sobre la mesa había una taza y una copa, y varios sobres abiertos junto a un montón de páginas de apretada caligrafía que contenían una versión adaptada de *Lo que me contó Bernard M.* Quedaba sólo una carta por abrir: la que Fernando Montalvo había enviado a Iosto Hauptf tras la muerte de su esposa. Años después, Mario y Beatriz seguirían preguntándose si habían hecho bien en leerla, pues quizá Iosto Hauptf la había incluido por puro despiste en la carpeta que contenía las cartas de Klara, pero en aquel momento no dudaron de que aquel sobre guardaba tal vez el epílogo de aquella historia sorprendente, y se dijeron que era justo que lo abriesen para conocer su contenido.

Estimado señor Hauptf:

El director de su residencia acaba de ponerse en contacto conmigo para darme la noticia de la muerte de Klara. No se ofenda si le digo que comparto su dolor hasta donde me está permitido. Creo que puedo saber cómo se siente, aunque sé que usted no puede imaginar cómo me siento yo. Cuando recibí la llamada en la que se me informaba de la muerte de Klara, estaba escribiendo una postal para ella. La foto mostraba un trébol de cuatro hojas. Se supone que eso trae suerte, ¿verdad?

Seguro que Klara le ha hablado de las cartas que le mandé durante estos años. Por si le queda alguna duda al respecto, le doy mi palabra de honor de que ella nunca las contestó. Klara le quería a usted tanto como yo la quise a ella, y sé que usted la correspondió durante todos estos años. Me queda el consuelo de saber que la hizo feliz hasta su muerte.

Klara le habrá hablado ya de la historia de su padre. Toda una novela, estimado Iosto, y así lo entendió el hombre que convirtió a Johann Menkell en personaje de un libro. Hay algo que nunca le conté a Klara: he visto a ese hombre. Se llama Mario y enseña escritura en la universidad. Hace tres años me colé en una de sus clases. Es un profesor espléndido y parece una buena persona. Asistí a sus lecciones durante tres o cuatro semanas, hasta que me di cuenta de que podía acabar causándole problemas y dejé de ir. Me hubiese gustado hablar con él, pero creo que había demasiadas cosas que decirle, y, además, él no tenía interés en conocerme a mí. Y no siempre es justo buscar a quien no desea ser encontrado, ¿verdad? Tampoco Johann Menkell quiso que dieran con él, y por eso desapareció sin dejar rastro.

Sepa que he tomado la determinación de quitarme la vida. Lo haré esta misma tarde, después de poner esta carta al correo. Amigo mío, me temo que esta vez el destino ha facilitado el que llegue antes que usted al lugar donde se encuentra Klara. No tema, la cuidaré bien. Vigílese usted también, y permanezca muchos años en el mundo de los vivos. Así tendré algo de tiempo para estar con ella. Usted la ha tenido toda la vida, y es previsible que la tenga también durante toda la eternidad.

Suyo, afectísimo,

FERNANDO MONTALVO

Llovía en Milán con una lluvia sorda y mansa, una lluvia limpia que de vez en cuando se clavaba en los cristales del Caffè della Chiesa. Dentro ya no quedaba nadie, excepto la pareja sentada en la mesa del fondo. Gracias a una rara intuición —la misma que le había hecho ganar una pequeña fortuna en propinas durante aquellos años—, el camarero no se había acercado a ellos en toda la tarde, a pesar de que hacía mucho rato que ambos habían terminado el café y la copa de licor. Los observó desde la frontera de la barra, y pensó que había algo hermoso, extrañamente armónico en aquellos dos seres cuyos nombres no sabría nunca. El corazón de Giulio se aceleró cuando los dos se tomaron de las manos y se miraron largamente antes de besarse, y él no acertó a entender qué le provocaba aquella emoción, aquella sorpresa, si a lo largo de más de treinta años había visto besarse a decenas, quizá cientos de parejas. Y entonces, sin saber por qué, Giulio Spiagia, camarero de profesión y observador aficionado de las vidas anónimas, tuvo la extraña impresión de que aquel hombre ajeno estaba dando el primer beso de toda su vida.

EPÍLOGO

Faltaban sólo dos semanas para el comienzo del curso de otoño en la LC. Por primera vez en muchos años, el trimestre académico empezaba con novedades importantes. Claudio Saldaña había sido destituido de forma fulminante antes de las evaluaciones de junio, y aunque los miembros de la Junta hubiesen preferido llevar el asunto con la máxima discreción, no hubo nadie en la Luis de Camoens que no estuviese al tanto de los motivos del despido: años atrás, el rector había maniobrado a favor de una alumna para que le fuese adjudicada una beca de estudios en una universidad argentina.

De todo el equipo docente, Mario Menkell fue el único que no quiso creer las razones últimas de la prevaricación: Claudio Saldaña mantenía con aquella joven una relación inconveniente —así lo había explicado la buena de Dorinda García, cuyo acendrado sentido del pudor le impedía decir, como habían hecho otros, que el rector se tiraba a una alumna— y quiso favorecer su candidatura en detrimento de la de otros chicos mejor cualificados. La beca se decidía en función de un ejercicio escrito, y el rector había otorgado una nota excesivamente generosa al firmado por su protegida.

Lo más extraño de todo fue la forma en que salió a la luz semejante tejemaneje: un buen día, el campus de la LC amaneció sembrado de fotocopias del examen realizado por Laura Morales y calificado por el rector con un espléndido nueve y medio, a pesar de que la postulante había dejado dos preguntas sin contestar y cometido una docena de faltas de ortografía. Todo el mundo se preguntaba de dónde habían salido aquellas páginas, y cómo era posible que no hubiesen sido destruidas en su momento por el autor del crimen. Alguien recordó entonces la obsesión del rector de la LC por conservar cada uno de los documentos producidos por la universidad —«Acostúmbrense a guardarlo todo. No admito que pueda perderse una sola hoja. Lo quiero todo clasificado, impreso, conservado para los restos, ¿entendido? Nada de disquetes, ni de memorias, ni de Dios sabe qué inventos modernos. A ver si comprenden ustedes la importancia de las cosas, por los clavos de Cristo»— y la conclusión fue que Saldaña había sido víctima propiciatoria de su exceso de celo.

Por su parte, el rector pasaría el resto de su vida preguntándose cómo habrían aparecido aquellos folios que él creía, si no a buen recaudo, sí al menos convertidos en una especie de aguja en el pajar de los miles y miles de papeles del inmenso archivo de la LC. Saldaña nunca pudo imaginar que había sido su propia secretaria, Angélica, quien, ayudada por Pablo Caspe, pasó horas y horas buceando entre un montón de legajos llenos de polvo hasta dar con aquel examen amarilleado por el paso del tiempo.

Después de que los papeles de la vergüenza circularan hasta el hartazgo por las manos de alumnos, profesores y personal no docente, la Junta convocó una reunión extraordinaria a la que Saldaña acudió convertido en un idiota balbuciente e intentando justificar sus desmanes con torpes excusas de mal pagador que sólo sirvieron para soliviantar aún más a los indignados miembros de la Junta de la Luis de Camoens. De nada valió que Saldaña esgrimiera su impecable hoja de servicios durante catorce años académicos, ni que se hubiese colocado en la solapa la chapita de la Legión de Honor, que oscilaba ridículamente con su respiración agitada: «Esto es más que un asunto de faldas —dijo el secretario elevando la voz—, es un caso de prevaricación con todas las letras, así que no intente disculparse. Sólo conseguirá empeorar el asunto.»

Claudio Saldaña fue obligado a redactar su carta de dimisión aquella misma mañana, y aunque se le permitió que en ella adujera «motivos personales» para dejar su puesto en la LC, hasta el último bedel de la universidad supo los motivos verdaderos del cambio de rector, pues ya para entonces no quedaba nadie que no hubiese disfrutado de la lectura del examen desastroso de Laura Morales, a quien el firmante de las actas de concesión de la beca había calificado con una nota cercana al diez.

A Mario Menkell le sorprendió que nadie en la universidad lamentase la expulsión del rector, y, más aún, que no hubiese una sola persona dispuesta a compadecerse de su suerte. Él sí lo hizo. No es que Saldaña le cayese bien, ni que aprobase lo que había hecho favoreciendo a aquella alumna... pero había trabajado casi catorce años cerca de aquel hombre... y, además, Saldaña se había portado muy correctamente con él poniéndole sobre aviso cuando la Junta pensaba quitarle su puesto. Por eso garabateó una nota de despedida que envió al domicilio particular de Claudio Saldaña y a la que éste, por cierto, jamás contestó. Menkell no se sintió ofendido. Se dijo que el ya ex rector de la LC debía estar pasando por el peor momento de su vida, así que no era cuestión de esperar manifestaciones de cortesía.

La expulsión de Claudio Saldaña cambió algunas cosas en la Luis de Camoens. La Junta aún no había nombrado a un sustituto, y se rumoreaba que existía la posibilidad de que se convocasen elecciones para elegir al nuevo rector. También el dichoso asunto del máster de edición se vio afectado. Con Saldaña fuera de la LC, el proyecto quedó definitivamente aparcado. No hubo quien lo lamentara. Después de todo, aquella historia había obedecido a un inexplicable empecinamiento del ya ex rector, y nadie, salvo él, tenía demasiado claro que fuese conveniente para la universidad embarcarse en una aventura que era arriesgada, costosa y de final incierto.

Aquella mañana de septiembre, Mario Menkell caminaba por el cuidado césped de la LC, que empezaba a cubrirse de una crujiente capa de hojas amarillas. Menkell respondió con un gesto alegre al saludo de un grupo de alumnos, a quienes había costado unos segundos reconocer al profesor de escritura creativa en el hombre bronceado y vivaz que andaba a buen paso en dirección al edificio principal. Por primera vez desde que lo conocían, Mario Menkell lucía una chaqueta de su talla y una camisa que sentaba bien a su figura quebradiza y menuda. Una de las chicas se fijó en los bonitos mocasines de cuero que llevaba: hasta entonces, el bueno del señor Menkell era famoso por el lamentable estado de sus zapatos, que, además de ser feos a rabiar, solían estar tristemente desgastados en los talones y las punteras. Los muchachos vieron alejarse al profesor, y, una vez más, comentaron que había sido tan providencial como increíble que la profesora Millares se hubiera fijado precisamente en él.

La noticia de la relación de Mario y Beatriz había caído como una auténtica bomba en el campus de la Luis de Camoens, pero la aparición de las copias del examen de Laura Morales y el consiguiente escándalo del despido del rector habían servido para dispersar la atención. Ahora que Saldaña se había marchado, el principal tema de conversación apuntaría de nuevo hacia aquella pareja desconcertante. Eran muchos los que aseguraban que su noviazgo no sería capaz de sobrevivir al verano, pero ahora que los chicos veían a Menkell tan dignamente ataviado, con la piel dorada por el sol y una sonrisa atípica encajada en el rostro, no había duda de que aquel romance iba viento en popa. Nadie entendía cómo la atractiva, la brillante, la espléndida Beatriz Millares había podido fijarse en un tipo anodino como Mario Menkell, pero, como aseguraban las chicas poniendo los ojos en blanco, así es el amor.

Así es el amor, se repetía Menkell media docena de veces al día, de modo que esto es lo que se siente, y miraba a Beatriz y después se miraba las manos, o los pies, o se mordía el labio inferior para estar seguro de que esta vez no era otro el protagonista de la historia. Él y Beatriz Millares habían pasado el verano en Santorini, en un apartamento con vistas al mar, donde Mario había podido comenzar su novela y ella preparar el nuevo curso académico. Estuvieron allí casi dos meses completos: Beatriz había firmado el divorcio y vendido la casa cuya propiedad compartía con su ex marido, así que tras aquella inyección de liquidez le dijo a Mario que ambos se merecían unas vacaciones de lujo frente al mar Egeo.

El profesor Menkell volvió de Grecia con dos kilos de más, muy buen color en el rostro tras las jornadas de playa y casi cien páginas de su novela, que Beatriz había leído en el avión de regreso, sin soltarle la mano para nada más que pasar las hojas. Al acabar, le besó largamente y luego apoyó la cabeza en su hombro y cerró los ojos. En ese momento, Mario Menkell pensó que, ocurriera lo que ocurriera con aquel libro, él ya tenía su historia.

Aquella mañana, mientras Beatriz acudía a la universidad a realizar un examen de su asignatura —al observar la expresión beatífica de la profesora Millares los alumnos pensaron que quizá no iba a ser tan difícil aprobar, después de todo—, Mario se había citado en la editorial Millenio para hablar con Santiago Neves y Pilar Sieiro de las cien páginas que les había enviado por correo electrónico. Los editores habían coincidido en su entusiasmo por aquellos folios escritos bajo el emparrado de la hermosa terraza de Santorini, y ambos le aseguraron que la nueva novela no sólo no tenía nada que envidiar a *Lo que me contó Bernard M.*, sino que en algunos aspectos la consideraban incluso mucho mejor. Él no se atrevió a decirles que era quizá porque había escrito aquellas líneas bajo el influjo de las cosas que le estaban pasando, porque en el fondo aún tenía miedo de que todo lo que le había ocurrido en los últimos seis meses pudiera ser parte de un sueño, o una broma de los dioses, y se desvaneciera en el aire en cuanto cometiese la osadía de referirse a ello en voz alta. Así que, cuando escuchó las alabanzas de los editores, se limitó a esbozar su sonrisa tímida, a dar las gracias a ambos por sus palabras de aliento, y a confirmar que ya tenía un título para la novela: *La canción de Klara.*

No quiso llamar a Beatriz para darle las buenas noticias y prefirió ir a buscarla a la universidad. La vio desde el patio a través de los cristales del aula, mientras recogía los exámenes, y estuvo unos segundos observándola desde lejos, con su espeso cabello castaño desparramado por la espalda, los ojos verdes protegidos por las elegantes gafas de concha, su privilegiado esqueleto de antigua deportista, y aquella sonrisa llena de luz que había conservado incluso en los peores tiempos. Se quedó mirándola unos instantes, acariciando distraído la carpeta azul que contenía las primeras páginas de la novela, y entonces ella levantó la cabeza y le vio. Su sonrisa se hizo más amplia cuando alzó la mano para saludarle, y él correspondió al gesto elevando la carpeta en inequívoca señal de triunfo. Ella entendió y dibujó con los dedos la uve de la victoria. Y en ese instante, mientras su cuerpo y su alma eran barridos por una sensación de plenitud, Mario Menkell se dio cuenta de que ya no era capaz de recordar ni uno sólo de los momentos en que su vida no había sido extraordinaria y feliz.